BESTSELLER

**Elena Moya** nació y creció en Tarragona. Tras licenciarse en periodismo en la Universidad de Navarra, trabajó en *El Periódico de Catalunya* y obtuvo una beca Fulbright para realizar un máster en periodismo financiero en Estados Unidos. En 1998 se estableció en Londres como periodista financiera, trabajando para las agencias de noticias Bloomberg y Reuters, y luego en el periódico *The Guardian*. También realizó una diplomatura de escritura creativa en el Birkbeck College de la Universidad de Londres. Desde el 2012, escribe informes financieros para gestoras de fondos de inversión. *Los olivos de Belchite*, su primera novela, triunfó en España y Reino Unido con apariciones en varios medios y excelentes críticas. A esta la han seguido *La maestra republicana* y *La candidata*, con las que ha conquistado a los lectores. Ferviente viajera y aficionada y jugadora de fútbol, Elena vive en el norte de Londres.

Para más información, visite la página web de la autora: www.elenamoya.com

Biblioteca

# ELENA MOYA

## Los olivos de Belchite

Traducción de

**Omar El-Kashef**

DEBOLS!LLO

Papel certificado por el Forest Stewardship Council®

MIXTO
Papel
FSC® C117695

Penguin Random House Grupo Editorial

Título original: *The Olive Groves of Belchite*

Primera edición en Debolsillo: junio de 2015
Octava reimpresión: julio de 2026



*Printed in Spain* – Impreso en España

ISBN: 978-84-9062-550-7
Depósito legal: B-9.676-2015

Impreso en QP Print

P 6 2 5 5 0 B

*A la abuela Martina*

# Agradecimientos

Me gustaría dar las gracias, ante todo, a mi pareja, María —a quien conocí cuando el personaje de esta novela ya tenía el mismo nombre—, por su continuo apoyo, su fe en este proyecto y el amor y la estabilidad que ha traído a mi vida.

A mis editoras y amigas, Nicola Godwin y Amanda Vinnicombe, por sus abnegadas horas de lectura y edición.

A mi madre, Carmen, por compartir conmigo los recuerdos de su infancia en pleno franquismo, por revelarme la historia de la familia y por presentarme a Leandro Saun y a Carmen Casas, quienes con mucho cariño me explicaron cómo lucharon contra la dictadura, cómo se exiliaron y cómo sobrevivieron largos años en la prisión de Tarragona.

A mis hermanas, Susana y Sofía, por su apoyo incondicional.

Gracias a los muchos voluntarios y soldados republicanos, británicos y españoles, que he entrevistado y quienes aún creen en los ideales que les empujaron a arriesgar sus vidas para defender la democracia.

A mi familia danesa, por su interés en este libro y por aceptarme como un miembro más.

A mi familia americana, los Lerude, que siguieron los pasos de los voluntarios estadounidenses desde Reno, Nevada, hasta Belchite y compartieron conmigo su pasión por España.

A mis amigos de toda la vida en Tarragona, que han leído, investigado o creído en la causa republicana, Eva Marrugat, Sol Inglada, Albert Vives y Rafael Cabré.

A mis maestros de la escuela Pax de Tarragona, que incluso antes de morir Franco ya nos inculcaron el valor de la democracia y de la libertad.

A Roger Suárez y Ester Pujol, por ser unos grandes maestros de ceremonias y por el excelente diseño de la cubierta de la edición inglesa, en ambos casos aceptando únicamente pollos asados como pago.

A mis amigos Dan Pierce, Kate Slotover y Julia Kollewe, por su apoyo, su edición y su ayuda en el diseño de la página web.

A mis editores de SUMA y a los miembros de la agencia literaria Sandra Bruna de Barcelona, por creer en este proyecto y en todo lo que significa.

Y a todos los que creen en la paz, la democracia y la libertad. *Salut i República!*

# Capítulo 1

María solía sentirse incontrolablemente sexual en las salas *business* de los aeropuertos. Cuando volvía de reuniones en el extranjero, a la ejecutiva de veintiséis años le gustaba sentarse con un gin-tonic en una mano y el *¡Hola!* en la otra. Mientras se relajaba en las butacas de las salas VIP de British Airways de todo el mundo, María solía excitarse; se le abrían los sentidos después de una jornada de trabajo, especialmente cuando llevaba puesto su traje Armani de ochocientos euros, que le hacía sentirse sexi, poderosa. Sin embargo, muy a su pesar, todos sus pensamientos no eran más que fantasías, ya que su satisfacción casi nunca llegaba a materializarse.

María, alta y esbelta, se dirigió discretamente hacia los servicios de la sala *business* del aeropuerto de Heathrow, en Londres. Varias mujeres se retocaban el maquillaje, sentadas en sillas de madera bien acolchadas, frente a un tocador de mármol repleto de pequeñas toallitas blancas. El amplio espejo estaba bien iluminado y reflejaba los rostros pálidos y cansados de las ejecutivas que ahora intentaban ocultar su agotamiento. María se acarició el pelo, largo, negro y brillante, y miró su cuerpo bien tonificado, imaginándose a Jordi tras ella, abrazándola. Pero Jordi, su novio, casi nunca le ponía las manos encima; y si lo hacía, acudía a confesarse inmediatamente después.

María se imaginó el cuerpo desnudo de Jordi, aunque jamás lo había visto completamente; su atlético torso, sus duros abdominales, sus fuertes brazos acariciando su suave piel morena. Su imaginación estaba desbocada. «Es humano, no es nada malo. Menuda cruz que mi novio sea un católico radical, miembro del Opus Dei. Vaya grupo de extremistas».

María deseaba pasar la noche con Jordi. De hecho, ya lo había intentado, pero éste, siguiendo las directrices del Opus, sólo aceptaba la consumación matrimonial después de la boda, nunca antes. Cuando el asunto surgió por primera vez, en la universidad donde se conocieron, ella inicialmente se negó a continuar una relación sin afecto físico, pero la fuerte amistad que ya les unía y la paz y comprensión que hallaba en él hicieron que al final siguieran juntos. María era persona de pocos amigos, y con Jordi se sentía más cómoda que con nadie. Además, tampoco era muy consciente de lo que se estaba perdiendo, ya que después de veinte años de educación católica, todavía no había tenido ninguna experiencia.

Con la mirada aún pegada al espejo, María suspiró.

Seguro que Jordi estaría deseando lo mismo que ella, pero todavía estaba asustada de lo que su novio hacía para contener la tentación. Una vez le había hablado de las prácticas de autoflagelación que aconsejaba el Opus, incluido el uso del cilicio, un aro de espinas que se aplicaba sobre el muslo y dejaba pequeñas heridas en la carne. Jordi también le había confesado que a los quince años, cuando tenía la firme convicción de dedicar su vida a Dios y al celibato, también utilizaba un látigo con el que se fustigaba las nalgas y la espalda. El interés de María la había llevado a descubrir que el fundador del Opus Dei era tan fanático en el uso del látigo que había llegado a manchar las paredes de su cuarto de baño con sangre.

María se estremeció al recordar esas confesiones, a pesar de que Jordi le había repetido mil veces que el cilicio apenas dejaba algunos rasguños. María decidió ignorar esas prácticas y vivía con la esperanza de que la boda acabaría con tanta insensatez.

«¿Cuándo voy a tener una vida sexual normal? Paciencia, ya sólo faltan seis meses».

—Salida del vuelo 480 de British Airways con destino a Barcelona. Rogamos a los señores pasajeros que embarquen por la puerta cincuenta y cuatro. Vuelo 480 con destino a Barcelona, puerta cincuenta y cuatro —dijo una voz por los altavoces, arrancando a María de sus pensamientos.

—¡Hola, cariño! —dijo Jordi con una amplia sonrisa cuando María salió por la puerta de llegadas de la Terminal A del aeropuerto de Barcelona. La rodeó con un brazo y le dio un beso en cada mejilla—. ¿Cómo ha ido el viaje? ¿Qué tal Londres? —Jordi le tendió una rosa roja que había estado ocultando a la espalda.

María la cogió y sonrió. «Es tan predecible».

Como de costumbre, Jordi, también de veintiséis años, había estado esperándola con una sonrisa y la rosa de rigor. Enfermo u ocupado, siempre venía a recibirla al aeropuerto, con la única excepción del fútbol. Cuando el Barça jugaba en casa a la misma hora, María cogía un taxi.

—¡Hola! —dijo María, besándolo brevemente en los labios, sonriendo y mirándolo de arriba abajo. Llevaba su uniforme de cuando no trabajaba, el típico polo Ralph Lauren impecablemente planchado, unos Levi's y un jersey de cachemir atado al cuello. El impoluto corte de pelo resaltaba sus grandes ojos verdes y expresivos y su larga nariz.

—Te he echado de menos —dijo Jordi—. Has estado fuera desde el domingo, cuatro días, pero se ha hecho muy largo. —Le acarició la espalda con dulzura. Ambos se abrazaron y se quedaron inmóviles durante un instante. María sintió el calor de sus brazos, la gentileza de su tacto. Poco después, se separó.

—Estoy muy cansada —dijo María en voz baja—. No sé la de reuniones que habré tenido con ese consejo. ¡Es agotador! No he parado un momento. Habrá que trabajar mucho, porque los criterios de construcción son muy estrictos, ya veremos qué pasa.

—Pobrecita —dijo Jordi, dándole un breve masaje en los hombros.

—Esto es lo que necesito —dijo María, suspirando—. Gracias, cariño. —Y volvió a apartarse.

—Por ti, lo que sea. —Dio un paso atrás y la miró—. ¿Tienes hambre?

—¡Mucha! —dijo María, por fin con un poco de energía—. Estoy desesperada por comer algo bueno, después de tanta mantequilla y crema en todos los platos. Me apetece un buen pescado, o un *pa amb tomàquet.*

—Pues vamos.

Avanzaron con los brazos entrelazados hacia el coche de Jordi, al que llamaban *Óscar.* Jordi también tenía un Jeep Grand Cherokee, pero con María prefería usar el Golf por los recuerdos que le traía. Del retrovisor colgaba una banderita del Barça, junto a una imagen de la Virgen de Montserrat, exactamente igual que cuando conoció a María en la universidad. Después de cuatro años de relación, María aún se preguntaba cómo sobreviviría a tanto fútbol.

—Ayer ganamos al Manchester en la Champions, fue sensacional —dijo Jordi—. Además, en el descanso hablé con Enric Folch, y me dijo que sus dos nuevos hoteles de Mallorca estarán listos para el verano, así que en breve duplicarán sus pedidos de cava.

—Fantástico, eso serán al menos veinte mil botellas, ¿no? —dijo María, interesada.

—Sí, sí. El negocio marcha bien por ahora. El turismo se está recuperando —comentó Jordi, recostándose en el asiento—. Es una lástima que no vaya igual en el resto del mercado nacional.

Cuando María estaba a punto de preguntar por las ventas, Jordi sintonizó una emisora deportiva, donde hablaban del Barça todo el día. María suspiró y observó a su novio, feliz con su fútbol y con ella.

—No puedo creer que Iniesta marcara de cabeza, ¡con lo pequeño que es! —dijo, todavía entusiasmado por el partido de la noche anterior—. ¿Cuándo vendrás a ver un partido conmigo?

—Algún día, sí. Pero ahora mismo tengo tan poco tiempo que sólo me apetece ir al gimnasio cuando puedo —respondió María. La verdad es que odiaba el fútbol—. ¿Adónde vamos a cenar?

—Si te apetece, mi madre ha preparado un conejo delicioso, toda la casa olía exquisitamente cuando salí. ¿Qué te parece?

La boca de María se le hizo agua sólo de pensarlo.

—Justo lo que necesitaba —sonrió, reposando la espalda en el asiento. Puede que Jordi fuese aburrido y predecible, pensó, pero sin duda su vida era mucho más cómoda y acogedora con él.

La pareja llegó a casa de los padres de Jordi, cerca de Vilafranca del Penedès, una antigua y hermosa masía rodeada de viñedos. Casi había oscurecido, pero aún podían verse los árboles, olerse la tierra y sentir la ligereza del aire. Entraron por el portón de hierro fundido, rematado en el centro por el escudo familiar de los Gratallops. Tras cruzar más viñedos y una arboleda de cipreses, Jordi aparcó junto al Mercedes de su padre y el resto de coches deportivos de sus hermanos. Todos trabajaban en el negocio familiar, aunque era Jordi, el más inteligente y responsable, quien, junto a su padre, llevaba las riendas de la empresa.

Jordi apagó el motor y se quedó quieto durante un instante. María lo observó con detenimiento.

—Quedan seis meses para la boda —dijo él, mirándola con timidez, pero con una sonrisa. Jordi, siempre tan seguro y confiado en cuestiones de trabajo, nunca se había sentido cómodo en los asuntos del corazón, el resultado de una educación represiva y opusiana, pensó María.

—Sí, seis meses —dijo ella. No se le ocurría qué más añadir, ya que, en el fondo, María también estaba un poco asustada. «Dios, sólo seis meses, ya lo tenemos casi encima. Casi...».

—Tengo tantas ganas —afirmó Jordi, apartando la mirada, como si se avergonzara de reconocer el ansia con que esperaba el momento. El Opus, con tanta obsesión por el sexo, había convertido las bodas en una mera antesala de la consumación matrimonial, como si el paso realmente importante no fuera el compromiso entre dos personas, de por vida, pensó María.

«Y qué más da si dos personas se acuestan o no esa noche, lo importante es que prometen cuidarse y quererse toda la vida, como si eso fuera poco. Pero nada, para el Opus lo más importante es la unión de la carne. Qué obsesión, por Dios. Qué paciencia».

María no supo qué contestar; guardó silencio, sin mirarle.

«Sé que todo mejorará cuando tengamos un poco de pasión, que ahora ni existe. Igual entonces ya nos atrevemos a mirarnos a la cara en los momentos importantes».

Ambos salieron del coche y, de la mano, avanzaron hacia la puerta de Mas Gratallops.

* * *

Como heredero del imperio de cava de los Gratallops, un negocio de tres generaciones que ahora exportaba miles de botellas a Europa y a Asia, Jordi se pasaba unas doce horas al día dirigiendo las plantas de Sant Sadurní d'Anoia, en el Penedès. Aparte de un empresario responsable, Jordi también era un hijo ejemplar y un novio devoto. Siempre pulcramente afeitado, elegantemente vestido y sonriente, el joven representaba lo que cualquier madre querría para su hija.

De pie enfrente de la puerta de la masía de sus padres, Jordi miró a María intensamente, observando su falda corta y sus largas piernas cubiertas por las medias de seda negras que tanto le gustaba acariciar.

«Debo contenerme, aún quedan seis meses», pensó justo antes de apartar la mirada.

Jordi respiró hondo y abrió la amplia puerta de madera de roble.

—¿Qué hay? —saludó escuetamente el padre de Jordi al cabo de unos segundos. El hombretón, impecablemente vestido de traje azul oscuro, tenía un cigarrillo en una mano y el móvil en la otra—. Ahora no puedo hablar. Tengo una llamada importante —dijo, metiéndose en otra habitación y cerrando la puerta tras de sí.

«Siempre trabajando».

Jordi dejó la maleta de María junto al viejo baúl del vestíbulo. Llamó a las puertas del salón principal y las abrió ligeramente cuando oyó a su madre gritar desde dentro que estaba al teléfono. Las volvió a cerrar.

La madre de Jordi había empezado a vivir su propia vida hacía años. Tras criar a sus hijos, nada parecía vincularla ya a la familia, que vivía centrada en el negocio, un mundo que el padre de Jordi siempre le había vedado. A Jordi nunca le pareció que sus padres tuvieran demasiadas cosas que decirse, por no decir nada en absoluto. Pero el divorcio no era una opción para su generación, todavía muy pendiente de los estigmas del pasado. Eran los Gratallops del Penedès y ocupaban un lugar destacado dentro de la alta burguesía catalana, siempre tan reacia a cualquier cambio. Las mismas familias habían controlado la política, la industria y la sociedad de Cataluña desde la revolución industrial, y ellos mismos se encargaban de perpetuar esa situación.

Jordi y María subieron a la terraza de la masía modernista del siglo XIX, de tres plantas. Se sentaron en las sillas de mimbre con amplios cojines blancos, desde donde se veían los fresnos y cipreses del jardín trasero y un mar de rosas, geranios y petunias, todo rodeado por hectáreas de viñedos. A Jordi le encantaba sentarse en silencio con María, lejos del ajetreo de la fábrica y de los incesantes problemas que precisaban solución día tras día. Jordi permanecía callado —tal era su timidez en lo íntimo que prefería hablar con los ojos y la sonrisa más que con palabras.

—¿Cómo ha ido el viaje? —preguntó el padre de Jordi, entrando de repente en la terraza—. ¿Tardaremos mucho en tener instalaciones? Por fin, un almacén en Londres que disparará las ventas. ¿Os lo imagináis? ¡Un almacén en Londres! Es sin duda el mercado más potente.

—Esos ingleses sólo saben beber, ¿eh? —dijo Jordi, intentando agradar a su padre, quien ignoró a su hijo y llamó a la asistenta para pedir unas bebidas y algo de picar.

Desde la terraza abovedada, los tres contemplaron los colores rojizos del atardecer mediterráneo mientras los últimos trabajadores regresaban de los campos, agotados después de recoger uva, racimo a racimo, durante todo el día. Jordi adoraba su tierra, Dios, María y Cataluña era todo lo que necesitaba.

—Hemos hecho un buen progreso —dijo María—. Patrick, el agente, me enseñó una zona prometedora en Islington, un barrio de moda, con muchos bares y restaurantes. —María cogió una de las copas de cava que la asistenta ofrecía en una bandeja de plata, y picó un poco de jamón, perfectamente dispuesto en la mesa junto a un poco de tortilla y unas almendras tostadas—. Desde allí podríamos llegar a los restaurantes del West End con facilidad.

—¿Crees que nos ceñiremos al presupuesto? —preguntó el señor Gratallops, dando unos golpecitos a la copa con la punta del dedo, impaciente.

—Todavía no lo sé —admitió María—. Puede que el ayuntamiento del distrito ponga algunas pegas. En principio, quieren crear empleos, pero son muy exigentes con las normas de construcción. Además, los alquileres en Londres están por las nubes.

—Un lugar así creará al menos cincuenta puestos de trabajo, recuerda —dijo el padre de Jordi y presidente de Caves Gratallops—. No podemos gastar ni un euro más en este proyecto. Inglaterra ya es demasiado cara.

—Sí, sí. Lo sé —admitió María, reposando la espalda en la silla—. Pero el ayuntamiento no nos dejará construir más de tres plantas, ya que Islington es una zona protegida. Quizá debamos buscar edificios un poco más bajos, pero más amplios.

—¡Ni un euro más! —repitió Pere Gratallops, con tono amenazador—. Dos millones de euros ya es estirar demasiado las cuentas —dijo, mirando a María directamente a los ojos.

«Papá, sé amable por una vez», pensó Jordi, cruzando las piernas nerviosamente.

—Patrick ha dicho que está estudiando varias opciones —dijo María, bajando la mirada—. Volveré a Londres dentro de un par de semanas para ver qué ha encontrado.

—Seguro que hay buenas alternativas —dijo Jordi, conciliador como siempre.

Caves Gratallops había encargado a Banca Catalana, donde trabajaba María, el proyecto de encontrar y financiar la compra o construcción de un almacén en Londres. Jordi, su padre y el jefe de María, Andreu, se veían a menudo en el fútbol; formaban parte de un grupo de una veintena de hombres, sin una sola mujer entre ellos, que durante el descanso de los partidos hablaban de fútbol y negocios, mientras bebían café o coñac, envueltos por el humo de los mejores habanos. Allí, en la zona VIP del Barça, se tomaban algunas de las decisiones empresariales más importantes de Cataluña.

Tras asegurarse el encargo de Caves Gratallops, Andreu asignó el proyecto a María, convencido de que pondría más entusiasmo que cualquiera de sus compañeros, ya que pertenecería a la familia en cuestión de meses. Jordi no estaba seguro de que familia y negocios encajaran bien; en casa, había visto fracasar esa combinación demasiadas veces. Discusiones familiares, rivalidad entre hermanos, malentendidos con el jefe, que a su vez es el padre, aparte de todos los fines de semana perdidos por no poder desconectar del trabajo —siempre presente en cualquier reunión familiar.

—Estoy seguro de que todo irá bien —dijo Jordi, cogiendo las manos de María. Ella le sonrió.

—Esperemos, pero recuerda nuestro límite —reiteró el padre de Jordi. Encendió un cigarrillo y se perdió en la contemplación de sus viñedos durante unos instantes, dando lugar a un tenso silencio.

María dijo al fin:

—Estoy bastante cansada y mañana me esperan pronto en el banco. Creo que me voy a descansar, si no os importa. —Se levantó.

Jordi se sorprendió. «¿Ya?».

—Cariño, ¿estás segura? ¿No quieres esperar a la cena?

—No, lo siento, gracias —dijo María—. Creo que prefiero irme a casa.

Jordi sabía que su padre la había molestado, siempre presionaba en los negocios, sin pensar en nadie más que en sí mismo. Miró a su padre. «¿Ves lo que has conseguido? Ahora no quiere quedarse. Mi propia familia nunca se parecerá a ésta, en nada».

—Estoy hasta los cojones del boicot contra los productos catalanes —dijo de repente Pere Gratallops, sin apenas moverse, cuando la pareja estaba a punto de irse. Suspiró con la mirada todavía fija en los viñedos—. Hoy han dicho en la radio que en un pueblo de Castilla han atacado una bodega que vendía cava catalán, ¿os lo podéis creer? Todavía tenemos que renegociar el Estatut después del fallo del Constitucional, pero tampoco hay que ponerse a prohibir los toros y crear provocaciones, porque entonces se nos pone todo el país en contra y, lo más importante, dejan de comprar cava.

María asintió.

—Por desgracia aún queda algo de esa actitud en Belchite —dijo.

Jordi y su padre negaron con la cabeza.

—Treinta años de democracia y todo sigue igual, que si Cataluña, que si los toros, que si el Estatut, la Iglesia..., todo por resolver —dijo Jordi, mientras acompañaba a María a la puerta, dejando a su padre inmerso en sus pensamientos.

La pareja llegó a la entrada.

—¿Estás bien, cariño? —preguntó Jordi, acariciando con delicadeza el pelo de María.

—Sí, no te preocupes. Mañana estaré mejor.

—Como quieras. —Jordi estaba decepcionado, pero intentó mostrarse comprensivo. Llevaba toda la semana esperando a María, sin apenas tiempo para la diversión o los amigos. Sólo había trabajado, dormido un poco y soportado los tensos almuerzos familiares con sus padres y hermanos. Había pasado toda la semana soñando con coger a María de las manos, ir al cine con ella. Tenerla cerca bastaba para hacerle feliz.

—Como tú digas. Te llevaré a casa —dijo, logrando esbozar una sonrisa que no sentía.

Era todo un caballero.

Jordi esperó en el coche después de dejar a María en su piso en el centro de Barcelona. Vio cómo ésta cerraba la puerta del portal y desde dentro le lanzaba un beso con aquellos labios que tantas veces le habían cautivado.

«Es tan guapa. Dios, ayúdame a contenerme hasta la boda».

A los siete años, Jordi —rico, listo y bien educado— se había convertido en el objetivo de los maestros de La Farga, una escuela del Opus Dei a las afueras de Barcelona. Allí, sus tutores consiguieron hacerle creer que Dios le había escogido para alcanzar la santidad a través de su organización. Sin el conocimiento de sus padres, que estaban demasiado ocupados con el negocio y peleándose entre sí, Jordi recibía invitaciones para montar a caballo, salir a esquiar, acudir a retiros espirituales en casas de campo en el Pirineo o para participar en campamentos deportivos —todo ello cebos para atraer adolescentes hacia el grupo—. Funcionaba. Jordi, al igual que sus compañeros, decía sí a todo lo que fuera pasar tiempo lejos de sus padres; y en su caso, todavía más, ya que los gritos o el silencio siempre presentes en casa hicieron que la fabulosa masía nunca fuera un verdadero hogar.

A sus padres no parecía preocuparles que su hijo pasara la mayoría de fines de semana en actividades organizadas por la escuela. Jordi era un chico tímido, así que a nadie le sorprendió que nunca trajese chicas a casa, a diferencia de sus tres hermanos, cuyos habituales problemas con los coches deportivos y las mujeres consumían toda la atención familiar. Sus padres nunca se imaginaron que su segundo hijo había sido captado una tarde de verano, cuando tenía tan sólo trece años, durante un campamento de estudio en una mansión del Opus en la Costa Brava. Su mentor, el padre Juan Antonio, se lo llevó a una habitación, echó las persianas, eliminando la luz del día casi por completo, y le habló del Opus con voz grave, insistiendo en que Dios lo había reclamado por su inteligencia y superioridad humana.

A los dieciocho años, durante su primer curso en la universidad, en Pamplona, Jordi entró en el Opus Dei en calidad de numerario, uno de los rangos más distinguidos, reservado a quienes comparten una vida célibe, viviendo en pisos grandes y lujosos, dedicando su vida y su sueldo a la causa.

Pero Jordi, poco acostumbrado a convivir con mujeres, al no tener hermanas y al haber estudiado siempre en colegio de chicos, no pudo evitar mirar a sus compañeras de clase, algunas más guapas de lo que él nunca había visto, o tan siquiera imaginado.

Pero sólo María le conquistó el corazón. Ambos habían pasado semanas observándose mutuamente mientras fumaban fuera de la biblioteca, en medio del frío invierno pamplonés. También habían intercambiado miradas en la sala de lectura, desde sus asientos habituales, María siempre junto a la ventana y Jordi en el pasillo, para así charlar con quien entrase o saliese.

A Jordi enseguida le cautivaron los profundos ojos negros de María, sobre todo cuando miraba a través de los cristales, con una sensación de melancolía reflejada en su cara. Impactado por su belleza y por su misterio, no dejaba de pensar en ella, estuviera o no presente.

Al final reunió suficiente valor para pedirle un cigarrillo, lo que dio pie a una amistosa conversación sobre la universidad y el horrible tiempo que hacía. Esa misma noche, él y un amigo suyo se la encontraron en el cine; estaba sola, sentada en la última fila, como de costumbre. Después de la película le ofrecieron que les acompañara a tomar un café o un helado y, para sorpresa de Jordi, accedió.

Con el paso de los días, sus esfuerzos por dejar de pensar en María a todas horas fueron en vano. La ayuda de su director espiritual también resultó fútil, y la tentación se hizo insoportable. Jordi se sentía un hipócrita cada vez que acudía a la misa obligatoria diaria y tenía que asegurarle a su confesor que era feliz de regalar su vida a Dios a través del celibato.

Esta angustia se veía compensada por la felicidad que sentía todas las mañanas, al despertarse, ante la posibilidad de ver a María, de cruzarse con ella en el campus. Sin saber por qué, se sentía joven, ágil, despierto, más ilusionado que nunca.

Al cabo de un proceso agotador, pero siempre manteniendo la serenidad, Jordi decidió convertirse en supernumerario, los miembros del Opus que se casan pero siguen manteniendo su compromiso con Dios y con un director espiritual, acudiendo a misa diaria y, en ocasiones, donando más de la mitad de su sueldo a la organización.

Jordi sabía que abandonar el celibato no implicaba abandonar el Opus Dei. No quería acabar como las personas de las que había oído hablar, quienes, tras abandonar el grupo, se enfrentaban a una vida llena de perturbaciones emocionales. Según tenía entendido, algunos incluso llegaban a suicidarse. Jordi había crecido bajo la tutela del Opus. Era su vida. Jamás abandonaría la seguridad que le proporcionaba.

Unas semanas más tarde, espoleado por el sol primaveral y su nueva libertad, Jordi intentó provocar tantas conversaciones ocasionales con María como le fue posible. Cansado de tantos intentos, un día le preguntó directamente si quería ir al cine.

Tras ver *French Kiss,* donde compartieron las palomitas que él había comprado impacientemente casi una hora antes de la película, Jordi acompañó a María a su colegio mayor y, antes de salir del coche, la besó fugazmente en los labios.

Durante las semanas que siguieron, Jordi fue incapaz de ocultar su felicidad infinita. Los días se sucedieron salpicados de innumerables excursiones al cine, cafés y horas en la biblioteca, con más flirteos que estudio. El tiempo pasó más deprisa de lo que nunca había experimentado, tanto que el almendro frente al edificio principal de la universidad floreció antes de que se dieran cuenta. La tradición rezaba que si uno no empieza a estudiar antes de que salgan las primeras flores, mejor ni intentarlo. Aquel año, Jordi y María fueron una excepción.

Jordi seguía aparcado frente al piso de María, en la calle Aribau. Se acarició las manos con delicadeza, casi inconscientemente.

«María...», pensó con deseo, sintiendo aún la inercia del último beso.

«Dios, por favor, ayúdame a llegar a la boda como un auténtico cristiano, mostrando todo el respeto que mi novia se merece». Tuvo que repetirse esas palabras una y otra vez.

En Pamplona, las relaciones antes del matrimonio eran una rareza casi sólo practicada por una segregada minoría vasca y local —conocidos como los «radicales»—, a la que ni Jordi, ni María ni ninguno de sus amigos pertenecían. La mayor parte del tiempo que pasaban juntos era en espacios públicos, ya que no se admitían hombres en Goimendi, el colegio mayor de María, y ésta sólo podía visitar el piso de Jordi a ciertas horas de la tarde. Jordi y sus compañeros, todos opusianos, habían acordado, por supuesto, que ninguna mujer podía estar en el piso a partir de las nueve de la noche.

La mayoría de sus amigos en la universidad tenían ocho o nueve hermanos. Sus padres habían seguido las directrices del fundador del Opus, José María Escrivá de Balaguer, el sacerdote que creó el grupo a finales de los años veinte, escogiendo a sus miembros entre la élite española del momento. Durante los años cincuenta, en pleno esplendor franquista, la organización siguió atrayendo sobre todo a los ricos que podían alimentar a todos los hijos que Dios les diera —los anticonceptivos estaban terminantemente prohibidos—. El grupo creció hasta nuestros días, llegando a controlar influyentes medios de comunicación, empresas, bancos, fábricas y, por supuesto, colegios y universidades donde educar a sus retoños, como la Universidad de Navarra.

Parte de la élite española actual había empezado a relacionarse en los bares de Pamplona, sobre todo en Faustino, la cafetería de la universidad, donde los camareros, todos ellos hombres, vestían chaquetas blancas con botones dorados y pantalones negros. No servían alcohol, sino únicamente café y refrescos, a unos estudiantes que, después de charlar entre sí, se iban a clase atravesando los pulidos suelos de mármol blanco y negro en los que casi se podían ver reflejados. En el piso de Jordi, una asistenta les cocinaba, les planchaba las camisas y limpiaba la casa, algo bastante habitual entre los estudiantes varones. En cambio, se esperaba que las mujeres universitarias se responsabilizaran de sus propias tareas domésticas.

En Pamplona, un beso equivalía prácticamente a un compromiso, pero los de Jordi fueron aumentando en duración y pasión con el paso de los meses. Cuando llegaba a su casa lleno de deseo, después de un largo beso y posiblemente varias copas, Jordi recurría al cilicio o, si el impulso era incontrolable, se dejaba llevar por la tentación —si bien se confesaba con una insoportable culpa al día siguiente.

Se había enamorado perdidamente de María, sólo quería estar a su lado, contemplarla. Le encantaba charlar con ella, aunque sólo fuese para oír cómo despotricaba contra la ideología ultraconservadora de la universidad. A menudo se quejaba de la censura de la biblioteca, que clasificaba los libros del uno al seis, siendo los últimos los menos recomendables y, por lo tanto, raramente estaban disponibles. Este grupo incluía a Lorca, Orwell o Marx; incluso los relatos de Hemingway sobre la Guerra Civil eran difíciles de encontrar.

A Jordi no le importaba demasiado que algunos libros no estuvieran disponibles, y tampoco se había dado cuenta de que *El País* no estaba en las estanterías, ni siquiera para los estudiantes de Periodismo, ya que él leía *La Vanguardia.* Simplemente adoraba ver aflorar la personalidad y la pasión de María y sus ojos brillantes de ideas, aunque no comulgase con ellas. Sencillamente la adoraba.

Con el paso de las semanas, a Jordi le costaba cada vez más controlar la tentación. Una noche, mientras contemplaban el mar en San Sebastián, los dos empezaron a besarse apasionadamente dentro del coche. El aliento de María se aceleró y, cerrando los ojos, sugirió ir al asiento de atrás, un momento que Jordi había temido desde el principio. Consciente de que ella no pertenecía al Opus, ¿cómo iba a convencerla de que esperase hasta después del matrimonio?

Cuando le dijo, con todo el cuidado del mundo, que pertenecía al Opus Dei, María se echó hacia atrás. Trató de tranquilizarla y explicarle lo que el Opus y Dios significaban para él, cómo habían forjado la persona que era, pero ella le apartó.

La noche acabó en lágrimas, con María incapaz de comprender lo que Jordi decía o lo que la religión significaba para él. Jordi también estuvo al borde de las lágrimas, puesto que su esfuerzo por controlar sus deseos rayaba lo insoportable. Con todo, si allí había alguien acostumbrado a refrenarse, era él.

María rompió la relación durante varias semanas, diciendo que se sentía rechazada. Había sospechado que Jordi simpatizara con el Opus, pero tenía la esperanza de que el sentido común acabaría imponiéndose y que ambos terminarían cediendo a la pasión de manera natural. María nunca pensó que alguien le pediría algún día que tuviera todos los hijos que Dios le enviara, diez, doce o puede que más. Ella, dijo, nunca podría ser ese tipo de mujer, ni siquiera para él, por mucho que le quisiera.

Jordi acabó con el corazón roto y pasó días enteros escribiéndole cartas llenas de ternura, respeto y amor. La quería más que a nada en el mundo, y nunca perdió la esperanza de poder alcanzar una solución, de una manera u otra.

Un día, María regresó finalmente, diciendo que le echaba mucho de menos y que lo quería lo suficiente como para esperar. También acordaron, de momento, no decidir cuántos hijos tendrían si alguna vez se casaban.

Jordi no cabía en su felicidad, y el compromiso de María le hizo amarla todavía más. No paró de cuidarla, siempre imaginando cuáles eran sus necesidades: cuando tenía exámenes, él le hacía la compra; le arreglaba los pinchazos de la bicicleta o compraba las entradas para ver las películas que ella más esperaba, aunque ni se las hubiese mencionado. Siempre acertaba.

Un fuerte pitido despertó a Jordi de sus pensamientos. Respiró hondo y arrancó el motor. Regresó a casa por la Diagonal, ahora oscura y silenciosa.

«Qué mujer. Ha sido muy paciente conmigo. La haré feliz. Lo prometo; es mi vida entera».

* * *

Esa noche, María puso su música cubana favorita y salió a la terraza para disfrutar del todavía cálido aire de octubre. Miró hacia el interior de su piso; todas las velas estaban encendidas, como le gustaba.

Su buen sueldo le permitía alquilar un ático de dos habitaciones en un edificio modernista del Eixample. Desde su terraza, podía ver la Rambla Catalunya y la Sagrada Familia. Le encantaban las noches de verano allí, con sus geranios y su colección de hierbas para cocinar. Era su pequeño mundo, desde el que podía contemplar las estrellas, cuidar de sus plantas, poner la mente en blanco, fumar y disfrutar de una copa de Mas la Plana, su tinto favorito. De hecho, el vino le gustaba más que el cava, aunque nunca se lo había dicho a Jordi, y mucho menos a su padre.

*Bombillo* salió a la terraza y levantó la mirada hacia María, ronroneando y provocándole una sonrisa. Saltó sobre ella y se aposentó en su regazo.

«Pobrecillo, he estado demasiado tiempo fuera», pensó María, acariciando a su querido siamés, que no dejaba de menear la cola de un lado a otro.

El viejo *Bombillo,* el gato que había tenido desde los siete años, se trasladó a casa de la abuela Basilisa cuando María marchó a la universidad; su madre no quería saber nada de él, y el pobre murió de viejo cuando María aún estaba en Pamplona. Tras unos días de absoluto silencio tras su muerte y años sin poder hablar de gatos o tan siquiera acariciarlos, María por fin acogió a *Bombillo II,* sin duda el mejor regalo de Jordi, que tan bien la conocía.

Levantó la mirada hacia el cielo.

«Seis meses para la boda».

Bebió más vino y relajó los hombros. Suspiró profundamente y se imaginó las suaves manos de Jordi acariciándola, una fantasía que tenía desde que le conoció en Pamplona. Sola en su pequeña habitación en Goimendi, su colegio mayor, María había soñado muchas noches con Jordi. Allí, rodeada de crucifijos obligatorios, biblias y misales, María había deseado a Jordi, algunas veces sin poder evitar la tentación —que nunca admitió a su confesor—. Todas las mañanas, antes del desayuno, María asistía a una misa «voluntaria», en teoría, las alumnas del colegio, que contaba con su propia capilla, no estaban obligadas a asistir, pero la ausencia estaba tan mal vista que todas se sentían obligadas a ir. De rodillas en el confesionario y a través de una cortina negra aterciopelada, María nunca habló de sus pensamientos nocturnos al padre Domingo, profesor y sacerdote a cargo de la residencia. Siempre intuyó que aquella información le daría un gran poder sobre su persona y, por lo que había tratado con él, dudaba de sus buenas intenciones. Cubierto de pies a cabeza con una sotana negra, el padre Domingo siempre iba solo, cojeando por los pasillos de la universidad mostrando su cínica sonrisa. Siempre rodeado de un siniestro silencio, su penetrante mirada lo había convertido en una de las figuras más temidas por los estudiantes.

María no echaba de menos su etapa universitaria. Le encantaba el bullicio de Barcelona y se consideraba una mujer independiente, más o menos feliz. Su vida estaba llena, por lo que no tenía demasiado tiempo para pensar, cosa buena, se decía siempre.

Sólo le molestaban los muchos días de fiesta —San esto, San lo otro—, ya que la vida parecía detenerse, perdiendo la adrenalina de la rutina diaria, del trabajo, el gimnasio y la BlackBerry.

Esos días le parecían largos y vacíos, como los domingos, que solía pasar con Jordi y sus aburridos amigos opusianos. De todos modos, ese grupo, que la quería y se interesaba por ella, también le hacía sentirse menos sola y asilada en la gran ciudad. Al Opus se le daba bien hacer que la gente se sintiera bien acogida; ya fuese con paseos por pueblecitos de la costa, excursiones a los Pirineos, unas risas alrededor de un café o compartiendo una tortilla, Jordi y sus amigos llenaban el vacío que sentía en sus horas más bajas. Aun así, María volvía a veces a la figura solitaria de Pamplona, hasta que Jordi se acercaba y la devolvía al feliz e incuestionado mundo del Opus, donde, como en las películas de Disney, todo el mundo era rico, sano y feliz.

Los mejores momentos, sin duda, los pasaba sola en su terraza, envuelta por el cálido aire de las noches mediterráneas, escondida en su propio mundo, sin ver a nadie, o más bien sin dejar que nadie la viera a ella. Se pasaba largos ratos soñando despierta, sobre todo y nada, creando apasionadas historias de amor que sólo existían en su mente.

«Seis meses para que llegue la boda».

El corazón le dio un vuelco.

Jordi le propuso casarse un año después de terminar la carrera, cuando ambos estaban bien establecidos en sus trabajos en Barcelona. Ella le pidió más tiempo y pasó un año decidiendo si seguir adelante con un futuro que le ofrecía seguridad, ternura y comodidad, o romper, a la espera de una aventura pasional, como las que imaginaba.

«Eso son películas, sé realista, Jordi me querrá siempre. Es la elección correcta», se había dicho muchas veces. No quería acabar como su abuela. Su madre siempre le había dicho que la abuela Basilisa se enamoró de un obrero que la abandonó, embarazada, tras llevarse los ahorros de la familia. María adoraba a su abuela, pero nunca habían hablado de su pasado.

«Las historias apasionadas nunca acaban bien», le había advertido siempre su madre.

María tampoco quería acabar como ella, atrapada en un matrimonio sin la menor pasión, o sin una pizca de amor.

Esa contradicción siempre la dejaba exhausta, y era entonces cuando más deseaba a Jordi y la seguridad que éste le proporcionaba. Un año después de la petición, María finalmente dio el sí. Contempló su anillo de diamantes.

«¿Qué saben las piedras de amor?».

*Bombillo* le olisqueó toda la cara y volvió a aposentarse en su regazo, cerrando los ojos y frotando la cabeza contra su pecho.

«Qué pequeño y vulnerable», pensó María.

De repente se acordó de cuando era niña, pequeña y vulnerable, en su cuarto de Belchite. Las lágrimas enseguida llenaron sus ojos.

# Capítulo 2

Inmaculada Concepción de la Vega, o Conchita, como se la conocía, contemplaba sus olivos, viejos y retorcidos, a través de la ventana de la cocina. La oliva estaba lista para la recogida, y con un poco de suerte el año sería mejor que el anterior, cuando las inundaciones redujeron la producción de aceite a niveles que sólo había visto una o dos veces a lo largo de treinta años.

Conchita, una mujer alta, con brazos grandes y fuertes y una larga nariz aguileña, echó un poco de tomillo sobre el cordero que preparaba y colocó la cazuela de arcilla al fuego. Era el día del Pilar, santo y cumpleaños de su hija mayor, y esperaba a toda la familia para comer; todos excepto María, la más pequeña, que, en su opinión, había esgrimido una mala excusa.

«Siempre hace lo que le da la gana. No respeta las tradiciones de los demás. Qué chica más egoísta. Y aun así querrá que todos la ayudemos en su boda».

Conchita, vestida con una falda negra y una blusa gris abrochada hasta el cuello, se quitó el delantal y salió de la casa familiar en Belchite, un pueblo todavía atrapado en su pasado trágico. Le encantaba pasear entre los cientos de olivos que habían sido propiedad de los De la Vega desde hacía más de doscientos años. Olían a tierra y a naturaleza, sobre todo los que tenían más de mil años.

Todo lo que sabía de ellos, y de la familia, era lo que su madre le había contado. Los abuelos de Conchita, por parte de madre, habían muerto durante la Guerra Civil, aunque no conocía los detalles. En cuanto al resto de la familia, ni siquiera sabía quién era su padre. Su madre le dijo hacía muchos años que era un republicano que se había escapado con casi todo el dinero de la familia. Ni Conchita ni nadie más del pueblo se habían atrevido a preguntar más.

Conchita se crió entre las ruinas del Belchite Viejo mientras su madre trabajaba para recuperar los olivos y las tierras, que, como todo el pueblo, quedaron totalmente destrozados tras la guerra. Ahora, a los sesenta y siete años, Conchita aún daba paseos solitarios por los campos, como hiciera de niña. Entonces, solía trepar por los troncos retorcidos de los olivos más fuertes y antiguos para construir casitas en sus ramas; poco imaginaba ella que, muchos años después, un ejecutivo japonés le ofrecería cincuenta mil euros por el olivo más viejo, del que se creía que tenía mil quinientos años, y al que llamaban *El Abuelo.*

«Por encima de mi cadáver tendrán que vender esta maravilla», pensó Conchita mientras acariciaba una de sus ramas. Contempló el árbol mientras lo rodeaba lanzando profundos suspiros al aire. Este símbolo de paz, con sus ramas oscuras y su presencia majestuosa, era lo único que conseguía tranquilizar a Conchita.

Incansable, ésta prosiguió su paseo, deteniéndose para observar alguna de las olivas que brotaban de los árboles más jóvenes.

«Cinco semanas y esto estará listo para la recogida. Este año será mucho mejor; puedo sentirlo, al menos medio millón de kilos». Miró al cielo, ahora nublado. «Dios, danos sólo un poco más de lluvia».

Conchita fue a la planta de producción, a apenas cien metros de la casa familiar, para comprobar que todo estuviera en orden. Su hija Pilar estaba al cargo del negocio, pero Conchita todavía se sentía responsable. María nunca se había preocupado por la empresa por razones que su madre aún no entendía.

«Espero que Jordi le ponga los pies en el suelo cuando se casen. Si tan sólo se diera cuenta de que tiene un negocio de primera clase en casa, ¿para qué trabajar en un banco, si al fin y al cabo allí tampoco se produce nada? Comprar y vender dinero con dinero, ¡ya me dirás qué cosa más tonta!».

Conchita abrió el amplio portón de la nave y observó la maquinaria alemana que compró hacía unos años; ahora quedaría obsoleta, ya que Pilar había encargado un nuevo modelo francés, toda una revolución respecto a los viejos instrumentos que la abuela Basilisa compró a finales de los años cuarenta, cuando la electricidad por fin llegó a Belchite. En una esquina de la planta, Conchita guardaba las enormes piedras que usaron sus abuelos y que, tiradas por mulas, servían para prensar la oliva. Aún recordaba a su madre empujándolas con los brazos, después de la guerra, cuando el pueblo estaba tan devastado que ni siquiera las mulas habían sobrevivido. Ahora, la nueva maquinaria incluso recogería las olivas automáticamente.

«Mi madre también sudó por esto. Ojalá mis hijas, sobre todo Pilar, tuviesen el mismo espíritu, pero nunca han tenido que luchar por nada. María es diferente; sí tiene la determinación, pero a esa niña esto no le importa nada en absoluto».

Conchita echó una última mirada a la planta. Orgullosa de su empresa, y siempre con su ademán firme y contundente, regresó a la casa familiar, recogiendo el periódico local que acababan de dejar en el porche. Echó una rápida ojeada a la portada.

«El nuevo alcalde socialista abrirá el pueblo viejo al turismo».

Conchita se detuvo y siguió leyendo:

«Pablo García, el primer alcalde socialista electo en Belchite en más de sesenta y cinco años, quiere abrir el pueblo viejo al turismo y construir un museo de la Guerra Civil en la iglesia, que fue destruida en 1938».

«Dejad a los muertos en paz. Después de tantos años no hay por qué hablar». Siguió leyendo:

«El pueblo viejo de Belchite, que Franco quiso mantener intacto después de su destrucción durante la Guerra Civil para mostrar las barbaridades de las que eran capaces los rojos, podría restaurarse y abrirse al turismo. El alcalde viajará a Madrid y a Bruselas para recaudar fondos y así financiar la reconstrucción de la iglesia. Allí se ubicará el museo, que albergará fotografías, textos y mapas sobre la caída de Belchite en manos del ejército rojo en 1938, y sobre la reconquista por parte del ejército nacional un año después».

Conchita suspiró y entró en casa. Desde la ventana de la cocina, miró los restos de la iglesia del pueblo viejo, no quedaban más que los arcos. La techumbre, algunas columnas y las paredes, como el resto de los edificios del pueblo viejo, habían sido bombardeados y destruidos en 1938. Las calles y las casas estaban tal cual habían quedado al finalizar la guerra, con la excepción de la maleza que había crecido desde entonces. Los habitantes de Belchite se trasladaron al pueblo nuevo, adyacente al viejo, construido por docenas de prisioneros políticos después de la guerra. El traslado, lento y tedioso por la falta de materiales en una España autárquica y pobre, no finalizó hasta mediados de los años sesenta.

Hacía unos diez años que el ayuntamiento había construido un muro alrededor de las ruinas, ya que se había vuelto peligroso para la gente que iba a pasear; cualquiera podía ser víctima de una cornisa o un trozo de metal desprendido de los edificios en descomposición. Tampoco es que atrajera a ningún turista, excepto algunos extranjeros y jóvenes historiadores españoles, pero muy de vez en cuando. Sólo el viento y los pájaros podían escucharse dentro de los muros del Belchite viejo. La última visita de Conchita fue hace más de diez años, antes de que lo tapiaran, para conmemorar a los soldados nacionales caídos. La visita duró poco, ya que, asustada por el ruido de una ventana que se derrumbó, le faltó tiempo para salir.

Conchita volvió a mirar el periódico y luego lo tiró a la papelera, pensando que si su madre y Soledad, su amiga de toda la vida, lo vieran, podría provocar una discusión familiar que hoy no deseaba. Era el día del Pilar y quería tener la fiesta en paz.

«A mis sesenta y siete años, quiero tranquilidad. La ausencia de María seguro que ayuda».

No es que Conchita no quisiera a María. Adoraba a su hija menor, pero su controvertido carácter hacía difícil que nadie se relajase en su presencia. Las diferencias políticas de María con su padre sólo añadían tensión, por mucho que Conchita hubiese prohibido hablar de religión, dinero o política durante las comidas familiares. Aun así, admiraba a su hija por ser consecuente con sus principios. A diferencia de Pilar, María había dejado Belchite para labrar su propio futuro, aunque fuera entre banqueros, a los que Conchita llamaba «tiburones», lo que sin duda molestaba a María.

Ella misma y su madre también lucharon contra el mundo para convertirse en mujeres sólidas, fuertes e independientes. Pero María tenía un punto de insolencia que Conchita no podía aguantar.

«¿Qué le costará mostrar un poco de respeto por la familia y venir hoy? Es el cumpleaños de su hermana, por el amor de Dios; y dice que tiene que trabajar. Yo nunca he faltado a un compromiso, y si tenía que trabajar por las noches, lo hacía, aunque acabara agotada. Esta generación no sabe lo que es el sufrimiento. Creen que todo es fácil, ya descubrirán la verdad por las malas».

Conchita meneó la cabeza en silencio mientras removía el guiso.

«Tendrían que haber vivido una guerra».

El reloj de pared daba las dos de la tarde cuando oyó a su madre y a Soledad abrir la puerta principal.

—Hola. Justo llegamos cuando se pone a llover —dijo su madre, una mujer pequeña pero que antaño fue muy fuerte, de rizos blancos y grandes ojos azules. Soledad, que contaba ya las noventa primaveras, se quitó el abrigo y se metió directamente en la cocina.

—Vaya, estos corderos, qué *gordicos* vienen hoy en día, ¡qué barbaridad! —dijo al mirar dentro de la cazuela.

Maestra durante la República y socialista de carné, Soledad tuvo que esconderse en las montañas al acabar la guerra, hasta que a mediados de los años cuarenta se trasladó definitivamente a la casa de los De la Vega. La abuela Basilisa le había conseguido un documento firmado por un falangista, según el cual la antigua «roja» ya no era una amenaza para el Estado. Soledad nunca volvió a trabajar como maestra, y dedicó su vida a apoyar a la amiga que le había salvado la vida. Ayudó a criar a Conchita, a quien enseñó a leer y a escribir mientras su madre trabajaba día y noche en los campos, a veces prensando las olivas con sus propios pies. La guerra no había dejado más que polvo y hambre tras de sí.

Décadas más tarde, al nacer Pilar y María, la abuela Basilisa se mudó a otra casa, cerca de la iglesia nueva, en busca de paz. Con casi sesenta años, decidió que ya había trabajado suficiente y que deseaba tranquilidad tras una vida de lucha constante. Conchita se las arregló para convencer a Soledad de que se quedase en la casa familiar, ayudando con las niñas. Entonces, a sus sesenta y cinco años, Soledad aún quería sentirse útil, y ayudar a Conchita con sus hijas tenía más aliciente que permanecer en la nueva casa de la abuela sin nada que hacer.

A pesar de sus diferencias políticas, Conchita adoraba a Soledad. Tras haber pasado la mayor parte de su infancia y juventud en el triste internado de las Esclavas de Dios en Zaragoza, el poco cariño que recibió fue el de Soledad, casi más que el de su propia madre. De hecho, Conchita no había visto demasiado a su madre durante su infancia y adolescencia, ya que la abuela Basilisa no había dejado de trabajar ni un solo instante en toda su vida, al menos hasta que se mudó a su nueva casa.

—¡Mira, he recibido una postal de María desde Londres! —exclamó Basilisa, triunfante, orgullosa de su nieta. Tendió la imagen del palacio de Buckingham ante la mirada de Conchita, mientras Soledad la ojeaba por encima del hombro.

—¡Abajo la monarquía! —dijo inmediatamente Soledad—. ¡Viva la República!

—A tus noventa años y sigues siendo una activista política. Que Dios te guarde el espíritu —sonrió Conchita, aunque la postal le había dejado algo molesta, ya que ella no había recibido ninguna. Conchita sabía que había estado muy ocupada cuando María era pequeña; quizá no le había dedicado todo el tiempo que ella necesitaba.

—Qué lista es esa chica —dijo la abuela, orgullosa—. Y también qué dulce.

«No sé si "dulce" es la palabra adecuada...», pensó Conchita, tratando de recordar la última vez que María le había dado un beso o un abrazo.

Las tres mujeres desviaron la mirada hacia el cordero, que ya estaba a punto. Delantal a la cintura, y las mangas bien remangadas, enseguida prepararon una tortilla y una ensalada con el mejor aceite de oliva, totalmente casero. Basilisa examinó el color dorado del aceite a través del envase de cristal.

—Para ser del año pasado, todavía sigue muy brillante —dijo, vertiendo un poco sobre un trozo de pan, que se comió de un bocado. A sus ochenta y cinco años aún conservaba buen apetito.

«Ay, la guerra. Esta generación no conoce la moderación en la comida, con tanta hambre que pasaron; menos mal que he escondido ese periódico».

—¡Hola a todo el mundo! —dijo Pilar, una mujer alta y delgada con una nariz que recordaba a la de su madre, irrumpiendo en la casa con sus ruidosos hijos.

—¡Feliz cumpleaños! —dijo Soledad, mientras Conchita y su madre decían casi al unísono: «¡Feliz santo!». A diferencia de Soledad, preferían celebrar el santo antes que su cumpleaños.

Pilar nunca había mostrado una preferencia, mientras que María, para desesperación de Conchita, ignoraba su santo por completo.

Pilar desenvolvió un precioso ramo de gladiolos que su abuela le había preparado, y al abrir la basura para tirar el envoltorio, se topó con el periódico.

—Anda, ya lo he visto en la peluquería —dijo, rescatando el ejemplar—. ¡Quieren abrir el pueblo viejo!

Con gestos y muecas, Conchita trató de advertir a Pilar que dejase la conversación, pero su hija no supo interpretar las señales y dijo en voz alta:

—¿Qué dices, mamá?

Conchita cerró los ojos y claudicó. Echaba de menos a María, a pesar de la tensión que traía consigo. Al menos, Conchita y María se entendían en cuestión de negocios, eran capaces de comunicarse con un mero guiño. María era rápida e inteligente, mientras que a Pilar todo le llevaba más tiempo; hacía meses que planeaba comprar una máquina francesa para la planta, pero a este paso ya estaría obsoleta cuando llegara, pensaba Conchita.

—También he visto un equipo de televisión en la Plaza Mayor —prosiguió Pilar—. He oído en la peluquería que era la BBC. Están haciendo un documental sobre el pueblo viejo.

«Maldita sea, Pilar, maldita sea», pensó Conchita.

Conchita había explicado a sus hijas lo poco que sabía acerca de la historia familiar. De todos modos, prefería no remover el pasado, ya que suscitaba las iras y la tristeza de Soledad y su madre, y a sus ochenta y cinco y noventa años las emociones fuertes no eran aconsejables. «Es mejor ocultar estas cosas; lo pasado, pasado está».

—Que vayan a su país a remover a sus muertos, a nosotros, que nos dejen en paz —apuntó rápidamente Conchita.

—Yo hablaré con ellos si son de la BBC. —Soledad ya se había alterado—. No me apetece hablar con según qué periodistas españoles. Aquí, algunas cadenas están controladas por fascistas que no quieren hurgar en el pasado porque están demasiado avergonzados de sus atrocidades. Mejor hablar con los ingleses. Están más informados y vinieron a ayudar a la República. Me voy. —Se levantó, pero Conchita se apresuró a ponerle una mano en el hombro.

—Espera, espera, espera —Conchita trató de detener a Soledad, quien ya iba a por la chaqueta—. Déjalos en paz, ya encontrarán a otros. Tú tienes que cuidarte, y estas cosas siempre te alteran.

—¡Quiero hablar! ¡Necesito decirlo! —respondió Soledad, con el abrigo y el sombrero ya puestos. Levantó el brazo izquierdo y gritó—: ¡Viva la República!

Conchita suspiró, resignada.

—¿Y qué se les ha perdido en Belchite a los ingleses? —dijo, removiendo, con rabia, el cordero con un cucharón de madera—. ¿Y qué pasa con el cordero, Soledad? ¡Se va a enfriar! —gritó, pero Soledad, que era un poco sorda, no respondió.

—Madre, alguien debería acompañarla —propuso Pilar, sorprendida por la escena.

—Yo no —dijo Basilisa, con tono triste.

«Ya sabía yo que esto de la Guerra Civil no haría más que traer problemas», pensó Conchita.

Los hijos de Pilar, Inma e Ignacio, no paraban de gritar y jugar con una pelota junto a la cocina, desobedeciendo las estrictas órdenes de Conchita, que no quería balones en casa. De repente, los niños, que tenían siete y cinco años, estrellaron la pelota en un jarrón, que se hizo añicos. Era el regalo de bodas de la abuela a Conchita.

—¡Malditos diablos, el jarrón chino! —gritó Conchita, soltando la cuchara de madera sobre la encimera con ferocidad. Corrió hasta Inma e Ignacio y los abofeteó en la cara, una para cada uno, rápida y fuerte—. ¡Disciplina! Eso es lo que necesitáis —les chilló, mientras los pequeños se cubrían las mejillas enrojecidas con los brazos, como si esperaran otra bofetada.

Conchita se quedó quieta un instante, aún enfurecida, el brazo pendido en el aire, pero no continuó.

—Ya os he dicho muchas veces que no podéis jugar con la pelota dentro, ¿estamos? —gritó.

—Sí —repusieron casi a la vez con sus delicadas voces. Los dos niños se arrimaron a su madre entre sollozos.

—Madre, déjalos en paz, por favor —le rogó Pilar, consolando a sus hijos. Ella también parecía asustada—. Sólo son críos...

Conchita y Pilar oyeron cómo se cerraba la puerta delantera y supieron que Soledad se había ido. La vieron por la ventana, avanzando hacia el equipo de la BBC, fácilmente visibles por las cámaras y por su complexión alta, delgada y paliducha. Presa de su excitación, Soledad trastabilló en una piedra y casi se cayó.

—Alguien tiene que acompañarla —insistió Pilar, que aún consolaba a sus hijos.

«Al final siempre me toca a mí. Tengo que hacerlo siempre todo».

—Ya voy yo —dijo Conchita en tono dictatorial, quitándose el delantal y lanzándolo sobre una silla—. Pilar, limpia el desastre que han dejado tus hijos; madre, tú vigila el cordero, y vosotros, niños, ¡silencio! —volvió a gritar, provocando que se escabulleran detrás de su madre.

Pilar suspiró y se volvió hacia ellos.

—No os preocupéis, sólo es su malhumor, tranquilos, mamá está aquí... —dijo, acariciándoles la cabeza con dulzura.

«¿Malhumor? ¿Qué malhumor? Deberían darme las gracias por que siga dándoles de comer después de cómo se han comportado. Las monjas me habrían encerrado en mi cuarto durante uno o dos días sin comer si hubiese roto algo en el convento. Los niños de hoy no tienen ninguna disciplina».

—También se está haciendo mayor —susurró Pilar a sus hijos.

Conchita, que gozaba de buen oído, sintió ganas de abofetear a su hija por su falta de respeto, pero recordó a Soledad casi cayéndose al suelo y se dirigió hacia la puerta. En ese momento, su marido entraba.

Honorato llevaba el pelo blanco bien peinado, y siempre lucía chaqueta y corbata, aunque sólo fuese para jugar al dominó con sus amigos en el casino local. Tenía unos ojos profundos, con unas cejas gruesas, casi unidas en el centro. Se conocieron a los veintisiete años, durante un viaje a Roma para ver al papa, y se casaron casi un año después, cuando Honorato entró en el Ejército como oficial de segundo grado.

—Hola, ¿está listo el cordero? Tengo un hambre de caballo —dijo Honorato, dejando el sombrero en la entrada. Hombre de baja estatura y pocas palabras, Honorato no había cocinado desde que se casaron, hacía casi cuarenta años.

—Sí, pero ahora tengo que ir a por Soledad, que va derechita a entretener a unos extranjeros en el pueblo viejo —contestó Conchita abruptamente.

—He oído en el casino que los de la BBC están husmeando por ahí. ¿Qué se les ha perdido en Belchite? —espetó Honorato con desprecio.

—Por una vez, estoy de acuerdo contigo —dijo Conchita, y dio un portazo tras de sí.

—La República fue lo mejor que ha dado este país en el último siglo, España sería hoy como Francia o Inglaterra si la hubiesen dejado en paz —explicaba Soledad al equipo de la BBC—. La educación era primordial, contrataron a ocho mil maestros, como yo. Venid, os enseñaré dónde estaba la escuela.

Conchita alcanzó al grupo en un edificio en ruinas que bien podría haber sido cualquier cosa, pero que, según Soledad, fue una escuela primaria. Ella no lo sabía; de hecho, nunca había estado en el pueblo viejo con Soledad ni con su madre.

—Entonces todo era muy diferente. Los niños y las niñas iban juntos a clase, impartíamos algunas lecciones al aire libre, rodeados de árboles y plantas. Enseñábamos música, jardinería, teatro; montábamos en bicicleta, leíamos poemas en el bosque... Incluso llevé a mi clase a una lectura de Lorca, en Zaragoza. Le conocimos en persona, fue maravilloso.

«¿De verdad?». Conchita no sabía gran cosa acerca de Lorca. Sus libros habían sido prohibidos en las escuelas después de la guerra y tampoco María o Pilar, una generación más tarde, lo habían estudiado apenas en el colegio, salvo alguna referencia. Conchita, al igual que muchos españoles de su edad, sólo sabía que era rojo y, todavía peor, homosexual.

—Nos quedábamos por las noches para enseñar a leer y a escribir a muchos adultos que ni siquiera eran capaces de deletrear sus nombres —explicó Soledad con tristeza.

—El analfabetismo rondaba el sesenta por ciento por aquel entonces, ¿verdad? —preguntó el reportero.

—Sí, os habéis informado bien —dijo Soledad, siempre admiradora de los ingleses. Se decía en Belchite que había tenido una relación con un brigadista de la Universidad de Cambridge, pero éste murió trágicamente en la batalla del Ebro, rompiéndole el corazón para siempre. Ella nunca había dicho ni una sola palabra al respecto—. Hasta entonces, sólo los ricos recibían educación, y eso intentó cambiar la República —continuó Soledad—. España estaba partida en dos, era como si hubiera dos países diferentes, sin nada en común; uno rico y educado, y el otro pobre y analfabeto.

—¿Y eso fue lo que desencadenó la guerra? —preguntó el reportero.

—Eran los ricos contra los pobres, los católicos contra los agnósticos, los catalanes y los vascos contra los centralistas de Madrid: todos contra todos. —Soledad se volvió hacia el edificio en ruinas—. Nosotros tratamos de educar a todo el mundo, pero cinco años de República no fueron suficientes para enmendar siglos de decadencia.

—¿Diría que todo empezó con la Inquisición? —preguntó el periodista, con sumo interés.

—Desde entonces, en España, todo lo mínimamente natural era pecado, el simple hecho de «ser» ya era un pecado —todavía hoy en día, en los bautizos, a los pobres bebés ya les llaman pecadores, los pobrecillos, qué mal habrán hecho. Pero sí, tristemente, desde esa oscurísima etapa del siglo XVI, España cayó en una regresión, más que una progresión. Intentamos cambiar esa dinámica a través de la educación para todos, pero fue imposible. No nos dio tiempo.

Soledad bajó la mirada.

—Todo cambió drásticamente después de la guerra —prosiguió—. En los colegios, separaron a las chicas de los chicos, y monjas y curas sustituyeron a los maestros republicanos, colgando crucifijos donde antes había mapas y carteles. Las aulas se volvieron lugares oscuros y los niños ni podían cogerse de la mano mientras jugaban en el recreo. Tenían muy poco tiempo libre, pues se pasaban la mitad del día en la iglesia y el resto memorizando nombres de los conquistadores que destruyeron las culturas de Sudamérica, que para ellos eran héroes, claro. —Respiró hondo—. La creatividad o la expresión personal estaban casi prohibidas, la filosofía era: la letra con sangre entra.

«Justo como mi escuela». Conchita había oído a Soledad hablar de la República en muchas ocasiones, pero nunca con tanta claridad.

—Fue una tragedia —siguió Soledad con ojos llorosos—. Cuando los soldados de Franco entraban en pueblos y ciudades, fusilaban a todos los izquierdistas, incluidos los maestros. Miles de profesores fueron asesinados en las tapias de los cementerios y sus cuerpos arrojados a fosas comunes que no se han vuelto a abrir. Ni siquiera se sabe dónde está Lorca. —Las palabras le salían ahora con dificultad.

—¿Cómo sobrevivió usted? —preguntó el periodista.

—Yo quería ir a Francia, como tantos miles que abarrotaban las carreteras con sus mulas, coches, colchones y todas sus pertenencias, pero era peligroso hacerlo desde aquí, pues tenía que cruzar territorio nacional —dijo, finalmente percatándose de la presencia de Conchita, a quien saludó con una pequeña sonrisa—. También tuve que ayudar a mi amiga Basilisa, que estaba sola y embarazada, y sin sus padres, que habían muerto en la guerra. Me necesitaba y me quedé junto a ella.

Conchita se estremeció y respiró profundamente. Su madre le había explicado muy poco acerca de sus propios padres, pero de eso hacía muchísimos años y, desde entonces, ni una palabra. Como en tantas otras familias de todo el país, el trauma y el miedo a la represión de Franco habían silenciado a toda una generación durante décadas. La brutalidad de la represión franquista no se acababa en los fusilamientos y las prisiones, sino que llegaba a todos los rincones de la sociedad —el control que el régimen tenía sobre las personas era casi absoluto—. Conchita recordaba que su madre tenía que mostrar un salvoconducto sólo para desplazarse a Zaragoza, apenas a cincuenta kilómetros de distancia, o que las mujeres necesitaban un permiso escrito por sus maridos para encontrar un trabajo o abrir una cuenta bancaria. Las asociaciones o reuniones de grupos estaban prohibidas y, en caso de ser aprobadas, requerían la presencia de la Guardia Civil.

—Mejor nos vamos, Soledad. Te estás cansando —dijo Conchita, paciente, por una vez.

—Fue una tragedia —insistió Soledad entre lágrimas—. El país cayó en las manos de un dictador que todavía mató a cincuenta mil personas una vez finalizada la guerra, a veces sólo por ser familiares o amigos de republicanos. Cualquiera con un poco de inteligencia o amor por la libertad, o bien fue asesinado o se exilió. Ya os podéis imaginar lo que quedó, pues gobernaron el país durante cuarenta años.

—Pero usted se quedó... —dijo el reportero, visiblemente emocionado.

—Me escondí en las montañas, con los maquis. A veces, jugándonos la vida, me quedaba en casa de mi amiga Basilisa, y así yo la ayudaba en la casa mientras ella trabajaba en el campo, lo necesitábamos para no morirnos de hambre. Al final ella sobornó a un falangista con litros de aceite de oliva —que le dieron una fortuna en el estraperlo— y éste firmó un documento según el cual yo me había «reformado» y estaba adscrita a «la causa». Así me salvé, pero siempre que no levantara la voz ni expresara mis ideas. Y así me callé, durante décadas.

Se hizo un silencio.

—En este país, todavía nadie habla; hay demasiados secretos vergonzosos que guardar. —Soledad bajó la mirada, exhausta.

Conchita había escuchado el relato casi sin pestañear. «A mi edad, y todavía no sé ni qué pasó. Y mi padre ¿dónde está? ¿Es cierto que los rojos mataron a los padres de mi madre por ser los ricos propietarios de unos olivos, los patronos que rehusaron aumentar el sueldo de los hombres de cinco pesetas al día, y dos y media para las mujeres, por el mismo trabajo? ¿Por eso los mataron? ¿Quién lo vio? Ahora no es el momento de preguntar».

—Venga, Soledad, es hora de ir a casa —dijo Conchita, cogiendo a Soledad por el brazo—. El cordero debe de haberse enfriado.

—No sabéis la suerte que tenéis de ser ingleses —dijo Soledad al reportero.

Sin despedirse, Soledad empezó a caminar, lentamente, cogida del brazo de Conchita.

Las dos, aún en el pueblo viejo, se detuvieron en lo que un día fue la Plaza Mayor. Soledad cogió aliento y dijo:

—Todo pasó aquí, Conchita, justo aquí.

Conchita tenía mucha curiosidad, pero vio a Soledad en un estado demasiado frágil.

—Venga, vamos a casa —dijo.

—Espero que les dijeras a los periodistas que los rojos mataron a tus abuelos sólo por tener un negocio —dijo Honorato cuando

Conchita terminó de fregar los cacharros, una vez concluida la comida familiar. Él, que no había entrado en la cocina más que para coger cerveza desde que se casaron, estaba viendo un partido del Real Madrid en el salón.

Conchita no respondió.

«También podría haberles dicho que tú te casaste conmigo precisamente porque tenía ese negocio. ¿Quién eres tú para criticar a los demás? ¿Qué has hecho? Yo lo hago todo, llevo la casa y la empresa. ¿Y tú qué? Trajiste tus mulas, haces las cuentas y ya está».

—Y ahora, ese mentecato, el alcalde socialista que tenemos, quiere reconstruir el pueblo viejo. ¡Menudo disparate! —dijo, ajustándose el nudo de la corbata—. Deberían dejarlo como está para mostrar a las futuras generaciones lo que los rojos dejaron tras de sí, sólo sangre, destrucción y muerte.

—Dejémoslo, Honorato —zanjó Conchita—. Pasó hace mucho tiempo, y ni tú ni yo habíamos nacido. —Ya había tenido suficiente ese día y quería acabarlo en paz.

—Mi padre cojeó toda la vida por dos balazos en la pierna —siguió Honorato, como de costumbre ignorando a su esposa—. Le dispararon en plena procesión, durante la República, cuando esos imbéciles prohibieron los actos religiosos. Pero mi padre tuvo valor y salió con la Virgen al hombro, sólo para que esos animales le dispararan. ¿Y eso era un Gobierno democrático? Piedras, cuencos, sartenes, y hasta un jamón, esos malditos lanzaban todo lo que tenían a mano a los de las procesiones.

Honorato se aflojó la corbata cuando el sudor apareció en su frente. Casillas había parado un penalti y él ni se había enterado.

—También dispararon a mi abuelo, sólo por tener una granja de cerdos con cinco trabajadores —continuó Honorato, clavando la mirada en la pared—. Pobre hombre.

Conchita había oído alguna vez en el mercado cómo los comunistas de Belchite habían soltado cerdos y mulas en medio de las procesiones religiosas durante la República. A pesar de la prohibición de celebrar actos religiosos, los católicos insistieron en conmemorar la Pascua y el Corpus Christi, lo que dio lugar a dramáticas tensiones. En el pueblo se decía que, justo antes de la guerra, llegó a Belchite un grupo de anarquistas de Barcelona; se dirigieron directamente a la iglesia, profanaron los símbolos sagrados del altar, quemaron el edificio y dispararon al cura. Seguidamente, cortaron al pobre sacerdote en dos pedazos y lo colgaron de un poste en la Plaza Mayor con un cartel que rezaba: «Se vende carne de cerdo».

Conchita cogió su cesta de ganchillo.

—Tengamos la noche en paz, por favor, ya hemos tenido suficiente por hoy —dijo. No quería que su marido hablara más de la guerra. La única vez que le permitió hacerlo en la mesa, hacía unos meses, él y Soledad casi acabaron a puñetazos.

«El silencio todo lo cura».

Reclinada sobre su sillón, Conchita empezó a tejer un pequeño jersey para el primer hijo de María, a quien sin duda esperaría nueve meses después de la boda.

—Bueno, al menos el champán que compré para el santo de Pilar estaba bueno, ¿verdad? —dijo Honorato. El partido parecía aburrido.

Conchita levantó la mirada y observó a su marido.

—Sí, no estaba mal. ¿Cómo es que no compraste el cava de Jordi?

—Me apetecía cambiar un poco —contestó Honorato, la mirada fija en el televisor.

Conchita lo miró con suspicacia.

—¿Estás seguro?

Honorato volvió la cabeza hacia ella.

—¿Qué quieres decir?

—¿Seguro que no estás cayendo en ese ridículo boicot contra los productos catalanes? —preguntó—. No soy ninguna fan de ellos, pero nuestra hija pronto formará parte de una familia catalana, y deberíamos apoyarles.

Honorato volvió a su partido.

—Sólo era por cambiar.

«¿A quién te crees que engañas?».

Permanecieron en silencio durante un largo rato, hasta que sonó el teléfono que había sobre la mesita, junto a Conchita.

—Ah, María, hola, ¿cómo estás? ¿Ya has vuelto de Londres? —dijo Conchita, con cierta monotonía.

—Sí, estoy bien —respondió María. Siempre decía lo mismo—. ¿Cómo ha ido el cumpleaños de Pilar?

—No ha ido mal —dijo Conchita—. Te lo perdiste; pero, escucha, tienes que venir, porque he comprado muchas cosas para la boda: ya tengo las invitaciones, los puros para los hombres y también he encargado flores para la iglesia...

María la interrumpió:

—¿Qué? —gritó—. Madre, te he dicho mil veces que quiero verlo todo antes de comprar nada. ¿Qué flores has encargado? ¿Cómo son las invitaciones y qué pasa si no me gustan?

«Tantas cosas que hago y nadie lo aprecia. ¡Nadie!».

—¿Puedes esperar un poco y dejar que me explique? —Conchita, de mecha más bien corta, empezaba a enfadarse.

—No, madre, te lo he dicho infinidad de veces y sigues erre que erre. —A María tampoco le sobraba la paciencia.

—Son sobres de un rosa y verde maravilloso... —empezó a decir Conchita.

—¿Rosa y verde? —restalló María, horrorizada—. No pienso usarlos, y déjame en paz, es mi boda y yo tomaré las decisiones —zanjó María.

Cayó un tenso silencio.

—Pero es mi dinero —dijo Conchita.

—No quiero tu dinero. Yo pagaré la boda.

María colgó.

«¿Una chica dulce? —Conchita recordó las palabras de su madre—. Puede que lo sea con ella, pero, desde luego, conmigo no».

La irreverencia de María irritó a Conchita sobremanera. ¡Colgarle el teléfono a su propia madre! De haber estado frente a frente, la habría abofeteado, como hacían las monjas con ella cuando les faltaba al respeto. Conchita había pegado a María muchas veces cuando ésta era niña, ya que siempre lo rompía todo y contestaba mal. Casi la echaron de la escuela en dos ocasiones, pero cincuenta litros de aceite de oliva gratis para el convento bastaron para que las monjas perdonaran a su alumna más rebelde.

«¿Cuándo aprenderá esta hija mía algo de disciplina? Todavía no sabe que estamos en este mundo para sufrir. Eso es lo que yo he hecho, lo que hizo mi madre y seguramente también mis abuelos. Pero ella piensa que la vida es un juego, y alguien tiene que ponerle los pies en el suelo; si no es su madre, ¿quién entonces? Cuanto más alto suba, o espere subir, mayor será su caída. Tiene que hacer lo que todos: callar, agachar la cabeza y tragar. ¿Por qué se cree tan especial? ¿Por qué cree que puede descuidar e ignorar a su familia y el negocio familiar? Si yo me hubiese ido de Belchite así, como se ha ido ella, ¿quién se habría hecho cargo de las tierras? Mi madre también unió su destino a ellas, y aquí viene la niña a despreciarlo todo. Yo también hubiera preferido irme, estudiar en Madrid y casarme con alguien decente, en vez de este parásito que me ha tocado. Pero me quedé a ayudar a mi madre, a cuidar de mis tierras. ¿Por qué no puede hacer ella lo mismo?».

Conchita siguió con el ganchillo, aunque ahora con manos temblorosas. Esta hija suya siempre la sacaba de quicio, pensó, recordando cómo solía pegarla, de pequeña, con su zapato de tacón. Pudo haberla matado cuando un día fundió los plomos al poner comida de pájaros en los cables eléctricos, atrayendo a docenas de aves que acudieron a mordisquear el trazado de cobre, destrozándolo. Desde la cocina, Conchita la había visto subirse a un olivo para depositar la comida en los cables y entonces entendió el origen de los recientes cortes de luz, que arruinaban la comida de la nevera en tiempos de escasez. Dijo que sólo quería alimentar a dos pajarillos escuálidos que merodeaban por el jardín, pero Conchita no la creyó. Ese día, le dio tal paliza con el zapato y el cinturón que la hizo sangrar. No fue la única vez.

«Y sigue sin aprender».

Conchita siguió haciendo ganchillo, mientras rezaba en silencio.

«Ni siquiera sé por qué pierdo tiempo con este jersey; nadie aprecia lo que hago».

## Capítulo 3

María aterrizó en el aeropuerto de Stansted antes de las dos de la tarde de un frío viernes de noviembre. Había escogido un aeropuerto al norte de Londres para estar más cerca de King's Cross —según el ayuntamiento de Islington, la zona albergaba un área industrial, idónea para almacenar cava.

Tenía previsto entrevistarse con Nell Easton, la nueva funcionaria asignada al proyecto después de que el ayuntamiento rechazara la primera propuesta de los Gratallops. Las dos mujeres habían hablado varias veces por teléfono a lo largo de las dos últimas semanas. Habían acordado que el ayuntamiento y Patrick, el agente de María en Londres, buscarían un inmueble de dos plantas que se ciñera a las restricciones municipales. Patrick había seleccionado uno y le había mandado algunas fotos y mapas a María, quien venía ahora a revisarlo.

Impecablemente vestida con su traje Armani, y con los planos y documentos que Patrick le había enviado bajo el brazo, María se apeó de un taxi en Brewery Road a las tres y media en punto. No había traído equipaje alguno, ya que el plan era estudiar el edificio durante unas horas y regresar a Barcelona en el último vuelo.

María escrutó la zona, envuelta en el aire frío y lloviznoso de la tarde. Había muchos solares y edificios en estado ruinoso, observó, al tiempo que veía una delgada y oscura figura que caminaba hacia ella. Seguro que era la funcionaria municipal; no había nadie más por allí.

«Vaya sitio más extraño para reunirse». María miró calle abajo y sólo pudo ver un cartel comercial: «Tuberías Dalston».

—Hola, soy María de la Vega. ¿Es usted la señorita Easton? —preguntó María con una sonrisa, la mano tendida.

La mujer, vestida con pantalones negros, un grueso anorak del mismo color, botas de invierno y un gorro de lana, pareció sorprenderse de que le ofrecieran la mano, pero reaccionó rápidamente y la estrechó.

«Dios, está helada», pensó María.

—Hola, Nell Easton, encantada de conocerla en persona —dijo Nell con una leve sonrisa—. Le agradezco su interés en Islington. A Patrick, su agente, le encanta este lugar y, por supuesto, nosotros también estamos encantados.

«Ya, espero que esta vez nos pongáis las cosas un poco más fáciles», se dijo María, recordando la semana que pasó el mes anterior, peleando con el ayuntamiento por un proyecto que al final fue rechazado por ser demasiado simple y alto.

«Esta funcionaria parece un poco más avispada que el anterior, menos mal». María miró los grandes ojos de su interlocutora, tenían el color del Mediterráneo, el mismo azul claro brillante, lleno de vida. Los observó durante unos segundos.

—¿Vamos a ver el edificio? —Nell emprendió la marcha sobre la calle sucia, repleta de charcos—. Espero que haya encontrado los mapas y las fotos de utilidad.

—Sí, gracias —respondió María—. Me han dado mucha información útil.

Estaba oscureciendo. Dos enormes nubarrones negros se unieron en el horizonte, reduciendo la luz al mínimo.

—¿Cuánto tiempo cree que les llevará construir el almacén? —preguntó la funcionaria sin mirar a María. Caminaba lentamente, con las manos en los bolsillos, deteniéndose de vez en cuando.

—Depende del estado del edificio, pero por lo que Patrick me dijo por teléfono, puede que unos seis o siete meses —dijo María—. Pero empezaríamos a buscar la mano de obra bastante pronto. Como le dije por e-mail, buscamos el mejor trato para nuestras botellas; queremos gente que aprenda el oficio y trate el producto con cuidado. Según nuestro plan, crearemos cincuenta puestos de trabajo, puede que más si la expansión funciona.

Empezó a llover.

—Bien —dijo María, sacando un pequeño paraguas del bolso. Lo abrió y cogió del brazo a Nell. Siguió andando, arrimándose a Nell para que ésta no se mojase.

La funcionaria apartó el brazo inmediatamente.

—Estoy bien, gracias —dijo, y se puso la capucha del anorak.

«Los ingleses son tan fríos...», pensó María.

Las dos siguieron caminando bajo una lluvia que se intensificaba por momentos. Finalmente se detuvieron frente a una fachada de unos cien metros de longitud, con una rampa que llevaba a una puerta para personas y a dos portones industriales para la carga y descarga de camiones.

—Ya veo. —María reconoció el edificio por las fotos, pero quedó desilusionada por su estado de abandono. El lugar estaba cerrado a cal y canto, y parecía que nadie lo hubiese ocupado en más de un siglo.

—Amplio y vacío, listo para utilizar —dijo Nell, orgullosa—. Apenas estamos a un kilómetro de la terminal de transporte internacional de King's Cross; eso es una ventaja para ustedes, ¿no?

—Sí, por eso nos interesa esta ubicación —dijo María, sin despegar la mirada del inmueble, que presentaba algunas ventanas rotas en la primera planta—. ¿Son éstos los únicos muelles de carga? ¿Qué hay a los lados y detrás del edificio?

—En la parte trasera sólo hay una salida de emergencia, y ya ha visto que a un lado hay una calle y al otro el patio de una escuela.

—Sin duda necesitaremos más salidas de carga, aparte de estas dos —dijo María con tono firme—. ¿Se podrían abrir más entradas por el lado de la escuela? ¿Puedo verlo?

—Podemos echar una mirada, pero allí no se puede construir nada ya; el edificio limita con el campo de fútbol del colegio —dijo Nell, caminando hacia el lugar.

Desde las puertas de la escuela, María pudo ver el campo, inmediatamente adyacente al edificio.

—Necesitamos más accesos, más espacio para cargar y descargar. —María desvió la mirada durante unos segundos—. Me pregunto por qué Patrick no especificó esto en su informe.

—No lo sé —dijo Nell—, pero me temo que el campo es inamovible.

—No podemos construir un establecimiento del siglo XXI en un edificio del siglo XIX. Necesitamos más accesos —repuso María, empleando su mejor tono de ejecutiva.

Nell se quedó mirando a María y arqueó una ceja.

—No podemos privar a la escuela de su campo, es el único espacio verde con que cuentan cientos de vecinos de los alrededores. Estoy segura de que lo comprende.

María miró a su alrededor en busca de un barrio que todavía no había visto, pero no divisó gran cosa, ya que la lluvia formaba una espesa cortina y el viento empezaba a soplar con fuerza. Estalló un relámpago, pero Nell ni se inmutó.

—Podríamos hacer una oferta por ese terreno escolar —casi gritó María, mientras el viento amenazaba con arrancarle el paraguas de las manos.

Nell dio un paso al frente y se puso muy cerca de María.

—Me temo que el campo no se puede tocar —dijo con un tono distante—. Los vecinos de este lugar apenas pueden pagar sus facturas, la mayoría están en el paro, y los que tienen trabajo, por lo general, lo odian. Para muchos de ellos, lo mejor de la semana es el partido del domingo, y aquí es donde juegan. Mi trabajo es ayudarles, pero no a cualquier precio.

«Eso ya lo veremos; espera a ver la oferta sobre la mesa. Todo el mundo tiene un precio».

Un trueno estalló en el cielo, ya casi totalmente oscuro, y la lluvia arreció. Las dos mujeres permanecían inmóviles, completamente empapadas.

Nell empezó a andar, María la siguió.

—Podríamos hablar más tomando una taza de té. El tiempo se está poniendo feo.

—No, si ya veo —dijo María, sarcástica, y desesperada por encontrar cobijo.

Anduvieron en silencio cerca de un minuto, encorvadas frente al viento que les arrojaba la lluvia con toda su vehemencia. María tuvo que acelerar el paso para mantenerse a la altura de Nell, quien daba grandes zancadas gracias a unas viejas Martins. La funcionaria miró hacia atrás y vio el esfuerzo de María por seguir su ritmo —literalmente corriendo con los documentos y los planos enrollados en un tubo, luchando con el paraguas contra el viento—. Por fin encontraron una cafetería en York Way.

—Qué barbaridad, qué espanto de tiempo. ¿Es normal? —preguntó María mientras se quitaba el abrigo y dejaba el paraguas empapado en un rincón.

Nell estaba en la barra, sacudiendo su anorak.

—Esto es horrible, incluso para los británicos —dijo—. ¿Le apetece una taza de té? —Sonrió.

—Preferiría un café, si es posible —dijo María, tomando asiento en una mesa del rincón. Sólo había otro cliente, un trabajador de mediana edad leyendo *The Sun*.

Nell regresó con un té y un café, y miró a través de la ventana.

—Terrible. —Dirigió una mirada a María y se sentó—. Me sorprende que Patrick no mencionara el estado de los accesos, pensé que se daría cuenta.

María se sintió mejor tras el primer sorbo de café. Relajó los hombros, aunque toda su ropa seguía mojada.

—Bueno, estos agentes no son ni banqueros ni especialistas en vinos y cavas —dijo María con cierta superioridad—. Supongo que tienen encargos de muchos clientes y no conocen los sectores tan a fondo como para estar pendientes de sus necesidades específicas.

—¿Por qué son tan importantes esas puertas? —preguntó Nell—. ¿Por qué no basta con dos?

María dejó el café sobre la mesa y se recostó en la silla.

—El orden lo es todo en la carga y descarga —dijo—. He visto mucho caos en almacenes más pequeños que éste porque los conductores tenían que esperar haciendo cola; eso produce retrasos, y ya sabe lo que conlleva, especialmente en Londres: si llegas al West End después de las once de la mañana, ningún restaurante va a aceptar tu vino porque ya están preparando el almuerzo y no pueden empezar a entrar y sacar cajas por en medio del restaurante. Además, tampoco les da tiempo a enfriar las botellas de vino blanco o de cava. La nuestra no es una distribución masiva, sino más bien a la carta.

Nell miró a María con atención.

—Si aparcan las furgonetas en la calle, éstas no tendrían por qué estorbar el proceso. En Brewery Road hay poco tráfico.

—Mmm —pensó María—. No quiero aparcar diez furgonetas en esta calle. No parece que haya mucha gente por las noches, y Londres es una ciudad poco segura.

—Lamentablemente, es cierto —admitió Nell—. Pero ¿no se puede organizar de modo que cada conductor sepa exactamente en qué momento tiene que llegar y marcharse?

—Sueño con eso todos los días. —María sonrió—. Por desgracia, en la distribución las cosas no obedecen casi nunca a la agenda, ya que los atascos y el tráfico dictan el ritmo, por más planes que hagamos. Necesitamos flexibilidad y agilidad, varios puntos de entrada y salida, y no sólo dos.

—Jamás lo hubiese imaginado —dijo Nell, resignada—. Me pregunto por qué nunca construyeron más puertas, si son tan importantes.

—Es un viejo edificio —dijo María—. Hoy en día hay que servir a los clientes con perfección meridiana, y si no, se van a la competencia. Igual antes el cliente tenía más paciencia, o había más lealtad al proveedor.

Nell la miró con interés.

—¿Cuánto tiempo lleva en el negocio de la distribución o del vino?

—Yo soy banquera, no una especialista en vinos o logística, pero ya he trabajado en varios casos similares —repuso.

—¿Cuánto tiempo lleva en la banca? —preguntó Nell con curiosidad.

—Unos tres años, desde que acabé la universidad —dijo María, con el orgullo de quien empieza una carrera profesional.

—¿Fue a la universidad en Barcelona? Cuánto me gusta esa ciudad.

María sonrió; ya se sentía más relajada.

«Al menos esta funcionaria es amable y simpática. Eso facilitará las cosas».

—No, estudié en otro sitio —contestó María, sin ganas de hablar de Pamplona. Barcelona le traía mejores recuerdos—. No soy barcelonesa, pero me encanta vivir allí, cerca del mar.

Nell abrió mucho los ojos.

—La envidio —dijo—. ¿De dónde es entonces?

—Soy de Belchite, un pequeño pueblo cerca de Zaragoza, entre Barcelona y Madrid.

Nell dejó de repente su taza en la mesa.

—¡Belchite! El pueblo que fue destruido durante la Guerra Civil, ¿no?

—¿Cómo lo sabes? —preguntó María sorprendida, tuteándola sin darse cuenta.

—Salió en la BBC la otra noche, era un programa especial sobre el setenta aniversario de la guerra en España. Me gustó mucho. Además, lo vi con una amiga cuyo abuelo murió allí. Era un brigadista que fue a luchar contra Franco, pero desgraciadamente cayó. Mi amiga siempre habla de él con mucho orgullo.

María permaneció en silencio.

«Ay, la guerra, no puedo escapar de ella. Hasta en Inglaterra me la encuentro».

—He visto fotos. Es muy lúgubre, todo en ruinas. —Nell parecía tener ganas de seguir con el tema.

—Sí, al acabar la guerra, Franco construyó un pueblo nuevo junto al viejo y todo el mundo se mudó. Afortunadamente, mi familia no tuvo que cambiarse ya que la casa está a las afueras; fue un milagro que no le cayera una bomba encima.

—Qué interesante. ¿Entonces tu familia pudo escapar de las bombas? —preguntó Nell.

—No. Me temo que mis abuelos murieron —dijo María—. Aunque no sé demasiado al respecto; no sé si lo sabes, pero las familias españolas no suelen hablar mucho del tema. Es tabú.

—¿Todavía? —preguntó Nell sorprendida.

—Todavía —repuso María, dejando pasar unos segundos—. Quizá viste a Soledad en el programa de la BBC. Mi madre me dijo hace poco que estuvieron filmando por allí hace unas semanas y Soledad, la amiga de mi abuela que siempre ha vivido con nosotros, habló con ellos.

—¿En serio? ¿Qué aspecto tiene?

—No estaba allí cuando la entrevistaron, pero mi madre me dijo que les enseñó la vieja escuela...

—¡La maestra! —interrumpió Nell—. ¡Me acuerdo de ella perfectamente! ¡Qué mujer más maravillosa! —exclamó.

María estaba tan contenta como sorprendida por la coincidencia. «¿Quién se habría imaginado que la buena de Soledad sería reconocida en un rincón olvidado de Londres?». Nell parecía encantada con la conversación, pero a María no le gustaba demasiado hablar de la guerra. Sólo sabía que nadie había respondido a sus preguntas y que cualquier conversación al respecto siempre acababa en discusión. Posó la taza en la mesa y perdió la mirada en el café.

Nell reparó en la incomodidad de María.

—¿Y qué te llevó de Belchite al mundo de la banca barcelonesa? —preguntó amablemente.

—Bueno, Belchite no es precisamente la tierra de las oportunidades —sonrió María sin añadir más.

En el exterior resonó un fuerte y prolongado trueno. Las ramas de los árboles se agitaban al viento, que arrastraba bolsas de plástico por toda la calle.

—¿Regresas esta misma noche? —preguntó Nell.

—Eso espero; aunque con este tiempo... —dijo María, mirando por la ventana.

—Yo llamaría para confirmar el vuelo —recomendó Nell—. Con las huelgas de British Airways, de los controladores aéreos, la nube volcánica y este tiempo, uno no puede dar nada por garantizado.

—Pues sí —dijo María. Cogió su BlackBerry del bolso, pulsó un botón y habló brevemente en castellano.

Al finalizar, dejó el teléfono sobre la mesa.

—Mierda, efectivamente han cancelado mi vuelo. Era el último, y los demás están completos, ¡maldita sea! —dijo María—. Siempre pasa en viernes. Es imposible volar de Londres a Barcelona, todos los vuelos están llenos. Mierda. Mi novio iba a recogerme.

María entrelazó los dedos y meditó durante un instante.

—Llamaré a mi novio y pediré a mi asistente que me reserve una habitación aquí. Vaya lata, con lo cansada que estoy —remugó.

Quince minutos después, María no tenía noticias de su secretaria y Nell no dejaba de mirar su reloj.

—Lo siento, pero me temo que tengo que ir a una fiesta —dijo—. Ojalá pudiera quedarme y ayudarte.

María miró a Nell.

—Tranquila, estoy segura de que me encontrarán un hotel enseguida. Yo esperaré aquí —dijo María con una sonrisa forzada, paseando la mirada por la cafetería, ahora desierta.

En ese momento, la mujer de la barra las miró y aprovechó para decir:

—Estamos a punto de cerrar, señoritas.

—Vaya, es uno de esos establecimientos que sólo abren de nueve a cinco —explicó Nell—. Si te apetece, puedes acompañarme a la fiesta —dijo—. Te puedes quedar todo el tiempo que quieras. Al menos no pasarás frío.

María se lo pensó durante un par de segundos, mirando por la ventana.

«Con este tiempo, necesito una copa, y hasta puede ayudarme en el negocio».

—¿Por qué no? —María sonrió.

—Es el cumpleaños de una amiga. Tengo que estar allí para cuando llegue la tarta —explicó Nell—. No está muy lejos, en Chancery Lane. No se tarda demasiado en autobús.

—Me parece bien, vámonos pues. —María se dispuso a levantarse, pero volvió a sentarse cuando se dio cuenta de que Nell quería añadir algo.

—Por cierto, es un pub gay, para que lo sepas —le dijo.

—¿Perdón? —María no se lo esperaba.

—Es un bar gay —repitió Nell en voz más alta—. Te lo digo por si tienes algún problema con eso.

—No, en absoluto, me parece muy bien —dijo María, algo sorprendida—. Bueno, no creo haber estado nunca en ninguno, pero no pasa nada. —Rió nerviosa, al tiempo que sentía curiosidad. «Qué interesante. ¿Será lesbiana? O puede que su amiga sea gay. Esto es Londres, al fin y al cabo, aquí habrá de todo».

María observó el pelo corto de Nell y sus uñas sin arreglar. «Lesbiana».

A pesar de la lluvia, María disfrutó del paseo en autobús por Londres. Desde la planta superior, no paró de preguntar por todo lo que veía, señalando algunos edificios, como el de Saint Pancras o la torre BT, mientras se aproximaban a Chancery Lane.

Unos veinte minutos más tarde, llegaron a un pub sombrío en una de las callejuelas que se abrían al sur de Holborn; una bandera con los colores del arco iris pendía de una de las ventanas. Dentro, de pie y apoyados en la barra, varios hombres tatuados y con la cabeza afeitada bebían sin hablar —todos se volvieron hacia María y Nell cuando entraron—. Lo que María pensó que era un travesti estaba echando monedas a una ruidosa máquina tragaperras, para sentarse luego en uno los raídos sofás. Detrás de la barra, una rubia de bote, de pelo corto y labios muy rojos, les dio la bienvenida.

—Hola, Nelly —dijo, mirando a María de pies a cabeza.

Nell le guiñó un ojo, y avanzó hacia unas escaleras que había al fondo. María la siguió, lanzando miradas a diestro y siniestro mientras avanzaba.

La sala del piso de arriba, de un naranja chillón, estaba bien iluminada y ya contaba con dos mesas bien preparadas para la fiesta, con manteles de papel blanco, canapés y velas por estrenar en todos los rincones y repisas. Fotos, globos y banderolas de vivos colores decoraban las paredes.

—Hoy es el cumpleaños de una compañera del equipo de fútbol, no tardarán en llegar —dijo Nell, avanzando hacia una pequeña barra en la esquina—. ¿Café o té? —dijo, encendiendo la tetera.

—Café, por favor —sonrió María, aliviada por evitar el té.

Recorrió la habitación, observando las fotografías de la pared. Eran todas de mujeres, la mayoría de ellas jugando al fútbol o abrazándose unas a otras en celebración de algún gol. En otras fotos, las mismas mujeres, de unos treinta años, estaban acampando o navegando, en todas rebosando vida.

María se detuvo y contempló una imagen de dos mujeres besándose en la boca. Nunca había visto nada parecido, ni siquiera en una fotografía. No podía apartar la mirada. Unos instantes después, se dirigió hacia la ventana en silencio y se encendió un cigarrillo.

Nell se acercó con el café.

—Ya no se permite fumar en los bares —dijo inmediatamente.

—Oh, lo siento —se disculpó María, buscando con la mirada un cenicero donde apagar el Marlboro light.

—Bueno, aquí a veces hacen la vista gorda, sobre todo en las fiestas, por eso venimos —dijo Nell—. De hecho, muchas de mis amigas fuman y estoy segura de que esta noche no será una excepción, así que no te preocupes.

—¿Estás segura? —consultó María, preguntándose si lo decía sólo por amabilidad.

—Sí, adelante —insistió Nell—. Aunque fumar no te hará ningún bien.

«Oh, no. Espero que no sea una de esas activistas ecologistas, vegetarianas y antitabaco», pensó.

—No fumo demasiado —afirmó, aunque a María le gustaba encenderse un cigarrillo de vez en cuando y por lo general siempre llevaba un paquete en el bolso—. Parece que alguien se va a llevar una agradable sorpresa —dijo cambiando de tema para no iniciar una de esas interminables polémicas sobre el tabaco—. Estoy segura de que lo pasaréis en grande.

—Gracias, no me llevó mucho tiempo organizarlo —dijo Nell.

—¿Lo has preparado tú? —María parecía sorprendida.

—Sí, pero no fue nada, créeme. King's Cross no está muy lejos de aquí, así que me pude acercar a la hora de comer. —Nell bajó la mirada, modestamente—. Además, los demás viven demasiado lejos o, sencillamente, no tienen tiempo a mediodía.

«Estos ingleses, que a veces parecen tan brutos, como los de abajo, en realidad son muy considerados». María recordó los comentarios de Soledad acerca de los ingleses, siempre decía que eran las personas más educadas del mundo. Le tenía que enviar otra postal desde el aeropuerto; sabía que a ella y a su abuela les encantaba recibirlas.

María y Nell oyeron más truenos en el exterior. Se miraron con complicidad.

Nell se quitó su jersey negro, todavía algo mojado, bajo el cual llevaba una camiseta del Manchester United.

«Noooo. No puedo creer que lleve eso puesto. Qué mal gusto».

Los truenos arreciaban al otro lado de la ventana.

—¿Cómo podéis sobrevivir a este tiempo? ¿No os deprimís? —preguntó María, mirando al exterior con desconcierto.

—Te acostumbras —dijo Nell, un poco a la defensiva—. En verano es todo lo contrario, y en invierno, ya verás, hacemos unas fiestas estupendas.

—Ya lo veo. —María miró la sala—. Entonces, si os pasáis el invierno bebiendo, un almacén de cava podría ser interesante.

—Por aquí no bebemos champán, nos gusta más la cerveza y el vino —replicó Nell rápidamente.

—Es cava y no champán lo que vendo yo —corrigió María—. El champán es de Francia solamente, pero nuestro producto es igual de bueno y, sobre todo, más barato.

—Sí, lo sé. Creo que tengo un par de botellas en la nevera para más tarde —dijo Nell, mientras miraba cómo María se quitaba el abrigo y la chaqueta—. Puedes quedarte hasta que lo abramos, si quieres. Además, me encantaría saber más cosas de Belchite; igual algún día lo podría visitar, la guerra civil española me parece fascinante.

María miró a Nell, intrigada. «Ésta podría ser una buena oportunidad para mejorar las relaciones con el ayuntamiento. El almacén llevará tiempo, así que mejor empezar con buen pie».

—La Guerra Civil es una larga historia —dijo María finalmente, levantando una ceja y lanzando un suspiro.

—No tengo ninguna prisa —sonrió Nell—. Deberíamos esperar a que la que cumple los años abra el cava, pero creo que también tenemos vino. ¿Te apetece un poco?

—Siempre. —María encendió otro cigarrillo y miró a su alrededor.

Media botella de vino después, ya habían llegado unas diez personas, además del pastel, y era María quien llevaba la camiseta del Manchester United —tuvo que meter su ropa en una bolsa para no coger un resfriado—. Se sentía masculina, pero al menos no pasaba frío. Nell lucía su atlético torso, resaltado por una camiseta negra ajustada sin mangas, que también revelaba el tatuaje de una serpiente en un hombro. María observó el grabado con nerviosismo; en su mundo, sólo camioneros y criminales se tatuaban.

Nell también llevaba un precioso collar con una esmeralda a juego con el color de sus ojos; le daba un aire de feminidad que no pasó desapercibido a María.

Nell le presentó a las invitadas, todas mujeres. A pesar de su timidez, María se las arregló para charlar animadamente, ayudada por las copas de vino tinto que bebió. Además, las amigas de Nell eran abiertas y buenas conversadoras y el hecho de que algunas fumaran la ayudó a integrarse, dándose fuego, hablando de la prohibición del tabaco o de los pesados antifumadores. Las que no fumaban hablaban sobre todo de deporte y no dejaron de preguntarle por el Barça —para su decepción, pues María no pudo responder a nada—; todas jugaban en el mismo equipo de fútbol los fines de semana, según averiguó María.

«Está bien, me quedaré un poco más ya que la funcionaria parece decente y tengo que resolver el asunto del campo de fútbol esta misma noche. Tengo que desinhibirme, beberé más vino».

Dos horas y dos botellas de tinto más tarde, la BlackBerry de María seguía en su bolso, en el guardarropa, repleta de mensajes y llamadas perdidas, incluida una de su secretaria diciéndole en qué hotel le había reservado habitación. Pero María, en plena fiesta, ni se acordaba de su teléfono. De hecho, sólo tenía ojos para las dos mujeres que se estaban besando en el sofá.

La imagen, esta vez real, la impactaba tanto como la fotografía que había visto antes. Ensimismada, su corazón dio un brinco cuando, de repente, recordó el delicado rostro de una antigua amiga de la escuela. No había pensado en ella en años, a pesar de haber sido íntimas durante su infancia y adolescencia. Se pasaban el día juntas, en la escuela, jugando, y a menudo se quedaban a dormir en casa de una u otra. Con total naturalidad e inocencia, muchas veces compartían cama para leerse cuentos la una a la otra, o susurrarse secretos de niño cogiéndose de las manos bajo la manta. María sintió la ternura de esos recuerdos; era una pena que hubiesen perdido el contacto cuando su amiga se mudó a la ciudad.

María no podía dejar de mirar a las dos mujeres, todavía besándose.

«Esto no tiene nada que ver con lo que yo hacía con mi amiga. Esto es otra dimensión. Nosotras éramos adolescentes y a esa edad sólo descubríamos la intimidad y el afecto. Éstas son lesbianas de verdad».

—¿Te lo estás pasando bien? —dijo Nell de repente, sacando a María de sus pensamientos. Tenía una botella de vino en la mano—. La camiseta del United no te sienta mal.

—Calla, calla —farfulló María, poco convencida de su indumentaria—. Tus amigas son geniales —añadió, pensando en su viejo grupo de amigos, más bien los de Jordi, en Pamplona. María echaba de menos pertenecer a un grupo, como los de Jordi y Nell.

Nell levantó la botella.

—No sé si debería beber más vino. Creo que ya he tomado suficiente, gracias —dijo María, consciente de su incipiente dolor de cabeza—. Quizá debería irme al hotel.

—No te hará ningún daño, es un buen Rioja —replicó Nell, que también parecía más contenta de lo normal.

—Rrio-ja —la corrigió María, que ya se había olvidado del hotel.

—¡Rioja! —gritó Nell, como si aumentando el tono fuese a mejorar la pronunciación. Pero, a esas alturas, ni el castellano de María sonaba con claridad.

Las dos mujeres rieron y bebieron más.

—Ahora en serio, señorita Easton.

—Llámame Nelly o Nell, como prefieras.

—Vale, Nell, hablemos en serio, ¿por qué tu campo de fútbol es más importante que mis puertas?

—Bueno, señorita De la Vega...

—María —dijo, tímidamente, por la repentina familiaridad.

—Vale, María —sonrió Nell—. ¿Por qué estás tan empecinada con ese edificio?

María intentó explicárselo, aunque su estado de ebriedad no la ayudó:

—Queremos que las furgonetas lleguen a los restaurantes; el cava no se vende bien en Inglaterra porque tiene un estigma de producto barato que siempre está de oferta en cualquier Tesco o Sainsbury's. No es elegante, y hay que cambiar esa mentalidad.

María se tomó su tiempo, como si le costase dar con las ideas, pero prosiguió, a pesar de mantenerse en pie de milagro:

—Además, como dices, mucha gente no puede permitirse comprar champán. —María sonrió y levantó su copa, dispuesta a brindar—. El cava es la respuesta a todos los males de la sociedad —añadió triunfante.

Nell, muy *british*, levantó las dos cejas, sonriendo.

—A ti no te importa nada que la gente pueda comprar champán o no —dijo, tratando de provocar a María, que se puso seria al cabo de un instante.

—No sabes nada sobre mí — respondió ésta a la defensiva. Su madre le había repetido hasta la saciedad lo pobres que habían sido y lo duro que había trabajado hasta que el negocio se hizo rentable. Conchita inculcó a María y a Pilar una vida austera, a pesar de la riqueza familiar. A diferencia de sus compañeros de universidad, los padres de María nunca le compraron un coche y apenas tenía ropa suficiente y, desde luego, nunca de marca. Solía trabajar durante los veranos, en vez de viajar al extranjero o simplemente disfrutar de las vacaciones, como hacía la mayoría de estudiantes de Pamplona.

Una mujer negra y muy alta, con un top extremadamente ceñido, se puso entre las dos, empujando a María con la pantorrilla y besando a Nell en la boca durante varios segundos.

«Vaya beso —observó María—. ¿Será su novia? Pues no es muy guapa que digamos».

Nell finalmente se apartó y miró a María.

—Pareces sorprendida. ¿Nunca habías visto a dos mujeres besarse? —preguntó.

—Nunca. —No se le ocurría qué más decir, ya que la otra mujer aún estaba en medio. Sin saber qué hacer, encendió un cigarrillo y, tras la primera calada, dijo—: Me caso dentro de seis meses. —Y luego soltó el humo.

La mujer negra por fin las dejó, no sin antes darle una palmada a Nell en el trasero.

—¡No te metas en problemas! —le dijo con sarcasmo.

Nell y María sonrieron. María se sentía más relajada, o puede que sólo bebida.

—Es la chica del cumpleaños —dijo Nell mirando cómo su amiga saludaba a otra persona—. ¡Y enhorabuena por tu boda! Eso hay que celebrarlo con un buen vino.

—¿Es tu novia? —preguntó María a bocajarro, con los ojos ya rojos de tanto vino, y apartando la vista hacia el vacío.

—No, sólo es una amiga —repuso Nell.

«Ah».

—Pero eres lesbiana, ¿verdad? — insistió María, llena de curiosidad, pero con la mirada todavía apartada, como si no tuviese tanto interés.

—Sí —respondió Nell, divertida.

María se sintió orgullosa de sus indagaciones. «Si Jordi o mi madre me vieran, les daría un infarto. Je, je...».

—*¿Más vino?** —Sin duda, María estaba disfrutando de su pequeña e imprevista aventura.

Nell alzó su copa sin pensarlo.

María reparó en la intensidad de la mirada de Nell, directamente a sus ojos, y hacia su cuerpo, de arriba abajo. De repente, Nell apartó la mirada.

«Esta amistad facilitará las negociaciones». *¡Hip!*

—¿Te gusta ser gay? —preguntó María, ya sin ninguna vergüenza.

—Claro, ¿te refieres al sexo? —repuso Nell, igualmente sin reparos.

—Bueno... —dijo María, ahora abochornada. Apartó la mirada.

—Está muy bien. ¿Nunca te has acostado con una mujer?

—Dios, no.

—Es mejor; para mí, claro. Es más delicado y un poco más intenso —dijo Nell, posando la mano suavemente sobre el brazo de María. Ésta sintió una ligera corriente con el tacto y, asustada, retrocedió un poco—. Una vez tuve una novia que era fantástica, perfecta —afirmó Nell.

Nerviosa, María siguió bebiendo, aunque tenía que esforzarse mucho para mantener el equilibrio.

—¿Qué la hacía perfecta? —María estaba intrigada. «Estoy desperdiciando mi vida por ser novia de un miembro del Opus. Todo el mundo se divierte mientras yo vivo como una monja. Hasta las lesbianas se lo pasan mejor. *Brrr*».

Nell se le acercó, tanto que sus cabezas se rozaron levemente.

—Solía besarme en la base de la columna, y seguía, muy suave y delicadamente, hasta el cuello. A veces tardaba una eternidad en llegar hasta arriba, no me explico cómo se las arreglaba para hacerlo tan despacio. Se me ponía la piel de gallina, la tensión era insoportable; a veces tenía que pedirle que parara porque era

* En español en el original *(N. del T.)*.

demasiado. Jamás he experimentado nada parecido; lo echo de menos.

María cerró los ojos. Las palabras de Nell hicieron que le resultase muy fácil imaginarse a una mujer besándole la espalda. Centrada en sus pensamientos, se humedeció los labios y tragó saliva. Suspiró y por fin miró a Nell con mucha atención, con tanta intensidad que, por un momento, sintió un impulso hacia ella. Con muy poca distancia entre las dos, María cerró los ojos al tiempo que sentía los labios de Nell en su boca durante unos segundos, que le parecieron una eternidad. A pesar de todo el alcohol en su cuerpo, supo que el beso era muy distinto a los de Jordi, no sabía igual, era más suave, más dulce, como si procediera directamente del corazón.

«¿Qué estoy haciendo?». María se paralizó y dio un paso atrás. «Estoy borracha, tengo que volver al hotel. No sé ni lo que estoy haciendo».

—Nell, lo siento, pero estoy muy cansada y creo que debería irme al hotel. Seguro que ya me habrán encontrado alguno a estas alturas. —Apenas era capaz de caminar. Tenía la cara pálida, los ojos agotados y la mirada perdida.

Nell parecía desconcertada.

—Iré contigo. Yo te he traído a esta fiesta y no puedo dejar que te vayas sola en este estado —dijo Nell con calma.

—No, no. Estoy bien —insistió María, a punto de caerse.

Nell la ayudó a mantenerse en pie y la sostuvo del brazo.

—Venga, nos vamos, yo también estoy cansada. Cogeré tu abrigo y los documentos —dijo—. Tú espérame aquí. —Se fue al guardarropa.

María no dijo nada. Un par de segundos más tarde, cayó redonda al suelo.

Capítulo

# 4

Jordi aparcó cerca de Belagua, una iglesia del Opus Dei en la esquina de Pedralbes con Diagonal, uno de los lugares más caros de Barcelona. El moderno edificio quedaba escondido detrás de unos árboles y unos setos bien cuidados, lejos de la vista y del conocimiento de muchos barceloneses.

Tras sus habituales doce horas de trabajo, Jordi respiró hondo y se apresuró a asistir a la misa que siempre abría la reunión semanal de su club. Otros diez jóvenes, todos menores de treinta años, ya estaban dentro de la iglesia, arrodillados, rezando en silencio. El padre Juan Antonio asintió al verle llegar, y Jordi, al igual que los demás, tomó asiento en uno de los bancos de madera; se arrodilló después de santiguarse. El sacerdote, un hombre de mediana edad, ataviado con una inmaculada sotana negra, prosiguió con la misa.

—Señor, gracias por concedernos a nuestro Padre, san José María, y por otorgarle incontables gracias, escogiéndolo como tu instrumento más fiel para fundar la Obra y santificar el trabajo diario de miles de cristianos. Concédenos también la gracia de convertir todas las acciones de nuestras vidas en ocasiones para amarte. Padre Nuestro, Ave María, Gloria al Padre.

—Amén —replicaron los muchachos al unísono.

Hacía frío. El Opus solía apagar la calefacción de sus iglesias para ahorrar y para mantener a sus miembros frescos y alerta; también se les recomendaba tomar duchas frías por la mañana y evitar los baños, todo para reducir las tentaciones.

Tras la misa, el club debatiría hoy la pureza, anunció el padre Juan Antonio.

«Otra vez», pensó Jordi. Rara era la reunión en la que el Opus no sacara, de forma casi obsesiva, la importancia de la castidad. «Aunque tampoco me viene mal, ahora. Estos meses previos a la boda se me están haciendo eternos. Ojalá fuese ya la semana que viene».

El padre Juan Antonio prosiguió:

—No olvidéis que la pureza refuerza y vigoriza el carácter. Jesús, aparta esa repugnante costra de corrupción sensual que cubre mi corazón para que pueda sentir y seguir tu camino. Sin la santa pureza nadie puede perseverar en el apostolado.

Jordi había escuchado lo mismo una y otra vez desde que se unió al Opus a los trece años, de la mano del padre Juan Antonio. A esa temprana edad, el club le permitió huir de los gritos domésticos y centrarse en sus estudios en un ambiente lujoso y elitista. Con pocas dudas, Jordi se comprometió con el Opus de manera definitiva a los dieciocho años, tan pronto como pudo hacerlo de manera legal.

Desde muy joven, Jordi asumió todas las responsabilidades que sus hermanos nunca quisieron, centrados como estaban en mujeres y coches deportivos. Apenas un adolescente, Jordi se quedaba al cargo de las cuentas de la empresa y de un pequeño grupo de trabajadores cuando su padre viajaba por negocios, algo muy frecuente. Asumía sus tareas con diligencia, sin una sola queja, y, desde luego, prefería dirigir el negocio antes que irse con sus hermanos a ligar. Por las noches se quedaba encerrado en su cuarto, tratando de contener la tentación con el cilicio que el padre Juan Antonio le había regalado.

Para Jordi, el cilicio era una actividad perfectamente normal, habitual entre sus compañeros de club. Aun así, el padre Juan Antonio le había hecho prometer que no compartiría esas experiencias con nadie ajeno al Opus, aduciendo que no las comprenderían. La autoflagelación era una parte más de la vida íntima del Opus Dei y así debería permanecer.

Su familia nunca supo de sus prácticas. Cuando uno de sus hermanos sugirió que quizá fuese homosexual, sus padres dijeron que sólo era diferente. Pensaban que era un buen católico que acudía a misa todos los días. Ya se despertaría.

Jordi se esforzó por mantener los ojos abiertos tras la semana que había tenido. Escuchó a su mentor:

—La procreación no es más que una necesidad de la especie, no del individuo. Una vez hallada la compañía para una satisfacción sensual pasajera, ¡qué soledad sigue! Para defender su pureza, san Francisco de Asís rodó por la nieve, san Benito se lanzó a unos arbustos espinosos, san Bernardo se tiró a un pozo helado..., y vosotros... ¿qué habéis hecho? Ningún ideal se convierte en realidad sin sacrificio. Negaos a vosotros mismos. ¡Qué bello es ser una víctima!

Jordi seguía creyendo en esas palabras, aunque también podía aspirar a la santidad casándose con María, siempre que siguiera las normas marcadas por la organización. Nunca se había arrepentido de abandonar, en Pamplona, su sueño de convertirse en un numerario célibe —su pasión por María, más fuerte cada día que pasaba, se lo impidió—. Tampoco echaba de menos reclutar nuevos miembros. En la universidad, sus directores espirituales le pedían listas de amigos «abordables» para intentar atraerlos a la Obra. La amistad basada en el aprecio honesto, sin esperar nada a cambio, se convirtió en algo del pasado. Sus viejos amigos que no eran del Opus, los que conoció de pequeño jugando al fútbol en las calles de Vilafranca, fueron quedando apartados a medida que los empezaba a ver como pecadores, alejados de los valores que regían su vida. A ellos tampoco les gustaba recibir llamadas telefónicas sólo para invitarles a reuniones de la organización. Con el tiempo, dejaron de devolverle las llamadas o tan siquiera de coger el teléfono.

Se había convertido en un «pitufo» —el nombre que los estudiantes de Pamplona no afines a la causa daban a los miembros del Opus Dei porque parecían soldados de un ejército: tenían exactamente los mismos valores e ideas, y además vestían prácticamente igual: pantalones azul marino, zapatos elegantes y la clásica camisa a rayas con un jersey de cachemir por encima de los hombros. Ellas, todas con falda, pelo recogido y pendientes de perla.

El Opus se había convertido en la familia de Jordi, donde se sentía apreciado y valorado, donde se atendían y se resolvían sus preocupaciones. En casa, todo el mundo le veía como una especie de monje adolescente al que más valía dejar solo, y eso hicieron, creando un vacío que el padre Juan Antonio se apresuró en llenar.

En el silencio sepulcral de la iglesia, Jordi rezó por sus padres, a quienes quería más por obligación cristiana que por lo que tenían en común. Con su padre sólo hablaba de fútbol y trabajo, mientras que su madre se pasaba la vida con sus amigas y apenas andaba por casa.

Nada más terminar la misa, sirvieron café y pastas en la sala contigua, donde los supernumerarios hablaban de trabajo, de fútbol y de sus novias, antes de que llegara el padre. Todos se conocían bien, ya que la mayoría habían estudiado en la misma escuela, La Farga, probablemente el único colegio de Barcelona donde los estudiantes visten traje y corbata, muy a lo niño inglés de colegio privado. Después de clase, algunos alumnos, generalmente los más brillantes, se reunían a rezar y a estudiar en un club, también llamado «círculo» por la forma de disponer las sillas. Los alumnos mediocres nunca recibían invitación.

El padre Juan Antonio entró en la sala, serio como siempre, sosteniendo una taza de café. Todavía con la sotana puesta, se sentó en su sillón mientras los demás ocupaban unas incómodas sillas de madera. Con sus grandes manos, exhibiendo su anillo de oro macizo, símbolo de su matrimonio con Dios y con el Opus Dei, el padre Juan Antonio abrió *Camino,* la Biblia de la organización, y empezó a leer. Hizo algunas pausas para que los demás reflexionaran en silencio. No se esperaba que nadie alzase la voz, y mucho menos que alguien cuestionara ninguna idea. Aquello era doctrina, no debate.

—«Llegada la tentación, pensad en el amor que os aguarda en el paraíso: propiciad la virtud de la esperanza; esto no es por falta de generosidad. ¡Dómine!».

(Pausa).

—«Señor, *si vis, potes me mundare,* si lo deseas, puedes limpiarme».

(Pausa).

—«El sufrimiento os abruma porque os lo tomáis como un cobarde. Afrontadlo con valor, con espíritu cristiano, y lo consideraréis vuestro tesoro».

Jordi cada vez tenía que esforzarse más para contener la tentación. Justo antes de que María fuera a Londres, la pareja había ido al cine, donde Jordi no pudo evitar acariciarle brevemente las piernas; la hallaba irresistible cuando se ponía medias de seda negra y falda corta. De vuelta a casa, y a pesar de tomarse una ducha fría, pecó, por lo que, lleno de culpa, acudió a confesarse a la mañana siguiente.

Jordi no podía quitarse de la cabeza la imagen de él y María juntos tras la boda, casi contaba los segundos para que llegara ese momento. De repente, alzó la cabeza y se dio cuenta de que el grupo llevaba un rato callado.

El padre Juan Antonio se levantó y preguntó si alguien tenía algún comentario o pregunta que formular; no fue el caso. Hizo un par de anuncios acerca de una salida al teatro y otras actividades inminentes y dio la sesión por concluida. Menos tensos, pero aún con aspecto serio y sombrío, los jóvenes cogieron sus chaquetas uno a uno y empezaron a marcharse.

—Jordi, ¿podemos hablar un momento? —le preguntó el padre Juan Antonio, dándole unas palmadas en el hombro justo cuando iba a salir.

—Por supuesto —dijo Jordi, despidiendo con la mano a sus compañeros de club.

—Ven, muchacho, siéntate conmigo. —El padre Juan Antonio se quitó la sotana negra, bajo la cual llevaba unos pantalones grises y un jersey azul marino. La dobló y la colocó cuidadosamente dentro de un armario de madera de roble. Cada pieza del mobiliario del Opus estaba siempre inmaculada.

Ambos tomaron asiento en dos sillones de cuero negro bajo una suave luz. El Opus tenía la costumbre de oscurecer los momentos en los que se trataban asuntos serios, apagando alguna que otra luz o bajando las persianas —reforzando su reputación de misterio y hermetismo.

—¿Cómo estás? ¿Todo bien? —sonrió el padre, mostrando una muela de oro.

—Sí, sí, padre, todo bien, gracias. Trabajando duro, como siempre —dijo Jordi bajando la mirada, un símbolo de respeto.

Al igual que todos los miembros del Opus, Jordi consideraba la carrera profesional como un modo de alcanzar la santidad. Hasta el servicio doméstico era reprendido cuando no limpiaban adecuadamente las residencias y los pisos de la organización; nunca alcanzarían el apostolado con tanto polvo en las estanterías, les decían. Los pobres trabajadores, por supuesto, se reían, lo que no hacía sino aumentar el sentido de superioridad de los miembros de la Obra.

—Bien hecho, hijo, bien hecho. Sigue trabajando duro —dijo el padre Juan Antonio. Miraba a los ojos cansados de

Jordi—. Espero que sigas encontrando tiempo para María y la boda. —Sonrió.

—Por supuesto, padre. —A Jordi se le iluminó la cara nada más escuchar el nombre de su novia—. Es tan maravillosa como de costumbre, y pronto empezaremos con los pequeños detalles, las flores, el vestido, ya sabe. Me siento muy feliz y afortunado. —A pesar de estar pálido y agotado después de un largo día, Jordi no perdía la sonrisa—. Es una mujer muy inteligente, le va muy bien en el banco —añadió, orgulloso.

El padre Juan Antonio no parecía muy impresionado; de hecho, nunca había mostrado el menor interés por la carrera de María o la de cualquier otra mujer. El fundador del Opus lo había dejado muy claro en *Camino:* los hombres debían ascender a lo más alto de su profesión para alcanzar la santidad, las mujeres bastaba con que fueran discretas.

—Bien, bien. Espero que ambos, por supuesto, viváis cristianamente, ya sabes a lo que me refiero. —El padre Juan Antonio miraba ahora atentamente a Jordi—. Sé que a vuestra edad el ímpetu puede ser poderoso —dijo, abochornando a Jordi. A continuación, recitó dos extractos de *Camino*—: «¡Si tan sólo supierais lo que valéis! Es san Pablo quien os dice: "Habéis sido traídos a un *altísimo precio*"». Y añade: «Por eso deberíais usar vuestro cuerpo para la Gloria de Dios».

El padre Juan Antonio miró a Jordi directamente a los ojos, y le recitó otro verso:

—«¿Anheláis tener hijos? Hijos, muchos hijos, y un interminable rastro de luz hallaremos a nuestras espaldas si sacrificamos el egoísmo de la carne».

Jordi volvió a bajar la mirada y dijo:

—Sí, padre, por supuesto que vivimos según los valores y principios.

—Me alegra saberlo, muchacho —dijo el sacerdote—. Estoy seguro de que sabes qué hacer cuando llama la tentación, es humano, todos la tenemos, pero no olvides lo que te he enseñado.

Jordi comprendió. Claro que usaba el cilicio.

—Sí —afirmó Jordi, con la mirada aún clavada en el suelo.

—Me satisface oírlo. Sólo quería asegurarme, ya que, como bien sabes, María no pertenece a nuestro grupo y nunca se sabe; a medida que se acerca la boda algunas personas creen que se pueden relajar. Pero eso sería un error colosal, echarías por la borda todos estos años de santa castidad.

—No se preocupe, padre —fue todo lo que dijo Jordi. Siguió un tenso silencio.

«Bueno, padre, estoy cansado y hambriento, y es viernes. Sólo quiero irme a casa. Bastante esfuerzo me cuesta ya cumplir con todo».

—Hay una cosa más —dijo el padre Juan Antonio en voz baja.

—¿Sí, padre? —Jordi estaba sorprendido. El sacerdote solía comprobar si se masturbaba o no, pero, aparte de eso, no parecía albergar mucho interés por su vida.

—He comprobado que tu contribución voluntaria al club ha disminuido durante los dos últimos meses —dijo el sacerdote, de nuevo clavándole la mirada con sus grandes e intensos ojos verdes—. Sólo me preguntaba si todo iba bien.

Jordi respiró profundamente y se echó hacia atrás.

—Sí, no pasa nada. —Dejó pasar un par de segundos. Desde su graduación, había donado prácticamente una cuarta parte de su salario al club, como los demás miembros. El dinero permitía al Opus mantener sus lujosos edificios y su imagen elitista por todo el mundo a la vez que, les decían, ayudaba a sus miembros a vivir con más austeridad. Los fondos también financiaban programas y actividades diseñadas para captar a los jóvenes más inteligentes, como excursiones a caballo, viajes al Vaticano o fines de semana en alguna de las numerosas casas de campo que el Opus poseía por toda España. Para los miembros, donar dinero al Opus era como regalárselo a Dios, ¿y quién osaría declinar un acto tan caritativo?

—Ya sabes que puedes confiar en mí y decirme cualquier cosa que te inquiete, muchacho —dijo el padre Juan Antonio para romper el silencio.

Jordi levantó la mirada. Parecía preocupado.

—La empresa no pasa por su mejor momento, hay mucha competencia y también nos resentimos del boicot hacia los productos catalanes —comentó al fin, tratando de minimizar el problema.

—Ya me imaginaba que eso os estaría haciendo daño —dijo el padre Juan Antonio.

—Un poco, sí —reconoció Jordi, algo más relajado. Respiró profundamente y habló con honestidad—. Y ya sabe, también estoy construyendo una casa para María y para mí.

—Es verdad —asintió el padre Juan Antonio. Lo miró con una ceja arqueada—. No es que sea asunto mío, y espero que no te importe que lo mencione, ya sabes que lo que hablamos queda entre los dos, pero lo normal es que los padres ayuden a sus hijos cuando éstos se casan o se compran una casa. Lo siento, sé que no es asunto mío, pero pensé que también sería tu caso.

Jordi miró a un lado y a otro, nervioso. Sentía la presión de la gran figura de su director espiritual, que no le quitaba la mirada de encima. Por mucho que supiera que lo quería como a un hijo, también sabía que el Opus sólo quería ganadores y un recorte en sus contribuciones no era buena señal. Además, siempre había sido el protegido del padre Juan Antonio y ahora no quería decepcionar al hombre que le había guiado durante más de diez años.

Jordi podía ignorar su comentario, pero eso sería visto como algo extraño, como una falta de confianza, una virtud tan cristiana.

—Bueno, mi padre ya ha tenido que poner algo de dinero en el negocio, y puede que también necesitemos un préstamo —dijo Jordi, convencido de que hablaba confidencialmente—. Tiene setenta y cinco años y el año pasado tuvo problemas de corazón. Creo que ahora, hasta que se jubile en junio, lo mejor que puedo hacer es que tenga unos últimos meses tranquilos.

El padre Juan Antonio asintió, aunque no parecía muy convencido.

—Ya sabe que ha trabajado sin parar desde los catorce años. El cava es su vida, así que merece una buena salida, una transición sin problemas —continuó Jordi, ahora más convincente.

—Bien hecho, muchacho, bien hecho. Eres un buen hijo —dijo el sacerdote, mirándolo con escepticismo—. Debes de estar cansado. Avísame si necesitas algo, y ya sabes que puedes acudir a mí siempre que te preocupe algo. Estaré aquí para ti —añadió, esgrimiendo su falsa sonrisa.

«No pretende nada malo. Sólo hace su trabajo» pensó Jordi, respirando hondo, quitándose tensión y fatiga de encima.

—Gracias, padre. No sé qué haría sin usted. Siempre está ahí, y no sabe cuánto se lo agradezco. Gracias —dijo humildemente.

—Es Dios quien siempre está ahí para ti —replicó el sacerdote—. Yo no soy más que uno de sus siervos.

Jordi sonrió y bajó la mirada en señal de respeto.

—Y no se preocupe, seguiré mandándole el mejor cava del año, como siempre. —Jordi se levantó y se puso la chaqueta.

—¡Ajá! ¡Así se habla! —sonrió el sacerdote, ya que tanto él como su comunidad de numerarios estaban encantados con las dos cajas del mejor cava que Jordi les regalaba por Navidad todos los años —. Ve con Dios, Jordi.

«Mierda —se dijo Jordi cuando escuchó el mensaje de María, una vez dentro del coche—. Con tantas ganas que tenía de verla hoy. Maldito clima inglés». Recostó la cabeza en el asiento y suspiró profundamente. Observó las docenas de coches que recorrían la Diagonal, gente que volvía a sus casas, a sus familias.

«Qué ganas de tener mi propio hogar con María». Jordi pensó en el piso que estaba construyendo para los dos, un ático en lo alto de un viejo edificio en Sarrià. Tenía tres habitaciones y sus ventanas, del techo hasta el suelo, ofrecían vistas a toda la ciudad. Todavía no le había dado ningún detalle a María, era una sorpresa, un regalo de bodas. Aunque ella siempre se había opuesto a la idea con vehemencia, argumentando que ganaba suficiente para compartir gastos y que él no tenía por qué cargar con toda la responsabilidad. Le acusaba de anticuado y machista, pero Jordi se sentía responsable de mantener a su futura familia. También estaba seguro de que a María le encantaría el piso, ya que la había visto mirando anuncios de áticos similares con envidia, como un sueño inalcanzable.

Jordi trató de relajarse, quería ver a María, sentir su proximidad. Las últimas cifras de ventas y el boicot contra los productos catalanes le habían dado una semana horrible. Sólo quería olvidarse de todo.

«Bueno, la veré mañana», pensó, resignado.

Escuchó otro mensaje, de su hermano Bernat, avisándole de que no podía recoger a su padre en el aeropuerto y preguntando si podía encargarse él.

«Siempre tengo que salvarle el cuello».

Bernat, su hermano mayor, también trabajaba en las Cavas desde que dejó la universidad, tras el primer año. En principio se encargaba del marketing, pero en la práctica nadie sabía muy bien a qué dedicaba las pocas horas que pasaba en la oficina. Vivía en el centro de Barcelona con su mujer, y siempre aparecía en las Cavas a media mañana con alguno de sus coches, a cual más llamativo.

Jordi pensó que no sería muy cristiano decirle a su padre que estaba demasiado cansado como para ir a buscarle. Aún sentado dentro de *Óscar,* aparcado frente a Belagua, mandó un SMS a Bernat diciéndole que iría. Condujo en silencio hasta el aeropuerto.

# Capítulo 5

Puedes venir a mi casa si no te sientes bien —le dijo Nell a María al salir del pub, mientras se dirigían al metro de Chancery Lane. María se sentía algo mejor después de que Nell la levantara del suelo, la ayudara a recostarse en un sofá y le trajera un poco de agua y una manzanilla.

—Lo siento mucho. No sé cómo he acabado así —balbuceó María, avergonzada por su desmayo, y más incluso por el beso. «¿Qué demonios me ha pasado?». El aire fresco le vino bien—. Creo que iré al hotel.

—El vino de los pubs es peligroso —dijo Nell con ironía.

—Ya te digo yo que Inglaterra necesita cava —respondió María, aún aquejada de hipo.

Nell sonrió mientras agarraba a María del brazo y dejaba que ésta se apoyara en ella. También había cogido los rollos de los planos, que María sostenía a duras penas.

María, arrastrando los pies, cada vez se reclinaba más en Nell, hasta que de repente se apartó. «No me toques. Ya ha habido suficiente contacto».

—Me siento mal —dijo Nell—. Yo te he metido en todo esto, lo siento.

—No te preocupes —mintió María, deseando volver a su mundo lo antes posible. Abrió el bolso en busca de su BlackBerry.

—¡Mierda! ¡Sin batería! —exclamó, contemplando el aparato, incrédula—. No me lo puedo creer. Ahora no sé dónde ha reservado habitación mi secretaria, y seguro que ya ha pagado. Mierda, ¡mierda!

María se detuvo y bajó la mirada. «Supongo que no puedo llamarla tan tarde».

—¿Qué hora es?

—Casi medianoche —respondió Nell.

—Bueno, a estas horas en España la gente casi ni ha salido de casa. —A María la sorprendió dejar la fiesta tan temprano—. Pero, claro, si se empieza a media tarde, es lo mismo que salir a medianoche y volver a casa a las cinco o las seis.

«Aun así, no puedo llamar a mi secretaria tan tarde, ahora es la una en España».

—No tendrás un cargador de batería, ¿verdad? —preguntó María.

—En casa, lo siento.

María dejó caer los hombros; volvió a clavar la vista en el suelo.

—¿Por qué todo se empeña en torcerse hoy?

Nell posó su mano en el brazo de María.

—Vamos, no es tan malo, sólo es la batería —dijo con calma—. Todo lo que puedo ofrecerte es un sofá, pero es cómodo. O mejor, puedo dormir yo en el sofá y quedarte tú en mi cama. ¿Qué me dices?

María estaba asustada. «Estoy agotada. ¿Adónde voy a ir ahora, buscando hotel en este estado, a estas horas? Después de lo que ha pasado, ese beso, maldita sea. Menudo cuelgue».

María volvió a mirar a Nell, escrutándola. «¿Eres de fiar?».

Como si le leyera el pensamiento, Nell dijo:

—No te preocupes, sólo es una noche en el sofá. Soy la funcionaria del ayuntamiento asignada a tu proyecto, no voy a comerte o agredirte, estarás bien —sonrió.

María se sintió aliviada. Al cabo de unos segundos, accedió.

—De acuerdo. ¿Hacia dónde?

—No está lejos. —Nell empezó a caminar, encogiendo los hombros por el frío.

* * *

Eran apenas las once pasadas cuando Jordi intentó llamar a María varias veces desde la terminal de llegadas del aeropuerto de Barcelona, sólo para toparse con el contestador automático.

«Espero que encuentre un buen hotel. Pobrecita, atrapada en Londres esta noche. Me aseguraré de que tenga un gran recibimiento mañana. ¿Y si le compro una pulsera o algo así en vez de flores? Puede que las rosas ya no sean una sorpresa».

Pere Gratallops salió por la puerta de llegadas nacionales con una pequeña maleta. Parecía cansado y enfadado.

«Como siempre —pensó Jordi—. Que Dios me ayude para no parecerme a él».

—Ejem —gruñó el padre de Jordi cuando se encontró con él—. ¿Dónde está Bernat? Tengo que hablar con él.

—No lo sé, padre, sólo dijo que no podía venir. —Jordi siempre intentaba evitar cualquier conflicto—. Seguro que tenía una buena razón. Venga, deja que coja la maleta.

—A las once de la noche, ¿qué excusa podría tener? Siempre igual, nunca te puedes fiar de él —refunfuñó.

Anduvieron hasta el aparcamiento en silencio, hasta que Jordi habló:

—¿Cómo es que llegas tan tarde? ¿Tanto se alargan las reuniones en Madrid? —dijo. Siempre había sospechado que su padre tenía aventuras fuera de su infeliz matrimonio. De hecho, llegaba tarde bastante a menudo, cuando Jordi sabía que no pasaba nada realmente apremiante en las Cavas. Su padre representaba todo lo que él no quería ser; más que nada en el mundo, Jordi quería una familia estable y feliz.

—Ya sabes que en Madrid los almuerzos son de tres horas y eso lo retrasa todo —respondió su padre—. Café, copa, puro, postres..., y así dan las cinco antes de que nadie haya vuelto a la oficina.

Levantó la mirada hacia *Óscar.*

—¿Para qué te he comprado el Cherokee con tapicería de cuero si sólo usas esta mierda de Golf que es casi más viejo que yo? —dijo el hombre entrando en el coche.

—Siempre uso el Cherokee, padre —dijo Jordi—. Se suponía que recogería a María esta noche, ya sabes que nos encanta este coche.

—¿Y María? ¿Ya ha llegado?

—No, se ha quedado atrapada en Londres. Cancelaron el último vuelo por culpa del tiempo y ha tenido que pasar la noche allí. Volverá mañana —dijo Jordi, triste.

—Bah, ¿qué es una noche? —dijo su padre—. Os vendrá bien acostumbraros a pasar noches separados —suspiró—. Hijo, más vale que nos demos prisa con ese almacén de Londres, ya que pronto necesitaremos aumentar las ventas en Inglaterra: este boicot puede ponerse peor, y ahora, con lo de la prohibición de los toros, la grieta todavía se hará más honda, ya verás.

«Y eso que no has visto las últimas cifras», pensó Jordi, sin ánimo de dar más malas noticias a su padre.

—¿Qué te han dicho? —preguntó Jordi, sorprendido por el inusual pesimismo de Pere Gratallops.

—El Gobierno central puede convencer a la minoría vasca para que le apoye en los presupuestos; así que igual no necesitan más a los partidos catalanes, con lo que nadie nos ayudará a detener el boicot —dijo—. Pero debemos tener fe, la minoría vasca es bastante tozuda y pedirán lo innegociable. Hay que ser optimista.

Pere Gratallops bajó la ventanilla y estiró un poco el cuello para ver el cielo.

—Cuántas estrellas se ven hoy, qué raro. —Parecía sumido en su propio mundo.

Jordi sabía que su padre, en el fondo, tenía alma de payés. Desde joven, había cultivado la tierra con sus propias manos, hasta construir un gran negocio —era ese sentido del trabajo lo único que Jordi apreciaba en el agnóstico anciano.

Pere Gratallops se recostó en el asiento y observó el icono de la Virgen de Montserrat que Jordi había colgado del retrovisor.

—¡Hasta puede que necesitemos la ayuda de la mismísima Moreneta! —bromeó.

—Puede ayudarnos, padre, ya sabes que lo creo —dijo Jordi.

Su padre suspiró.

—Poco imaginaba yo que saldrías tan católico cuando te llevé a ese colegio del Opus —comentó, no especialmente contento—. Bueno, al menos debería estar contento de que no te hayan captado, eso sí que sería una tragedia, acabarías entregándoles las Cavas en bandeja a esa pandilla de buitres —rió.

Jordi permaneció en silencio.

«Padre, por favor. Señor, ayúdame con esto. Y, por favor, devuélveme pronto a María. Siento que la voy a necesitar ahora más que nunca».

* * *

María y Nell salieron del metro de Bethnal Green y, justo a la salida de la estación, esperaron silenciosamente la llegada de un autobús 338, en dirección a Hackney. En apenas quince minutos, en los que María sintió cada bache de la carretera retumbar en su cabeza, las dos se plantaron en Cassland Road, desde donde empezaron a recorrer una serie de callejuelas mal iluminadas. María consiguió esquivar los viejos colchones, cubos y trozos de coches abandonados que obstaculizaban su paso.

«Por Dios, ¿dónde me he metido? Jordi...».

María echaba de menos la seguridad que Jordi le confería siempre mientras miraba a un lado y a otro de la calle, temerosa de que alguien pudiese asaltarlas en cualquier momento.

—Está al doblar esa esquina —dijo Nell.

—Vale —repuso María con un hilo de voz, sin mirarla a los ojos. Se detuvo un momento para encenderse un cigarrillo y siguió andando con la cabeza gacha, hasta pararse de repente al ver una rata cruzar la calle bajo la luz de una farola. María cerró los ojos, aterrada, y respiró hondo; con mucho esfuerzo reanudó la marcha a paso más ligero.

«No lo puedo soportar. Esto es peligroso. ¿Qué hago yo en un sitio como éste? ¿Tan borracha estaba? El almacén no merece tanto la pena. ¿De verdad estoy aquí por trabajo? ¿De verdad acabo de besar a una mujer? ¿Cómo ha ocurrido? Una mujer que vive en un sitio como éste...».

Se le humedecieron los ojos mientras caminaba, casi sin tocar el suelo. María nunca había estado en un sitio tan lúgubre como ése, por no hablar de los repulsivos roedores.

Se estremeció; la noche se enfriaba por momentos.

—¿Falta mucho?

—Ya casi estamos —respondió Nell.

Se detuvo unos segundos después frente a un edificio de ladrillos oscuros, de unos cuatro o cinco pisos. La fachada estaba llena de pintadas y a una bicicleta que había atada a la farola le faltaban las dos ruedas. La calle estaba desierta, el silencio era absoluto. María se encogió de hombros y miró a su alrededor.

—Hogar, dulce hogar —sonrió Nell.

«Agh».

María siguió a Nell por las escaleras hasta el cuarto piso, aunque un fuerte olor a orina en el tercero la puso al borde de la náusea.

—Lamento el olor —dijo Nell, avergonzada—. Algunas personas de por aquí son realmente asquerosas, pero la mayoría son buena gente.

—No pasa nada —replicó María, procurando mantener la calma.

Nell la miró con una ceja levantada.

—Mientes fatal.

Las dos se rieron, soltando finalmente un poco de tensión, aunque la risa de María era más bien nerviosa. A pesar de por fin haber llegado al piso de Nell, María se sentía triste y sola, fría, cansada y perdida. «Quiero mi cama, mi edredón de plumas, a *Bombillo*». Mientras Nell abría la puerta, María trató de ser racional: «Sólo será una noche».

Una gata de brillante y corto pelo negro les dio alegremente la bienvenida nada más entrar.

—¡*Pepa!* Hola, *Pepa*, ¿cómo estás? —Nell la acarició y se volvió hacia María, reparando en su triste expresión. Se levantó y le tocó el hombro—. ¿Estás bien?

—Sí, sí. Estoy muy cansada y quizá debería acostarme. —Respiró profundamente—. ¿Por qué llamas *Pepa* a tu gata? —preguntó por curiosidad.

Nell miró a María durante un instante.

—Ponte cómoda. Colgaré tu abrigo, si no te importa —dijo. Abrió un armario cercano para sacar un par de mullidas zapatillas, que puso a los pies de María—. Seguro que ahora te sientes más cómoda.

María se quedó mirando las zapatillas marrones de aspecto calentito, bien alineadas sobre el suelo de madera. Le recordaron a las que su abuela siempre le tenía preparadas cuando la visitaba en Belchite.

María se sintió más relajada y observó las fotos de la entrada, todas de personas jóvenes, sonrientes, bailando, tocando la guitarra, jugando al fútbol... Reconoció algunas caras de la fiesta. «Cuántos amigos tiene».

—¿Por qué llamas a tu gata *Pepa?* —insistió—. Es un nombre español.

—Lo sé —dijo Nell—. Mi padre ganó la quiniela un año, sólo unos cuantos cientos de libras, y nos fuimos a España de vacaciones. Por aquel entonces era algo bastante extraordinario. —Sonrió antes de proseguir—. Yo tenía cinco o seis años y la señora que nos alquiló el piso, cerca de Málaga, tenía una gata que se llamaba *Pepa.* Era tan adorable que cuando al cabo de los años me dieron una gatita recién nacida, le puse el mismo nombre.

«Es monísima». María esbozó una sonrisa hacia el animalito, que no paraba de olisquearla.

—Pasa —dijo Nell, adentrándose en el salón y encendiendo las luces—. Siéntate, por favor. Yo voy a ponerme cómoda. ¿Necesitas algo? ¿Un jersey o algo parecido?

—Si no es demasiada molestia.

—Tengo algunos pantalones de chándal que te pueden ir bien —dijo Nell, antes de meterse en su cuarto.

María paseó la mirada por la estancia. Le gustaban los suelos de madera oscura, a juego con las paredes de color crema y la lámpara de estilo japonés de la entrada. «El piso es mucho mejor de lo que esperaba, sobre todo en comparación con el barrio».

—¿Hace mucho que vives aquí? —preguntó María en voz alta para que Nell la oyera desde su habitación.

—Sí, unos tres años. Adoro este sitio.

La sala principal era muy acogedora. Tenía un gran sofá marrón con cojines blancos y negros a cada lado, con una rinconera que invitaba a sentarse o, mejor, a tumbarse. Nell tenía algunas plantas junto a la ventana y, sobre una mesa de madera de pino, había un jarrón con lirios blancos que llenaban la habitación con su agradable olor. María tomó asiento en el sofá.

«Me gustan los colores, son cálidos. Esta mujer es fría por fuera, pero cálida por dentro. Al menos su piso lo es». Se giró y miró los libros de las estanterías. Vio algunos escritos por una tal Sarah Waters y Germaine Greer... «¿Quiénes serán?». Simone de Beauvoir, Sartre, Camus, *El Manifiesto Comunista*, *New Labour*, *Los anarquistas*, *Che Guevara: una vida*.

«¡Qué radical! Será mejor que mantenga en el bolso las memorias de Margaret Thatcher que me estoy leyendo».

—¿Tienes hambre? —gritó Nell.

—No mucha, gracias.

—Pues yo sí. Me haré una sopa, ¿te importa?

«Estos ingleses son tan educados...».

—Por supuesto que no. —«No tienes que pedirme permiso para cocinar en tu propia casa».

—Bueno, la haré; en fin, la podemos compartir si cambias de opinión. —Nell salió de la habitación con un pijama rojo y un jersey ajustado azul marino, a juego con el color de sus ojos.

—Has descubierto mi rincón favorito —dijo—. Me encanta esa esquina del sofá. Pagué una auténtica fortuna por él, pero vale la pena.

—Es muy cómodo, sí. —María no sabía dónde mirar e, inquieta, se rascó la parte posterior de la oreja. «¿Y ahora, qué?».

—Oh, tu ropa, perdona, se me había olvidado. Enseguida te la traigo —dijo Nell, regresando a su cuarto. Volvió con unos pantalones de deporte y un jersey verde—. Espero que te valgan. El cuarto de baño está justo ahí, por si quieres usarlo —dijo, señalando una puerta al fondo de la habitación.

«Qué baño más pequeño», pensó María mientras se cambiaba, observando los detalles cotidianos de Nell —champú barato, toallas malas, pero, eso sí, todo muy acogedor y ordenado—. Ya lista, María se volvió a poner las zapatillas y se miró en el espejo. «Horrible».

Sintiéndose ridícula, pero animada al pensar que estaría en Barcelona al día siguiente, María hizo un esfuerzo y volvió al salón. Un agradable olor a tomates y a ajo frito ayudó a que se sintiera mejor.

—Hmm, eso huele muy bien. ¿Qué es? —preguntó, entrando en la pequeña cocina.

—Estoy preparando una de las sopas de Jamie Oliver.

—¿La sopa de quién?

—De Jamie Oliver.

—¿Quién es?

—¿Jamie Oliver? —Nell se quedó mirando a María mientras removía la sopa—. Es un cocinero de la televisión. Creía que emitían sus programas en todo el mundo.

—Pues en España no. Pero ¿cómo puedes verlos si no tienes televisor?

—Buena observación. No tengo, es cierto, pero ha escrito muchos libros y te lo encuentras en anuncios y por todas partes. —Nell miró a María, y a los pantalones, que le hacían bolsas. No dijo nada.

«Los ingleses son realmente educados, porque cualquier otra persona se hubiera echado a reír», pensó María.

Nell lavó la batidora y volvió a meterla en un armario.

—En fin, siempre hace recetas sencillas y rápidas. Mira, acabo de mezclar tomates, albahaca, ajo, unas espinacas, garbanzos y *¡voilà!* Pesto. Pruébalo. —Ofreció una cucharadita a María, que no se lo pensó dos veces y probó.

—Delicioso. Quizá deberías añadirle un poco de jamón. Le daría más sabor.

—¿Jamón? Soy vegetariana.

—¿En serio? ¿No comes nada de carne? Caramba.

María, que se había criado a base de cordero, ternera y cerdo, no comprendía los beneficios del vegetarianismo. «Por eso es tan pálida. Mírala, es guapa, pero está blanquísima. Si mi madre, la abuela y Soledad la vieran, no la dejarían en paz hasta que se comiese una vaca».

—Sí, hace años que no como carne y me siento fenomenal —sonrió Nell.

—Dios bendito. Tú no podrías vivir en mi pueblo. Allí todo es carne.

—Ya sé que España es diferente; lo recuerdo de las vacaciones. Me pongo mala cuando me acuerdo de las cabezas de cerdo colgando en las carnicerías. Agh.

«Pues si fuera a la matanza, se moriría».

A María tampoco le gustaba demasiado ese día, siempre el primer sábado de diciembre, cuando la familia se reunía para matar un cerdo y hacer morcillas, chorizos y jamones para el invierno. A María, ni le gustaba degollar animales ni tampoco le apetecía pasarse horas cocinando. De hecho, nunca había estado cómoda en la cocina de su madre, siempre corriendo de un lado a otro, siempre gritando. Prefería la de su abuela, más tranquila y llena de carácter y, sobre todo, rebosando un ambiente cálido y acogedor. María adoraba y echaba de menos la intimidad doméstica de una cocina pacífica, donde la comida se prepara con cariño, como la de la abuela, o la de Nell, pensó.

«Iré a ver a la abuela en cuanto vuelva», decidió.

María y *Pepa* se sentaron en el sofá, mientras Nell ponía un poco de música, un *chill* africano.

—¿Todo bien? —preguntó Nell, sentándose y frotando brevemente la parte inferior de la espalda de María para hacerla sentirse mejor.

—Sí —dijo ésta, un poco sobresaltada, aunque agradecida por el gesto. «Su mano es cálida, delicada». María recordó a su amiga de la escuela, con la que solía compartir secretos de adolescente por las noches, a menudo acariciándose inocentemente.

Los ojos de María estaban medio cerrados mientras revivía esos momentos. Recordó que no paró de llorar durante días cuando el padre de su amiga encontró un trabajo en Madrid y la familia tuvo que mudarse. Tenían quince años y, por desgracia, no habían hablado desde entonces.

—¿Seguro que no quieres probar la sopa? —preguntó Nell.

—No, gracias. No tengo mucha hambre. Sólo estoy cansada.

—Sí, yo también. Ha sido un día muy largo.

«Mucho».

Las dos permanecieron en silencio, mientras Nell vaciaba su bol y María contemplaba el vacío, agotada.

—*Finito* —dijo Nell al cabo de unos minutos, soltando la cuchara y llevando el cuenco a la cocina—. Puedes dormir en mi cama, yo me quedaré en el sofá —dijo al volver.

—Ni hablar. Ésta es tu casa y dormirás en tu habitación. Estaré bien aquí —respondió María.

Nell sacó unas sábanas limpias de un armario. Movió un poco el sofá y entre las dos prepararon la cama en silencio.

—Listo, señorita. —Nell bajó la mirada y tosió ligeramente. Parecía avergonzada—. Sé que lo que pasó en la fiesta fue un poco extraño —dijo, sin mirarla.

—Tenemos que olvidarlo —respondió María apresuradamente, sin mirar tampoco a Nell.

—Vale —dijo Nell.

—Buenas noches.

Nell se metió en su habitación y cerró la puerta. María lanzó un hondo suspiro, se metió en su sofá, aferrándose a la almohada.

Unos segundos después, Nell volvió a salir.

—Si te preocupa lo del almacén y el hecho de que sea lesbiana, por favor, quédate tranquila. Además, tampoco eres mi tipo —dijo Nell seria, desde la puerta de su habitación.

María la miró, sorprendida.

—¿Por qué lo dices?

Nell encendió la luz del salón y miró a María durante unos segundos.

—Eres demasiado conservadora y un poco suspicaz —dijo Nell con una sonrisa sarcástica.

—¿Qué? —saltó María, aún poco familiarizada con el humor inglés.

—Las prefiero rubias y un poco más a la moda; desde luego, nadie en traje de negocios —sonrió—. No te ofendas, creo que eres genial. Buenas noches.

—¿Cómo que no estoy a la moda? —preguntó María rápidamente, antes de que Nell se girara para volver a su habitación.

—Ese bolso. ¿Te lo ha dejado tu abuela? —bromeó Nell, hasta que se dio cuenta de que María fruncía el ceño.

—Nunca te atrevas a reírte de mi abuela o te juro que...

Nell se acercó a María y le puso una mano sobre el hombro, suavemente.

—Es una broma —dijo con calma.

María se relajó y se arrebujó bajo la manta.

—Que descanses —se despidió Nell, regresando lentamente a su cuarto y apagando las luces del salón. Se detuvo un instante y dio media vuelta—. No suelo hacer esto, por cierto.

María se sentía menos intimidada en la oscuridad.

—¿En serio?

—Sí —dijo Nell—. Creo que simplemente me dejé llevar, quizá quería ser un poco mala. Lo siento.

—¿Por qué? —María se sentía intrigada y agradecida por la honestidad.

Nell respiró hondo.

—Hace poco rompí con mi novia.

—Lo siento —dijo María con empatía—. Lo siento de veras.

Nell dejó pasar unos segundos, miró hacia un rincón y suspiró.

—De verdad no quiero que pienses que soy así, que beso a la primera que se cruza por mi camino. Ya sé que no es ninguna excusa, pero no hace mucho mi pareja me dejó por otra, me engañó.

—Vaya, lo siento. —María no sabía qué más decir.

—Ahora estoy mejor. Y a la larga, creo que es para bien.

—¿Conoces a la otra?

—Era mi mejor amiga. Bueno, ahora sé que no era tan amiga, claro. Pero ya todo ha vuelto a la normalidad. No es una buena persona y no quiero estar cerca de ella. —Nell tenía la mirada clavada en el suelo—. Estoy cansada. Olvidémonos de todo. Mañana será otro día.

—Sí, olvidemos —dijo María.

Nell la miró durante un instante.

—Debes de echar de menos a tu novio cuando viajas; debe de ser duro estar fuera de casa a menudo.

María apreciaba la intimidad de las palabras de Nell y sintió que debía devolverle la confianza.

—Es agotador —dijo—. Pero no le echo de menos por las noches porque todavía no nos acostamos juntos.

—¿Te vas a casar dentro de seis meses y aún no te acuestas con tu novio? —exclamó Nell, desconcertada—. ¿Por qué?

—Somos católicos.

—¿En serio? Nunca había oído nada igual. Pero te habrás acostado con otros novios, claro.

—No. —María, aún metida en el sofá, bajó la mirada. Se sentía una idiota.

«Sé que soy una rara, pero no es por elección personal, créeme».

—Creo que necesito dormir de un tirón —fue todo lo que pudo añadir.

Nell se quedó sin palabras.

—Claro. Buenas noches —dijo por fin, cerrando la puerta con suavidad.

Sola y en la oscuridad del salón de Nell, María miró su móvil, que ya se había cargado. Su secretaria le había cambiado el billete de vuelta y reservado un hotel, y Jordi había dejado al menos cuatro mensajes. Parecía preocupado, pero ahora era demasiado tarde para llamar y estaba demasiado cansada para enviarle un e-mail o un SMS. Cerró los ojos. «Qué noche». Se quedó dormida casi enseguida, abrazando la almohada.

El olor a té y la sensación de tener algo muy cerca la despertó al día siguiente, sábado. Abrió los ojos y vio el sol invernal brillar a través de la ventana. La luz que inundaba la habitación le confería un aire más espacioso que la noche anterior. Nell estaba sentada en el sofá con una taza de té en la mano.

—Buenos días. ¿Te apetece un poco de té? —dijo con una sonrisa.

—¿Té? —«Oh, no. Té, agh, lo que daría por un café»—. Gracias. —Cogió la taza y dio un sorbo que le quemó los labios—. ¡Ay! ¡Está ardiendo!

Nell cogió la taza y la depositó sobre uno de los libros que había encima de la mesa, *Cien años de soledad*.

—Buen libro —dijo María, mirando la vieja edición de biblioteca.

—Ojalá pudiera leerlo en español. ¿Qué estás leyendo tú?

María dejó pasar unos segundos.

—Las memorias de Margaret Thatcher.

—¡¡Arg!! —gritó Nell—. ¡Ni hablar! ¡Es un monstruo!

María sonrió.

—Bueno, tiene muchas cosas que decir...

Nell la interrumpió rápidamente:

—Yo no las leería aunque me pagasen un millón de libras.

—Yo leería cualquier cosa por un millón de libras, incluido *El Manifiesto Comunista* —dijo María, dándole al té una segunda oportunidad.

—Ya, harías cualquier cosa por dinero, ¿verdad?

—¿Qué clase de pregunta es ésa?

—Lo siento. Es que no lo puedes entender. Thatcher hizo cosas terribles en este país, podría contarte montones de ellas.

—Me encantaría, pero tengo que coger un avión. ¿Qué hora es?

—Las ocho y media. ¿A qué hora sale tu vuelo?

—A las once. Debería ponerme en marcha.

—Vale. ¿Te gustaría darte un baño o una ducha? Te daré una toalla.

Nell sintonizó Radio Four, de la BBC. Estaban dando un programa de viajes sobre Cuba.

María intentó dar otro sorbo al té, esta vez con menos hostilidad.

—¿Has estado en Cuba? —preguntó Nell, pasándole una vieja toalla marrón.

—No, nunca, pero igual tengo un abuelo allí —dijo María.

—¿Igual?

—No sé demasiado. Es una triste historia familiar. —María se incorporó, toalla en mano.

—¿Qué pasó?

María dudó unos segundos. «Tampoco pasa nada por que se lo explique, supongo».

—Mi abuela tuvo de joven una aventura con un trabajador del pueblo, quien básicamente la dejó embarazada y la abandonó, llevándose consigo todo el dinero de la familia. Se dice que se fue a Cuba. Pero es todo lo que sé, y ella nunca habla de ello. Podría estar muerto.

—¡Qué terrible! —dijo Nell—. ¿Se volvió a casar o encontró a algún otro hombre?

—No. Se limitó a criar a mi madre, quien ahora quiere que todas nos casemos con hombres ricos.

—Qué horror. ¿Y tu abuela ahora está bien?

—Bueno, a mí me parece feliz, con su cocina y sus plantas. Tiene a Soledad, la maestra que viste en la televisión, a mi madre, a mi hermana y a mí —dijo María.

—¿Te llevas bien con ella?

María esbozó la mayor sonrisa que Nell le había visto desde que la conoció.

—Sí, muy bien —afirmó con orgullo, y luego miró por la ventana, aún sonriente—. Mi abuela es lo mejor del mundo.

—¿Y tu novio? —preguntó Nell, sorprendida—. Espero que no sigas los consejos de tu madre y que te cases porque realmente le quieres.

—Por supuesto —dijo María apresuradamente. «¿De verdad?». María no quería ni pensar ni hablar de Jordi, los recuerdos de la noche anterior todavía estaban demasiado frescos—. ¿Y qué me dices de ti? ¿Has estado alguna vez en Cuba?

—No, pero unos amigos acaban de volver de allí y les ha encantado. Dicen que La Habana tiene una vejez preciosa, genuina, elegante —respondió Nell.

—Sí, maravillosa, vista desde la comodidad de tu casa —dijo María—. Apuesto a que a tus amigos no les gustaría vivir allí; la gente tiene problemas incluso para comer.

—Al menos tienen acceso a mejores servicios educativos y sanitarios que aquí. —Nell miró a María—. En el mundo capitalista, sólo los ricos acceden a la mejor educación y a los mejores servicios.

María dejó de beber su té y levantó la mirada, sorprendida.

—¿Eres socialista?

—¡Por supuesto!

—¿Por supuesto? No todo el mundo lo es.

—Pues deberían, aún quedan muchas cosas en el mundo que cambiar y por las que luchar.

—Por supuesto, y la libertad y el alimento deberían ser lo primero —dijo María—. Es muy fácil ser socialista desde la comodidad y la seguridad de un país rico. Sentarse en una casa caliente, con electricidad y comida en la mesa. Es preferible que otros países no tengan estas comodidades para que resulte más exótico visitarlos, porque los ricos pueden viajar. Pero los cubanos son demasiado pobres para volar y, de todos modos, tampoco pueden salir de la isla. ¿Crees que eso es exótico y genuino?

Nell iba a decir algo, pero María prosiguió rápidamente:

—Tengo que irme ahora mismo. No puedo perder ese avión.

—Tenemos que debatir esto con más tranquilidad, ¡tengo muchas cosas que decir! —dijo Nell, sintiéndose derrotada—. Entiendo que tienes que irte. Te haré el desayuno. ¿Te gustan los huevos revueltos?

—Me encantan. —María sonrió, y se fue a la ducha.

Eran los mejores huevos revueltos que María había probado en su vida. Nell los sirvió sobre una tostada, sazonados con pimienta y un toque de hinojo. María dejó el plato vacío en dos minutos.

Preparó su pequeña bolsa, se calzó y dejó las zapatillas perfectamente alineadas en una esquina. «Hacía mucho que no me sentía en una casa, en una casa de verdad. Ha sido muy agradable». Cogió los rollos con los mapas y planos.

—Muchas gracias por tu ayuda y por dejar que me quedara aquí —dijo María, apartando la mirada, demasiado tímida para mirar a Nell directamente a los ojos.

—Ha sido un placer, gracias por aceptar —replicó Nell, mirando fijamente a María. Fue a la cocina y volvió rápidamente, tendiéndole un pequeño trozo de papel con su número de móvil apuntado—. Llámame para cualquier cosa —añadió.

Las dos se encaminaron hacia la puerta, donde Nell miró a María, antes de darle un fuerte abrazo y un breve aunque dulce beso en los labios.

«En los labios».

—Gracias por todo, me ha gustado conocerte en persona —dijo Nell—. Pronto hablaremos sobre el almacén.

«Dios, se me había olvidado el almacén».

—Sí, claro —repuso María, evitando su mirada.

—¡Y sobre la Guerra Civil! —añadió Nell—. ¡Quiero saber más cosas de Belchite!

María sonrió y emprendió la marcha, sintiéndose feliz. Se volvió antes de enfilar las escaleras, Nell aún la estaba mirando. Se saludaron con la mano.

María se alejó, los labios apretados, como si desease conservar en ellos el beso de Nell.

## Capítulo 6

Conchita y Honorato no dormían juntos desde hacía años. Cada uno ocupaba una habitación separada en el primer piso de la casa, que, a pesar de varias renovaciones, nunca había perdido su aire de austeridad. La habitación de Soledad, la mayor de todas, estaba en la planta baja, junto a la cocina, para que a sus noventa años no tuviese que subir escaleras.

El edificio solía estar oscuro y vacío, y en noches de invierno, como ésta, también frío. Soledad era la única en la casa que había conservado el buen humor y que mantenía una intensa vida social. Salía todos los días a pasear y, algunas tardes, con la abuela Basilisa, asistían a un grupo de lectura para mayores en la biblioteca pública.

Conchita se pasaba la mayor parte de su tiempo en la fábrica, donde tenía un despacho junto al de Pilar, mientras que Honorato, una vez jubilado, parecía vivir sólo para el casino. De todos modos, todavía acudía a la planta una o dos veces por semana para llevar la contabilidad, de lo que siempre se había encargado desde que se casó con Conchita, hacía ya treinta y siete años.

Como de costumbre, Conchita se encontraba sola, haciendo ganchillo en su sillón, escuchando el tictac del reloj de la pared. A pesar de la riqueza acumulada a lo largo de los años, Conchita llevaba una vida sencilla, con los mismos muebles de roble y cuadros religiosos que ella y Honorato habían recibido como regalos de boda. El resto estaba en el banco, acumulando intereses.

«Qué superfluo es gastar el dinero en lujos. Lo mejor es guardarlo para cuando uno lo necesite. Si hubiera algún problema, estaría bien protegida, no como le pasó a mi madre».

Eran casi las nueve. Acababa de alimentar a *Pablito*, el cerdo para la matanza que tenía en el corral del jardín de atrás, mientras que la abuela y Soledad estaban en el ayuntamiento, debatiendo la apertura del pueblo viejo. Honorato había dicho que se quedaría en el casino para ver el campeonato de dominó.

«Es un inútil. Ojalá prestara al negocio la misma atención que al juego. ¿Qué sería de esta casa sin mí?».

Conchita encendió el televisor y quedó escandalizada por una muy gráfica escena de cama que se emitía justo en ese momento.

«Ave María Purísima». Se santiguó, sin apartar la mirada de las imágenes. No recordaba la última vez que Honorato le había puesto una mano encima, o viceversa, de eso haría ya muchos años. Se preguntaba si él aún sería capaz —su llama parecía haberse extinguido hacía mucho tiempo, como la de ella misma.

Sin cambiar de canal, siguió con el pequeño jersey para el nieto que esperaba que María le diese tras la boda. «Ojalá le eduquen mejor que a los hijos de Pilar, siempre tan ruidosos y mimados —pensó—. Hoy en día lo tienen todo, compran y compran, y todavía quieren más —si quisieran, yo les podría confeccionar pantalones, chaquetas, todo lo que necesitan—. Menudo desperdicio. Y mientras yo, que me gano el pan con el sudor de mi frente, sólo me he comprado una falda en los últimos veinte años, todo lo demás, en casa, que es mejor y más barato. Pero ellos no lo entienden. Qué mundo».

Suspiró y tocó con delicadeza el cubrebrazos de ganchillo de su sillón. «Al menos estoy tranquila», pensó, volviendo a las agujas.

Apenas duró un par de minutos.

—Buenas noches —dijo Honorato, entrando en casa. Su voz radiaba más vida que de costumbre.

Conchita cambió el canal rápidamente, no quería que su marido pensase que veía pornografía, aunque estaba segura de que él hacía lo propio en su ausencia.

Honorato entró en el salón y, como de costumbre, preguntó directamente:

—¿Qué hay de cena? Tengo mucha hambre. —Nunca besaba a Conchita al llegar, ni en ningún otro momento. Se quitó la chaqueta y se aflojó la corbata.

—Soledad ha preparado conejo y te ha dejado un poco. Nosotras hemos cenado hace un rato, así que igual todavía está caliente —respondió Conchita, apenas levantando la mirada del ganchillo. No se movió del sillón.

—Conejo, qué bien. ¿De verdad lo ha hecho Soledad? Será la primera vez que cocina en años —dijo.

Honorato y Soledad nunca se habían llevado bien; siendo uno ex oficial del Ejército y la otra una feroz republicana, tenían muy poco en común. Conchita dejó de intentar acercarles hacía ya años, llegando a la conclusión de que la mejor forma de mantener la paz era el silencio, así que prohibió hablar de política, dinero o religión en casa, al menos delante de ella. Esos temas ya habían dado lugar a demasiadas peleas entre María, Honorato, la abuela Basilisa y Soledad, todas ellas personas de fuertes opiniones.

—Ten un poco de respeto por Soledad, Honorato, es buena con nosotros —dijo Conchita. «Y mira quién habla, ¿cuándo fue la última vez que hiciste algo de provecho aparte de jugar al dominó y repasar algunos números?».

—¿Dónde se ha metido? ¿Ya se ha acostado? —preguntó Honorato, extrañado de no ver a Soledad en casa a esas horas.

—Ha ido con mi madre a debatir lo del pueblo viejo en el ayuntamiento.

—Ah, eso sí se le da bien, remover el pasado y arrastrar a tu madre —dijo Honorato, yéndose a la cocina a por la cena—. No deberían meterse en esas cosas a su edad. Además, Franco ya dejó todo bien resuelto, no sé qué quieren debatir más. Está ya todo superado.

Conchita miró al techo con indiferencia y dio gracias a Dios porque Basilisa y Soledad no estuviesen allí para escucharlo. «Mejor no respondo». Suspiró y siguió con el ganchillo.

«Esta familia sigue unida gracias a mi paciencia infinita. Soy una mártir».

Minutos más tarde, Honorato comía en silencio mientras miraba las noticias —había cambiado de canal sin preguntar a Conchita.

—Por cierto, he estado pensando en esa máquina francesa que Pilar va a comprar —dijo, soltando el tenedor y el cuchillo tras rebañar el plato.

Conchita levantó la vista del ganchillo a la vez que Honorato proseguía, sin mirarla:

—Fui al banco y el director me ha dicho que deberíamos abrir otra cuenta para depositar el préstamo y así ahorrarnos algo de intereses. Dijo que hablaría contigo.

Conchita y Honorato hablaban de negocios regularmente, pero, para sorpresa de Conchita, el interés de su marido ahora iba más allá de las cuentas; sin que Conchita supiera por qué, Honorato hacía días que había mostrado un extraño entusiasmo por la nueva máquina francesa. Pilar, también sorprendida, le había dicho que su padre incluso la ayudó a elegir el modelo y que éste había impulsado el proyecto cuando sus hijos se pusieron enfermos y ella se tuvo que quedar en casa.

«A lo mejor se aburre de sólo mirar tanto número, no me extraña».

Conchita lo sabía casi todo acerca del aceite y los olivos, pero, desde que se casó, dejó las cuentas y los asuntos legales a Honorato, ya que éstos le resultaban complicados y, sobre todo, aburridos. Para ella, el verdadero trabajo estaba al aire libre, en la tierra, en los olivos, y no en los números.

—Sí, me pasé por el banco esta tarde y algo mencionó —respondió Conchita—. ¿Estás seguro de esa cuenta nueva? A mí no me pareció mal, pero mejor tener una segunda opinión.

—Sí, me parece lo mejor —dijo Honorato, convincente—. De hecho, ya que estaba allí, cogí los formularios y documentos para que los podamos rellenar aquí mismo, así no tendrás que volver, hacer la cola y pasar todo el trámite.

Honorato se levantó, sacó una delgada carpeta de su maletín y extrajo unos documentos.

Conchita miró a su marido, sorprendida por su repentina capacidad de ejecución.

—Te encanta esa máquina francesa, ¿no? —dijo Conchita, sin quitar el ojo de las agujas.

—Sí, he leído bastante sobre ella —respondió—. Ya verás el tiempo que ahorramos recogiendo la oliva; la cosecha sólo durará días, si no horas.

Honorato dejó los documentos sobre la mesa del teléfono, junto al sillón de Conchita, con un bolígrafo encima.

—Aquí tienes —dijo con calma—. Es bastante sencillo. Me alegro de que hoy en día los bancos simplifiquen los procesos y usen menos letra pequeña, menuda tomadura de pelo era aquello.

Honorato salió de la habitación. Como un reloj, después de cenar, siempre iba a su cuarto para ponerse las zapatillas y quitarse la corbata.

Conchita, satisfecha de no tener que ir al banco para arreglar papeles, cogió los documentos y los leyó con atención. Sin duda, no tenían nada que ver con los crípticos párrafos de antaño. ¿Por qué no serían así de claros antes? El dinero que debían de ganar por no dejarse entender, engañando a tanta gente, pensó. Después de dos leídas, Conchita finalmente firmó los documentos y los dejó sobre la mesa, junto al teléfono.

Siguió con el jersey.

«Puede que acabe de firmar el fin de una era —pensó, haciendo una pausa y mirando por la ventana a la oscuridad exterior—. Esa máquina francesa hará que las piedras que usaba mi madre parezcan hallazgos arqueológicos; pero espero que tanta tecnología no cambie el sabor del aceite. Parece que fue ayer cuando conseguí ese préstamo para comprar la máquina alemana, ¡lo que tuve que mendigar! Y ahora, fíjate, los préstamos vienen a mí».

—¡Ay, qué vida esta! —susurró Conchita.

Soledad y la abuela Basilisa entraron por la puerta unos minutos después.

—¡Hola! —Las dos parecían contentas.

«Gracias a Dios que Soledad sigue con nosotros. Sin ella, esta casa sería una funeraria».

Conchita se levantó y besó a su madre y a Soledad mientras se quitaban los abrigos en el vestíbulo.

—Hola a las dos. ¿No es un poco tarde? —preguntó Conchita a Soledad con una sonrisa. Lanzó una rápida mirada a su madre, a quien no se atrevía a regañar por llegar tarde.

—Ya somos mayorcitas, no te preocupes —replicó Soledad, devolviendo el beso a Conchita.

—Sólo son las nueve y media —dijo la abuela Basilisa entrando en el salón—. Aún seguían el debate cuando nos marchamos, ya veremos lo que pasa. —Se dirigió hacia el salón con aspecto cansado.

Mientras, Conchita entró a la cocina, seguida por Soledad.

—Te prepararé el té verde y le haré otro a mi madre —dijo.

Todas las noches, Conchita le preparaba un té a Soledad, siguiendo las instrucciones del médico. Lo hacía con tanto cariño como Soledad le mostró a ella cuando, de niña, le llevaba un vaso de leche caliente todas las noches que podía. Entonces, en plenos años cuarenta, Soledad cuidaba de Conchita mientras la abuela Basilisa iba a un molino en plena noche, arriesgando su vida, para intercambiar aceite por pan, con el que se alimentaban las tres. Eran los tiempos del racionamiento y Basilisa sólo tenía una tarjeta —el régimen de Franco no reconocía a su hija, por no tener padre conocido, y como Soledad se ocultaba en las montañas durante largas temporadas, oficialmente no existía.

A veces, Soledad se las arreglaba para burlar a la Guardia Civil y llegar a Belchite —utilizaba pelucas, se disfrazaba de sacerdote, de monja, se las sabía todas—. Siempre que podía, traía a casa un poco de leche de las cabras que robaba en el monte para sobrevivir. Por las noches, cuando la abuela estaba fuera, le preparaba a Conchita un gran tazón de leche caliente —un gran lujo en esa época— y se lo llevaba a la cama. Mientras la arropaba, Soledad también le explicaba cuentos emocionantes y fantasiosos, todos acerca de un mundo maravilloso que, a ojos de Conchita, nunca se parecía a la realidad. Esas noches con Soledad sentada junto a su cama, ofreciéndole seguridad, atención y cariño, eran algunos de los mejores momentos de su vida.

Las tres mujeres comentaban el frío que hacía, cuando Honorato se asomó al salón para dar las buenas noches. Todas lo miraron de arriba abajo.

—Estoy cansado, demasiado campeonato de dominó por hoy —dijo, sin pasar de la puerta. Soledad y la abuela Basilisa lo miraron con escepticismo—. Lo creáis o no, pasar toda la mañana y la tarde en ese casino lleno de gente acaba agotando. —Rió nerviosamente.

—Tú intenta pasarte el día recogiendo olivas y verás lo que es estar cansado —dijo la abuela Basilisa antes de dar otro sorbo al té.

«Madre, no vayamos a tenerla hoy, es demasiado tarde —pensó Conchita—. Este hombre nunca le ha gustado».

—Afortunadamente, hoy tenemos tecnología para eso —repuso Honorato apresuradamente—. Espere a ver la nueva máquina francesa que vamos a comprar. Recogeremos las olivas en un abrir y cerrar de ojos, ya verá —añadió, triunfal.

—No hay nada que reemplace la calidad de la recogida a mano —empezó a decir la abuela Basilisa, cuando Soledad la interrumpió.

—Esta mañana no estabas en el casino. Te vi aparcar el coche en el garaje —dijo, y bebió un poco de té.

—Me he pasado el día en el casino —replicó Honorato—. Debiste de ver a otro. A tus noventa años... —Volvió a girarse y se dispuso a marcharse a su habitación.

—Estoy segura de que eras tú, a eso de las diez de la mañana —insistió Soledad cuando Honorato dio el primer paso.

Conchita miró a los dos sin saber qué pensar, aunque no era extraño verlos contradecirse.

Honorato volvió a girarse.

—Tienes razón, Soledad; debo de ser yo quien se está haciendo mayor. Cogí el coche para hacer una puesta a punto rápida esta mañana. El otro día me di cuenta de que las ruedas necesitaban más aire.

Conchita no sabía qué le desconcertaba más, la acusación de Soledad o la admisión de Honorato de haberse equivocado.

Su marido las miró a las tres y sonrió.

—Pues eso, buenas noches.

Ninguna respondió. Conchita siguió con el ganchillo.

Soledad aguardó a que Honorato cerrara la puerta de su habitación para susurrar:

—Cuidado con él, Conchita, cuidado. Nunca olvides en qué bando estaba su familia en la guerra, y luego él les apoyó, y también a Franco.

No era la primera vez que Soledad hacía un comentario de este tipo.

—Por favor, Soledad, la guerra y Franco nos quedan ya muy lejos —dijo Conchita.

La abuela Basilisa miraba a las dos en silencio.

—¡Franco ha muerto, pero su espíritu sigue vivo en gente como él! —exclamó Soledad, con manos temblorosas, casi derramando su taza de té.

—Soledad, por favor, cálmate. —Conchita no quería discusiones y el médico había recomendado que no entrase en estados de excitación—. Bébete el té. Sabes que Honorato es inofensivo. Sé que a veces puede ser un poco raro, pero llevamos juntos casi cuarenta años, le conozco como a la palma de mi mano.

—Ya sabes de lo que es capaz —dijo Soledad con tono de advertencia.

—¡Soledad, ya basta! —replicó Conchita, golpeando el sillón con los puños y tirando el cesto de ganchillo al suelo. No le gustaba que le recordasen cuando su marido le fue infiel.

—Lo siento, sólo quería protegerte —dijo Soledad.

—Ya soy mayorcita, no te preocupes. —Las mejillas de Conchita se estaban poniendo cada vez más rojas.

—Lo pasado, pasado está —dijo la abuela Basilisa con solemnidad—. El que esté libre de pecado que tire la primera piedra, no es tiempo de remover a los muertos —añadió, bajando la mirada.

«Eso mismo, que aquí no sólo soy yo la que tiene un pasado», pensó Conchita. Lentamente, recogió la cesta de ganchillo.

Soledad apuró su té.

—Puede que me esté haciendo vieja y tenga la cabeza llena de pájaros. —Se levantó con esfuerzo—. En fin, ¿cómo está María? ¿Sigue en Londres?

—Sí —contestó Conchita, aliviada por cambiar de tema—. Tenía que haber vuelto ayer; dijo que hoy iría a ver algunos vestidos de novia, ya veremos cómo va. Cinco meses para la boda y todavía sin vestido. Ay, Dios mío.

Soledad sonrió.

—Déjala en paz, ya lo encontrará, estoy segura. —Se dirigió hacia la puerta—. Estoy cansada, me voy a la cama. Basilisa, cariño, ¿te quedas un rato más?

—Sí, me acabaré el té —repuso la abuela con una gran sonrisa hacia su amiga, y le dio las buenas noches.

Soledad dejó a madre e hija sumidas en un silencio únicamente hendido por el tictac del reloj, hasta que la abuela Basilisa se disculpó para ir al baño, dejando a Conchita en su sillón. Las palabras de Soledad aún le resonaban en la cabeza. Era verdad que Honorato había sido capaz de lo peor, y no hacía tantos años de ello.

«Pero ya lo ha pagado —pensó Conchita—. Ya le he cobrado por sus mentiras con años de indiferencia, no debería removerlo más».

Aun así, a Conchita le dolía pensar en la joven con la que Honorato había tenido una aventura quince años atrás, cuando sus hijas eran adolescentes. El muy idiota dejó rastros por todas partes, perfumes diferentes, coartadas que no encajaban... No le costó demasiado descubrirlo, y mucho menos al resto del pueblo, donde la noticia se difundió con rapidez.

Desde entonces, Conchita se había convertido en un bloque de hielo hacia él y le negó el divorcio que tantas veces le había pedido —y que le hubiera dado acceso a la mitad del patrimonio familiar—. En el fondo, Conchita sabía que había pagado con su propia felicidad el error de casarse con él.

«Es cosa del destino, ¿no? Una tiene que resignarse y aceptarlo. Dios dijo que estamos en este mundo para sufrir y que la felicidad se reserva al paraíso. Yo me he pasado toda la vida sufriendo, lo mismo que mi madre, lo mismo que todos. Ya lo dijo Nuestro Señor, esta vida es un calvario».

Como si fuera ayer, Conchita recordó los siete disfraces, para ella y seis amigas del colegio, que su madre había confeccionado con todo el cariño del mundo para una función de teatro. Con mucha ilusión, Conchita los llevó a clase, sólo para ver cómo sus compañeras los despreciaban, arrojándolos al suelo, después de que la madre superiora dijera que eran inmorales porque no tenían mangas. Una niña, a quien creía su mejor amiga, le dijo que acabaría tan puta como su madre, sin marido conocido.

Conchita había luchado toda su vida para evitarlo.

Con los ojos humedecidos por los recuerdos, Conchita respiró hondo al tiempo que la abuela regresaba al salón.

—Qué día más largo —dijo la abuela, sentándose en el sofá y mirando a su hija—. Sólo quería decirte que creo que Soledad tiene razón, deberías vigilar a Honorato, Conchita. Si lo hizo una vez, podría repetir.

«Justo lo que necesitaba». Conchita respiró profundamente.

—Vosotras dos siempre sospecháis de todo el mundo —respondió. «Las personas mayores se vuelven tan desconfiadas... ¿Qué lecciones me puede dar ella, después de lo que le pasó?»—. No te preocupes, madre, Honorato es demasiado viejo para tener más aventuras. Además, ahora está tomando algunas responsabilidades, está muy implicado con la máquina francesa y lo ha resuelto todo para que yo sólo tenga que firmar papeles.

—¿Qué has firmado? —preguntó la abuela Basilisa con interés.

—La apertura de una cuenta nueva para ingresar el préstamo para la máquina —dijo Conchita, colocando la cesta del ganchillo de nuevo sobre sus piernas para continuar con el pequeño jersey. No le apetecía hablar de su marido, quizá porque sabía que su propia madre la conocía bien, como si casi pudiera leer sus pensamientos—. Madre, mira lo que estoy haciendo para mi nuevo... espero que nieto —añadió, centrada en la labor.

La abuela Basilisa sonrió.

—Ay, esperemos que María nos traiga buenas noticias después de la boda —exclamó, ilusionada—. ¿Se sabe algo de la luna de miel?

La sonrisa de Conchita se prolongó.

—Sí, bueno, María quiere alguna ruta de aventura, como un safari en África o algo parecido.

—Ave María Purísima —dijo la abuela Basilisa—. Esperemos que no les cacen las fieras. ¿Y qué dice Jordi?

Conchita levantó la mirada del jersey.

—Bueno, él quiere... En fin, ya lo conoces. Busca algo más clásico, como París o Roma. ¡A ver quién gana!

La abuela Basilisa se quedó callada durante un instante.

—Estos dos no es que tengan mucho en común, ¿verdad?

Conchita arqueó una ceja.

—¿A qué te refieres, madre? Son una pareja perfecta. —Siguió con el ganchillo—. Él es un joven guapo y educado, y su familia tiene un buen negocio; aunque a María poco le importa la empresa familiar. Bueno, ella tiene una buena carrera en el banco. Lo tienen todo para ser felices: son jóvenes, guapos y de buena posición —terminó Conchita, orgullosa.

—Todo eso no hace que se vayan a querer más —dijo Basilisa, agachando la mirada.

Conchita imitó el gesto. «¿Y qué puedes decir tú sobre el amor, madre? ¿Me dices esto por lo que acabamos de hablar de Honorato? Al menos yo he conseguido mantener a la familia unida, y María lo hará también. No como tú».

—Se quieren, lo veo en sus ojos. Estoy segura de que formarán una familia maravillosa y estable —respondió Conchita, mirando a su madre con aire distante—. ¿No crees, madre?

Conchita se quedó mirando la cara redonda y arrugada de la abuela, con esos ojos azules y una piel tan fina. Era muy diferente a sus rasgos angulares, piel morena y ojos profundamente negros. «Quizá me parezco a mi padre. Si sólo supiera quién es... ¿Se fue a Cuba de verdad, como me dijeron? Estará ya muerto, supongo, quizá muriera sin saber que tuvo una hija».

Mientras su madre perdía la mirada en su taza de té, Conchita volvió a recordar su escuela, el alto precio que pagó por no tener padre, o por tener una madre en el campo, que nunca la fue a visitar. Las monjas la obligaron a servir a las otras niñas, todas sin duda de familias privilegiadas —les tenía que dejar entrar primero a clase, para acceder ella la última, ocupando el peor pupitre—. A pesar de despertar la simpatía de alguna monja, la madre superiora —cuya cara todavía recordaba con horror— también le exigía a menudo que limpiase el aula y lavase los platos después de comer.

«Al menos, mis hijas tienen una familia como Dios manda». Conchita levantó la barbilla y, de forma involuntaria, lanzó a su madre una mirada fría y distante que surgía de lo más hondo de su corazón.

—Sí, seguro que serán felices —dijo la anciana. Su voz sonaba triste, afectada.

«Vaya por Dios, me ha leído el pensamiento. Pobre, con lo mayor que está».

—Venga, madre, se está haciendo tarde. —Conchita se levantó y se acercó a su madre para ayudarla a levantarse.

—Sí, debería irme a casa —dijo la abuela, dejando el té en la mesa e incorporándose.

Las dos mujeres caminaron en silencio hacia la puerta y se dieron un beso de buenas noches, al aire, sin apenas rozarse las mejillas. Desde la ventana de la cocina, Conchita vio cómo su madre caminaba lentamente hacia su pequeña casa junto a la iglesia, adonde se mudó después de nacer Pilar y María. Conchita comprendía ahora a su madre. «Ya me gustaría a mí también tener mi casita propia y dejar todos los problemas atrás».

Conchita volvió a sentarse con el ganchillo. En el fondo, su madre tenía razón, Honorato no resultó ser ni una pizca del hombre que prometía. Cuando se conocieron, el entonces oficial del Ejército español aún era un hombre fuerte, de aspecto confiado, capaz de resolver cualquier problema. Era un buen partido, pensaron cuando llevó algo de dinero y dos mulas para ayudar a madre e hija con la fábrica de aceite.

La vida, sin embargo, lo había convertido en un gandul. Había dejado a su mujer el cuidado de la casa, las hijas y la empresa, mientras él sólo se dedicaba a las cuentas del negocio, que no precisaban más de una o dos tardes a la semana. Le gustaba tener coches buenos y gastarse el dinero en el casino, con sus amigos, disfrutando de unos lujos que ni siquiera Conchita se permitía para ella misma.

«Las madres siempre tienen razón».

Las cosas no fueron bien desde el primer día. Tras la boda, Honorato se olvidó de coger el certificado matrimonial de la iglesia, por lo que tuvieron que regresar a Belchite en plena noche de bodas, ya que el hotel de Jaca que habían reservado —y para el que tanto habían ahorrado— no les admitía sin acreditar el matrimonio. Acabaron en una pensión barata en la carretera de Zaragoza.

Esa primera noche, Honorato dio la espalda egoístamente a Conchita después de consumar el matrimonio, sin dar a su mujer oportunidad alguna de conocer el placer por vez primera. La misma escena se repetiría a lo largo de los años, una y otra vez. Las excusas variarían de «Estoy cansado» a «Están dando algo importante en la radio». Conchita podía contar con los dedos de las dos manos las veces que se había sentido satisfecha a lo largo de treinta y siete años de matrimonio.

«Puede que las madres tengan un sexto sentido. Estoy segura de que tengo razón respecto a Pilar y María. Tenía razón cuando obligué a Pilar a romper con ese don nadie por quien se habría matado a los quince años, por mucho que se le rompiera el corazón. Ahora es carnicero... ¡Mi hija con un carnicero! Está mucho mejor con el farmacéutico, y todo gracias a mí. Lo mismo pasa con María. La vida les enseñará, tarde o temprano, que tengo razón. Puede que Pilar no sea estrictamente feliz con su marido, pero al menos está a salvo. Igual que María, a quien Jordi protegerá. ¿Qué es la felicidad, sino ilusión? Aquí no se trata de ser felices, menuda mentira podrida, sino de evitar la desdicha, el trauma y la humillación. Jordi es un buen partido, al menos es rico; no necesitará robarle su dinero, como hizo mi padre. María aprenderá».

Conchita siguió con el jersey.

«Puede que este pequeño tenga toda la suerte que esta familia no ha tenido en tres generaciones».

## Capítulo 7

«Por fin mi vida, de nuevo».

María se desabrochó el cinturón de su asiento en el vuelo de Iberia 4532 a Barcelona unos minutos después de despegar de Heathrow. Le encantaba volar. Le hacía ver la vida con perspectiva, observando el mundo desde lo alto. Ver las carreteras llenas de coches, con tanta gente enfadada y nerviosa en atascos, qué pequeñez una vez visto desde las nubes. «Como todo en la vida, la mayoría de problemas resultan menudencias si se miran con distancia», pensó.

«Ojalá pudiera ver las cosas siempre con tanta claridad».

Suspiró y abrió el *¡Hola!*, yendo de una página a otra sin conseguir concentrarse. La segunda nieta de la duquesa de Alba celebraba su cumpleaños; un divorcio multimillonario en Hollywood; otra familia real europea con todos los hijos rubios. Aburrida, María miró por la ventanilla y la cara de Nell se le vino a la cabeza.

«¿Por qué me besó?».

María se humedeció los labios, aún podía sentir a Nell y su breve beso de despedida. Cerró los ojos, respirando hondo, por fin un poco de tranquilidad. Se sentía cálida, viva, pero, sobre todo, confusa.

«Nos besamos de manera instintiva, demasiado instintiva».

—¡Ay! —exclamó María cuando una de las azafatas le puso la bandeja de la comida en la mesa, casi derramándola sobre sus rodillas—. ¡Tenga cuidado!

—Hoy en día no hay mucho espacio, ni siquiera en *business* —se quejó la azafata, sin disculparse.

«Iberia no cambiará nunca».

María volvió a la ventanilla, ignorando la muy reseca pechuga de pollo. No tenía hambre y prefería sumergirse o adentrarse en su mundo particular, donde nadie la podía alcanzar o hacer daño. Recordó el exquisito desayuno de Nell. ¿Cómo podía probar comida de avión después de semejante delicia?

Volvió a suspirar. Regresaba a España, a Jordi, a su familia. El corazón le dio un vuelco.

María odiaba volver a casa, a las riñas constantes con su madre, quien siempre ponía pegas a todo. Que si has engordado; que si estás demasiado delgada; que si llegas tarde; que si no hablas; que si trabajas mucho; que si trabajas poco. Siempre había algo mal.

Después de pasar un fin de semana en Belchite, María regresaba a Barcelona los domingos jurándose que no volvería a su pueblo en mucho tiempo. Pero siempre volvía, para ver a la abuela y a Soledad.

Cogió de nuevo la revista. Las fotos de una familia de aristócratas le recordaron a *La familia de Carlos IV*, de Goya, quien pintó a los protagonistas bajitos, gordos y difuminados para retratar el declive del Imperio español. María adoraba a Goya y su oscuro realismo; a veces sentía que su familia había salido de uno de sus lienzos.

Cerró los ojos; Nell era lo único que aparecía en su mente.

Así pasó la mayor parte del vuelo hasta que, con un esfuerzo para olvidar la noche anterior, María se hizo con un ejemplar de *The Guardian* que alguien había dejado en el asiento contiguo. No se había dado cuenta, pero una joven pelirroja se había trasladado al asiento del pasillo en su misma fila y estiraba el cuello para ver la llegada a Barcelona. María le sonrió.

—¿Es suyo? ¿Le importa que lo coja? —dijo, señalando el periódico.

—Por supuesto, ya lo he terminado —respondió la mujer amablemente. Estiró el cuello aún más para ver cómo el avión giraba sobre el mar, ofreciendo espectaculares vistas a la ciudad—. Parece que vayamos a aterrizar en el mar, ¿no?

—Sí, los aviones siempre dan esta vuelta. ¿Es la primera vez que viene?

—Sí. ¡Mire! ¡La Sagrada Familia! —exclamó señalando el edificio de Gaudí, visible en todo su esplendor bajo un radiante y despejado cielo azul.

—Cierto —le dijo María a la mujer, que tenía los ojos muy abiertos—. ¿Quiere ponerse en el asiento de la ventanilla? Lo verá mejor desde aquí.

—Oh, no es necesario, gracias —dijo la mujer, sonrojándose un poco.

«Qué educados son», pensó María, levantándose e invitando a la desconocida a intercambiar posiciones. Mientras su vecina pegaba la nariz literalmente a la ventanilla, María se puso a hojear *The Guardian,* probablemente por primera vez en su vida. De repente se detuvo.

«Primera boda lesbiana en Dakota del Sur», decía el titular. «Washington, 12 de noviembre (Associated Press)—. Caroline A. Adams y Leslie M. Lerude se han convertido en la primera pareja de mujeres que se casa en Dakota del Sur, uno de los Estados que más ferozmente se había opuesto a las uniones entre personas del mismo sexo. Junto con Wyoming y Utah, Dakota del Sur aprobó el matrimonio gay en las elecciones del domingo. Los comicios se realizaron después de una campaña multimillonaria a favor de los derechos de los homosexuales llevada a cabo por grupos activistas de todo el país. Cerca de un siete por ciento de la población estadounidense es homosexual y el sexo entre mujeres se ha multiplicado por diez durante la última década, según datos del último censo federal».

María observó la fotografía: Leslie y Caroline se estaban besando, igual que Nell y ella lo habían hecho tan sólo doce horas antes. Una vez más, sintió los labios de Nell en los suyos. Miró la foto con atención.

«¿Cómo lo saben? ¿Cómo pueden estar tan seguras?».

El Boeing 777 aterrizó en Barcelona. Unos minutos después, la gente empezó a levantarse de los asientos, pero María se quedó en el suyo, acostumbrada como estaba a los diez minutos que habitualmente necesitaba el personal del aeropuerto para colocar la escalerilla junto al avión.

La mujer pelirroja vio el periódico, todavía abierto por la página de la boda gay.

—Es estupendo, ¿verdad? —dijo con una sonrisa.

María no quería una conversación sobre el tema mientras todo el mundo aguardaba de pie en el pasillo y podía oír lo que decían.

—¿Se refiere a la Sagrada Familia? —preguntó—. Sí, es espectacular.

—Oh, eso también es impresionante —dijo la mujer, sin perder la sonrisa—. Me refería a esas mujeres. ¡Ya era hora!

—Supongo que sí —admitió María. «¿Por qué no iban a poder casarse?». No es que ella hubiese pensado demasiado en el asunto, pero no se le ocurría ninguna razón para prohibir el matrimonio a dos personas que se quieren.

—¡Que se casen! ¿Qué daño le hacen a nadie? —dijo la mujer, al ver a María tan pensativa.

—Cierto —aceptó ésta.

Tras diez minutos de espera, la cinta portaequipajes finalmente hizo un ruido y se puso en marcha durante un par de segundos. Entonces se paró de nuevo y no se volvió a mover en un rato, debido a la huelga del personal de tierra. María encendió un cigarrillo, a pesar de que hacía años que se había prohibido fumar en el aeropuerto. Un policía cercano que estaba leyendo el *Marca* la vio y le guiñó un ojo. Se puso las gafas de sol, se apoyó contra una columna y siguió con su lectura.

«En el fondo, me encanta España».

María siguió mirando la cinta.

«Obviamente, no puedo contarle a Jordi lo que ha pasado. ¿Y qué le diré a Andreu sobre el almacén? Tendré que hacer otro viaje y buscar más sitios. Tendré que volver a ver a Nell».

Sonó una sirena. La cinta empezó a moverse, continuó en marcha durante unos minutos, pero no salía ninguna maleta.

«Algunas cosas nunca cambian».

María, que siempre se maquillaba e intentaba estar guapa antes de ver a Jordi, llegaba esta vez cansada y pálida, y encima con una fuerte resaca.

«Qué ganas de ir a casa y ver a *Bombillo*».

Las maletas por fin empezaron a salir. María se quedó mirándolas hasta que se acordó de que no había facturado nada. Se suponía que iba a ser un viaje de un día, aunque ahora se sentía como si hiciera semanas que salió de Barcelona, apenas un día atrás.

«¿Dónde tengo la cabeza?».

Sosteniendo los rollos de los planos con cierta dificultad, María se dirigió hacia la puerta; justo antes de cruzar la salida que daba al vestíbulo, vio a Jordi esperando.

«Ahí está. ¿Qué le voy a decir? Siempre tan bien vestido, ocultando la rosa a su espalda. Pero por eso me gusta tanto, es seguro y fiable, míralo, como si fuese un soldadito, siempre firme, siempre contento, siempre esperando. ¿Qué estaré pensando? ¿Cómo puedo cuestionar a alguien tan adorable como él? Esto deben de ser los nervios típicos previos a la boda. Seguro».

María sonrió y salió al vestíbulo de llegadas. Jordi la vio inmediatamente y avanzó hacia ella rápidamente, ocultando la rosa a su espalda.

—Hola, cariño —sonrió Jordi, tendiéndole la flor. Le dio un dulce beso en los labios, que María mantuvo férreamente cerrados. «Qué diferente es».

—Hola, Jordi —saludó tomando la rosa sin sonreír—. Estoy agotada. ¿Cómo estás?

—Bien, bien, ¡muy contento de verte! Es una pena que no pudieras venir anoche, te he echado mucho de menos —dijo desde lo más profundo de su corazón—. Me alegro de que encontraras un buen hotel; estaba muy preocupado hasta que me llamaste hoy desde el aeropuerto.

María odiaba mentir —le había dicho que pasó la noche en un Hilton céntrico—. Agachó la mirada y empezó a andar.

—Tenías que haber visto el tiempo que hacía, era horrible —dijo, intentando cambiar de tema—. No entiendo cómo pueden vivir así, es deprimente.

—No hay nada como Barcelona, ¿eh? —comentó Jordi felizmente mientras la pareja se dirigía hacia el aparcamiento—. Y hoy todo es perfecto: por fin estás aquí, el Barça juega esta noche... ¿Qué más se puede pedir? —El rostro de Jordi se iluminó—. Aún estás a tiempo si quieres venir al fútbol. Tengo una entrada de sobra porque un amigo de mi padre no puede venir, ¿te lo quieres creer? —dijo orgullosamente.

—Cariño, ya sabes que no es lo mío, lo siento.

—Pero un Barça-Madrid es mucho más que fútbol, ya lo sabes —dijo Jordi—. Pasaríamos una tarde genial, podríamos ir a cenar antes a un sitio romántico, charlar...

María se dio cuenta de su mirada suplicante, pero aún no podía hacerle frente. «Necesito tiempo».

—Estoy agotada, cariño. Lo siento. —Se sentía culpable. Sabía que le estaba haciendo daño.

Jordi parecía decepcionado, aunque seguía esforzándose. Llegaron al coche.

—¿Preferirías ir a comer con mis padres a cualquier otro sitio? —preguntó—. Tengo una reunión con un proveedor dentro de una hora, pero terminaré enseguida. Me encantaría estar un rato contigo, ha sido una semana muy larga. Tengo ganas de que me expliques lo de Londres, estoy seguro de que todo ha ido estupendamente, eres una crack.

«No, no, no quiero pasar mi juventud con mis suegros, hablando de negocios la mayor parte del tiempo. En Londres la gente parecía tan divertida, tan joven, cada uno a su rollo, como en la fiesta de Nell, con sus amigas. Sólo me apetece irme a casa. Necesito ver a *Bombillo*».

—Creo que me quedaré en casa, si no te importa —dijo María, sin atreverse a mirar a Jordi a los ojos—. Estoy agotada.

—¿Seguro que estás bien? —preguntó Jordi, mirándola mientras conducía—. Pensé que tendrías hambre y querrías dar un paseo o algo. Podríamos hacer lo que te apetezca después de la reunión, estoy seguro de que no llevará más de media hora. Seré todo tuyo.

«Jordi, por favor, no lo pongas más difícil».

—Estoy bien, es sólo que me apetece ir a casa, ya sabes. Creo que ese día del mes está al caer y estoy un poco sensible, lo siento —mintió María. Esa excusa nunca fallaba.

—Ah —aceptó Jordi, resignado—. Entonces no insisto, lo comprendo. —La cogió de la mano, encendió la radio y siguió conduciendo. Estaban dando las noticias:

«Cerca de un millón de personas se manifiestan esta mañana en Salamanca en contra del traslado de los archivos de la Guerra Civil a Cataluña. Los manifestantes aseguran que el desplazamiento de las casi mil cajas de material, que albergan miles de sentencias de muerte, podría reavivar un pasado que no se debe remover. Otra manifestación, que pretende doblar a la de Salamanca en número de participantes, se ha convocado mañana en Barcelona a favor del traslado. Según los organizadores, el Memorial Democrático de Catalunya, conocer el pasado es el primer paso hacia un futuro estable».

Tras una pausa, el locutor dio paso a la publicidad.

Jordi bajó el volumen.

—Menuda locura, ¿eh? —comentó—. Esos fachas tendrán mucho que ocultar si tanto se empeñan en esconder esos papeles.

María había escuchado la noticia con interés.

—Miles de denuncias aflorarán si se abren esas cajas —dijo—. Supongo que mucha gente no recibió justicia alguna.

—Nuestras familias tuvieron suerte, pudieron quedarse con sus posesiones —añadió Jordi.

—Sí, mi familia conservó las tierras, pero ¿quién me devolverá a mi abuelo y a mis bisabuelos? —preguntó María—. Mi madre ni siquiera sabe lo que fue de su padre o de sus abuelos.

—Sí, nosotros también conservamos las tierras, pero mi abuelo tampoco volverá nunca —dijo Jordi—. Es curioso, pero mi padre se pone muy nervioso cuando se menciona a mi abuelo. Ya sabes, los nacionales lo mataron por enseñar catalán clandestinamente a unos trabajadores.

—Bueno, los rojos mataron a mis bisabuelos, según tengo entendido —dijo María.

—¿Te han dicho alguna vez lo que les pasó?

—Ni una palabra —repuso María rápidamente.

—A mí tampoco me han explicado nunca nada. —Jordi guardó silencio durante unos segundos—. La generación de nuestros padres no quiere hablar de la guerra en absoluto, ¿verdad?

—Sí, y ahora se sienten incómodos con las excavaciones de las fosas todo el día en las noticias —dijo María.

—Crecieron con mucho miedo.

«Tampoco es que tú y yo seamos ningunos abanderados de la libertad, hijo», pensó María mientras miraba por la ventanilla, imaginando a Jordi con un cilicio. Se sintió a años luz de los aires de libertad que acababa de respirar en Londres, como si ahora regresara al pasado.

Permanecieron en silencio hasta que Jordi aparcó justo a la puerta del piso de María, en Aribau.

—¿Estás nervioso por la boda? —preguntó María con la mano ya posada en la manilla de la puerta.

Jordi bajó el volumen de la radio.

—¿Nervioso? ¡Pues claro que sí! ¿Por qué lo preguntas? —Parecía sorprendido.

—No, por nada. Sólo noto que empiezo a sentir los nervios previos a la boda. Nada importante.

Jordi se volvió hacia ella.

—¿Seguro que estás bien? Te noto rara.

«Está en otro planeta. Pero así son todos los hombres, ¿no?».

María cerró la puerta de su piso y se apoyó tras ella; por fin se sentía a salvo. *Bombillo* corrió hacia ella y empezó a frotar la pequeña cabeza contra su pierna. Lo cogió en brazos y lo estrechó con tanta fuerza que el animalito maulló, y de un salto salió corriendo. María se quitó el abrigo y fue derecha a la nevera para beber un poco de agua.

Se sentó en su terraza, disfrutando del sol otoñal de primera hora de la tarde, perdiendo la mirada en el perfil de Barcelona.

«Debe de ser la ansiedad prenupcial o simplemente esta horrible resaca, pero sólo me apetece estar sola. ¿Por qué estoy tan triste? ¿Por qué la besé?

»Aunque fue tan especial...

»¡Dios, tengo que dejar de pensar en esto ahora mismo!».

María bebió un buen trago de agua.

«¿Cuándo volveré a verla? Me siento tan vulnerable... Abuela... ¡Eso es! ¿Por qué no voy verla mañana, que es domingo? ¡Hoy! Esta noche todo el mundo estará pendiente del fútbol y si gana el Barça no soportaré a todos esos hinchas en la calle haciendo ruido y sin dejarme dormir con tanto bocinazo. Ojalá pierdan y se callen todos. ¿Debería llamar a la abuela para avisarla de que voy?».

Cogió el móvil y lo soltó a medio marcar.

«No, le daré una sorpresa, qué contenta se pondrá. No se lo diré ni a mi madre. Sí, esto es justo lo que necesito».

## Capítulo 8

Jordi entró en Caves Gratallops al volante de *Óscar*, contemplando los cipreses que rodeaban el camino. Altos y siempre estoicos, eran su árbol favorito. Apagó la radio y bajó la ventanilla, le encantaba el olor de los viñedos en las frías tardes de otoño, le hacía sentirse seguro, en casa, cerca de Dios. Al llegar a la masía, aparcó junto al nuevo Porsche de su hermano, mirándolo efímeramente por encima del hombro. No le gustaba ese tren de vida tan extravagante, tan alejado de los valores espirituales que le guiaban a él.

Se quedó en el coche un instante, aún decepcionado por el frío recibimiento de María.

«Bueno, las mujeres son así. Es una pena que no le guste el fútbol. Quizá le hagan falta unos años más en Cataluña para entender el significado de un Barça-Madrid. Aunque también la tengo que comprender. Si no puede, no puede. Querer es apoyar».

Jordi dejó escapar un suspiro, disfrutando de la tranquilidad de un sábado por la tarde. Se disponía a entrar en la casa familiar cuando reparó en un hombre alto, quieto, mirándolo fijamente desde el otro lado del jardín. El hombre estaba apoyado en un opulento Mercedes-Benz plateado que Jordi no había visto, ya que estaba al otro lado del aparcamiento. Jordi creyó ver a un chófer dentro del vehículo.

—¿Señor Gratallops? —dijo el hombre sin el menor atisbo de sonrisa, dando un paso hacia él.

Jordi estaba sorprendido de ver un coche tan grande aparcado en el césped. A medida que se dirigía hacia él, Jordi vio mejor al chófer, inmóvil en su asiento. Volvió a mirar al hombre de pie.

«¿Será el proveedor? ¿Presentándose de esta manera?».

—Sí, ¿es usted Borja Peñaranda? —preguntó Jordi al llegar junto al extraño.

—Sí, el mismo —contestó, irguiendo cabeza y hombros, y mostrando su blanca dentadura bajo un fino bigote. Recto como un poste, tendió la mano—. Encantado.

Jordi miró su reloj. Llegaba con diez minutos de antelación.

—Creía que no llegaría hasta la una, lamento que haya tenido que esperar —dijo Jordi, observando el pelo engominado de su interlocutor, peinado hacia atrás, y sus tupidas cejas casi formando una línea sobre sus ojos negros. Iba impecablemente vestido, con un abrigo negro con cuello de piel que cubría un traje a rayas bien cortado, las solapas rectas y una camisa inmaculadamente blanca bajo una corbata azul pálido. Un pañuelo blanco asomaba por el bolsillo de la chaqueta.

«¿Quién diría que un proveedor de botellas se vestiría así un sábado?».

Jordi, ataviado con su informal ropa de fin de semana —vaqueros y jersey de cachemir—, se sintió tan fuera de sintonía como si llevara el pijama.

—Siempre llego puntual —dijo Peñaranda, elevando su nariz aguileña.

Jordi guardó silencio un instante, mirando a ambos lados. «¿Quién le habrá abierto las puertas? ¿Por qué ha aparcado en el césped? ¿Le pido que mueva el coche?».

Dudó un momento, pero finalmente decidió seguir con el asunto y acabar cuanto antes.

—Pues vayamos al grano. Si me acompaña al despacho, por favor, está justo detrás del edificio. Ésta es la casa de la familia.

El hombre miró por encima del hombro mientras seguía a Jordi a través del jardín.

—Una casa preciosa —dijo—. ¿Vives aquí?

A Jordi le sorprendió su familiaridad.

—Sí —respondió, incapaz de disimular su sorpresa. No quería dar demasiados detalles a una persona que no parecía de fiar.

—Parece una finca muy antigua —valoró el hombre, estirando el cuello para ver el interior de la masía a través de las ventanas.

Jordi arqueó una ceja.

—Querrá decir masía, señor —corrigió inmediatamente—. Me temo que las fincas están en Andalucía. En Cataluña tenemos masías. Ésta, en concreto, tiene un siglo de antigüedad, construida por un arquitecto modernista, sucesor de Gaudí. —Jordi estaba orgulloso de la historia de su familia, de las tres generaciones al frente de Caves Gratallops.

—Está bien, masía —aceptó el hombre con petulancia—. Ustedes, los catalanes, siempre tan peculiares. —Respiró profundamente, alzó la barbilla y apartó la mirada.

Jordi aminoró el paso y miró a Peñaranda.

—Muy peculiares —repuso con tono serio. Siguió caminando—. Está aquí al lado —dijo, señalando un edificio de piedra abovedado situado en un extremo del jardín.

«¿Cómo se atreve este desgraciado a venir a mi casa a insultar a los catalanes? Le preguntaré a mi secretaria cómo se le ocurrió concertar una cita con semejante energúmeno».

Jordi se recostó en su sillón en el despacho modernista; unas ventanas enormes inundaban la estancia de luz, abriéndola a los campos. Las paredes de ladrillo estaban repletas de estanterías y de fotografías enmarcadas, todas de la familia y de las tierras. Se oía el canto de los pájaros en el exterior.

Jordi miró fijamente al hombre, que aún estaba de pie, mirando fotografías y libros de forma bastante indiscreta. Jordi aprovechó esos instantes para mirar su correo electrónico y ver si su secretaria le había dejado alguna nota especial sobre la reunión. No había nada nuevo desde el e-mail de principios de semana, en el que Peñaranda pedía un encuentro para mostrar un tipo de botella nuevo y barato.

Sin caber en su sorpresa, Jordi contempló cómo el hombre pululaba por su despacho.

—Cuando quiera, señor —dijo, dando golpecitos a la mesa con un lápiz—. ¿En qué puedo ayudarle?

Peñaranda sonrió. Aún de pie, volvió a lanzar una mirada a unos primeros planos de racimos de uvas, de trabajadores en el campo; fotografías en blanco y negro de grandes copas de vino tinto, de rayos de sol iluminando las viñas. El hombre señaló una antigua imagen de un trabajador muy delgado y sonriente, sosteniendo un espléndido racimo.

—¿Sabe en qué año se tomó esta foto? —preguntó Peñaranda—. Debió de ser hace mucho; el pobre está famélico. ¿No se trataba bien a los trabajadores?

Jordi le dirigió una mirada llena de ira.

—Es mi abuelo —dijo, sin apartar la mirada de sus ojos—. Trabajó toda su vida en estas tierras, junto a sus trabajadores, hasta que Franco le asesinó.

Peñaranda esbozó una sonrisa cínica.

—Lamento oírlo. —Se sentó sin quitarse la chaqueta.

«No puedo creer que tenga a este idiota delante. Más le vale ofrecerme un buen precio por sus malditas botellas».

—¿En qué puedo ayudarle? No tengo mucho tiempo —dijo Jordi, seco.

El hombre respiró profundamente.

—Yo tampoco ando sobrado. Tengo que asistir a un almuerzo en el centro de Barcelona con los directivos del club de fútbol; jugamos allí esta noche.

—¿Jugamos? —preguntó Jordi, desconcertado.

—Soy miembro de la directiva del Real Madrid. —Sonrió, mirando directamente a las banderitas del Barça y de Cataluña que Jordi tenía en el escritorio—. Estoy seguro de que sabrá que jugamos contra el Barcelona esta noche.

Jordi se mordió la lengua.

—Claro, imposible mantenerse al margen. —Intentó ser todo lo diplomático que le fue posible—. Pero, dígame, ¿qué puedo hacer por usted? Mi secretaria me dijo que se dedica a la fabricación de botellas.

Peñaranda se levantó y volvió a pasear la mirada por la habitación.

—Como estaba de paso con el club, pensé que sería una buena oportunidad para dejarme caer y poner las bases de un pequeño negocio —dijo Peñaranda, regresando a su asiento—. Lamento mucho decepcionarle, Jordi, pero no soy proveedor de botellas. —Hizo una pausa—. Pero no se preocupe, no le entretendré demasiado.

Jordi se echó hacia atrás y se cruzó de brazos. «Sabía que esto tenía mala pinta».

El hombre se sentó y cruzó las piernas.

—Mi nombre es Borja, y soy duque de Peñaranda, una familia de Madrid que se remonta al siglo XV.

Jordi arqueó una ceja. «Anda ya».

El hombre dirigió la mirada a una de las ventanas.

—Hemos tenido propiedades por toda España desde hace siglos, miles de hectáreas, casi todas ellas en Extremadura. En cierto momento fuimos propietarios de casi la mitad de aquella región, casi tanto como la Casa de Alba. Estoy seguro de que los conoce.

Jordi tragó saliva sólo de pensar en la recalcitrante aristocracia madrileña, la misma que siempre salía en las portadas del

*¡Hola!* Los despreciaba, orgulloso de que Cataluña nunca hubiese tenido una clase similar. «Aquí, la riqueza se gana, no se hereda», pensó.

—¿Y bien? —Jordi empezaba a impacientarse.

Peñaranda sonrió.

—Ah, los catalanes, siempre al grano, ¿eh? —Dejó pasar unos segundos—. Está bien: estoy seguro de que has oído hablar del traslado a Barcelona de los archivos de la Guerra Civil.

Jordi asintió con la cabeza y el hombre prosiguió:

—Hace unas semanas, estaba charlando de eso con un buen amigo, el duque de Alba, precisamente durante una cena en su casa de Madrid, el palacio de Liria.

«Sólo de pensarlo me entran arcadas». Jordi se imaginó la cena, en un salón con paredes llenas de cabezas de buey, de toro y de otros pobres animales asesinados en cacerías. «Aparte de los toros, ojalá también prohíban las cacerías en Cataluña».

Peñaranda siguió:

—Mientras charlábamos de los papeles de Salamanca y de las tierras que nuestras familias poseían antes de la guerra, el duque de Alba me mostró unos viejos mapas que su madre le había regalado hacía poco. —Peñaranda miró a Jordi directamente a los ojos—. Esos planos mostraban que una gran parte de las tierras de España estaban en manos de unas pocas familias. Yo ya sabía que Andalucía, Extremadura y Castilla habían sido principalmente latifundios, pero me sorprendió ver que algunas de esas tierras estaban aquí, en Cataluña, donde todo siempre es un poco más pequeño.

Jordi se removió en su sillón, sin contestar, prefiriendo reservarse para el final. Tosió.

—En principio creí que esa tierra catalana pertenecería a los Alba, por supuesto —continuó Peñaranda—. Eran la familia más rica de España, la que más territorio poseía. Pero la nuestra no les andaba muy lejos, así que podrían haber sido nuestras también, ya ve. —Lanzó a Jordi una mirada llena de intención y se inclinó hacia delante, mirándolo a los ojos, haciéndole sentirse pequeño—. Fui a Salamanca. Quería hurgar en esos papeles antes de que los trajeran aquí; a saber lo que hará el Gobierno regional. Probablemente los entierre o queme lo que no sea de su interés.

Jordi le miró con los ojos encendidos de furia, pero Peñaranda prosiguió:

—Y vi que sí, ciertamente mi familia era la propietaria de esas tierras en Cataluña.

Lentamente, se sacó un papel del bolsillo interior de la chaqueta.

—¿Le gustaría verlo? —Sonrió con cinismo.

Jordi estiró el brazo.

Miró el mapa y luego a Peñaranda.

—Es usted un mentiroso —dijo Jordi, echando el mapa sobre la mesa.

Peñaranda recogió el documento con cuidado.

—Me temo que no. El mapa, que por supuesto es una copia, lo demuestra con claridad. Estas tierras, donde ahora mismo estamos sentados, pertenecieron a los Peñaranda antes de la guerra, pero mis familiares las tuvieron que abandonar porque algunos de ellos fueron asesinados por los rebeldes comunistas, socialistas y anarquistas, tan abundantes por estos lares. Ratas moscovitas.

Ante la estupefacción de Jordi, Peñaranda hizo una pausa y continuó:

—Tras la guerra, la mayoría de documentos familiares desaparecieron y nadie reparó en que estas tierras eran nuestras. La familia tardó en reponerse de la tragedia, después de que mis abuelos, dos tíos y otros dos primos fueran asesinados, unos aquí, otros en Paracuellos del Jarama. Además, mi padre y sus hermanos tuvieron muchos problemas en los años cuarenta y cincuenta para reclamar algunos de los terrenos en Extremadura. Durante la guerra, muchos campesinos se hicieron con nuestras tierras —dijo Peñaranda, mirando al suelo—. Saquearon nuestra herencia, después de todo lo que habíamos hecho por ellos, después de darles comida y cobijo durante generaciones. ¿Y para qué? Para que nos robaran las tierras con todas esas revoluciones malditas; mataron a guardias y señores e implantaron políticas horribles. Eran ignorantes, no sabían nada del negocio. Mandar no es fácil, se lleva en la sangre, no se puede enseñar. El mundo está compuesto de trabajadores y patronos, y cada uno debe saber cuál es su lugar.

Peñaranda hizo otra pausa mirando a Jordi, que parecía paralizado.

Volvió a mirar al abuelo de Jordi en la foto, y prosiguió:

—Y eso mismo hizo tu abuelo. En los archivos de Salamanca descubrí que Gratallops trabajó aquí durante los años veinte, vivía en una cabaña a la entrada de la finca —dijo, acentuando la última palabra y enfureciendo todavía más a Jordi, quien se tuvo que morder el labio—. Está claro que, durante la guerra, se apropió de una tierra que no era suya —dijo, y añadió solemnemente—: Ahora he venido para recuperar lo que nos pertenece.

Jordi puso las manos en el escritorio de roble, apartando el folleto de Belagua, la iglesia del Opus a la que asistía con regularidad. Peñaranda vio moverse el papel y le echó una rápida mirada.

—Estas tierras han pertenecido a mi familia durante generaciones —dijo Jordi, enfatizando cada una de sus palabras—. ¿Quién se cree que es usted, presentándose aquí, mintiendo sobre su profesión y reclamando mis propiedades con una fotocopia falsa?

Jordi se levantó, la ira clavada en su mirada.

—¡Impostor! —gritó—. Eso es lo que es. —Se inclinó hacia él—. ¿De verdad cree que puede salir de la nada, insultar a los catalanes y exigir lo que no es suyo? —Cerró los puños y los descargó sobre el escritorio—. Ahora, váyase. Tengo cosas importantes que hacer y no puedo perder el tiempo en tonterías.

Se encaminó hacia la puerta, pero Peñaranda no se movía.

—Ah, estos fieros mediterráneos —dijo—. Pasión por todas partes. —Sonrió a Jordi—. Bueno, si no quieres que sigamos con esta conversación, me temo que tendré que dejarla en manos de mis abogados.

Jordi le lanzó una mirada incendiaria desde la puerta.

Peñaranda se levantó por fin.

—Pero si cambias de opinión y quieres evitar los tribunales, llámame. Vivo en Londres, pero vengo aquí, a España, todas las semanas.

Jordi entendió el matiz de ese «aquí» y «España». Le lanzó una mirada llena de odio. No era un catalán radical, pero esto era una provocación. Procuró mantener la serenidad.

Peñaranda se sacó una tarjeta de visita de la cartera y la dejó sobre la mesa mientras observaba una foto de Jordi y María, en un marco de plata, sobre el escritorio.

—Una mujer encantadora, ¿es tu mujer?, ¿tu novia? —Fijó la mirada en el escritorio, concretamente en el folleto de Belagua.

Jordi no respondió. Seguía esperando en la puerta, en silencio y con el ceño fruncido.

El duque finalmente salió y ambos volvieron al coche de Peñaranda en silencio. Cuando el chófer abrió la puerta, antes de entrar en el coche, Peñaranda volvió a contemplar las terrazas de viñedos.

—Qué poco desarrollado está esto, es un desperdicio. Yo produciría durante todo el año con más instalaciones e invernaderos. Lo explotaría mucho mejor, abriéndolo al turismo, montando una tienda de *souvenirs* de la zona, tiene muchas posibilidades.

Antes de que Jordi se repusiera de su desconcierto y pudiera responder, Peñaranda cerró la puerta de su Mercedes y el chófer arrancó el motor. El pasajero bajó la ventanilla para decir una última palabra:

—Por cierto, buena suerte esta noche —sonrió.

«Que te den por culo», pensó Jordi.

—¡Que te den por culo! —gritó mientras el coche se alejaba.

Jordi regresó a su despacho.

—¿Montse? ¿Montse? ¿Dónde estás? —Jordi buscaba a su secretaria, que rara vez trabajaba en sábado.

Fue a la puerta principal de la casa, dispuesto a hablar con su padre, pero titubeó. Pere Gratallops tenía setenta y cinco años y padecía del corazón. Jordi sabía que cualquier cosa relacionada con la guerra y, sobre todo, con su propio padre le creaba ansiedad o lo entristecía. Cambió de opinión; no había necesidad de darle un disgusto, esta batalla la libraría por su cuenta. Además, su padre ya tenía su propia guerra en Madrid, intentando poner fin al boicot a los productos catalanes.

Jordi cerró los ojos, no se podía quitar de la cabeza la cara de Peñaranda. De pie, en el jardín, alzó la cabeza, mirando al cielo, buscando el consuelo de Dios. «¿Por qué me envías a este hombre ahora? ¿Qué he hecho?».

Volvió a su despacho y cerró la puerta con llave. Miró la foto de su abuelo. También se llamaba Pere Gratallops, como su padre.

«Esto no quedará así», pensó, la mirada aún fija en el retrato en sepia.

Su pobre abuelo. Sólo le habían explicado que luchó con los republicanos en el frente de Aragón y sobrevivió de milagro. De regreso a las Cavas, enseñó catalán a los hijos de los trabajadores de manera clandestina, de noche, después de que Franco prohibiera el idioma. La Guardia Civil lo amenazó, pero él no hizo caso, decía que aprender el idioma de la tierra era un derecho. Los civiles se presentaron finalmente una noche a principios de 1945 y, delante de su mujer y de su hijo, le apuntaron a la cabeza con sus escopetas para llevárselo a una prisión de Barcelona. Lo fusilaron, en Montjuïc, pocos meses después. Su padre, quien entonces tenía catorce años, se hizo cargo del negocio hasta la actualidad.

Jordi se sentó y miró por las ventanas hacia los viñedos, rebosantes de luz otoñal. Las hojas tenían tonos rojizos, amarillos, marrones y verdes —todos a la vez—. A Jordi le fascinaba ver los rayos de sol caer en las terrazas, las mismas que su familia había construido piedra a piedra durante generaciones, y que ahora reclamaba un aristócrata decadente.

No se lo podía creer.

Cogió la tarjeta de Peñaranda y la dejó sobre la mesa, observando que incluso se había añadido el título de duque antes de su nombre.

«Esos aires de grandeza me ponen enfermo».

La dirección era de un banco de Londres. «Banque Suisse-Investment Banking. Canary Wharf, London».

Jordi se recostó en su sillón, tocando nerviosamente los bordes de la tarjeta con un dedo.

«Estos retoños del franquismo, ahora trabajan todos en Londres, en la banca. Mientras el país se moría de hambre, sus padres, los ministros de Franco, se forraron y enviaron a sus hijos a estudiar a Inglaterra y a Estados Unidos. Todos se conocen, claro, eran los únicos que podían permitirse aprender inglés o simplemente estudiar. El resto del país tenía que contentarse con luchar por un mendrugo de pan».

Más de una vez, María le había explicado sus reuniones con miembros de la élite empresarial madrileña, la mayoría graduados de caras universidades americanas, gracias a los fondos de papá. Pero tanta preparación no les impedía solucionar problemas o cerrar negocios a su manera favorita, en interminables almuerzos de tres horas. «Machote, esto lo arreglamos pronto», decían.

«Mientras, aquí hay que sudar cada céntimo que ganamos». Jordi lanzó un suspiro y entró en Google en su ordenador. Tecleó «Peñaranda».

Ahí lo tenía, descrito como el tercer mayor terrateniente de España justo antes de la guerra, después de los Alba y los Medina. Leyó artículos sobre cómo los aristócratas poseían miles de hectáreas pero sólo cultivaban el diez por ciento, dejando a millones de jornaleros sin trabajo ni comida, causando centenares de rebeliones a principios de los años treinta. El número de revueltas se incrementó a partir de 1931, cuando la República prometió una reforma agraria, entusiasmando a millones de trabajadores, pero que nunca se materializó. Los aristócratas se opusieron a cualquier cambio, ya que hasta entonces vivían de los intereses de su capital, sin apenas gestionar sus patrimonios —la mayoría eran incultos e incapaces de controlar u organizar sus tierras—. Con el estallido de la guerra, muchos agricultores se adueñaron de las propiedades donde trabajaban, frecuentemente tras asesinar a sus patronos.

Jordi miró el teléfono. «¿Llamo a María? No, mejor será dejar a ese lunático con sus cuentos. Pronto descubrirá que no puede hacer nada. Haré que el abogado de la familia me envíe unos certificados, le mandaré una copia y ya está».

Observó la bandera del Barça que había sobre el escritorio. Sonrió.

Apagó el ordenador, se levantó y contempló los viñedos con un inmenso orgullo. Sentía la tranquilidad de Dios en su interior al contemplar sus tierras. Salió al exterior hinchando los pulmones y exponiendo su cara a los rayos del sol.

Pensó en el partido.

«Peñaranda, esta noche os vamos a joder bien, a ti y a tu gente».

# Capítulo
# 9

Al volante de su Volkswagen Polo azul, María salió de Barcelona por la Diagonal, dejando atrás el edificio iluminado de Banca Catalana, con su logo diseñado por Miró. Se dirigía hacia la autovía A2, dirección sur. Como de costumbre, Bach amenizaba su viaje, la mejor forma de calmarse y relajarse antes de llegar a Belchite; aunque esta vez sería diferente, vería sólo a la abuela. Éste sí que era un buen plan. Subió el volumen, metió la quinta y aceleró hacia casa.

Ni siquiera llevaba una bolsa. La abuela siempre tenía algo preparado, un cómodo y viejo jersey de lana, toallas suaves recién lavadas y ese par de acogedoras zapatillas. María, eso sí, le traía una botella de Faustino V, el vino favorito de la abuela, un Rioja de treinta euros que les encantaba compartir, sólo entre ellas. Suspiró y relajó los hombros cuando pensó en la abuela Basilisa, sentada en su mecedora, con *Khira,* su perrita, tumbada a sus pies. A la abuela le gustaba escuchar y siempre le preguntaba por Jordi, por *Bombillo* y por su piso. Siempre sonriente, siempre con una palabra de ánimo.

«Justo lo contrario que mi madre».

El sonido del móvil interrumpió sus pensamientos. Era Jordi, pero María no lo cogió; puso el «manos libres» para escuchar su mensaje.

«Hola, cariño. ¡Hola! ¿Hola? A lo mejor estás durmiendo. Sólo llamaba para decirte que el Barça pierde cero a uno al descanso, un desastre».

«Siempre fútbol».

Jordi siguió hablando:

«El estadio está lleno, el ambiente es fenomenal, pero nada, hoy realmente no sale nada. Intentaré llamarte luego, cuando termine, ya será tarde. En fin, cuídate, cariño».

«Dios, el fútbol, los negocios y yo; su vida entera».

María apagó el móvil y volvió a subir la música. Ya casi sin resaca, no podía dejar de pensar en la noche anterior. Se alegraba de habérselo pasado tan bien, hacía mucho que no cogía una cogorza semejante. Se rió, conoció gente nueva —vaya soplo de aire fresco en comparación con los amigos del Opus de Jordi—. Pero luego vino el beso. María quiso cerrar los ojos y recordar cada uno de los segundos que duró, pero tenía que prestar atención a la carretera. Tragó saliva.

«No puedo creer que haya besado a una mujer».

Se encendió un cigarrillo. Le encantaba la intimidad de su coche, fumar, conducir sola; se sentía libre y aventurera.

«Debería hacer esto más a menudo.

»Para alguien como ella será normal besar a otras mujeres, a fin de cuentas es lesbiana. En Estados Unidos también se besan en la boca constantemente, familia, amigos, así que no debería darle tanta importancia. No significa nada».

María siguió conduciendo, disfrutando de cada segundo, de sus recuerdos del viaje a Londres y pensando en la visita nocturna a la abuela. Hacía mucho que no se sentía tan viva; le gustaba la incertidumbre, el misterio. Sentía un corazón joven, travieso, como cuando de niña trepaba por los árboles y se escondía de su madre, que siempre acababa persiguiéndola para regañarla por una u otra razón.

Al cabo de dos horas, María salió de la autovía para tomar una pequeña carretera hacia Belchite; llegaría en menos de media hora. Bajó un poco la ventanilla para sentir el aire fresco y ver las estrellas. A María siempre le había impresionado el último tramo hasta el pueblo, una recta de varios kilómetros que atravesaba la árida llanura de Aragón, sin más vida que algunas granjas de cerdos, muy distantes entre sí, y apenas algún árbol.

«El campo. Mucho mejor que la gran ciudad. Tranquilo. Silencioso».

María tomó el desvío que llevaba al centro de Belchite. La oscuridad no le dejó ver la torre del campanario del pueblo viejo, ahora convertido en icono de la Guerra Civil. El impacto del conflicto en el pueblo había sido tan poderoso que, incluso conduciendo de noche, sin poder ver las ruinas, María sentía su fuerte presencia. Se estremeció y aceleró.

Justo antes de entrar al pueblo nuevo, aminoró al pasar junto a la casa de sus padres y casi se detuvo al ver, inmediatamente después, una carretilla que se parecía mucho a la de su abuela. Por curiosidad, dio marcha atrás para verla mejor; efectivamente, era la misma, igual de vieja e igual de abollada. Lo sabía muy bien porque de niña se había sentado en ella mil veces, disfrutando inmensamente de los paseos que su abuela solía darle por el jardín.

«¿Qué hará esto aquí?».

María miró a su alrededor y oyó unos ruidos, como si alguien estuviera excavando en el suelo. Procedían de unos árboles que había detrás de la casa de sus padres. Se quedó quieta, escuchando. ¿Y si eran ladrones?

María se acercó a los olivos intentando seguir la pista de los ruidos, que cada vez eran más fuertes. Ahora podía oír una respiración profunda, como si alguien estuviese realizando un gran esfuerzo. Se quitó los zapatos para no hacer ruido, teléfono en mano por si había que llamar a la policía.

Oyó claramente el sonido de una pala cavando en el suelo al compás de una respiración forzada. Era una mujer. Asombrada, María se adentró más entre los árboles hasta llegar al milenario *El Abuelo,* su olivo preferido. Allí, visible bajo la luz de la luna, su abuela, envuelta en un tupido abrigo y con un pañuelo oscuro en la cabeza, se esforzaba por tapar un agujero con una pala.

«¿Qué demonios...?».

María caminó hacia ella, pero ésta, como estaba un poco sorda, no la oyó acercarse.

—Abuela, ¿qué estás haciendo aquí? —dijo María, agarrando a su abuela del hombro y provocándole un gran sobresalto.

—¡Ah! —gritó la anciana, volviéndose hacia su nieta—. ¿Qué estás haciendo aquí tú? —preguntó Basilisa, más irritada que sorprendida, como si María la interrumpiese en alguna tarea.

Desconcertada, María retrocedió un paso y miró a Basilisa de pies a cabeza; estaba rodeada de tierra que claramente se había removido hacía poco.

—¿Se puede saber qué estás enterrando?

La abuela Basilisa se apoyó en la pala, cerró los ojos y dijo:

—Espera a que termine con esto y llévame a casa.

Estupefacta, María obedeció.

—¿Necesitas que te eche una mano? —preguntó María al cabo de unos segundos. No sabía si reírse o asustarse.

La abuela se quedó mirándola.

—No te preocupes, no estoy enterrando a nadie.

—Me alegro —dijo María con sarcasmo.

Su abuela sonrió, lo que calmó a María, al menos un poco.

—Ya está —dijo por fin. Cogió la pala y con unas ramas de olivo disimuló la tierra que cubría el hoyo—. Vámonos. —La abuela se echó a andar entre los árboles, que ella misma había cuidado durante décadas. María la siguió de cerca.

No sin dificultad, las dos metieron la carretilla en el coche, y condujeron a casa en silencio.

«En esta familia todos estamos locos».

—Iba a decírselo a tu madre, pero tampoco está de más que te lo cuente a ti —dijo la abuela sentándose en su mecedora junto al fuego, que ya ardía con fuerza. Tenía una taza de té en la mano, mientras *Khira* languidecía a sus pies, sobre el crujiente suelo de madera.

María se había recostado cómodamente en el sofá, al abrigo de una de las mantas de punto hechas por su abuela. Escuchaba atentamente.

—Puede que hasta sea mejor que lo sepas tú antes que tu madre; la pobre ya tiene demasiadas preocupaciones, pero es verdad que alguien de la familia tiene que saberlo: hay dinero bajo ese árbol.

María abrió los ojos con sorpresa.

—¿Dinero bajo el árbol? ¿Estabas enterrando dinero? ¿Por qué?

—No te preocupes, está seguro —dijo, como si no pasara nada extraño—. Además, no es nada nuevo, llevo toda la vida escondiendo todo tipo de objetos bajo *El Abuelo.* Durante la guerra, mi padre ya guardó allí algunas de las posesiones de la familia para que los rojos no las encontraran, es el lugar más seguro del mundo.

María no sabía si creerla o no.

—Pero, abuela, yo trabajo en un banco. ¿Por qué no me lo das a mí para que esté más seguro?

—Uy, ya les gustaría a los bancos ser tan seguros como ese árbol, a ver si alguno dura mil quinientos años como él —dijo con una sonrisa. Tomó un respiro y se volvió a poner seria—. Puede que se lo diga a tu madre si se presenta la oportunidad, pero sólo si es necesario; no quiero darle ningún disgusto. Pero si no se lo digo yo, prométeme que lo harás tú algún día, cuando yo ya no esté.

A María se le hizo un nudo en la garganta.

—Abuela, por favor, no digas esas cosas, estoy segura de que tendrás muchas ocasiones de decírselo, te quedan muchos años por delante.

—Tú prométemelo —dijo su abuela con un hilo de voz.

—Claro —dijo María, triste. Volvió a mirar a su abuela, quien la estaba observando. A veces, María se sentía incómodamente transparente ante ella, era como si aquellos grandes ojos pudieran ver a través de su cuerpo, directamente al corazón. Volvió a bajar la mirada.

—¿No hay Faustino esta vez? —preguntó la abuela.

—¡Ya era hora! —dijo María, de nuevo sonriente—. ¡Ya pensaba que todo el mundo se había vuelto loco y que nadie se acordaba de las cosas buenas de la vida!

María sacó la botella del bolso y la abrió.

«Cómo necesito un trago: primero beso a una mujer en una fiesta de lesbianas, luego me acuesto en la peor zona de Londres; llego a casa y mi novio sólo piensa en el fútbol, por lo que me escapo a ver a mi abuela, que se ha vuelto loca y se ha puesto a enterrar dinero bajo los árboles. Vamos bien».

María bebió casi media copa de golpe. «Justo lo que necesitaba».

La abuela la miró.

—¿Cómo es que has venido tan tarde? —preguntó.

—Quería darte una sorpresa. Me iré mañana por la mañana, temprano, no quiero ver a nadie más —dijo, intentando aparentar normalidad—. Ya sabes, si voy a casa y veo a los demás, tendré que quedarme todo el día, y estoy un poco cansada. Acabo de volver de Londres y me apeteció hacerte una pequeña visita.

La abuela levantó una ceja.

«Ya ha pillado que pasa algo. Claro, me presento en plena noche sin querer ver a nadie, ni siquiera a mi madre, y todo como si nada. ¿A quién voy a engañar?».

—Siempre estás muy ocupada —dijo la abuela—. A ver si encuentras un poco de tiempo para otras cosas, como el vestido de novia. Tu madre dice que no dedicas ni un segundo a la boda.

—Lo sé, lo sé. He tenido mucho trabajo, créeme —reconoció María—. Aunque el vestido tampoco me importa demasiado, la verdad.

—Tienes razón, pero hay que comprarlo —dijo la abuela—. Sobre todo asegúrate de que tienes tiempo para relajarte y para Jordi, el vestido y todos esos detalles son realmente secundarios, aunque la tele y todos los que intentan vender algo nos hagan creer lo contrario.

—Como siempre, abuela, tienes toda la razón —asintió María.

—Ya sé que no es tu caso, ya llevas con Jordi..., ¿cuántos años?

—Cuatro —dijo María con un tono que sonó más a «cuarenta».

—Entonces ya os conocéis lo suficiente para saber que tenéis muchas cosas en común, que disfrutáis estando juntos y que queréis compartir el resto de vuestras vidas, ¿no es así, cariño?

María sintió la penetrante mirada de su abuela y apartó la vista, asustada por sus palabras. «¿El resto de mi vida?». No contestó.

Ambas cogieron sus respectivas copas y bebieron a la vez.

—El amor de verdad no hay que dejarlo escapar, si tienes la fortuna de haberlo encontrado —dijo la abuela.

«¿El amor de verdad?».

—¿Por qué dices eso, abuela?

—Porque es un tesoro, un milagro, demasiado precioso como para dejarlo escapar; hay que esforzarse y asegurarse de que no pase de largo.

María observó a su abuela con sumo interés. «¿Cómo puede saberlo si nunca se casó?».

—Dejar pasar estas cosas, el amor, los hijos, los amigos, es como dejar que la vida se nos escape, y la vida no es para verla desde la barrera —dijo seriamente, acariciando el colgante que siempre llevaba, una cruz plateada con un diamante—. Hay que saltar al ruedo, hay que enfrentarse a la vida, con ilusión y mucho valor.

«Pero eso es justamente lo que tú no hiciste, ¿no?». Siguiendo el consejo de su abuela, María se armó de valor para decirle lo que nadie se había atrevido.

—Pero tú nunca te casaste, abuela —dijo María finalmente, con la esperanza de que no se tomase el comentario a mal. En su familia, las preguntas directas siempre habían estado mal vistas —cuestionar a los mayores, o las normas, era un signo de rebeldía inaceptable, una falta de respeto.

Pero la abuela era diferente. La anciana respiró hondo y acunó a *Khira*, ahora en su regazo.

—¿Me puedes traer un cigarrillo del cajón de la cocina, por favor?

—Abuela, no fumes, por favor, ya sabes que es malo —dijo María, preocupada.

—Por favor, no me quedan muchos años por delante y quiero disfrutarlos; algo tendrá que matarme un día de éstos, y mejor que sea algo que al menos me guste —repuso con un guiño—. Venga, tráeme un pitillo, anda —añadió, con un tono más de orden que de ruego.

María accedió.

La abuela echó el humo de la primera calada satisfecha, sonriente.

—No me casé, pero debí hacerlo —dijo al fin.

María levantó la cabeza en gesto de sorpresa. Su madre sólo le había explicado que un hombre, Juan Roso, se había fugado con todo el dinero de la familia después de dejarla embarazada.

—¿Con Juan? —preguntó María en voz baja.

—Sí, Juan Roso. Seguro que te han hablado de él.

—Vagamente —dijo María.

—¿Y qué has oído vagamente? —La abuela parecía ahora distante.

—No mucho —admitió María—. Pero, en cualquier caso, prefiero saberlo por ti.

El reloj marcó la medianoche.

La abuela se levantó y sacó unas llaves del bolsillo de su delantal para abrir el armario del salón. Al poco, regresó con una pila de cartas delicadamente envueltas con un lazo azul. Se detuvo junto a la ventana.

—Éstas son las cartas que Juan me mandó desde Cuba, donde se exilió después de la guerra —dijo, acariciando los sobres con cuidado—. Hay docenas más en la cabaña, en el jardín.

La abuela miró hacia la oscuridad de la noche, su cara estaba triste.

—Al principio, en plena represión de Franco, el pobre tenía que falsificar un certificado médico para encubrir el resto de la carta, y enviarlo a Andorra, a veces vía Francia, donde un médico de Belchite iba una vez al mes a por medicamentos. Así recogía el correo y evitaba que éste cayera en manos de los censores.

Todavía junto a la ventana, sus manos empezaron a temblar ligeramente mientras sostenía las viejas y descoloridas cartas.

—¿Cómo le respondías?

La abuela bajó la mirada.

—Nunca lo hice.

María sintió una terrible lástima por su abuela. Sabía que en lo más hondo de su afable corazón había una oscura y triste historia bien enterrada. Se hizo un silencio.

Lentamente, la abuela volvió a su mecedora y apuró su copa. La botella ya estaba vacía y María fue a abrir otra a la cocina. Jamás había tenido una conversación así con ningún miembro de su familia, ya que los De la Vega sólo hablaban de asuntos prácticamente irrelevantes, el resto se quedaba dentro. Habitualmente se preguntaban «¿Qué tal estás?» entre ellos, pero sin verdadera intención de saberlo, y mucho menos esperando respuesta sincera alguna. En su familia, las formas siempre habían prevalecido sobre el fondo.

La abuela se recostó en su mecedora y encendió otro cigarrillo.

—Te lo explicaré, María, alguien tiene que saberlo —dijo—. Probablemente se lo deba a tu madre, pero ahora estás tú aquí y ya me has tirado de la lengua. —Respiró hondo antes de continuar—. Cuando era más joven que tú, justo antes de la guerra, mi hermana Ana y yo...

«No sabía que tuvieras una hermana».

—... Solíamos jugar en los campos con los hijos de los trabajadores de mi padre. Por aquel entonces también producíamos maíz; estas tierras eran mucho más fértiles que ahora. Teníamos por lo menos cien burros y otras tantas mulas, que labraban y llevaban agua del arroyo hasta los molinos.

La abuela perdió la mirada en el fuego, todavía vivo en la chimenea.

—Crecí jugando en esos molinos con Juan, el hijo del capataz de mi padre, un hombre honesto. Todo el mundo pensaba que Juan heredaría el trabajo de su padre y la cabaña junto a los molinos, donde su familia siempre había vivido. El chico ayudaba en el campo todos los fines de semana, de sol a sol, y aún le quedaba tiempo para los deberes del colegio, aunque sus padres apenas sabían leer y escribir. Mi padre, que nunca se preocupó mucho por sus trabajadores y ni siquiera les prestaba ayuda médica, sentía debilidad por Juan; le gustaba cómo se responsabilizaba por las cosas, lo duro que trabajaba cuando no estaba en la escuela, así que le dejó jugar con Ana y conmigo. Yo me llevaba muy bien con él, mientras que mi hermana prefería jugar con el hijo del boticario, que era más callado y siempre tenía que ayudar al cura en la iglesia. Juan y yo, en cambio, siempre andábamos por el campo, correteando entre los olivos.

María escuchaba sin decir palabra.

—Así pasaron los años, hasta que nos hicimos adolescentes. Nuestros cuerpos cambiaron, pero no perdimos la complicidad de haber crecido juntos. Seguíamos con nuestras aventuras, robando fruta a los vecinos, intercambiando grano por cigarrillos para fumarlos...; una vez casi quemamos una granja. —La abuela sonrió—. Nos sentíamos bien en compañía del otro, y nunca dejamos de bañarnos en el arroyo, sin ropa alguna, como hacíamos de niños. Nos teníamos mucha confianza.

—¿El arroyo que hay detrás de los campos? —quiso saber María.

—Ese mismo —sonrió la abuela.

—Qué suerte, mi madre nunca nos dejó alejarnos tanto de casa, y ya ni hablar de nadar sin ropa —dijo María.

—No la culpes —defendió Basilisa a su hija—. Los años de Franco fueron muy diferentes. Antes de la guerra, la vida era abierta, sana y liberal, pero Franco devolvió a este país a la Edad Media. Cuando ganó, la gente dejó de pensar, de ser natural; volvimos a la caverna. ¿Sabes, la caverna de Platón?

María asintió, aunque en ese momento no estaba para filosofías. La abuela continuó su relato.

—Cuando Juan y yo estábamos juntos, nada importaba, no le teníamos miedo a nada —prosiguió—. Sabíamos que si nos metíamos en problemas en el colegio o en casa, podíamos vernos después y hallaríamos consuelo y paz en el otro.

Hizo una pausa para tomar aliento.

—La noche en que mi padre me abofeteó cuatro veces en la cara por llegar tarde, me escapé al molino y él me vio por la ventana. Saltó de su habitación, un piso, y vino a mi encuentro. Nos pasamos la noche abrazados, durmiendo en el pajar sin más abrigo que nuestros cuerpos. Resultó tan cálido, nos sentimos tan a gusto el uno con el otro que lo repetimos una y otra vez. Era nuestro secreto, a veces también nos acurrucábamos en pleno día, a la hora de la siesta.

María miró a su abuela con una mezcla de admiración y envidia. «Y yo así, en habitaciones universitarias con crucifijos...».

—Entonces estalló la guerra, en el sur, pero estaba tan lejos que no recibimos noticias hasta pasados unos días. Oímos que habían tomado varias ciudades andaluzas, pero nunca pensamos que la guerra llegaría aquí, en medio de la nada, hasta nuestras pacíficas tierras. Juan y yo éramos adolescentes y seguimos jugando y pasando tiempo en el molino, contándonos pequeños secretos, como quién nos gustaba, qué pensábamos de nuestros padres, y observando los cambios en nuestros cuerpos. Teníamos nuestro propio mundo, nos dábamos el uno al otro todo lo que necesitábamos. Yo también le ayudaba con la escuela, mientras que él me daba paz y cariño cuando mi padre me chillaba o pegaba, que era casi a diario.

«Ahora veo de dónde le viene el genio a mi madre».

Las dos bebieron más vino.

—Un año más tarde, en 1937, un grupo de soldados de Franco llegó a Belchite, diciendo que se quedarían unos días para recuperarse de las heridas del frente. El boticario y su hijo, por entonces novio de Ana, les ayudaron, porque no tuvieron más remedio, pero también por ideología, supongo. Recuerdo que algunos tenían la pierna rota y otros algún balazo en el cuerpo, y que desde luego eran todos unos brutos y maleducados. Tomaron la vieja granja de los Mateo, justo a las afueras del pueblo, sin pedirles permiso; pero Mateo era demasiado viejo para plantar cara a una docena de soldados franquistas. Iban a las tiendas a por comida, asumiendo que no tenían que pagar; hacían cuanto querían, amenazando a todo el pueblo con sus sus modos y sus armas. Entraron en la escuela y pronto se hicieron cargo de la enseñanza, obligando a los niños a cantar himnos fascistas todas las mañanas. Soledad, que era maestra aquí durante la República, y el sacerdote a cargo del colegio no pudieron hacer nada por impedirlo. Cuando Soledad se enfrentó a ellos una vez por haber pegado a un niño impertinente, uno de los soldados la abofeteó y la tiró al suelo delante de todo el mundo. El cura no pudo hacer nada, ya que lo amenazaron con denunciarlo a la Iglesia, la cual, ya sabes, apoyó a Franco desde el principio.

«Pobre Soledad». El corazón de María se encogió.

—Empezaron a llegar noticias del avance del ejército rojo hacia Belchite. Los comerciantes, que traían sus productos de pueblos cercanos, venían con relatos horrorosos sobre decapitaciones o asesinatos de terratenientes a manos de anarquistas y comunistas descontrolados. Juan, siempre del lado de los trabajadores, se implicó cada vez más en un grupo local que quería ayudar a los rojos a entrar en el pueblo, y echar a las tropas de

Franco. Belchite estaba muy dividido entre los que estaban con los soldados, aunque fuera por obligación, y los que, como Juan, se oponían a ellos. Mis padres les apoyaron desde el principio, ya que eran católicos y anticomunistas, pero sobre todo porque querían conservar su negocio. Además, Ana, mi hermana, estaba a punto de casarse con el hijo del farmacéutico, quien había establecido una especie de pacto con la tropa: él les ayudaba ahora, y éstos le darían alguna licencia para abrir farmacias, en otros pueblos, después de la guerra. La gente se labraba así el futuro.

»Pero para los trabajadores las cosas se ponían feas, con la comida cada vez más escasa. El negocio de mi padre, que nunca había tenido ningún problema, no tardó en resentirse, ya que nadie tenía dinero para comprar nada. Todo el mundo vivía aterrado y nadie confiaba en nadie. El panadero sólo vendía pan por dinero contante y sonante, nada de pagar al día siguiente, y sólo atendía a los de su cuerda. De repente, las vacas y los burros empezaron a desaparecer, robados por gente que luego los vendía en mercados regionales. Los campos de cultivo se convirtieron en zonas de guerra, por lo que las cosechas también cayeron a la mitad. Juan estaba hambriento cada noche que nos encontrábamos en el molino, y yo siempre le llevaba un poco de pan y jamón. Su ira hacia los terratenientes se incrementó al ver que mi padre no compartía con sus trabajadores la comida que le sobraba, a pesar de que algunos de ellos estuvieran famélicos. Su propio padre enfermó y el mío ni siquiera le mandó un médico. El pobre hombre murió poco después.

«Menudo bisabuelo que tuve. ¿Cómo es que tú saliste tan dulce, abuela?».

—Una noche de primavera, en 1938, aún se celebró la fiesta del pueblo, Santa Ramona. Las tropas insistieron en organizar un baile popular, con banda y todo. Querían dar imagen de normalidad, aunque los soldados iban por ahí armados hasta los dientes. En la plaza, apenas bailaba nadie; la gente formó dos grupos claramente separados: a un lado, los que ayudaban a las tropas, casi todos propietarios de un negocio, y al otro, los jornaleros, la maestra y dos catalanes que por aquel entonces vivían aquí. Juan y yo nos escapamos enseguida al molino, sólo queríamos estar juntos porque sabíamos que algo malo iba a pasar, la tensión era insoportable. Allí me dijo que el ejército rojo tomaría el pueblo muy pronto, aunque no sabía cuándo. Nos abrazamos y escuchamos la música procedente de la plaza, contemplando las estrellas a través de la ventana del molino; era como un oasis en medio de todo lo que estaba pasando.

La abuela Basilisa bebió un poco más de vino. Miró a María con complicidad.

—Pero ya no éramos tan niños, yo tenía diecisiete años, y aquella noche concebí.

«Abuela...».

Basilisa tomó otro sorbo de vino; María se tragó media copa de golpe.

«Si supieras que yo todavía no sé ni de lo que me hablas...».

—Dos disparos nos despertaron de repente. Salimos hacia la plaza corriendo, oíamos gritos. En una esquina, bajo los arcos, vimos a Soledad tirada en el suelo, llorando, con la falda rasgada y la blusa enrollada al cuello. Uno de los soldados, que llevaba los pantalones bajados, había recibido un tiro en la pierna. Mateo, el borracho oficial del pueblo, le había disparado al ver que intentaba violarla detrás de los pilares, mientras la música ahogaba los gritos de la pobre Soledad.

»Delante de todo el mundo, el soldado desenfundó su pistola y devolvió el disparo a Mateo, matándole al instante. Nada más llegar, Juan corrió hacia el cuerpo de Mateo, tomó su arma y se ocultó detrás de una de las columnas.

»El soldado pidió ayuda a gritos porque se estaba desangrando por la rodilla. Menos de un minuto después, el boticario y su hijo, el novio de Ana, llegaron para socorrerle. Ana también se quedó mirando, de pie junto a mí. El soldado gritó que quería agua y el boticario, que necesitaba la ayuda de su hijo con la pierna, le pidió a Ana que la trajera. Cuando ésta volvió con un cubo y un paño blanco, el soldado volvió a gritar: "¿Qué estáis mirando, hijos de mala madre? ¡Idos a casa!".

»Juan acudió en ayuda de Soledad, que seguía echada en el suelo, medio desnuda y horrorizada. El soldado ordenó que no la tocaran; no era más que una puta socialista, dijo. Disparó al cielo y gritó: "¡A casa todo el mundo!". La gente se fue, aterrada. Juan se quedó e intentó levantar a Soledad, paralizada por el miedo. El soldado, rodeado por el boticario, su hijo y Ana, advirtió a Juan: "Si no la dejas donde está, juro que te mato".

»Juan, joven e impulsivo, desobedeció y permaneció junto a Soledad, cogiéndola en brazos. El soldado disparó dos veces, acertando, afortunadamente, sólo en un brazo y una pierna. Soledad resultó indemne. Juan, pistola en mano, advirtió a Ana, al boticario y a su hijo que salieran corriendo. Los hombres reaccionaron rápido, pero Ana, que se había quedado petrificada, no. Cuando Juan se volvió y disparó, la mató a ella, en vez de al soldado, y luego salió corriendo con Soledad en brazos, escapando de los tiros del resto de la tropa. Fue horrible. No he visto a Juan nunca más.

María se había quedado inmóvil.

—En su primera carta, me decía que había dejado a Soledad en casa del cura —que a los soldados nunca se les ocurriría registrar— y que se había pasado la noche escondido en el monte. A pesar de las heridas, sabe Dios cómo, caminó seis días enteros, comiendo lo que la gente le daba, hasta llegar a Barcelona, donde se ocultó en un contenedor de carga en un barco rumbo a La Habana.

La abuela apuró su copa de vino.

—Me escribió a diario durante muchos años, pidiéndome que me escapara a Cuba y me casara con él. También se disculpó, mil veces, y desde lo más hondo de su corazón, por su error. Me escribió las palabras más tiernas del mundo, me ofreció el cielo, me prometió amor eterno.

—¿Por qué no fuiste, abuela? —preguntó María, con los ojos humedecidos.

—Disparó a mi hermana; la mató delante de mí.

—Pero fue un accidente, un acto de honor. Intentaba defender a Soledad.

—Pero la mató, y las cosas sólo empeoraron. Dos días después, el ejército rojo entró en Belchite sembrando terror por todas partes. La gente había construido túneles bajo sus casas, creando un laberinto subterráneo por debajo de todo el pueblo. Allí me escondí, empujada por mi madre, que arriesgó su vida para llevarme al sótano de la casa de unos amigos en la plaza. Mis padres no se quedaron porque no había espacio para todos y porque mi padre también quería defender su casa y enfrentarse a los rojos. Nada más entrar, éstos saquearon el pueblo, quemaron la iglesia y asesinaron al cura y a todos los terratenientes o capitalistas —así les llamaban.

«Dios mío, sus padres». María sintió que las lágrimas le llenaban los ojos.

—Después de tres días de interminables tiroteos, por fin llegó el silencio. Tres días enteros sin comida, agua, aseo o cualquier otra comodidad. Encontramos el pueblo, nuestro bonito pueblo, totalmente en ruinas, tal y como lo ves ahora. El silencio era horrible. Los cuerpos se amontonaban por las calles; la gente les había dado la vuelta en busca de familiares y amigos. Corrí a casa. Una mujer, que murió hace unos años, quería que esperase para ir con ella, pero yo quería ver a mis padres.

«Oh, no».

—Los vi, y muy bien. Al cabo de horas buscándolos, los encontré en una pila con otros cadáveres, apiñados en la tapia del cementerio. Estaban completamente desfigurados, sus cabezas casi separadas de los cuerpos.

Las lágrimas se deslizaron por las mejillas de Basilisa.

—Sólo tenía diecisiete años. No abrí los ojos en dos días. Con la ayuda de otros, enterramos a los muertos envueltos en mantas, fuera del cementerio. No dejaron que los enterrásemos como Dios manda, en un ataúd, hasta que las tropas de Franco retomaron el pueblo, meses más tarde.

»Volví a casa para descubrir que la habían saqueado y destruido, aunque, afortunadamente, los rojos nunca supieron que mi padre guardaba el dinero bajo los olivos, así que pude vivir con esos ahorros durante un tiempo. —La abuela paró un momento para tomar un respiro—. Pero todavía hoy no sé quién les dio a esos asesinos el nombre de mi padre. A veces me pregunto si fue Juan quien lo puso en la lista negra.

—¿No lo habría hecho cualquiera de sus trabajadores si tan mal los trataba?

—Es posible, pero Juan era el líder.

—Pobre abuela, te quedaste sola, tan joven...

—No me quedaba más remedio que reconstruir el negocio, intentar sacar aceite de la nada. La guerra había acabado con todo; ni siquiera tenía una mula para empujar las piedras que prensaban las olivas. Tuve que hacerlo con mis propios pies.

«Cielo santo, y yo que me quejo de mi vida...».

—El dinero del árbol me ayudó, pero no había tanto como pensaba, ya que Juan se había llevado una parte. Sabía que lo escondíamos ahí porque se lo dije yo unos meses atrás; no teníamos secretos.

—Quizá se llevó un poco para sobrevivir. —María quería aliviar un poco de la pena de su abuela.

—No le culpo tanto por el dinero, sino por la muerte de mi hermana. Le dije a Juan que cogiera parte del dinero si lo necesitaba desesperadamente, y ése fue el caso. —La abuela se quedó en silencio durante unos segundos—. Pero, después de aquello, yo necesitaba hasta el último céntimo. Estaba sola, y pronto descubriría que también embarazada. El dinero se hizo muy escaso y los ladrones abundaban; la gente desconfiaba entre sí, vivíamos en silencio. Conseguir comida se convirtió en el objetivo principal de todos los días. Fueron años de miseria.

—¿Por qué no te fuiste a Cuba? Habría sido una vida más fácil, ¿no?

—No se podía. Después de nacer tu madre, ¿adónde habría podido ir con un bebé? Ya sabes que en esa época las mujeres necesitábamos un permiso firmado por el marido para encontrar trabajo o siquiera para abrir una cuenta bancaria. Ni siquiera se podía ir a la plaza de noche, había policías en cada esquina. ¿Cómo iba una madre soltera a pedir un permiso para salir al extranjero y reunirse con un ex republicano en el exilio? Me habrían fusilado, ¿y qué hubiese sido de tu madre?

—¿Cómo sobreviviste?

—Comía las patatas y las pocas verduras que cultivaba en el jardín. La casa había sobrevivido milagrosamente por estar a las afueras del pueblo, aunque estaba medio en ruinas, pero al menos había un techo. Cosía mi propia ropa y la de tu madre. No teníamos nada.

María se encendió un cigarrillo. Lanzó una mirada llena de compasión a su abuela.

—Y luego, después de la guerra, cuando tu madre tenía dos o tres años, el corazón se me había secado, o igual ya no lo tenía. La lucha por alimentar al bebé y a mí misma era agotadora, los recuerdos de Juan se difuminaron y el resentimiento por la muerte de Ana aumentó. En mi mente, reforcé la idea de que Juan había matado a Ana y de que era un asesino —necesitaba autojustificarme—. Lo hice durante años. A veces, cuando las circunstancias son duras, lo más fácil es doblarse, ceder. Es mucho más difícil luchar por la felicidad. Pero hay que hacerlo, aunque para ello haga falta mucho valor.

La abuela llenó su copa de vino.

—No todo el mundo quiere ser feliz —sentenció—. Ser feliz es difícil, e intentarlo lo es todavía más.

—Tendrías que haber ido —dijo María, con voz temblorosa.

Después de unos largos segundos, la abuela miró hacia arriba y suspiró.

—Por supuesto —aceptó—. Lo que había entre Juan y yo se merecía eso y mucho más, pero no fui lo suficientemente fuerte como para afrontarlo. Las circunstancias eran muy duras, y yo sucumbí a ellas. Además, la Iglesia dominaba muchos aspectos de nuestra vida diaria en aquella época, y nos recordaban, día tras día, que el placer y la felicidad eran malos, casi un pecado. Venimos a este mundo para sufrir, decían, así que mi vida, un continuo sufrimiento, tenía sentido.

—Pero si ni siquiera vas a misa, abuela —dijo María, confundida.

—Ahora no, pero entonces todo el mundo iba, no había elección. —Hizo una pausa—. Aun así, en este país, te guste o no, creas o no en Dios, todos llevamos el peso del catolicismo sobre los hombros, está demasiado impregnado en nuestra cultura. Lo llevamos, nunca mejor dicho, como una cruz. Lo bueno, lo natural, nos hace sentirnos culpables; es mejor sufrir, ser un mártir. En este país, desde hace muchos siglos, la felicidad, el placer y la comodidad siempre se han penalizado.

María fijó la mirada en el fuego, que ya se estaba apagando.

—No sabía que fueras tan roja, abuela. —María sonrió, mirando a su abuela con orgullo; a sus ochenta y cinco años, sostenía un cigarrillo con una mano y una copa de vino con la otra.

—Hasta la médula, hija —dijo Basilisa, satisfecha. Suspiró, como si acabara de deshacerse de una gran losa—. Siempre he creído que el mundo tiene que ser más justo, porque no lo es nada. Siempre he estado del lado de los pobres, los desfavorecidos, las mujeres, los niños, los mayores, los negros... Ahora también estoy con los gays —afirmó con decisión.

María abrió los ojos con sorpresa. «Eres alucinante, abuela».

—¿Los homosexuales también? —María sentía curiosidad por las ideas de su abuela sobre un tema que nunca había discutido con nadie, hasta la noche anterior en Londres.

—Claro, siempre los ha habido y siempre los habrá, sólo la Iglesia no se da cuenta, porque no les conviene. Pero es una soberana tontería ocultarlo o fingir lo contrario porque, al final, la verdad siempre sale. La vida es como una cosecha; se siembra con mucha paciencia, luego se trabaja la tierra, se recoge el fruto y se deja amontonado para que el viento separe el grano de la paja. El grano, la sustancia, queda en el suelo, mientras que lo superficial se lo lleva el viento, se queda en nada, porque nada es. La naturaleza, y sólo la naturaleza, decide qué va para un lado, y qué para otro.

Agotada, la abuela suspiró profundamente, besó a María y se fue lentamente a su habitación. Se volvió hacia su nieta antes de abrir la puerta.

—No podemos luchar contra la naturaleza porque ella siempre gana. Nunca la engañaremos. —Se metió en su cuarto y cerró la puerta tras de sí.

María se echó hacia delante y sostuvo la cabeza entre las manos.

«Naturaleza, naturaleza... ¿Qué naturaleza?».

## Capítulo 10

El humo del habano de su padre, sentado junto a él, le nublaba a Jordi su vista del Camp Nou, que presentaba esa noche el lleno de las grandes ocasiones. A pesar de su afición, Jordi era probablemente la única persona en el estadio que no prestaba atención al partido, estaba más ocupado mirando de reojo al duque de Peñaranda, también sentado en la tribuna VIP, una fila por detrás, hacia la izquierda.

En estas ocasiones, con tantas personalidades en el palco, el fútbol era casi lo de menos; entre tanto saludo, tanto *sponsor* y tanto canapé, allí se hablaba de todo menos del partido. Pere y Jordi Gratallops, de hecho, habían acordado abordar durante el descanso al joven secretario de Estado del Gobierno central a quien Pere Gratallops había visitado en Madrid la noche anterior. Intrigado por los comentarios del padre de Jordi sobre la atmósfera del encuentro, el político viajó a Barcelona al día siguiente, consciente de la cantidad de cámaras de televisión que cubrían el evento.

Jordi levantó la mirada hacia el secretario de Estado cuando éste llegó a su asiento, repartiendo sonrisas a diestro y siniestro, sin prestar atención a las alineaciones, que se anunciaban por megafonía en ese preciso instante.

«Sólo necesita un lazo azul en la chaqueta para ser igual que un político americano».

El partido también les permitiría acercarse a Andreu, el jefe de María y alto directivo de Banca Catalana, que nunca se perdía un Barça-Madrid. Necesitaban verle porque, aunque les costara reconocerlo, era ya evidente que las Cavas necesitaban un préstamo para dar la paga de Navidad a sus trabajadores. Las ventas en Madrid y Andalucía habían caído por debajo de las peores expectativas, aunque Jordi no se lo había dicho a su padre por no perjudicar su delicada salud, ni amargarle el último año antes de la jubilación. Pere Gratallops, a sus setenta y cinco años, era consciente de que la empresa atravesaba una de sus peores épocas, pero tampoco se había mostrado demasiado preocupado por necesitar un préstamo. Las ventas se recuperarían al año siguiente, decía; el préstamo no era más que una medida extraordinaria y se pagaría en cuanto el mercado mejorara, sin duda, muy pronto. Había conocido tiempos peores en sus más de cincuenta años al frente de las Cavas, solía decir.

Además, el Gobierno central necesitaría el apoyo de los nacionalistas catalanes para aprobar los presupuestos más austeros de la historia de España y, a cambio, debería defender la economía catalana. El péndulo se movería hacia su lado en unas semanas, había dicho Pere Gratallops a Jordi durante el almuerzo, ese mismo día.

Mientras tanto, pequeños acuerdos con miembros del *establishment* catalán, sellados entre el humo de los puros y el olor a coñac en el campo del Barça, mantendrían la empresa a flote. La semana anterior, por ejemplo, Caves Gratallops se había convertido en el proveedor oficial de los hoteles Riu.

—No te preocupes. Ya verás cómo pronto mejoran las cosas —le había dicho Pere Gratallops a Jordi en el aparcamiento del Camp Nou, donde se encontraron antes del partido—. Yo te enseñaré cómo se lidia con estos políticos de Madrid; se creen dioses, así que trátalos como a tales y los tendrás a tus pies.

La primera parte había sido más bien aburrida, por lo que los Gratallops esperaban el descanso, chaquetas en mano y a punto de levantarse, para ejecutar su plan de acción en el palco. Pero justo pasada la hora, en tiempo de descuento, el Real Madrid marcó. Los blancos ganaban en el Camp Nou por primera vez en veinte años.

Jordi golpeó el suelo con el pie. «*Collons!*».

Unos cien hombres y dos o tres mujeres, todos vestidos más o menos igual, accedieron al vestíbulo presidencial del Barça, donde unos camareros, vestidos de negro-moderno impecable, muy a lo BCN, ofrecían cócteles y canapés de primera clase. Las pocas mujeres presentes, todas ellas rubias, parecía que se hubieran vestido más para la ir a la ópera que al fútbol, mientras que los numerosos hombres, impecablemente trajeados, emitían vibraciones y sonrisas altamente corporativas —había mucho intercambio de tarjetas.

El secretario de Estado, a la sombra del presidente de la Generalitat, dio unas palmadas al hombro de Pere Gratallops, seguido de un efusivo abrazo justo cuando las cámaras de televisión le estaban enfocando.

«Sólo quieren aparecer en la foto», pensó Jordi, asombrado de ver cómo el político saludaba a su padre con tanto entusiasmo. Los dos hombres sólo se habían visto una vez —el día anterior—, pero daba la sensación de que eran amigos de toda la vida.

—El gran Gratallops, ¿cómo estás hoy? ¡Qué alegría verte, machote! —dijo el secretario—. ¿Cómo andan las Cavas? Me ha llamado un amigo de Sevilla hoy y dice que los supermercados están a rebosar de cava. Son buenas noticias, ¿no crees?

«Ése es precisamente el problema: están llenos porque nadie compra. Que Dios nos pille confesados si todo el Gobierno es así».

El padre de Jordi tosió, nerviosamente.

—Bueno, ojalá fuese así de fácil. Lo que necesitamos es la ayuda del Gobierno para acabar con esta locura anticatalana, como le dije ayer.

—Sí, sí, excelente, excelente —siguió el alto funcionario, mirando a su alrededor y sonriendo a todo el que pasara cerca, lo conociese o no—. Estaré contigo en un momento, no te vayas —le dijo a alguien.

Se acercó un camarero ofreciendo cava. El padre de Jordi cogió una copa para el secretario y otra para él, obligando al político a que le prestara atención.

—Claro, claro, tenemos que hacer algo —dijo, probando el cava. Sonrió—. Mmm, ¡seguro que es un Gratallops! —exclamó mientras sus ojos escrutaban cada rincón de la sala.

Pere Gratallops sonrió e hizo una reverencia.

—Ya veo que es usted un buen experto; por supuesto que es un Gratallops.

Jordi cerró los ojos, aburrido. «Padre, tú sí que sabes jugar a este juego».

—En fin —dijo el político, mirando y saludando con la mano a otra persona—, cuando te marchaste anoche, finalmente pude hablar con el ministro sobre el fomento de los productos españoles, y éste sugirió que podríamos usar el cava como producto español de bandera. Es una gran idea, ¿no?

Jordi y su padre se quedaron mudos. Jordi tosió.

—Pero, señor, el cava es un producto esencialmente catalán —replicó su padre tras un tenso silencio.

El secretario miró al anciano, entrecerrando los ojos y pestañeando con arrogancia, y dijo:

—Sí, es catalán, pero eso significa que ante todo es español. —Hizo una pausa para observar a Gratallops con seriedad—. Las cosas mejorarían su pusiéramos una bandera española en las etiquetas: «Cava de España». —Dio unas palmadas en la espalda de Pere Gratallops y se dio la vuelta, dejando a padre e hijo mirándose en mutuo desconcierto.

—¿Una bandera española en una botella de cava? Sobre mi cadáver —dijo Jordi, mientras arqueaba una ceja hacia su padre, quien aún no daba crédito a lo que había oído—. Será mejor aferrarse al préstamo, puede que lo necesitemos más de lo que creíamos.

Padre e hijo miraron a su alrededor, contemplando a la *beautiful people* de Barcelona mezclarse en la sala VIP del Camp Nou. El Barça perdía, pero aquello parecía una fiesta. Al cabo de pocos instantes, Peñaranda cruzó la estancia, pasando entre Pere Gratallops y Jordi, a quien dijo brevemente:

—Buen partido, ¿eh? —Sonrió con superioridad y siguió sin decir más. Jordi no respondió, pero le siguió con una mirada llena de intención.

—¿Quién es ése, hijo? —le preguntó su padre, sorprendido por la escena.

—Está claro que un idiota —repuso Jordi, encendiendo el móvil, a punto de llamar a María.

El segundo tiempo fue una tortura para los locales. El Madrid se puso uno a cuatro y Jordi, como su padre y todo el Camp Nou, excepto Peñaranda y su grupo, contemplaba el panorama cabizbajo con los hombros caídos, desesperado. La gente empezaba a abandonar el estadio a quince minutos del final. No se recordaba una humillación igual.

Jordi vio que Andreu también abandonaba su asiento y dio un discreto codazo a su padre. El anciano lo comprendió enseguida y ambos fueron en pos del banquero. Ya no les apetecía ver más partido.

Dentro, Andreu hacía cola en el guardarropa, a la que los Gratallops se unieron discretamente.

—Hola, Andreu. Menuda desgracia —murmuró el padre de Jordi.

Andreu, un hombre elegante que rondaba la cincuentena, alzó sus amplios ojos marrones, llenos de decepción.

—Una tragedia —gruñó, volviendo a clavar la vista en el suelo.

—Tienen los puntos, pero no ganarán la liga jugando así —dijo Jordi, intentando ayudar a su padre, a quien no pareció gustarle la interrupción.

—Jordi, ¿te importaría pedirme un café mientras recojo los abrigos? —dijo—. Me gustaría evitar los atascos, si es posible.

Jordi obedeció, consciente de que a su padre le gustaba negociar en privado. Mientras esperaba el café, Jordi se giró al escuchar una voz conocida.

—Vaya, los problemas se acumulan, pobre Jordi —dijo Peñaranda con cinismo, ajustándose el nudo de la corbata y los gemelos de plata, que tenían grabado el escudo del Real Madrid.

Jordi lo miró con el ceño fruncido. No dijo nada, aunque las palabras de Peñaranda le sentaron como un puñetazo en el estómago. Primero se presenta en casa con lo de las tierras, y ahora aparece en el campo del Barça, dos de los lugares más sagrados para él.

Peñaranda le cogió suavemente por el brazo, pero Jordi lo apartó con rapidez.

—No tengas miedo, joven —dijo el duque, con tono de falsa amistad—. Todo tiene solución, por muy grandes que sean los problemas. Ya sé lo del préstamo de las Cavas, que la deuda os está ahogando, lo de la salud de tu padre y, encima, el compromiso del piso...

«Maldito hijo de puta, ¿cómo sabes todo esto?». Jordi intentó mantener la calma.

—No sé de qué me estás hablando —dijo, sin poder ocultar su cara de odio. Se volvió, cogió el café y se dispuso a marcharse sin decir palabra.

Peñaranda se interpuso.

—Recuerda que siempre puedes llamarme si tienes problemas. Podemos negociar. —Hizo una pausa—. ¿Aún tienes mi tarjeta?

Jordi le empujó suavemente y siguió caminando hacia Andreu y su padre.

«¿Cómo permite Dios que haya gente así en el mundo? No lo comprendo».

Pere Gratallops, que se había perdido la escena por estar de espaldas al bar, terminaba la conversación en ese momento.

—Sí, me pasaré la semana que viene y concretaremos los detalles. —El padre de Jordi parecía satisfecho—. Sé que esto es temporal. Espera a ver cuando nos necesiten, ya verás lo encantados que estarán de ayudarnos. —Tomó su café y sonrió a Jordi.

Andreu asintió.

—Cierto —dijo Andreu, mirando a Jordi—. Hola, chico, ¿cómo te va?

—Tan bien como es posible en estas circunstancias —respondió Jordi, tratando de sonreír y mantener la compostura.

—Mejor hablar de cava —repuso Andreu sin rodeos.

«Pues no sé qué va peor, si el cava o el Barça».

—Siempre nos quedará el cava —zanjó su padre, poniéndose su pesado abrigo.

—¿Cómo ha ido? —preguntó Jordi mientras se dirigían hacia el coche de su padre.

—Bien, nos darán cerca de un millón de euros. Eso nos ayudará con las pagas de Navidad y para arrancar el proyecto de Londres —respondió el anciano, orgulloso de su negociación.

—Son buenas noticias, padre —dijo Jordi, aliviado.

—Bueno, ya le insinué aquí mismo, hace un par de semanas, que quizá necesitaríamos un poco de liquidez —comentó su padre con resignación—. No creo que le haya pillado por sorpresa.

Jordi había perdido la mirada en el aire.

—Sin duda es un respiro, pero esa cantidad nos pesará en el balance.

Con las llaves del coche en la mano, su padre se volvió, sorprendido.

—Hijo, he llevado este negocio durante toda mi vida, sin necesidad de poner un pie en la universidad. No sé nada sobre ratios de endeudamiento, pero sé que todo irá bien. Esta fobia hacia lo catalán se acabará pronto, estoy seguro. El odio y el amor no duran mucho, ambos son efímeros, por naturaleza.

—Justo lo que necesitaba oír a cinco meses de mi boda —replicó Jordi, decepcionado.

—Sabes que nunca te mentiría —dijo Pere Gratallops, mirando a su hijo.

—Lo sé, padre —admitió Jordi escuetamente. No era ni el momento ni el lugar para mantener una conversación profunda, aunque tampoco es que hubiesen tenido tantas, y en cualquier caso, éstas siempre estaban relacionadas con el trabajo. Encontrar la ocasión para una buena charla era difícil, pues Pere Gratallops pasaba la mayor parte de su tiempo libre fuera de casa.

—¿Necesitas que te lleve? —ofreció su padre al llegar al coche.

—No, gracias, voy a ver a María. No la he visto mucho esta semana —mintió Jordi.

—Dale recuerdos. —El anciano, visiblemente cansado, se metió en su Audi y se marchó.

Jordi seguía ocultando a sus padres y hermanos su pertenencia al Opus Dei, convencido de que no le comprenderían. Para empezar, no creían ni en Dios, su mayor referencia. En silencio, Jordi observó cómo el opulento coche de su padre salía del aparcamiento. Respiró hondo y se sintió aliviado de pensar que en breve estaría en Belagua, su club. Pertenecer al Opus Dei era, precisamente, la mejor manera de no acabar como su padre: una vida en la que sólo el trabajo, el dinero, el fútbol y el golf parecían importar. No creía en el amor ni en ninguna forma de espiritualidad, y sólo disfrutaba fuera de casa, centrando toda su atención en el aquí y el ahora. Jordi anhelaba lo contrario, quería una familia unida, con tantos hijos como Dios le diera, sentados junto a una cálida chimenea los domingos por la tarde.

Con el caminar lento y pesado, Jordi se dirigió a su coche con la cabeza llena de preocupaciones. Una vez dentro, irguió la cabeza y cerró los ojos para disculparse ante Dios por mentir a su padre sobre su destino. Ciertamente, había planeado quedar con María después del partido, aunque sólo fuera para tomar una cerveza, pero justo antes de llegar al estadio ésta le dijo que aún se sentía mal, y durante el descanso ya ni le contestó al teléfono.

«Mujeres».

Jordi se arrodilló para rezar, por fin un momento de paz. Aunque había estado en Belagua la noche anterior, parecía que había pasado una eternidad desde entonces.

—Hola, Jordi, ¿tú por aquí un sábado por la noche? —le dijo el padre Juan Antonio unos minutos más tarde. No había nadie más en la iglesia—. Pensé que estarías viendo al Barça. Lamento la derrota.

Jordi agachó la mirada.

—Sí, bueno...

El padre Juan Antonio parecía sorprendido.

—Bueno, bueno, estoy seguro de que hay cosas peores en la vida. —Sonrió y miró el pálido rostro de Jordi con interés—. ¿Qué pasa, muchacho? Pareces cansado —dijo, posando su mano sobre el hombro de su pupilo.

Éste se giró y vio unas mesas al fondo de la iglesia con algunas botellas y varias bandejas de canapés medio vacías, claramente los restos de una fiesta. Se acercó.

—¿Qué se ha celebrado hoy, padre? —Jordi estaba sorprendido. Siempre participaba en las actividades de la iglesia, o al menos eso creía—. ¿Qué me he perdido?

—Ah, nada, no te preocupes, sólo fue una pequeña reunión —dijo el padre Juan Antonio vagamente—. Pero dime, hijo, ¿hay algo que pueda hacer por ti? ¿Has pecado? ¿Necesitas confesarte?

—¿Qué reunión? ¿Quién ha venido? —insistió Jordi.

El padre Juan Antonio pareció dudar un instante. Finalmente dijo:

—Una reunión de hombres de empresa.

—Yo siempre asisto a estos encuentros —dijo Jordi, sorprendido—. ¿Cómo es que no se me dijo nada? No me lo recordó anoche, tampoco. ¿Ha sido durante el partido?

—Fue a media tarde, y sí, todos se fueron después a ver el fútbol —respondió el padre Juan Antonio, bajando la mirada.

—¿Cómo es que nadie me avisó? Me hubiese encantado asistir. Siempre vengo a los rezos y no quiero perderme la diversión. —Jordi miró al sacerdote con aire inquisitivo. «¿Qué le pasa a todo el mundo hoy?».

—Jordi, hijo, ya sabes lo que te aprecio y que eres un ejemplo para todos nosotros, pero también tengo que dirigir Belagua —replicó.

—Padre, ¿qué ocurre? —preguntó Jordi con impaciencia.

—Bueno, ya sabes que esta propiedad es muy cara, al igual que algunas de nuestras actividades. —Se frotó las manos—. Es mi deber mantener cierto grado de exclusividad entre los miembros para incentivar los donativos, ya sabes lo que quiero decir.

El padre Juan Antonio se tocó el anillo de oro.

—Lo hago por el bien de nuestra comunidad, para llegar a miles de personas con nuestro apostolado y dejar el mundo un poco mejor.

Jordi no comprendía nada.

—Pero yo siempre he formado parte de esa comunidad. Soy uno de los mayores donantes, ¿no?

El padre Juan Antonio apartó la mirada.

—Me temo que ya no, desde que rebajaste la asignación mensual, ya hablamos un poco de eso anoche.

Los ojos de Jordi se abrieron con sorpresa.

—¿Dejo de donar sólo dos meses al máximo nivel y ya estoy fuera?

—No es eso, hijo. Ya sabes que Dios siempre te amará.

—¿Y qué es entonces? Porque no me parece muy cristiano —se atrevió a decir Jordi, lamentando sus palabras en cuanto las pronunció.

El padre Juan Antonio irguió su cara y le lanzó una imponente mirada.

—Estoy seguro, Jordi, de que no has olvidado el respeto y obediencia que prometiste a la organización. —El sacerdote hizo una breve pausa—. También estoy seguro de que tampoco querrás dañar tu reputación en Belagua.

«No me lo puedo creer».

El sacerdote le puso la mano en el hombro.

—Estoy aquí para ayudarte. ¿Te quieres confesar? ¿Hay algo que te preocupe? ¿Seguro que no has pecado?

Jordi se lo pensó un par de segundos.

—No, gracias. Quizá mañana —dijo—. Estoy muy cansado, ha sido un día muy largo, pero todo está bien. Gracias.

Cogió su chaqueta y se fue.

«Pero ¿qué está pasando? ¿Me estará enviando Dios un mensaje, una advertencia? ¿Por qué me castiga de esta manera?».

Una vez sentado en *Óscar*, todavía aparcado frente a Belagua, Jordi intentó rezar, pero fue incapaz de concentrarse. «Lo único que puedo hacer es no apartarme de Dios, Él me llevará por el buen camino. Debo obedecer».

Llamó a María pero, una vez más, sólo oyó el maldito contestador. «Dos noches seguidas sin dar con ella. A lo mejor no le funciona el móvil. O será que no quiere hablar conmigo. No, tiene que ser el móvil».

Jordi miró a su alrededor, no había nadie. Se sentía triste y solo. Sus tierras eran reclamadas por un extraño que le había amenazado en su propia casa; su novia estaba distante; su padre parecía resolverlo todo con deudas y su equipo había perdido ante el peor rival. Estaba agotado, podía sentir las lágrimas aflorando en sus ojos, pero las contuvo apretando las manos contra su cara, hundiendo la cabeza en ellas.

«No llores, no llores. Tengo que ser un hombre fuerte».

Al cabo de unos segundos, apretó los dientes y levantó la barbilla. La imagen de Peñaranda le vino a la cabeza. Alzó los puños y los estrelló sobre el volante.

Suspiró. «Dios pone a prueba mi fe. He de responder bien, y eso haré. Sobre todo, hay que mantener la calma».

Arrancó el motor y se dirigió lentamente hacia la Diagonal, ahora oscura y vacía. Nadie celebraba ninguna victoria. Las luces de los edificios de oficinas estaban apagadas. Jordi aceleró y condujo hacia el Penedès en completo silencio.

Menos de tres cuartos de hora más tarde, Jordi estaba sentado en el escritorio de su cuarto, en la masía. Era un amplio espacio ovalado desde el que se dominaba el jardín trasero y los viñedos. En las noches claras, podían verse las estrellas, aunque no las solía mirar a menudo.

Jordi sacó su ejemplar de *Camino*, dispuesto a santificar su lucha.

«No digas: "Esa persona me pone nervioso". Piensa: "Esa persona me santifica"».

Jordi intentó encontrar un sentido cristiano al encuentro con Peñaranda, pero le resultó demasiado difícil. Siguió.

«El mundo sólo admira el sacrificio espectacular porque no es consciente del valor del sacrificio oculto y silencioso».

Pensó en María, lo guapa que estaba esa mañana a pesar de no sentirse bien. Ensimismado, se la imaginó durmiendo tranquilamente en casa, en paz; cuánto deseaba estar cerca de ella. Al cabo de unos segundos, respiró hondo y continuó con la lectura.

«Donde no hay autonegación, no hay virtud. Bendigamos el dolor. Amemos el dolor. Santifiquemos el dolor... ¡Glorifiquemos el dolor!».

A pesar de las plegarias, Jordi no podía dejar de pensar en María, la deseaba con todas sus fuerzas, sobre todo después de un día como aquél. Con tantos contratiempos, sólo quería sentir su presencia, su apoyo; al fin y al cabo eso era querer, compartir lo bueno y lo malo —y desearse, como Jordi no podía evitar ahora—. Volvió a intentar frenar sus fantasías, pero no pudo. Tenía que sufrir más para poder controlarse, así que, de manera casi mecánica, se levantó y se bajó los pantalones con rapidez para apretarse todavía más el cilicio que se había puesto al llegar a casa. Con todo lo que había ocurrido ese día, Jordi pensó que las leves marcas de sangre que ya tenía en su pierna le purificarían, le ayudarían a empezar de nuevo.

Notó los pinchazos mucho más fuertes nada más volverse a sentar, y pensó que eso le distraería pronto de sus deseos. Con los puños y los dientes apretados para contener el dolor, Jordi respiró hondo y, armado de paciencia, continuó leyendo.

«Cuando veas una pobre cruz de madera, sola, descuidada, sin valor... y sin su crucificado, no olvides que es tu cruz: la cruz de cada día, la cruz oculta, sin esplendor ni consuelo..., la cruz que aguarda al crucificado que no está: y el crucificado has de ser tú».

Jordi no usaba el cilicio a menudo, sólo cuando emociones como el odio, la rabia o la pasión le resultaban insoportables. La disciplina y la mortificación le traían un sentido de control, de victoria, de paz. Era una manera mucho más elegante de enfrentarse a los vicios mundanos, evitando caer en ellos, como simplemente hacían su padre y hermanos. Los miembros del Opus Dei no caían en trampas terrenales o emocionales, eran de una casta más pura, más fuerte, superior, pensaba.

Una llamada a la puerta hizo que cerrara el libro rápidamente y lo escondiera bajo unos manuales de finanzas que tenía en el escritorio. La cabeza de su padre apareció por detrás de la puerta que Jordi había olvidado cerrar con llave.

—Hola —dijo Pere Gratallops—. Creía que te ibas a quedar en casa de María.

«Padre, por Dios, ya sabes que nunca paso la noche allí. ¿Por qué siempre me lo preguntas?».

—No, tengo cosas que hacer aquí mañana —replicó Jordi escuetamente. Trató de reducir la conversación al mínimo, ya que si tenía que levantarse o caminar, su padre sospecharía que le pasaba algo en la pierna—. Estaba a punto de irme a la cama.

El padre de Jordi se quedó pensativo.

—Hijo, a veces pienso que deberías salir y divertirte más. Ir a las discotecas, bailar un poco, tomar una copa y reírte, que es sano —dijo—. Las buenas juergas decaen con el tiempo, ¡te lo dice un viejo!

—Sí, padre —respondió Jordi, breve.

Su padre pareció captar la indirecta.

—Está bien, te dejo tranquilo. Buenas noches, pues.

—Buenas noches, padre.

Aún en su escritorio, Jordi miró al vacío, apoyando la cabeza sobre sus manos.

«Padre, nunca podrías comprenderme, ni entender el sentido de lo que hago. Pero no importa, sólo eres mi familia biológica; mi familia de verdad está en Belagua. Algún día, muy pronto, tendré mi propia familia, a mi manera. No tendré que lamentar el paso del tiempo porque mi felicidad no se basará en lo vulgar, en lo material, como las discotecas, las mujeres y la bebida. Te preocupa la edad porque tu felicidad depende del dinero, los coches, el fútbol, y porque no crees que lo mejor viene después de esta vida. Los placeres de este mundo son superficiales, pueden desaparecer en un abrir y cerrar de ojos, pero los valores espirituales no, éstos nos hacen felices siempre. Pero eso tú nunca lo comprenderás».

Jordi volvió a sacar el libro.

«Cualquier cosa que no te conduzca a Dios es un obstáculo. Arráncalo de raíz y arrójalo lejos de ti».

Siguió leyendo durante una hora hasta que, cansado y dolido, se sacó el cilicio, descubriendo un círculo rojo dibujado en la piel y algunas heridas sangrantes. Se limpió y, cojeando, llegó a la cama para quedarse inmediatamente dormido. Se sentía aliviado, limpio.

# Capítulo 11

La abuela Basilisa era capaz de cortar cebollas a una velocidad que Conchita no había visto en ninguna otra parte. Sostenía la cebolla con una mano mientras con la otra, y sin el menor temblor, la cortaba en perfectos círculos. Luego pasaba el cuchillo en dirección contraria para, finalmente, hacerlo de arriba abajo, transformando la cebolla en diminutos cuadraditos en cuestión de segundos. Y luego otra, y otra más, durante media hora. Todo, sin una sola lágrima.

Conchita, sin embargo, lloraba como nadie; los ojos se le enrojecían sólo con mirar las docenas de cebollas que las dos mujeres ya habían picado.

—Madre, ¿no va siendo hora de comprar uno de esos robots de cocina? —dijo Conchita, mirando a su madre y casi cortándose un dedo en plena labor.

La abuela Basilisa ni la miró. Siguió a lo suyo.

—Ni hablar de la Thermomix —respondió, cogiendo otra cebolla del cesto—. Las máquinas nunca sustituirán la calidad del trabajo a mano.

Conchita se encogió de hombros y siguió picando, incapaz de contener las lágrimas.

—No entiendo por qué no lloras, como todo el mundo —comentó.

La abuela Basilisa paró y tomó aire con fuerza.

—Ya he llorado bastante durante mi vida.

El comentario sorprendió a Conchita, quien sólo había visto llorar a su madre una o dos veces, cuando era pequeña, y siempre de ira, nunca de tristeza. Conchita no pensaba que su madre hubiese derramado demasiadas lágrimas a lo largo de los años, a pesar de tener buenas razones para ello. Enfrentarse a la vida sin un marido, con una hija única de padre desconocido, en un pueblo pequeño y predispuesto al cotilleo, seguro que no había sido fácil.

Las dos guardaron silencio hasta que Soledad entró con un par de leños para reavivar el fuego de la cocina. Era un frío y nublado primer viernes de diciembre. Madre e hija apoyaron sus brazos cansados en la gran mesa de madera, en el centro de la cocina de Conchita. Por fin un descanso.

—Acabo de dar de comer a *Pablito* —dijo Soledad—. Apuesto que ya pesa ciento cincuenta kilos por lo menos.

—Este año nos van a salir jamones estupendos —comentó Conchita, orgullosa—. El cerdo del año pasado no era tan bueno, pero este año lo hemos alimentado mejor, así que tendremos chorizos y jamones durante meses, y semanas de carne fresca.

Sonriente, Conchita se sacudió las manos y empezó a preparar un poco de café. Mientras hervía el agua, miró alrededor de su cocina, iluminada por tres rayos de sol que se colaban por los grandes ventanales. Su madre seguía picando y echando cebollas en una gran cacerola, mientras Soledad inspeccionaba atentamente el arroz. Las tres mujeres, ocupadas y felices, se preparaban para el mejor día del año: la matanza.

«Me encanta el ambiente, tan lleno de vida, todo en estado puro. Matar para comer, y nada de esas tonterías sofisticadas de productos empaquetados de supermercado. Esto es real como la vida misma».

—Ahí está —exclamó Conchita al ver por la ventana a un hombre de mediana edad que se acercaba a la casa. Apagó el café, ya listo, y salió para recibir a Pepe, el único hombre del pueblo con suficiente técnica y agallas para matar al puerco todos los años.

—¡Hola, Pepe! —dijo Conchita mientras se secaba las manos en el delantal y le daba un beso en la mejilla—. ¿Te apetece pasar a tomar un café?

El hombre, alto, vestido con unos viejos pantalones de pana, un jersey de lana y una boina, sonrió.

—No, gracias. Tengo algunos recados pendientes.

Conchita observó su planta, fuerte, sus ojos azules y su rostro moreno, con barba de tres días. «Esto es un hombre, y no lo que tengo yo».

—No importa. Pero al menos acércate a ver a *Pablito*, quiero enseñarte cómo lo hemos cebado.

Los dos se encaminaron hacia el corral en la parte trasera del jardín.

—¿Estáis ya preparados para el gran día? —preguntó Pepe, frotándose las manos para entrar en calor.

—Sí, estamos picando cebollas para las morcillas y hemos ido al mercado esta mañana temprano para comprar el arroz y los pimientos —dijo Conchita, ilusionada.

—Qué ganas de probar las morcillas, aunque espero que sean mejores que las del año pasado; algunas se rompieron mientras las freíamos, ¿no? —comentó Pepe, medio en broma.

—No me recuerdes lo del año pasado. María, esta hija mía, no es capaz de hacer nada a derechas con las manos —replicó Conchita—. A ella le van más las finanzas. Ha salido a su padre, no a mí.

—Es una chica adorable, no seas dura con ella —dijo Pepe—. ¿Vendrá mañana con su novio?

—Sí, vendrán los dos, aunque no creo que les vaya mucho esto de la matanza, por desgracia —respondió Conchita, bajando la mirada—. ¡Estos chicos de ciudad! Esta juventud no para de comer chorizo y jamón sin saber siquiera de dónde salen.

Llegaron al corral y vieron al cerdo, ciertamente bien cebado, comiendo cereales de un generoso montón.

—Vaya con el bueno de *Pablito* —dijo Pepe, acercándose al animal. Parecía impresionado—. ¡Pero mira qué jamones tiene el bicho este, Jesús, María y José!

Conchita sonrió con modestia.

Pepe se acercó más, tratando de agarrar el hocico y ver el interior de la boca, pero *Pablito* se resistió, corriendo hacia el rincón opuesto del corral. Pepe le siguió, sigiloso, y después de varios intentos, al final consiguió ver lo que buscaba.

—Buenos colmillos, podré pasar bien la cuerda mañana —afirmó, regresando junto a Conchita.

—Estupendo, y luego, ¿te quedarás a comer con nosotros, como siempre?

—Me temo que no podré, desgraciadamente. Había pensado ir a la apertura del pueblo viejo —dijo Pepe, quitándose la boina y bajando la mirada.

Conchita le miró con sorpresa. «No sabía que te gustara la política, o que fueras rojo». Por lo que sabía, Pepe no era más que un campesino con gran traza para los animales, que vivía de las lechugas y verduras que cultivaba y que luego vendía en mercadillos regionales. Él y su mujer vivían en un pequeño piso del pueblo, salían a pasear todas las tardes y jugaban a las cartas o al dominó en el bar —no en el casino que Honorato y los demás «señores» de Belchite frecuentaban, sino un club social más amplio, mayoritariamente compuesto de trabajadores.

—Seguro que estarás al tanto de la apertura —comentó Pepe, moviendo su boina nerviosamente con las manos.

—Sí, claro —contestó Conchita—. Me alegra la coincidencia porque así mi madre y Soledad no podrán ir. Ya sabes, se hacen mayores y revivir el pasado no es bueno para ellas, ni para nadie.

—Creo que Soledad dijo que asistiría —dijo Pepe, cabizbajo.

Conchita suspiró.

—Que Dios nos coja confesados. —Respiró hondo.

Los dos volvieron en silencio a la casa, cómodos por la amistad de tantos años que les unía, pero también conscientes de estar en lados opuestos en un pueblo que insistía en las diferencias.

—Nos vemos por la mañana, a las nueve en punto para tomar un buen desayuno —dijo Conchita. Pepe asintió y, poniéndose de nuevo la boina, se marchó, sin mirar atrás.

«Ojalá esta apertura del pueblo viejo no cree ningún problema y no me fastidie la matanza».

Hacía horas que el sol había salido cuando Conchita vio a Jordi aparcar a *Óscar* junto a la casa. «Tarde, como siempre», pensó, echando una mirada al reloj de la cocina, que marcaba las diez. Unas veinticinco personas, entre vecinos y algunos trabajadores de la familia, ya estaban sentadas en una mesa alargada dispuesta en el jardín. Desayunaban bocadillos y brandi para acumular fuerzas.

—Buenos días a todos. —María saludó al grupo antes de entrar en la casa, seguida del siempre tímido Jordi. Conchita les observaba mientras vigilaba el arroz, que ya hervía en la cazuela. Hoy había que preparar muchos kilos de morcillas.

La joven pareja dejó sus bolsas en la entrada y apareció en la cocina para saludar a Conchita, quien les miró de pies a cabeza. «Ropas de marca y jerséis de cachemir. A quién se le ocurre. ¿Quién va a matar a un cerdo con un jersey de cachemir? Por Dios».

—Hay ropa vieja arriba, por si queréis cambiaros —sugirió.

María miró a Jordi.

—Ya estamos bien así, no te preocupes.

Conchita se encogió de hombros.

—Ya hemos empezado —dijo, seca—. A ver si pilláis algún bocadillo, aunque ya estarán fríos.

María miró a su madre, distante.

—Barcelona está a tres horas de aquí, acuérdate. Salimos muy temprano.

Conchita se volvió un instante para remover el arroz y luego volvió a mirar a su hija pequeña.

—¿Te acuerdas de lo que hay que hacer hoy?

—Sí, qué ganas tengo de ver sangre —dijo María, ganándose una rápida mirada de desaprobación de su madre.

La pareja salió al jardín para unirse a los demás.

«No lo comprenden. No comprenden esta tierra».

Ignacio e Inma, los hijos de Pilar, irrumpieron en la cocina instantes después.

—Abuela, abuela, ¿cuándo vamos a ir a por *Pablito?* —preguntó Ignacio con los ojos llenos de excitación. Pilar estaba detrás de su hijo de cinco años, trayendo algunas sobras del desayuno.

Conchita sonrió. «Por fin alguien en esta familia con mis genes, que sin duda se han saltado una generación». Se quitó el delantal, se estiró el moño y clavó la mirada en los inocentes ojos de su nieto.

—¿Estás preparado, Ignacio? —preguntó.

—¡Sí! —asintió el niño, ansioso.

—Pues hala.

Conchita y Pepe encabezaron el grupo hacia el corral. Entre todos rodearon la pequeña zona cercada, llena de paja, donde *Pablito* dormía plácidamente. Tras desperezarse y darse cuenta de la multitud a su alrededor, el cerdo se fue a la esquina más alejada, mirando suspicazmente a diestro y siniestro.

Cuando todo el mundo estuvo quieto, y después de casi un minuto de absoluto silencio, Pepe y tres hombres entraron sigilosamente en la cerca. Al cabo de unos segundos, Pepe alzó una mano y uno de los hombres trató de agarrar la retorcida cola del animal, provocando un gruñido. *Pablito* salió disparado hacia la otra esquina, donde empezó a golpear la verja con la cabeza. Otro hombre trató de agarrarlo por las patas traseras sin mucho éxito. Haciendo gala de su fuerza, el cerdo se fue al centro y paseó la mirada a su alrededor, las orejas triangulares bien levantadas, atento a cada detalle. Pepe ordenó al resto de hombres que se metieran en el recinto y, cuando levantó un brazo, uno de ellos saltó sobre la cola de *Pablito,* mientras otros dos se hicieron con sendas orejas y un cuarto lo agarró del hocico, le abrió la boca e hizo espacio para que Pepe le metiera una cuerda tras los colmillos. Aterrorizado, *Pablito* chilló y pataleó, dando una coz que echó al suelo a uno de sus captores.

Ignacio rió.

—Tú sí que eres valiente. —Conchita sonrió a su nieto, agarrándole la mano—. Cuando seas mayor, podrás hacer eso.

A Ignacio le brillaron los ojos, fijos en *Pablito.*

Conchita miró alrededor. María y Jordi, de pie junto a la abuela Basilisa, miraban en otra dirección.

—¡Ahora! —gritó Pepe, urgiendo a los cuatro hombres a que agarrasen con fuerza las orejas, el hocico y la cola del animal mientras éste gruñía y se movía con violencia. Con el refuerzo de más hombres, Pepe ató una de las patas delanteras de *Pablito* a una de las traseras, pero el animal alzó la cabeza de repente, obligando a algunos hombres a retroceder.

—¡Volved! —ordenó Pepe, mientras seguía aferrado a la cuerda que había pasado por detrás de los colmillos.

Todo el mundo, excepto los niños, la abuela, Jordi y María, se unió al grupo y así consiguieron dominar a *Pablito,* que tenía cada vez los ojos más abiertos, llenos de terror. Lo llevaron a un banco de madera.

Rápidamente, Pepe sacó un cuchillo y se lo clavó en la yugular, lo que provocó una última convulsión de resistencia y un aullido prolongado y desesperado. *Pablito* dejó caer lentamente su cabeza sobre la madera, los ojos casi blancos, aún rogando piedad. La saliva empezó a brotar de su boca medio abierta.

Conchita se volvió para ver a sus hijas. Pilar estaba de camino con un gran barreño para recoger la sangre, mientras que María, pálida, se había llevado una mano a la boca y parecía a punto de estallar en lágrimas o de vomitar.

«Qué débil».

—¡María, ve a ayudar a tu hermana! —le gritó.

María avanzó lentamente hasta donde estaba Pilar, que ya había colocado el barreño a la altura del cuello de *Pablito* con el fin de recoger unos cincuenta litros de sangre para luego hacer las morcillas. Los nervios de *Pablito,* todavía vivos, estremecían sus patas de tanto en tanto, como si aún tratase de escapar.

Finalmente, el animal quedó en completo silencio. Su suave cuerpo sonrosado ahora estaba quieto, mientras la sangre fluía con regularidad. Sus ojos aún estaban abiertos y llenos de desesperación. Pepe los cerró y volvió a meterse el cuchillo en el cinturón. La gente lanzó una ovación y Pepe recibió muchas palmadas en la espalda.

«Pepe, eres el más grande», pensó Conchita.

Como todos los años, María se hizo con una larga cuchara de madera y apartó la mirada mientras removía la sangre. Hacía falta bastante fuerza para mover el líquido, denso y oscuro, que rezumaba un potente olor amargo.

El grupo sacó el cuerpo de *Pablito* fuera del corral y lo echaron a una hoguera ya preparada para así limpiar la piel. Mientras los niños correteaban cerca de la casa, la gente se reunió alrededor del fuego para contemplar cómo el pobre animal desaparecía entre las llamas. Al poco tiempo, Pepe extinguió la hoguera y limpió la piel de *Pablito* con una áspera baldosa de terracota para que no quedara nada de pelo.

Unos cinco o seis hombres pusieron el cuerpo sobre una mesa de mármol y lo volvieron panza arriba para que Pepe lo cortara por la mitad. Entre Pepe y Conchita le sacaron los intestinos mientras uno de los trabajadores cortaba una porción de lengua para la inspección veterinaria. A continuación, unos cuantos hombres colgaron a Pablito de un gancho especialmente preparado, para airearle las entrañas.

El grupo aplaudió y se sentó alrededor de la gran mesa en el jardín. Las mujeres empezaron a preparar tortillas y sopas para el almuerzo, mientras que los hombres se dedicaban a limpiar la sangre del suelo y encendían otro fuego para combatir el frío de diciembre.

«Qué día más maravilloso», pensó Conchita camino de la cocina.

—Madre, no estás comiendo mucho —dijo Conchita a la abuela Basilisa, que estaba sentada junto a María en el almuerzo. «Las dos siempre juntas, hacen un frente contra mí». Al otro lado de la mesa, Jordi charlaba con Honorato, quien no había movido un dedo durante la matanza, como de costumbre.

—Estoy bien, no te preocupes, hija, yo voy a mi paso, despacico —contestó la abuela con su voz amable y delicada.

—La tortilla está riquísima, abuela —dijo María con dulzura.

—La hice yo —apuntó Conchita rápidamente.

El grupo se rió. Conchita paseó la mirada por la mesa, satisfecha de ver a su clan unido. «En esto consiste la vida. Todos juntos y bienvenidos, aquí y ahora». Se apretó el moño y sonrió. «Ésta es mi obra. Todo esto, gracias a mí. He tenido y criado hijas; he trabajado estas tierras con mis propias manos, superando todo tipo de adversidades. Éste es el resultado de mi esfuerzo. Sangre y tierra, de generación a generación».

Conchita dejó de sonreír cuando vio la cabecera de la manifestación local, que se dirigía al pueblo viejo para celebrar su reapertura. Unas cincuenta personas ondeaban banderas republicanas y avanzaban al paso marcado por una banda de música improvisada, que tocaba canciones republicanas que recordaban a la legendaria Carmela o la batalla del Ebro. Pepe estaba en primera fila.

—Ahí está Pepe, me preguntaba dónde se había metido —dijo Soledad—. El buenazo de Pepe, pues tiene lo que hay que tener. —Cogió su copa de vino tinto y la alzó mirando a todos—. ¡Viva la República!

La mitad de la mesa, incluida la abuela Basilisa, gritó «¡Viva!».

La otra mitad, incluyendo a Conchita, permaneció seria y en silencio.

Al cabo de unos segundos muy largos, Ignacio preguntó:

—¿Qué es «la República»?

La gente soltó risas nerviosas, agradeciendo que una voz inocente rompiera el tenso silencio.

La abuela Basilisa miró al niño y sonrió.

—Era el sistema democrático que había antes de la guerra, en el que todos los españoles votaban para elegir un Gobierno, sin necesidad de tener rey. Pensaban que no es justo que las oportunidades y los cargos se hereden, preferían que uno se los ganara con trabajo y talento —dijo, mirando a su nieto—. Pero Franco se lo cargó todo con un golpe militar, que provocó una guerra, muy larga y triste, y luego, cuarenta años de dictadura. Pero ahora, afortunadamente, volvemos a tener una democracia, aunque con rey.

Nadie dijo nada. Conchita vio que Honorato depositaba el tenedor y el cuchillo sobre la mesa, como si se dispusiera a hablar.

«Sabía que pasaría esto. Dios, tengamos el día en paz».

Se apresuró a cambiar de tema.

—He puesto un poco de beicon en la tortilla, por eso está más rica —dijo Conchita apresuradamente mientras se servía otra porción—. ¿Alguien quiere un poco más?

La gente se quedó en silencio, sólo interrumpido por la música de la banda, que ahora tocaba *Bella ciao* y otras canciones de protesta, viejos cánticos prohibidos durante décadas. Realmente, resultaba extraño ver esas banderas y oír esa música retumbar en unas calles que todavía llevaban el nombre de Franco y de muchos de sus generales. El Belchite nuevo aún conservaba hasta el símbolo de la Falange, el yugo y las flechas, perfectamente grande y visible en la fachada de un edificio céntrico, frente a la iglesia.

Poco a poco, la música fue aminorando. Cuando ya casi no se oía, Honorato se giró hacia a su nieto.

—Franco no fue el único que mató gente —dijo el ex oficial del Ejército con solemnidad—. También había bárbaros rojos que mataron a terratenientes, incluidos algunos miembros de mi familia. Mataban porque no querían trabajar, sólo querían robarnos los campos. Por eso se alzó Franco, para traer orden y paz.

Todos se volvieron hacia Honorato.

—Honorato, ¡hoy no! —ordenó Conchita con un tono que bien podría haber salido de la boca del mismo dictador.

—¿Quién te has creído que eres para decir semejantes salvajadas a tu nieto? —espetó Soledad, sus ojos fijos en Honorato.

Éste se recostó en la silla.

«Idiota, mira lo que has conseguido».

Ignacio miró a ambos extremos de la mesa con aire perdido.

—¿Quién tiene razón? —preguntó inocentemente.

Pilar puso inmediatamente su brazo sobre el hombro de su hijo y le susurró:

—Ya está bien, Ignacio, no preguntes más. Luego te lo cuento. Tú, aquí, quietecito con mamá.

Ignacio bajó la mirada y continuó con la sopa.

La abuela Basilisa le miró y dijo:

—No pasa nada, Ignacio, no te preocupes, puedes preguntar lo que quieras, preguntar siempre es bueno. La verdad es que se mataron los unos a los otros, pero fue Franco quien empezó, quien mató más y quien ganó. Lo peor es que siguió matando a gente después de la guerra, a todo el que no estuviera de acuerdo con él.

Honorato esbozó una sonrisa cínica.

—A veces, Franco no tenía que preocuparse porque los rojos ya se mataban entre ellos —dijo—. Y no hay que ir muy lejos para encontrar ejemplos.

Conchita miró a su madre, quien palideció en cuestión de segundos.

«Eres el demonio, Honorato, el mismo demonio. Todo el mundo sabe que te refieres a Juan Roso, y a cómo se dice que mató, o hizo que mataran, a los padres de la abuela para luego despojar a la familia de su dinero. No puedes decir eso delante de mi madre, delante de todo el mundo. No puedes».

Soledad se puso en pie, apuntando con un dedo tembloroso a Honorato.

—¿Y qué sabes tú? —Le clavó la mirada durante unos segundos—. Cotilleos malvados de pueblo, es lo único que sabes y a lo único que te dedicas.

«Lo sabía, lo sabía. Maldita sea».

—¡Ya basta, todo el mundo! —estalló Conchita, golpeando violentamente la mesa con los puños cerrados—. Es la matanza, vamos a tener la fiesta en paz.

Miró a su madre, ahora arropada por María y Soledad. Tenía aspecto cansado, débil, parecía incapaz de hablar. Sintió ganas de ir hacia ella y darle un abrazo, pero no era momento para sentimentalismos. Tenía que hacerse cargo de la situación. Quizá hablaría con ella más tarde y, desde luego, seguro que lo haría con Honorato. Pero ahora lo mejor era continuar con la comida.

«Éste es mi día, mi familia y mis tierras. Me ha costado una vida crear y mantener esto. Nadie va a arruinarlo. Nada ni nadie».

Conchita alzó la cabeza y miró a los comensales con aire desafiante.

—La guerra terminó hace mucho, mucho tiempo. Hoy, gracias a Dios, todos estamos bien y celebramos que tenemos suficiente para comer —dijo, llevándose a la boca un poco de tortilla.

Todos la imitaron en silencio.

A media tarde, la abuela Basilisa, Soledad, Pilar, Conchita y María preparaban en la cocina los ingredientes para las morcillas, mientras que las otras mujeres estaban fuera, lavando los intestinos de *Pablito* en la fuente. Los hombres, sentados en el jardín, fumaban puros y jugaban a las cartas y al ajedrez. Después del visto bueno del veterinario, unos cuantos hombres descolgaron a *Pablito* del gancho y lo colocaron sobre la gran mesa exterior para empezar a trocearlo, sacando tocino, costillas y jamones.

—Siento mucho que Honorato sea un bocazas, madre —dijo Conchita mientras mezclaba la sangre de *Pablito* con el arroz y las cebollas.

—Papá es un egoísta —dijo María, sentada al lado de Basilisa en el pequeño banco junto a la chimenea.

—Cuida lo que dices, María, es tu padre —replicó Conchita—. La abuela tiene razones para estar enfadada, pero tú no. Y también podrías venir a ayudar, hoy no has hecho gran cosa, como de costumbre.

María refunfuñó.

—He ayudado; he removido la sangre, y eso que me da náuseas.

—Pues no entiendo por qué, esto es lo que comes casi todos los días. ¿Cómo te crees que se mata a los cerdos?

—Seguro que no los degüellan como nosotros, hay formas y formas, no es necesario tanto sufrimiento.

Conchita se quedó mirando a su hija.

—¿Y qué sabes tú del sufrimiento? —Siguió trabajando en la mezcla, añadiendo ahora un poco de grasa de *Pablito*—. No tienes ni idea de lo que es sufrir.

María lanzó a su madre una mirada desafiante.

—No necesito haber pasado una guerra para saber lo que es sufrir; a veces, sólo basta un poco de empatía para comprender la desgracia ajena. Pobre animal, ¿cuántos años tenía?

Conchita meditó un instante y respondió:

—Claro que lo siento por el pobre animalillo, pero nada podemos hacer; al fin y al cabo es un cerdo, lo usamos para comer, para sobrevivir. ¿Por qué ponerse sentimentales?

—No se trata de sentimentalismos, mamá, ¡sólo de un poco de empatía! —María parecía irritada—. Y en cualquier caso, ¿qué hay de malo en ponerse sentimental?

«No, María, te equivocas. Los sentimientos, mejor aparcarlos. De lo contrario, te expones, te vuelves vulnerable, y la gente se aprovecha».

Conchita miró a su madre, que tenía los ojos puestos sobre María. Estaba decaída, todavía no había recobrado el color en su cara.

—Siento mucho lo de Honorato, madre, de verdad. Hablaré con él y te prometo que no se repetirá. Además, no sé para qué habla tanto, si él nunca hace nada en la matanza.

—Cierto —dijo la abuela Basilisa.

Jordi entró en la cocina en ese preciso instante.

—Hola, siento interrumpir, pero me he manchado un poco la camisa con tanta sangre. Me preguntaba si la podríamos lavar, y mientras, me pongo algo de prestado; creo que es mejor quitar la mancha pronto, que si no luego será muy difícil.

Las cinco mujeres le contemplaron en silencio.

—¡Jordi! —gritó Honorato desde fuera—. Vuelve aquí, he movido el alfil; te toca, vuelve.

Jordi miró a las cinco mujeres y, sintiéndose observado, dijo:

—Puedo volver más tarde, cuando termine la partida. —Y salió.

Las cinco mujeres se miraron entre ellas, hasta que Soledad interrumpió el tenso silencio.

—¿Quién necesita un hombre?

—Es verdad —dijo la abuela, mirando a María y arqueando una ceja.

—Pues sí, realmente —dijo Conchita, viendo cómo su hija menor abría los ojos con asombro ante su comentario, más que Pilar—. ¿Por qué tanta sorpresa, María? —preguntó.

—Bueno, no es precisamente lo que una novia quiere escuchar cuatro meses antes de la boda, y estoy segura de que algunos hombres merecen la pena. Mira a Pilar, parece feliz, ¿no?

Pilar, a punto de meter las morcillas en el agua hirviendo, no parecía disentir.

—Mi matrimonio será como todos, supongo, lo que ya es mucho.

—Pues claro que tu matrimonio es bueno, Pilar —dijo Conchita rápidamente—. Al menos tu marido se gana el pan y lleva las riendas de la casa. En cambio, aquí, yo tengo que hacerlo todo... ¡Todo! —insistió, con la mirada perdida en el agua hirviendo.

María guardó silencio durante unos segundos hasta que se levantó y, lentamente, como si temiese la cercanía, se acercó a su madre. Sin que ella lo esperara, le acarició la espalda por encima del jersey, apenas un instante. Conchita se estremeció, no estaba acostumbrada a las muestras de afecto. María retrocedió.

—De todos modos, gracias por vuestra honestidad —dijo María, cogiendo un tenedor de metal para remover las morcillas dentro de la cacerola, aunque su mente estaba muy lejos.

«Por fin esta niña se ha dado cuenta de lo duro que es ser madre».

Conchita quería sonreír a su hija, agradecer su gesto y su disposición a ayudar. Pero ni se volvió ni miró a María. «No puedo. No tengo valor. Odio los sentimentalismos».

Conchita cerró los ojos un instante; esconderse siempre había sido lo mejor.

—¡Mierda! —gritó cuando los volvió a abrir y miró el interior de la cacerola—. ¡Las morcillas! ¡Las morcillas! ¡Las has vuelto a romper, por segundo año consecutivo!

La ira de Conchita enrojeció sus mejillas. Volvió a mirar en el recipiente y vio los alargados y delicados cilindros, rellenos del picado que habían preparado durante dos días, rompiéndose en el agua, esparciendo docenas de diminutos trozos de cebolla, pimiento, arroz y grasa de cerdo por toda la cazuela. No tenía arreglo; la delicada piel que les daba forma había desaparecido, disuelta en el agua. Conchita miró a María, furiosa, con lágrimas de rabia en los ojos.

—¡No puedo creer que lo hayas vuelto a hacer! —dijo, desconcertada—. Eres la ruina de esta familia, eres inútil. —Volvió a cerrar los ojos—. Sal de esta cocina ahora mismo —estalló.

María se quedó inmóvil.

—¡Fuera! —Conchita gritó con todas sus fuerzas señalando la puerta con su dedo índice.

María salió en busca de Jordi, cogió su pequeña bolsa y abandonó la casa sin despedirse. Pilar salió corriendo tras ella, pero no consiguió pararla.

Conchita, Soledad y la abuela permanecieron en la cocina, en silencio.

—No es culpa suya —dijo la abuela.

—Sé que no es a propósito, pero ¿no puede poner más atención? —replicó Conchita, cubriéndose la cara con ambas manos, apoyada en la encimera. Miró a su alrededor y vio el tenedor de metal. Suspiró. Le había repetido mil veces que cualquier pinchazo puede destrozar una morcilla en plena cocción, y que por eso siempre había que usar cucharas de palo. Pero ella, ni caso, como siempre, a lo suyo.

«Menudo desastre de día. Todo ha salido torcido, como siempre. ¿Por qué no tenemos paz? ¿Qué le pasa a esta familia? Todo el año esperando, para esto. Cargo con todo el trabajo y luego nadie responde».

Conchita pidió a su madre y a Soledad que se marcharan, necesitaba estar sola. Las dos ancianas obedecieron, diciendo que se irían al pueblo viejo a ver la apertura.

«Lo que me faltaba».

Cuando se quedó sola, Conchita se sirvió un vaso de vino tinto y se sentó junto a la chimenea de la cocina, su rincón preferido de la casa.

Honorato entró brevemente para decir que se iba al casino. No le preguntó nada, ni siquiera dónde se había metido la gente o cómo estaban las morcillas. Se marchó.

«Nadie está conmigo y yo no estoy con nadie. Nadie lo comprende; son todos unos egoístas, sólo miran por sí mismos mientras yo me deslomo por todo el mundo».

Tomó otro sorbo, largo y silencioso.

* * *

—¿Puedo poner un poco de música? ¿Cuándo termina el partido? —preguntó María, aburrida en el coche. Hacía tan sólo media hora que habían salido, con lo que todavía quedaban más de doscientos kilómetros hasta Barcelona.

«Odio el fútbol. Siempre lo mismo. En la televisión, en la radio, en su BlackBerry. Fútbol, fútbol y más fútbol».

Jordi bajó el volumen de *Carrusel deportivo.*

—¿Ahora? ¿Con lo emocionante que está? Si el Madrid pierde o empata, nos ponemos líderes —dijo con ojos brillantes—.

María bostezó.

—Da igual —dijo.

Minutos después, durante una pausa comercial, Jordi le cogió brevemente la mano.

—¡Toma, empate al descanso, que se jodan! —Sonrió—. Además, éste es un buen premio por asistir a la fiesta medieval de tu familia. Sin ofender, pero ¿cómo le voy a explicar a mi madre que llego a casa con la camisa manchada de sangre? Por Dios, pobre animal, todavía se me revuelven las tripas.

María lo miró reprobatoriamente.

—Sabes que estoy de acuerdo, pero es mi familia y tienes que respetarla. Mi abuela y Soledad están ahí y es importante para ellas, así que también lo es para mí y, por lo tanto, deberías, como mínimo, respetarlo.

Jordi sonrió.

—Espero que una vez casados no mates cochinillos para cenar y cuelgues sus partes por la casa.

—No sigas, Jordi, ya he tenido bastante por hoy, por favor —dijo María, mirando por la ventanilla. La noche era oscura y no se veía más que la aburrida carretera, apenas iluminada—. No puedo creer que haya vuelto a reventar las morcillas. ¿Sabes cuántas horas se han pasado mi abuela y mi madre preparándolas?

—Shhhh —interrumpió Jordi rápidamente sin mirarla—. Empieza la segunda parte. —Siguió conduciendo, sin decir mucho más durante el resto del viaje.

«¿Quién necesita a un hombre?». Los comentarios de su madre y de su abuela resonaban en la cabeza de María. «Hasta Pilar, a quien creía feliz, parece haber aceptado la mediocridad. ¿Será lo que le ocurre a todo el mundo?».

Miró a Jordi, concentrado en el partido y en la autopista. «¿Estaré cayendo yo en lo mismo? Según la abuela, tendría que querer pasar el resto de mis días con él».

Volvió a mirar a Jordi. «Pues voy apañada, si se pasa todo el día entre el fútbol y el trabajo. ¿Será que la abuela sólo conoció la pasión juvenil, y que luego el amor evoluciona hacia ese —o este— estado zombi que todo el mundo parece aceptar?».

Miró de nuevo por la ventanilla. Había empezado a llover. Cerró los ojos, anhelando estar junto a su abuela, tranquila en su acogedora casa; le contaría historias de Barcelona, que tanto le gustaba escuchar sentada en su mecedora, con una copa de vino en una mano y un cigarrillo en la otra. María disfrutaba mucho de esos momentos, de esa casa pequeña y cálida, igual que el piso de Nell —el mismo olor a comida casera, las mismas zapatillas, un idéntico ambiente de paz—. Todo lo contrario que la casa de sus padres.

El recuerdo de los gritos de su madre y la distancia de su padre le encogieron el corazón. María de nuevo miró a Jordi, quien, todavía concentrado en el fútbol, no se percató.

Bajó un poco la ventanilla para tomar aire fresco. No pudo contener las lágrimas, que se deslizaron por su cara, en silencio.

# Capítulo 12

María escuchaba tranquilamente el *Jingle Bells* que un músico producía en su arpa. Mientras, con uno de sus dedos, alargados y de piel morena, acariciaba una copa de Pinot Grigio, como si intentara seducirla, dibujando lentamente sus contornos. A veces sentía que no podía seducir a nadie, ni siquiera a su propio novio.

Suspiró y miró alrededor del vestíbulo del Hilton de Islington, dominado por un alto y recargado árbol navideño y un Papá Noel que daba la bienvenida a los huéspedes. Era una fría noche de diciembre y acababa de llegar a Londres.

María observó al arpista, ahora tomándose un descanso, aunque nadie pareció percatarse. El hotel servía mayoritariamente a una clientela de negocios, hombres elegantemente trajeados, entrando y saliendo siempre con prisa, siempre al teléfono.

Sentada en un cómodo sillón en el bar, mientras esperaba un sándwich, María pensaba en la boda, el almacén, las confesiones de la abuela y, sobre todo, en el beso de Nell. Había pasado casi un mes desde entonces y no había sido capaz de quitárselo de la cabeza.

Hambrienta, María se comió su *panini* mientras contemplaba el trasiego del hotel. Observó a los ejecutivos con sus compras navideñas, paquetes lujosamente envueltos, probablemente llenos de objetos innecesarios. La familia de María no hacía regalos de ese estilo, envueltos con ilusión en preciosas cajas, con una tarjeta escrita con cariño. Por Navidad, y desde hacía unos quince años, sus padres les regalaban a ella y a su hermana un sobre con algo de dinero, una modesta cantidad. María correspondía con un pequeño detalle, un libro o una bufanda.

María no había disfrutado de la Navidad desde que era niña, cuando construía pequeñas casas para sus muñecas en lo alto de los árboles del jardín. Ella misma les confeccionaba sus pequeños vestidos, con la ayuda de la abuela, que siempre le regalaba tejidos exóticos para el aguinaldo el día veinticuatro. Juntas, las dos pasaban horas cosiendo, preparando todo tipo de trajes de fantasía, y usando los retales que sobraban para dar un toque de color al Belén o al árbol. Esos momentos constituían sus mejores recuerdos navideños. Después, todo empeoró, sobre todo a partir de que su padre tuviera una aventura con otra mujer, cuando María tenía unos trece años. Como si fuera ayer, María recordaba las silenciosas comidas de Navidad, los tristes y pobres adornos en la casa, y los villancicos gregorianos, lentos y deprimentes, que su madre ponía en el tocadiscos. Durante muchos años, se pasó la mayor parte de las Navidades encerrada en su habitación, diciendo que tenía que estudiar. Además, los Reyes Magos nunca le trajeron la bicicleta que les pedía año tras año. «Las bicis sólo son para los niños», le decía su madre cada vez que le preguntaba por qué los Reyes ignoraban sus deseos. En su lugar, solía recibir pequeñas estatuillas de cerámica del Niño Jesús y de la Virgen María, o un disfraz de princesa o de bailarina que nunca se ponía.

«Odio la Navidad», pensó María cuando el Santa Claus del hotel le esbozó una sonrisa, que ella devolvió con una mueca. Papá Noel ya no la volvió a mirar.

María deseaba que llegase el día siguiente para ver a Nell. Desde que se besaron la noche de la fiesta, y a pesar de lo bebida que estaba, María tenía un buen recuerdo de Nell, de su piso y de su gata, *Pepa*. También le encantaba pensar en su nueva aventura londinense, le daba un poco de chispa a su vida rutinaria y predecible.

«Soy una tonta. Seguro que Nell ni recuerda el beso».

Ambas habían hablado alguna vez por teléfono desde entonces, pero sin mencionar la fiesta en absoluto. Habían comentado las propiedades que Patrick, el agente de María en Londres, había seleccionado después de descartar el edificio de Brewery Road. Patrick y Nell habían estudiado nuevas ubicaciones y habían mantenido a María al corriente. Ahora, María estaba en Londres para mirar un par de edificios y para negociar bien los requisitos del ayuntamiento antes de presentar una nueva propuesta.

Su BlackBerry, casi siempre en «Silencio», se iluminó; era Jordi, camino de su misa diaria en el club.

«Si pasara menos tiempo en la iglesia y más hablando con la gente, entendería mejor la naturaleza humana y seríamos una pareja normal».

María había intentado convencer a Jordi para que fuese con ella a Londres y así pasar juntos el fin de semana, pero éste había rechazado la idea con el fin de evitar cualquier tentación. Reservar habitaciones separadas apenas a cuatro meses de la boda no tenía demasiado sentido, y compartir habitación durante toda una noche, menos aún, le había dicho.

«¿Qué tiene la tentación de malo? No podemos luchar contra la naturaleza», pensó, recordando las palabras de su abuela.

María pensó en el lascivo beso de las dos mujeres en la fiesta de Nell. «¿Cuándo me tocará a mí?».

Terminó el sándwich y subió a su habitación. Sentada en una amplia cama doble, sacó de su cartera el trozo de papel donde Nell había apuntado su móvil. Pensativa, se acercó a la ventana y luego al teléfono de la mesilla. No era demasiado tarde para llamar.

Pasaron unos segundos.

«Seguro que no le molestó el beso, y yo, aquí, nerviosa por una llamada de trabajo».

Finalmente marcó el número con dedos ligeramente temblorosos y la respiración acelerada. Tenían que concertar la hora de la reunión, ya que Nell estaba pendiente de confirmar otra.

María colgó después del primer tono de llamada; se sentía avergonzada. Le resultaba más fácil llamar a Nell desde Barcelona, protegida por la distancia.

Volvió a acercarse a la ventana, perdiendo la mirada en el bullicio de Upper Street.

«¿Y si se comporta de forma fría y distante y el negocio se va al traste? ¿Y si piensa que no soy más que una idiota que perdió los papeles después de unas copas? Después de todo lo que le conté sobre Jordi, ahora conoce mis secretos más íntimos. Debí callarme. Soy una idiota, pero he de ser profesional».

Volvió a marcar el número y, después de unos tonos, se activó el buzón de voz de Nell, dulce y educado. María dejó un rápido y torpe mensaje.

«¿Para qué me preocupo tanto? Nell es una persona adorable, no hay nada que temer».

Aliviada, María se preparó un baño caliente y espumoso, en el que esperaba terminar *La profecía Celestina,* un *best seller* americano de autoayuda que había comprado en algún aeropuerto. Sumida bajo la espuma, y a la luz de dos velas, se quedó embelesada con una larga descripción de un cuerpo desnudo de mujer; María nunca se había parado a pensar en la belleza femenina como tal, sobre todo comparada con el más abrupto cuerpo masculino. Despacio, elevó ligeramente su estómago sobre el agua y lo observó, era plano, brillante y moreno. Lo acarició lentamente.

«Tanto esfuerzo para mantenerme delgada y en forma y nadie me pone un dedo encima. ¿Cuándo, Jordi? ¿Cuándo?».

Relajada, aunque con cierto sentimiento de soledad, María se acostó y no tardó en quedarse dormida.

El sonido del móvil la despertó media hora después. Enseguida recordó que estaba en Londres y el corazón le dio un vuelco ante la posibilidad de que fuera Nell.

—¿Hola? —balbuceó.

—Hola, María, soy Nell. Lo siento, espero que no sea demasiado tarde para llamar —dijo Nell lentamente.

—En absoluto. —Eran las diez y media, María lo vio en el reloj del televisor. Se arrebujó bajo el edredón de plumas, sonriente.

«Nell».

—¿Cómo estás? Gracias por llamar —dijo María con toda la suavidad que pudo. La voz de Nell le traía tranquilidad.

—Perdona que no haya oído tu llamada antes, estaba en el pub. —Parecía feliz—. ¿Dónde estás?

—Estoy en un hotel, en Islington. Llegué hace un par de horas. —No sabía qué más decir—. He dado un paseo por la calle; estaba muy animado todo, con las luces de Navidad y las tiendas abiertas hasta tarde, pero he vuelto pronto. Estaba cansada.

Nell rió.

—¿Cansada de las tiendas? ¿Una banquera como tú? Eso no me lo creo —bromeó.

—Gracias —dijo María, seca. No le gustaba dar una imagen de banquera solitaria, comprando a todas horas. Era una noche fría, estaba en un hotel lejos de casa y sus fantasías se habían disparado en el baño porque su novio no quería ni tocarla.

Nell continuó:

—Bueno, mañana tenemos una reunión para ver el edificio de Correos, ¿no?

—Sí —respondió María, todavía monosilábica.

—Vale. Me han puesto la otra reunión a las nueve de la mañana, así que podría verte a las once, porque por la tarde tengo otro compromiso. ¿Te va bien?

—Sí, a las once está bien —aceptó María—. ¿En vuestras oficinas de Upper Street?

—Perfecto. —Nell dejó pasar un par de segundos—. Que duermas bien. Nos vemos mañana.

—Sí —dijo María con un tono más brusco de lo que pretendía—. Hasta mañana.

María colgó y se cubrió la cabeza con el edredón. Se abrazó a la almohada.

«Qué fría es. No le habría costado nada preguntar si he tenido un buen viaje o algo similar. Para ella esto es sólo otra transacción, probablemente ni se acuerda del beso. Son ingleses. Son racionales. Mejor será cerrar el trato y volver a casa».

Volvió a coger el libro, que básicamente postulaba que nunca nada pasa por casualidad; hasta el menor detalle en nuestras vidas constituye una señal, un paso que nos marca la dirección que debemos tomar. Y es responsabilidad de cada uno estar pendiente de esas señales, y analizar su significado, ya que ignorarlas puede llevarnos en una dirección equivocada.

«¿Fue ese beso alguna señal? ¿Ha aportado algo a mi vida? ¿Quizá me ha hecho más abierta, porque me estoy cerrando con Jordi y sus amigos?».

Cansada, María pensó que igual el libro era pura basura. «Si tuviese que creer todo lo que está escrito, ¿dónde acabaría?».

María nunca había escuchado a Melissa Etheridge, no sabía quién era.

—¿En serio? —dijo Nell, sorprendida, al volante de su coche—. ¡Es un icono gay!

—¿Y qué sé yo de los iconos gays? —sonrió María—. Te recuerdo que me caso en abril, y no puedo sentirme más feliz al respecto.

María pronunció esas últimas palabras con tan poca convicción que no pudo mirar a Nell a los ojos mientras terminaba la frase. Nell la miró de reojo, no dijo nada y siguió conduciendo. Tras un breve pero tenso encuentro en las oficinas de Upper Street

—¿cuántos besos hay que dar, uno, dos?—, las dos mujeres se dirigieron hacia Liverpool Road, donde Nell tenía aparcado su viejo Ford Fiesta azul. El coche le recordó a María esas antiguas comedias inglesas que tantas carcajadas le provocaron en su juventud, como *Los jóvenes* o *El nido de Robin*. María, inspirada por Soledad, siempre había tenido debilidad por el humor inglés.

María observó a Nell. Esta vez tenía el pelo más corto y un poco más de punta, lo que le daba un aspecto más vivo y despierto. Su piel seguía igual de pálida y sus ojos destellaban el mismo azul mediterráneo que tanto la impresionó la primera vez. Eran igual que los de la abuela. Le inspiraban la misma paz.

—Gracias por enseñarme el edificio de Correos —dijo María mientras esperaban en un semáforo—. Sé que tienes tus reservas, pero aun así me gustaría echarle un vistazo. Te podría explicar un poco mejor nuestros planes.

—Está bien. —Nell siguió conduciendo lentamente—. Está al final de la calle, pero te enseñaré la zona para que veas que no miento; Barnsbury está lleno de edificios de época y verás el contraste brutal que supondría el edificio moderno que propones. Sé que a los residentes no les gustará en absoluto. Pero, como has insistido tanto, aquí estamos.

María miró a Nell.

—Gracias —dijo, observando una hermosa plaza por la ventanilla—. ¿Dónde estamos?

—En Londsdale Square, una de las mejores plazas de Islington, con uno de los mejores pubs.

—Habrá que comprobarlo —propuso María, ya más relajada en presencia de Nell.

—Me encanta ese pub, es agradable y limpio, se come bien y en invierno encienden las chimeneas, lo que le da un aire muy acogedor. Compartir allí una buena botella de vino con una amiga es una de mis actividades favoritas —dijo Nell, animada.

«También sería una de las mías si tan sólo fuese capaz de arrancar a mi novio de su despacho, su iglesia y su fútbol».

María bajó un poco la ventanilla para sentir el aire fresco. Era una mañana fría y nublada, pero al menos no llovía. Le encantaban la tranquilidad de las calles, el olor de las chimeneas, el aire limpio. Admiró las verjas de hierro negro, las farolas victorianas y la sensación general de paz —muy diferente de la ruidosa calle Aribau, donde todo eran prisas y bocinazos—. Nell se fundía bien en ese ambiente, con sus modales tranquilos y educados, su voz cálida y segura, sus tonos apagados. María miró a su alrededor, sintió que estaba en las antípodas de Belchite. «Por eso me gusta tanto».

Nell observó a María, perdida en sus pensamientos, y se dio cuenta de que no llevaba abrochado el cinturón.

—Tienes el cinturón justo a tu lado. Disculpa, puede que esté un poco escondido —dijo, moviendo el brazo izquierdo para buscarlo.

La mano de Nell se encontró con la de María mientras ambas se afanaban en la operación; el contacto le produjo un ligero calambre a María, que se sorprendió ante la visión de las dos manos juntas. La de Nell era tan pálida y delicada que hasta podía ver sus venas. Las suyas, en cambio, eran fuertes y morenas. Era todo un contraste verlas juntas, parecían salidas de mundos diferentes.

Nell apartó la mano para cambiar de marcha.

María volvió a mirar por la ventanilla y contempló las hileras de casas blancas, perfectamente alineadas a lo largo de Gibson Square, donde finalmente aparcaron.

—Qué casas más bonitas —dijo María al salir del coche.

—Valen más de un millón de libras —respondió Nell rápidamente—. Estamos justo detrás de la oficina de Correos —dijo, mientras empezaba a andar—. Como te he dicho, estoy segura de que estos propietarios, cuyos jardines dan a Correos, harán todo lo posible para que no se instale ningún inquilino industrial en esta zona.

—No oirán más ruido del que ya tienen ahora con todas esas furgonetas de Correos entrando y saliendo todo el día —respondió María rápidamente.

—Sí, cierto —dijo Nell—. Pero la idea es mejorar la zona, reducir el tráfico. Tenéis que presentar un plan realmente excepcional para convencer al ayuntamiento y a los residentes. Son un grupo de activistas de clase media-alta muy agresivos, créeme.

—Seguro que negociarán —afirmó María, confiada.

—Estos millonarios negocian poco. Lo he intentado muchas veces, pero están acostumbrados a salirse con la suya —replicó Nell al llegar a Moon Street—. En fin, te enseñaré el interior de la zona.

Nell miró a María mientras caminaban, observando su calzado, fuerte y cómodo, y su ropa más informal. María había dejado atrás su traje y los zapatos de tacón.

—Hoy ya vas más cómoda —dijo Nell—. Es bueno para combatir este frío —sonrió.

A María no le gustaba que le hicieran comentarios sobre su manera de vestir, le recordaban demasiado a su madre, lo que nunca era bueno.

—Hay que variar —repuso a la defensiva—. A veces me pongo tacones, y otras, me apetece llevar unos Camper.

—Ah, los Camper, aquí están muy de moda, pero son muy caros —dijo Nell.

—Llevo Camper desde que trepaba por los árboles de pequeña —comentó María, ante la sorpresa de Nell. «Pensabas que no era más que una banquera pija, ¿eh?».

Entraron a la oficina de Correos por el patio que unía los tres edificios principales. María paseó la mirada a su alrededor.

—Fantástico. —Se fijó en los portones de carga y enseguida los contó—. ¿Lo ves? Ocho puntos de carga y con mucho, mucho espacio para las furgonetas. Esto haría nuestro proceso rápido y ordenado.

—Sí —dijo Nell—. Pero el diseño que propones es demasiado funcional, el concejal de conservación seguro que se opondrá; recuerda que la mitad de Islington es zona patrimonial.

—Bueno, tampoco es que este edificio sea ahora ningún ejemplo de arquitectura —contestó María.

—Por eso queremos mejorarlo —repuso Nell—. Además, el Plan General de Islington dice que todas las industrias deben ubicarse en la zona de Brewery Road.

«Ya ha salido el dichoso Plan General». María recordó cómo unos meses atrás casi se quedó dormida leyendo páginas y páginas de aburridísimas directrices urbanísticas en Islington.

—Seguro que podemos negociar el diseño, especialmente en la fachada de Upper Street —dijo María—. Además, sólo necesitamos uno de los tres edificios.

—Ya verás la reacción de los vecinos —insistió Nell, poco convencida—. Además, el ayuntamiento también necesita espacio para construir viviendas de protección oficial y este solar es perfecto para ello.

Las dos mujeres entraron en uno de los edificios.

—Me parece perfecto que el ayuntamiento quiera ofrecer viviendas económicas, pero ¿y si no hay empleos? —argumentó María—. Podrían construir pisos en los otros dos edificios y algunos de los residentes podrían trabajar para nosotros; crearíamos una comunidad.

—No creo yo que vuestra empresa tenga mucho interés en desarrollar comunidades —dijo Nell, desafiante.

El comentario decepcionó a María, quien había hablado muy en serio.

—Te equivocas —advirtió—. Queremos que nuestros trabajadores se sientan identificados con la empresa. Queremos manos preparadas que trabajen con mimo, igual que en nuestras instalaciones en Vilafranca. Nosotros tratamos las botellas de cava como si fuesen delicadas copas de vino. Nuestro producto es de alta calidad y tenemos una imagen que mantener. ¿Te imaginas a unos trabajadores mal pagados y mal formados en las bodegas Don Perignon? Nosotros tenemos el mismo cuidado.

Nell asintió. Las dos volvieron al patio.

—¿Qué cava producís, *sec*, *semi* o *brut*?

—Todos —dijo María, gratamente sorprendida por el conocimiento de Nell—. Pero nuestra especialidad es *brut nature*, de gama más alta.

Nell sonrió.

—Vamos hacia la fachada, en Upper Street, supongo que la viste ayer, ¿no?

—Sí, me acerqué, pero ya era de noche. Tengo que verla otra vez —dijo María.

Un par de minutos más tarde, las dos mujeres cruzaron al otro lado de Upper Street para ver el edificio en perspectiva. Se sentaron en un banco junto a la iglesia de Saint Mary's, justo frente al edificio. Había salido el sol.

—¿Tienes frío? —preguntó Nell.

—No, estoy bien, gracias —respondió María, mirando a su alrededor, feliz de sentir el calor del sol en su rostro. Se fijó en el parque detrás de la iglesia y en un pequeño carrito que vendía café y *bagels* no lejos de allí—. ¿Tienes hambre? —preguntó a Nell, señalando al vendedor.

Minutos más tarde, y arropadas en sus abrigos, las dos se volvieron a sentar con un café y un *bagel* de queso cada una, bajo el agradable sol invernal, tranquilas, observando el bullicio de la calle.

—Esto nos vendría de maravilla —afirmó María, ilusionada con el proyecto—. Una fachada aquí nos ayudaría a mejorar la imagen de marca; venderíamos cavas selectos y comida *gourmet*, hay que erradicar la imagen del cava como producto barato, disponible en supermercados por 6,99 libras. El cava tendría que estar casi al mismo nivel que el champán.

—¿Por qué aquí es diferente? —preguntó Nell, dando un mordisco al *bagel*.

—Fue un error desde el principio. Lo sé por Jordi, mi novio —comentó María—. Cuando las dos mayores empresas de cava empezaron a exportar a Inglaterra, hace unos diez años, entraron en una guerra de precios que sólo sirvió para bajarlos todavía más.

En España es diferente, las botellas baratas apenas nos dan beneficios, es la gama alta la que nos da de comer. Hay que expandir ese segmento en Inglaterra, donde el consumidor está dispuesto a pagar por buena calidad.

—Sin ánimo de ofender —dijo Nell al cabo de un momento—, pero ¿de verdad crees que un pequeño establecimiento en Islington va a cambiar la imagen del cava en todo un país?

María la miró fijamente.

—Por supuesto que no —admitió—. Esto es sólo el principio, pero en algún sitio hay que empezar.

—¿Qué más venderías en la tienda? —preguntó Nell, dando otro bocado al *bagel.*

—Almendras, nueces, aceite de oliva, morcillas... —A María le encantaba hablar de la comida española, la apreciaba y echaba de menos en los viajes al extranjero.

—¿Qué es una morcilla? —preguntó Nell.

María sonrió.

—Es una salchicha negra hecha con sangre de cerdo, mezclada con cebolla y arroz.

A Nell casi se le cayó el *bagel* de la mano.

—Agh —dijo, con repugnancia.

María enseguida cayó en la cuenta.

—Lo siento, olvidé que eras vegetariana.

—No pasa nada —dijo Nell con voz delicada.

—No te quiero ni imaginar en la matanza...

—¿Dónde?

—En la matanza. Nosotros... —Hizo una pausa—. Me parece que no te gustará.

—No, cuenta, cuenta, ahora tengo curiosidad. ¿Qué matanza?

—En mi familia, nos juntamos una vez al año para matar a un cerdo y hacer jamones, chorizo, carne y otros productos, como morcillas, que duran el resto del invierno —contó—. En España se celebra desde hace siglos.

—¿Y cómo matáis al cerdo? —preguntó Nell, alejando su *bagel* con el brazo.

—Un hombre del pueblo lo acuchilla por la yugular, delante de toda la familia. —María hizo una pausa, dándose cuenta, por primera vez, de la brutalidad de la escena. En Belchite tenía más sentido, pero así, explicado en Londres, parecía una auténtica barbaridad.

Nell estaba estupefacta.

—¿Lo celebráis en Belchite?

A María le sorprendió que Nell recordara su pueblo.

—Sí, de hecho fue la semana pasada.

—¿Y a ti te gusta?

María se entristeció al recordar las morcillas reventando en la cacerola.

—No.

Nell la miró con curiosidad, antes de que María continuara.

—Mi madre siempre se queja de lo mal que cocino y, de hecho, siempre acabo haciendo algo mal. Este año he vuelto a romper las morcillas. Fue un desastre. Mi madre y mi abuela las habían preparado durante dos días y a mí me hizo falta un momento para destrozarlas —dijo con los labios apretados.

Nell se rió.

—Lo siento —se disculpó al ver la seriedad en la cara de María.

—No conoces a mi madre, no tiene gracia —respondió.

—La banca es mejor que matar cerdos, ¿eh? —comentó Nell, divertida.

—Sin duda.

Ambas sonrieron y se recostaron en el banco, mirando el vaivén de la gente por la calle.

—¿A qué se dedican tus padres en Belchite?

—Tienen una pequeña empresa de aceite de oliva. —A María no le gustaba hablar del negocio familiar y siempre lo minimizaba, como si no fuera con ella—. Es local, o regional, pero no exportamos. Mis padres no saben una sola palabra de inglés. Se criaron en otros tiempos, ya sabes, con Franco nadie aprendía idiomas, había pocas relaciones internacionales.

—Me encanta el aceite de oliva —dijo Nell con interés—. ¿Y tú no trabajas nada en el negocio familiar?

María suspiró.

—No, es demasiado pequeño y tendría que vivir en Belchite, lo que no me apetece en absoluto. Es un pueblo pequeño, en medio de la nada, y en muchos aspectos se quedó anclado en la guerra. Es un lugar sombrío.

—Comprendo —aceptó Nell, mirando a María con los ojos bien abiertos—. Después de que tú me hablaras y de ver el programa de la BBC, he leído un libro de Paul Preston donde sale Belchite. Qué barbaridad.

María miró fijamente a Nell.

—¿Cómo es que te interesa tanto?

—Estudié historia en la universidad —dijo Nell—. Siempre me ha fascinado pensar los motivos por los que un país no puede superar su propio pasado.

María desvió la mirada.

—Pues estarías muy ocupada en España, desgraciadamente —comentó María—. En Belchite, desde luego, nadie habla de la guerra, aún quedan muchos resentimientos. —María calló un momento, recordando su última visita a casa de la abuela—. De hecho, mi abuela me contó algunas cosas hace poco.

—¿Estuvo allí, en Belchite, durante la guerra? ¿La hirieron? —preguntó Nell, muy interesada.

—No, ella sobrevivió, pero asesinaron a sus padres y ella encontró sus cadáveres. Es una historia horrible.

Nell respiró profundamente y puso su mano sobre la de María.

—¿Es la abuela cuyo amante se fue a Cuba?

María recordó que había mencionado a Juan Roso cuando se quedó en casa de Nell, apenas hacía un mes, después de la fiesta.

—Tienes buena memoria —reconoció.

—Suelo escuchar —respondió Nell, bajando la mirada, su mano aún en contacto con la de María—. Es que me dio la impresión de que tenías muy buena relación con ella.

María asintió, mirando al vacío.

—Es una persona magnífica —dijo—. Tiene el corazón más grande del mundo.

María se metió las manos en los bolsillos, apretando los puños con fuerza, como si quisiera conservar el calor de la mano de Nell.

Nell la miró.

—Qué sitio tan interesante —comentó al fin—. Me encantaría visitarlo algún día. ¿Hay muchos turistas, algún museo?

—Nada, no hay nada, ni tampoco va nadie —respondió María—. Créeme, es un lugar muy lúgubre. Es increíble de ver, pero no hay museos, ni charlas, nada. El pueblo viejo está vallado porque es peligroso merodear entre las ruinas. La gente se cuela por alguna abertura en la parte de atrás, aunque ahora el actual alcalde quiere abrirlo.

—Sí, eso decía la BBC.

—Todavía falta mucho para tener perspectiva histórica; la gente no habla porque todavía hay miedo a las represalias, viejas heridas que nunca se han curado o crímenes que quedaron impunes —dijo María, triste—. Y así seguirá mientras haya supervivientes, pero cada vez quedan ya menos.

—Hay que hablar con ellos, urgentemente, antes de que se mueran —razonó Nell—. Yo no lo dudaría si se tratara de mi familia.

—Sí —dijo María—. Tienes razón.

Las dos mujeres permanecieron sentadas en silencio, absortas en sus pensamientos, ajenas al silencio que había entre ellas. Podían oír el viento, los coches y las conversaciones de la gente por la calle. Un hombre disfrazado de Papá Noel pasó frente a ellas, agitando una campana. Nell y María se miraron y sonrieron.

—Nada que ver con Belchite, ¿eh? —dijo Nell, guiñándole un ojo a María, antes de mirar el reloj—. ¡Mierda! ¡Tengo que irme! —exclamó inmediatamente—. El tiempo ha pasado volando. Tengo que estar en Camden en diez minutos. No voy a llegar.

Se levantó, seguida de María.

—No tengo tiempo de coger el coche. Tendré que ir en taxi.

María se apresuró al borde de la acera y enseguida paró a uno.

—Menos mal, muchas gracias —dijo Nell—. Lo siento, pero tengo que salir pitando. Te llamaré luego para quedar mañana para ver el otro edificio, ¿de acuerdo?

—Vale, no te preocupes. Vete.

Nell se metió rápidamente en el taxi y se fue, saludando a María con la mano mientras se alejaba.

María volvió a mirar el banco que habían compartido.

«Ojalá todos mis viajes de negocios fuesen como éste. Sentada en un banco en una agradable mañana, observando a la gente, mucho más interesante y divertido que comer en restaurantes de lujo con aburridos hombres de negocios, siempre hablando de lo mismo. Ojalá pudiese pasar el tiempo así con Jordi, sin hacer nada. Pero no hacemos más que ir a restaurantes, reuniones familiares y alguna vez al cine, siempre algo. Todo, menos estar juntos por el simple hecho de estar, de contemplar la vida sin más».

María volvió al hotel. Se sentía alegre, viva.

## Capítulo 13

Conchita dejó las bolsas de la compra en la cocina de la abuela, descorrió las cortinas y abrió las ventanas para que entrara el aire. Apestaba a tabaco. Miró a su alrededor y enseguida reparó en un cenicero lleno de colillas sobre la mesa. «Voy a tirar todos los cigarrillos que encuentre».

—Hola, madre, ya estoy aquí. ¿Cómo estás? —gritó Conchita quitándose el abrigo y metiendo la leche y algunas verduras en la nevera—. ¿Ya estás mejor? —Con unas borrajas en la mano y todavía con la puerta de la nevera abierta, Conchita volvió la cabeza hacia el silencioso salón, esperando una respuesta. Pero no la hubo.

Dejó las borrajas sobre la encimera y se acercó al salón por si la abuela se había quedado dormida en su mecedora. No estaba allí.

—¿Madre? —Conchita aceleró el paso hacia el dormitorio—. ¿Hola? —dijo, abriendo la puerta abruptamente, como de costumbre.

La abuela estaba en la cama, medio dormida, los ojos sombríos e hinchados. Parecía pequeña y delicada. *Khira,* que dormitaba plácidamente a su lado, alzó las orejas y lanzó un gruñido lastimero al ver a Conchita.

«Madre, qué desvalida estás», pensó Conchita, acostumbrada a verla siempre moverse enérgicamente de un lado para otro. Nunca había visto a su madre con un aspecto tan vulnerable.

—¿Qué ha pasado? ¿Es una gripe? —preguntó Conchita, sentándose en una silla junto a la cama de su madre. Los ojos de la abuela, ahora sin sus grandes gafas, denotaban agotamiento. Estaba muy delgada y alarmantemente pálida. Su pecho se movía lentamente con cada respiración, emitiendo sonoros silbidos.

«Quemaré todo el tabaco que encuentre en esta casa».

—Madre —susurró Conchita, inclinándose hacia ella.

La abuela abrió los ojos poco a poco y los dirigió hacia Conchita.

—Hola —murmuró con esfuerzo.

—¿Qué te pasa, madre? —preguntó Conchita.

—Estoy bien, hija, sólo un poco cansada, anoche no dormí muy bien —dijo con lentitud. Tosió—. No te preocupes. ¿Dónde está Honorato? Deberías salir a dar un paseo con él, seguro que hace un día precioso.

Conchita respiró hondo, con aire displicente.

—Madre, ¿dónde están los cigarrillos? Te he repetido un millón de veces lo mismo que el médico: no puedes fumar, sólo consigues empeorar tu estado.

—Moriré con o sin ellos, ¿qué más da de lo que se muera una? —dijo la abuela, arqueando una ceja—. No te esperaba hoy, hija.

Más tranquila, Conchita apoyó la espalda en su silla.

—Te he traído la leche y la verdura que me pediste —dijo—. Las lechugas son frescas, uno de los trabajadores acaba de recogerlas. Ha sido un invierno muy cálido.

Resultaba extraño hablar del tiempo con la abuela mientras ésta presentaba un aspecto tan débil, pero así era su relación. Años de trabajo y reuniones familiares demasiado oficiales habían dejado a los sentimientos aparcados, escondidos detrás de la rutina diaria. Su madre no tenía ni fotografías suyas en su dormitorio, sólo de María y de Pilar y sus hijos. En las paredes sólo había un cuadro, del seco y agreste paisaje aragonés. El resto de la habitación era de un blanco impecable, como si hubiese querido borrar todos los recuerdos en su espacio más íntimo. El resto de la casa era todo lo contrario, cálida, llena de recuerdos, cazos de cobre colgando del techo de la cocina, flores secas en los rincones y acogedores cojines y mantas hechas a mano sobre los sillones y sofás. Conchita pensó en la generación de su madre; muchos habían borrado sus recuerdos, se habían deshecho de cartas, libros y de cualquier bien personal relacionado con su juventud, los turbulentos años antes de la guerra.

«Esta generación quiere olvidar su pasado. No los culpo».

Conchita observó el vaso de agua sobre la mesilla.

—¿Dónde tienes las medicinas? —preguntó, esperando la típica respuesta de la abuela: «No necesito medicamentos».

—En el armario de la cocina —contestó.

Conchita se volvió hacia su madre, sorprendida por que reconociera que necesitaba ayuda. Podía contar las veces que su madre le había mostrado el menor signo de vulnerabilidad. La abuela nunca necesitaba nada, siempre minimizaba los problemas; cualquier contratiempo no era nada, seguro que el tiempo lo resolvería.

—Ahora mismo las traigo —dijo Conchita, ya camino de la cocina.

«Es fuerte como una roca, pero nadie se escapa de los efectos del maldito tabaco. No la dejaré tranquila hasta que lo deje».

Conchita recogió en el salón otro cenicero lleno de colillas y lo vació en la basura.

De vuelta al dormitorio, Conchita ayudó a su madre a tomar dos pastillas con un poco de agua. La casa estaba en silencio, sólo se oían los pájaros y los pollitos y gallinas del corral del jardín. Conchita abrió un poco la ventana y un hermoso pájaro se posó en el alféizar, poniéndose a cantar como si fuese un día de primavera en vez de una fría mañana de diciembre. La abuela sonrió y, mostrando un poco más de energía, se incorporó, apoyando la espalda en la almohada.

—Últimamente he estado un poco cansada —dijo.

Aparte de la visita semanal de rigor, cuando Conchita le traía un poco de comida y aceite, madre e hija se veían dos o tres veces por semana para hablar del tiempo, la cosecha, de María, Pilar, los nietos y poco más. Los encuentros se animaban cuando Soledad se les unía, pero aun así, los muchos años de distanciamiento entre madre e hija siempre pesaban.

Las dos habían trabajado toda su vida y les resultaba difícil relajarse, por lo que su contacto con otras personas era a menudo tenso y fugaz. Siempre andaban con prisas, a pesar de las advertencias de Soledad, que sufría por su salud y por su falta de descanso. Pero Basilisa y Conchita sólo paraban cuando el cuerpo no podía más y les obligaba a meterse en la cama, exhaustas, como le ocurría ahora a la abuela. Madre e hija sólo conocían dos velocidades: encendida o apagada.

—No puedo creer que sigas fumando —reprendió Conchita a su madre—. Buscaré por toda la casa, a ver cuántos cigarrillos encuentro. Y le diré al de la tienda que deje de vendértelos. No volverás a fumar, ¿queda claro?

La abuela Basilisa miraba hacia otro lado, triste. Se recostó en la cama, respiró hondo y cerró los ojos.

Conchita la oía respirar prácticamente desde la puerta cuando inició su caza de tabaco.

—No toques nada —le advirtió la abuela, pero con un tono tan bajo que Conchita, ya abriendo los armarios del salón, no la oyó. Allí encontró un paquete, y dos más en la pequeña mesa junto a la mecedora, aparte de otros tres, enteros, escondidos detrás de los geranios de la cocina. En total, seis paquetes de Ducados.

«Al menos podría fumar algo mejor. Esto era lo que yo fumaba en los aseos del colegio, escondiéndome de las monjas, hace cincuenta años, cuando los Marlboro sólo existían en Hollywood».

Conchita estaba a punto de volver al cuarto de su madre, cuando se dio cuenta de que todavía no había mirado en la habitación de invitados, donde no tardó en localizar otro cenicero medio lleno y una botella de vino junto a la cama. Abrió la ventana para ventilar la habitación e, intrigada, paseó la mirada por el pequeño cuarto, incapaz de imaginarse a su madre allí, fumando y bebiendo sola. La abuela Basilisa casi nunca bebía y, por lo que ella sabía, hacía mucho que no tenía invitados. Conchita se quedó mirando el cenicero y la botella de Faustino V, todavía medio llena. Se acercó a la mesa, donde encontró un billete de avión. Era de British Airways, a nombre de María de la Vega y fechado el sábado 7 de noviembre. Eso fue hacía un mes, más o menos, unas tres semanas antes de la matanza. Recordó que María había estado en Londres, pero ahora resulta que había estado en Belchite entre su viaje a Londres y la matanza. ¿Por qué no se lo había dicho?

Conchita dejó caer los brazos con el billete aún en la mano. Alzó la cabeza y miró por la ventana. «¿Qué me esconden? Seguro que María le trae todos esos cigarrillos y la incita a la bebida. Esa niña sólo trae problemas. Es una irresponsable y por éstas que se va a enterar. Son las dos como adolescentes, se ríen a mis espaldas».

La rabia de Conchita fue creciendo a medida que se imaginaba una conspiración entre su madre y su hija contra ella. El mismo pajarito negro de antes se posó esta vez en la ventana del pequeño cuarto y de nuevo se puso a cantar. Conchita intentó golpearlo con el billete de avión, pero la criatura salió volando un segundo antes.

«Me he pasado la vida trabajando. Cuido de mi marido, que no me ayuda en nada. Luego, tengo que gestionar a doscientos trabajadores que sólo quieren más dinero, más vacaciones y menos trabajo, ya que mis dos hijas no pueden, o no quieren, llevar el negocio. A María ni siquiera la veo, y encima tengo que encargarme de todos los preparativos de su boda. ¿Se preocupa ella del color de las flores? ¡Qué va! ¿Qué flores iba a tener si no me preocupara yo? Y Pilar sólo parece tener tiempo para mimar todavía más a sus hijos —que Dios nos ayude si hereda ella el negocio—. Ojalá hubiese tenido un hijo. Pero con este marido que tengo, que siempre está malo, quejándose o cansado, ¿cómo iba a quedarme embarazada otra vez? Y todo lo que hago, ¿para qué? ¡Para nada! ¿Qué ayuda tengo? Ninguna. ¿Y a qué se dedican mi madre y mi hija? A conspirar, a beber y a fumar a mis espaldas. Después de todo lo que me preocupo por ellas y del millón de veces que les he prohibido fumar. ¿Les importa? ¿Quiénes se creen que son? Ya me oirán, ya. Ahora iré a por el médico, pero luego llamaré a María, tiene mucho que explicarme».

Conchita tiró el billete de avión a la papelera que había junto a la mesilla. Cuando ya había dado un paso hacia la puerta, se detuvo en seco, retrocedió y volvió a mirar dentro de la papelera. Había una carta.

Estiró el cuello y vio una página manuscrita. Parecía la letra grande y redondeada de su madre, aunque nunca había visto a la abuela escribir una carta, sólo tarjetas navideñas para la familia y los amigos. Esto parecía más personal, una carta de verdad.

No pudo reprimirse y cogió la carta.

Se sintió extraña al hacerlo, pues había repetido mil veces a sus hijas que husmear en los asuntos de los demás estaba mal. Titubeó un instante, pero ojeó rápidamente la página para cazar algunas palabras, como quien no quiere la cosa. Leyó: «Querido Juan».

El corazón le dio un brinco.

«¡Juan! ¡Ése es mi padre! ¿Juan Roso? ¿Sigue vivo?».

Abrió mucho los ojos y sintió que una fría tensión se adueñaba de su cuerpo. Con manos temblorosas, sin siquiera pensar en que su madre podría despertarse y verla a través de la puerta medio abierta, Conchita dejó los paquetes de cigarrillos sobre la cama y se sentó lentamente.

*Juan Roso*
*Paseo Maragall, 81*
*La Habana*
*Isla de Cuba*

*Belchite, 15 de noviembre de 2006*

*Querido Juan:*

*Después de tantos años, ya no necesitamos demasiadas palabras. Gracias por tus cartas, que lamento no haber contestado. Como puedes imaginar, la vida no fue nada fácil tras tu marcha. Mis padres fueron asesinados y tuve que encargarme de todo, rodeada de miseria, pero sobreviví.*

*Te escribo ahora para hacerte saber que, después de todos estos años, al fin he roto mi silencio y he hablado de ti a mi familia; a nuestra familia. Tenemos una hija, Juan, se llama Conchita y nació nueve meses después de la noche que te fuiste. Ha sido una buena hija, nunca ha causado problemas y siempre me ha ayudado en la casa y en el campo, del que, por cierto, se ha encargado durante los últimos años. Yo ya soy demasiado vieja para hacerme cargo.*

*Se casó con Honorato, un oficial del Ejército, un hombre bastante serio y distante. No estoy segura de que sean muy felices, pero nuestra hija es fuerte, se defiende bien. Es como tú, lleva las cosas por dentro.*

*Han tenido dos hijas, Pilar, la mayor, y María, a quien quiero con toda el alma. Vino a verme el otro día, creo que porque estaba un poco nerviosa. Está a punto de casarse y parece que necesita ayuda, así que le conté nuestra historia, lo que compartimos una vez. No estoy segura del amor que siente por su prometido, así que pensé que ya era hora de que alguien supiera nuestra verdad. Quizá le sirva de ayuda. Espero que algún día pueda disfrutar de lo que tú y yo tuvimos, pero que le dure mucho más. Yo no lo pude retener, y creo que nuestra hija ni lo ha conocido. No quiero que una tercera generación tropiece en la misma piedra.*

*Ahora estoy en la cama, vieja y cansada. Sólo quería que supieras que, durante todos estos años, no ha pasado un día en el que no haya pensado en ti, en tus ojos, tus fuertes brazos, el calor de tu cuerpo contra el mío. Saber que la felicidad existe, aunque sólo la disfrutara junto a ti, me dio fuerza para seguir adelante durante estos duros, largos y solitarios años.*

*Deseo de corazón que estés bien y hayas sido feliz.*

*Tuya, siempre,*

*Basilisa*

Conchita contuvo el aliento durante un instante y se echó una mano a la boca. Sin darse cuenta, dejó caer el papel en el suelo. Se quedó inmóvil, los ojos cerrados. El rostro se le puso más pálido con el paso de cada segundo.

«¿Mi padre sigue vivo? ¿En Cuba? ¿Por qué no ha venido a buscarnos? ¿Cómo es? Pobre madre. Una vida de sufrimiento en silencio. Que Dios la bendiga».

Volvió a leer la carta.

«¿Una buena hija? ¿Que no está segura de mi felicidad? ¿Qué es lo que no he conocido? ¿Y Soledad? Debe de saber todo esto... Las dos me lo han ocultado a lo largo de todos estos años, ¿por qué?».

Sin palabras, paseó la mirada por la habitación sin saber muy bien qué hacer, hasta que vio el vino. Sin pensárselo dos veces, cogió la botella y le dio un buen trago. Volvió a leer la carta, una y dos veces más.

«¿Qué pasa con la boda de María? ¿Qué error? ¿María no está enamorada?».

Una fuerte tos de la abuela interrumpió el torrencial de preguntas que atormentaba a Conchita.

—¡Madre! —dijo levantándose, recordando su frágil estado. Antes de abandonar la pequeña habitación, pensó rápidamente que, dado el estado de su madre, lo mejor sería dejar la carta donde la había encontrado para no dejar pistas. Se frotó los ojos con el diminuto pañuelo que siempre llevaba en la manga y volvió junto a su madre.

«Será mejor dejar las cosas como están, al menos por ahora. Tengo que pensar mucho sobre esto. Quizá debería hablar primero con María; no puedo creer que no me haya dicho nada, esa chica no confía en su madre... Qué poco sabe de la vida. Algún día aprenderá, y será por las malas».

Conchita entró en la habitación de su madre sin decir palabra. *Khira* seguía lealmente recostada junto a la abuela. Se sentó en la cama y miró a su madre, que no se percató del desconcierto que irradiaba su cara.

—¿Qué hacías? —preguntó la abuela Basilisa con voz débil.

Conchita no podía ver a su madre con los mismos ojos, pero se esforzó por aparentar normalidad.

—Recoger tus cigarrillos, madre. —Cogió un paño blanco de la mesilla, lo humedeció con un poco de agua y lo colocó sobre la frente de la abuela—. Esto te aliviará.

Se sorprendió por el tono tan dulce que salió de sus labios. Su madre, de repente, parecía una persona nueva y ya no sentía que cuidar de ella fuera sólo una obligación. Por primera vez en muchos años, Conchita sintió una estima honesta y profunda hacia su madre. No se había sentido tan cerca de nadie, o tan necesitada por alguien, desde que sus hijas eran niñas.

«No saben lo que me preocupo por ellas».

Conchita se inclinó hacia la cama y acarició la cabeza de su madre con ternura.

«¿Por qué me lo has ocultado todos estos años? Podríamos haber estado muy unidas».

Mientras la abuela se quedaba dormida, Conchita observó el agotamiento en la cara arrugada de su madre, los años de sufrimiento.

«Ha escondido su corazón toda la vida, pero claro que lo tiene, y muy grande, por fin puedo ver a la mujer que hay detrás de mi madre. Podríamos habernos apoyado tanto, la una a la otra, en vez de luchar contra el mundo por separado, como Don Quijotes, solitarias, y también un poco locas. Si tan sólo hubiese confiado en mí, su única hija, su única familia directa, podríamos haber compartido tanto... Podría haberme ayudado, como yo ayudo a mis hijas, todos esos detalles para los que sólo las madres tienen tiempo».

Conchita miró los brazos de la abuela, que reposaban fuera del edredón. Estaban curtidos y desgastados, después de tantos años trabajando en el campo bajo el sol. «Es una mujer muy fuerte. ¿En qué se apoyó? Yo estoy tan sola como ella, pero al menos me queda la religión. Ella no cree en nada, que yo sepa, aunque no hemos hablado mucho. Acude a misa los domingos, pero me parece que por costumbre, más que por creencia. ¿De dónde saca el valor? Quizá pueda ayudarla. Es posible que aún tengamos unos preciosos años por delante, ahora que empiezo a comprenderla. Pero debió contarme todo esto hace años. Cuánto tiempo desperdiciado».

Conchita sintió que las lágrimas se le agolpaban en los ojos.

Aún dormida, la abuela empezó a toser de nuevo. Conchita se irguió e hizo un esfuerzo por pensar con claridad.

—Llamaré al médico —dijo, recuperando su tono firme.

Se santiguó y salió de la habitación.

## Capítulo 14

María realizó el doble de abdominales que de costumbre. Resultaba un lujo, para alguien acostumbrado a trabajar tantas horas, disfrutar del gimnasio de un hotel a las dos de la tarde, cuando sólo lo frecuentaban algunas esposas de ejecutivos norteamericanos. Por una vez, María había decidido relajarse y disfrutar. Ya se había reunido con Patrick, su agente en Londres, a primera hora de la mañana y, cuando un cliente anuló el almuerzo que tenían planeado, María se fue a ver el mercado de antigüedades de Upper Street y las pequeñas tiendas de Chapel Market, donde vendían las típicas baratijas para las que nunca tenía tiempo. Rebuscando, encontró un juguete con forma de pez para *Bombillo* y, tras dudarlo un instante, también compró otro para la gata de Nell.

Se puso a llover, María miró a través de la ventana de su habitación después de salir de la ducha. Daba igual. Estaba de tan buen humor que incluso se sorprendió silbando mientras se ponía sus cremas, el maquillaje y se arreglaba el pelo. También se pintó las uñas de los pies mientras veía la televisión.

«Tener tiempo para una pedicura es señal de madurez. Realmente, hay vida fuera de la oficina».

Nell llevaba algo de maquillaje, observó María nada más entrar en el viejo Ford Fiesta a las cuatro en punto de la tarde. «Buen toque», pensó.

Nell parecía más relajada que el día anterior. Llevaba unos vaqueros con amplios bolsillos y un jersey de cuello alto azul marino, a juego con sus ojos, que todavía resaltaban más con un poco de rímel. Era la Nell más femenina y guapa que había visto hasta el momento.

—¿Qué llevas ahí? —preguntó Nell, viendo que María se metía en el coche con un pequeño pez de plástico colgando del abrigo. Sonrió.

—Es un regalo para *Pepa* —dijo, mostrando el juguete con orgullo—. Lo vi en una tienda esta mañana. También compré uno para mi gato. ¿No son geniales?

Nell observó a María con simpatía, cogió el pez y lo examinó en detalle.

—¡Pues sí que se lo pasarán bien cazando esto! —Parecía sorprendida—. A *Pepa* le encantará, gracias.

—De nada. No pude resistirme a comprarlo —dijo María recostándose en su asiento, cómoda, con sus vaqueros y un anorak.

Condujeron a Vale Royal, una amplia y oscura calle mal pavimentada, no muy lejos de Brewery Road. Aparcaron frente a un pub que hacía esquina y que no parecía muy acogedor. Fuera, había dos hombres, con cara de pocos amigos, fumando. A unos cien metros, un grupo de adolescentes estaba de pie en plena calle, sin hacer nada, mirando a quien pasaba.

—Suele haber más tránsito, pero ahora, justo antes de Navidad, la actividad baja mucho —dijo Nell, consciente de la mirada de preocupación de María—. Venga, te gustará.

María siguió a Nell, mirando con cautela a su alrededor y observando varias grúas y edificios en plena construcción. Avanzaron unos pocos metros, esquivando bolsas de basura y cristales rotos, y entraron en una zona reservada para pequeñas y medianas empresas.

—Las unidades de los lados son mucho más grandes, son para uso industrial y tienen varias puertas de carga y descarga en la parte trasera —dijo Nell—. Te lo enseñaré.

Rodearon el moderno edificio, de tres plantas, que era espacioso y tenía buenas instalaciones. De camino hacia la parte de atrás, se toparon con un cartel que ponía: «Nuevo ferrocarril del túnel del Canal de la Mancha. King's Cross».

—Estamos muy cerca del Eurostar, que ahora sale de King's Cross, muy cerca de aquí —explicó Nell.

—No lo sabía. No estaba en el mapa que me pasó Patrick —dijo María, sorprendida.

—Bueno, es relativamente reciente. No me sorprende que la línea de alta velocidad aún no figure en los mapas —aclaró Nell—. ¿Por qué? ¿Es importante?

María paseó la mirada por los alrededores.

—Hay mucha construcción por aquí.

—Sí, la zona está creciendo, en parte por el tren. Es bueno para vosotros, ¿no?

—Bueno, el movimiento es malo para las bodegas subterráneas, y aquí necesitaríamos una, ya que el edificio no es muy alto. —María parecía preocupada.

Nell meditó un instante.

—Pero vuestros edificios en Vilafranca no tienen almacenamiento subterráneo, ¿no?

—Sí, cierto, pero la mayoría de bodegas que se planifican ahora con la última tecnología están todas bajo tierra. El vino y el cava hay que guardarlos en lugares oscuros, sin vibraciones ni movimientos repentinos. Todas estas vías y obras los afectarían demasiado. ¿Son trenes de carga?

—Sí —dijo Nell—. ¿Por qué?

—Son más pesados —dijo María—. El vino y el cava son muy delicados. Hay que mantenerlos en silencio y a trece grados, siempre. Si eso cambia, lo que ocurre todos los días por los cambios de tiempo, una bodega subterránea nos permite volver a las condiciones idóneas en apenas medio minuto. —María hizo una pausa y miró a Nell—. Hay que ser constantes, porque si el ambiente es seco, los corchos se encogen y el nivel del vino se reduce, y si es húmedo, las etiquetas y las cajas se deterioran. No es fácil.

Nell permaneció en silencio durante unos segundos.

—Nos tendríais que haber dicho que la zona debía ser tranquila —dijo.

—Lo sé, lo siento —se disculpó María al ver la decepción en el rostro de Nell—. Sabía que había vías de tren, pero no esta concentración de transportes y construcción tan cerca. Pensé que Patrick lo tendría en cuenta, pero es un agente, no un experto en vinos. Lo siento.

María meditó por un momento y luego prosiguió:

—Una bodega no subterránea sólo sería rentable en lugares como Upper Street, por lo que ganamos en relaciones públicas y visibilidad, pero aquí no.

Nell parecía derrotada.

—¿Quieres decir que este lugar queda descartado?

María sintió una leve vibración bajo sus pies mientras un tren atravesaba un túnel cercano y miró la multitud de cajas de madera apiladas y grúas que había alrededor.

—Me temo que sí, lo siento —respondió, bajando la mirada—. No es lo suficientemente tranquilo. Espero que no pienses que estoy abusando de tu tiempo.

—Bueno —dijo Nell, bajando también la mirada—. Seguiremos buscando. Necesitamos empleos locales.

Nell echó a andar hacia el coche.

—Todo lo bueno siempre tarda en llegar —afirmó.

—Cierto —reconoció María—. También podríamos rediseñar la oficina de Correos, negociar con el ayuntamiento.

—Tendréis que cambiar muchas cosas si quieres tener alguna oportunidad allí —dijo Nell—. Te advierto que también habrá que consultar al Patrimonio Inglés, que siempre dice que los diseños modernos son «una arquitectura con falta de distinción». Con estas palabras han bloqueado innumerables proyectos.

—Tendrás que darme más detalles sobre lo que el ayuntamiento quiere exactamente —propuso María.

Nell suspiró.

—Ese sitio te encanta, ¿no?

—Una tienda en Upper Street nos vendría de maravilla.

—¿Hablamos en mi despacho? —preguntó Nell con calma, entrando en el coche.

—Perfecto —dijo María, albergando un poco de esperanza. «Esto empieza a ponerse bien. Ya se ha hecho a la idea».

—Aunque también tengo un poco de hambre, no he almorzado nada —rectificó Nell, de regreso a Islington—. ¿Te apetece comer algo? Las leyes urbanísticas llevan su tiempo y te vas mañana, ¿no?

—Sí, por la tarde, pero tengo algunas reuniones por la mañana; unos inversores que mi jefe quiere que vea por otros asuntos —indicó María. Miró el reloj—. ¿Comer ahora? No son más que las cinco. En España no cenamos hasta las nueve o las diez.

Nell sonrió.

—Lo sé, pero no es bueno comer tan tarde. Yo suelo cenar entre las seis y las siete —dijo—. Pero, en todo caso, tengo que mirar un par de cosas en el despacho, si no te importa esperarme unos minutos. Entre que llegamos y pedimos, serán casi las seis para cuando comamos. ¿Qué te parece?

—Bien —aceptó María. Le gustaba la compañía de Nell.

«¿Le gustará a ella pasar tiempo conmigo? No se ofrecería a cenar juntas si no fuera así. Aunque igual lo hace por educación, o por interés en el empleo local... Es lo más probable».

María miró a Nell mientras conducía lentamente por Offord Road, escuchando a Melissa Etheridge, bien acomodada en su asiento y moviendo la cabeza lentamente, al ritmo de la música. María había leído alguna vez que la gente conduce tal y como es, unos son agresivos, otros van con miedo, otros demasiado confiados... Nell parecía segura, relajada, abierta.

—¿Tienes algún sitio en mente? —preguntó María.

—Mmm, déjame pensar. —Nell apretó los labios y se tocó la barbilla—. Hay algunos restaurantes en Upper Street, cerca de tu hotel, pero son cadenas, por desgracia.

—A mí tampoco me gustan las franquicias —dijo María.

—¿No? —preguntó Nell, sorprendida—. Pensaba que a la gente de empresa os gustaban las cadenas, sobre todo en el extranjero, porque siempre sabes qué esperar.

—Sí, algunos piensan así —repuso María—, pero a mí no me gustan, todos iguales, lo encuentro aburrido, prefiero lo local. —Sostuvo la mirada a Nell—. No todos los banqueros somos iguales.

—Ah. —Nell enrojeció ligeramente.

—A veces siento que la gente no entiende realmente mi profesión —prosiguió María—. Sin bancos, no habría fábricas, ni supermercados, nada, ¿y quién pagaría los impuestos? ¿Quién financiaría los colegios y hospitales? También habría muchos robos si la gente guardara el dinero bajo el colchón o lo enterrara bajo los árboles, créeme, lo he visto con mis propios ojos.

—¿Bajo los árboles? —Parecía haberle hecho gracia—. ¿Dónde?

—No te lo puedo decir.

Nell miró a María, intrigada.

«Creería que estoy loca si le dijera dónde esconde el dinero la abuela».

—Lo siento, no es mi intención ir con secretos, pero de verdad que no te lo puedo decir.

—No te preocupes —dijo Nell con voz cálida.

«Tiene empatía». María se sentía relajada y con ganas de charlar.

—Volviendo a los banqueros —continuó—, parece que hoy en día necesitas un hábito para ser monje: todos nos tenemos que vestir como banqueros, hippies o poetas, o lo que fuera, con tal de serlo. Al mundo le gusta simplificar, encasillarnos, pero eso es una idea muy materialista, ¿no crees? Las personas son mucho más complejas.

Nell escuchaba con atención.

—Sé a qué te refieres —dijo—. Tengo algunos compañeros de otros ayuntamientos, socialistas confesos, todos vestidos con pantalones de pana, jerséis viejos y gafas de intelectual, que no dudarían en permitir que las inmobiliarias sembraran Islington de viviendas si ello les proporcionara estatus o dinero.

—¿Por qué es malo tanto piso? —preguntó María cuando Nell aparcó frente a las oficinas del ayuntamiento en Upper Street.

—Necesitamos un equilibrio entre vivienda y trabajo —contestó Nell apagando el motor, pero sin moverse del asiento—. Islington va camino de parecerse a Chelsea, una zona residencial sólo para la clase media, o media-alta. Si no creamos más empleo, todos los que vivan en casas de protección oficial acabarán trasladándose donde estén los trabajos porque el coste de transporte diario es demasiado elevado para un sueldo modesto. Queremos retenerlos, tener una comunidad mixta y variada, de y para todos, sin excluir a nadie.

«Es muy considerada, y tiene razón».

—A mí me parece que los barrios en España son más variados que en Inglaterra, aquí todo sí que parece muy encasillado, el barrio de los chinos, de los ricos banqueros, de los ricos biopijos, de los pobres educados, los pobres sin educar, los hindús... —dijo María. Pensó en el Eixample, su barrio en Barcelona, donde vivía gente adinerada y otros que apenas llegaban a fin de mes, aparte de una considerable población inmigrante y de la tercera edad. A María le gustaba la mezcla—. Los guetos no son buenos para nadie —concluyó.

Nell asintió y tomó rápidamente la mano de María.

—Me encantaría seguir hablando de esto, pero tengo que terminar una cosa en la oficina —dijo, y luego miró por la ventanilla—. ¿Por qué no vamos a ese pub por el que pasamos ayer, cerca de la plaza que tanto te gustó? Se llama Draper's Arms. Hacen buena comida y tengo una amiga que trabaja allí.

María recordó los comentarios de Nell sobre el lugar.

—Vamos.

—Vuelvo enseguida —resolvió Nell saliendo del coche.

«Ojalá todas mis negociaciones fuesen como ésta... ¡En un pub!».

—¡Mierda! —susurró Nell, agarrando el brazo de María mientras bajaban por Liverpool Road, unos veinte minutos más tarde—. Es mi ex, justo ahí.

María no pudo decir nada porque la mujer ya estaba muy cerca, pero se las arregló para apretar del brazo a Nell, mostrando complicidad y apoyo. También sentía curiosidad por ver cómo era —llevaba un horrible abrigo verde y el pelo demasiado corto.

—Hola —dijo la mujer.

—Hola, Fiona —saludó Nell, apartando su brazo de María.

—Qué coincidencia encontraros aquí —comentó Fiona, escrutando a María de pies a cabeza.

«¿Qué miras? Ni las mayores cotillas de Belchite son tan descaradas».

—¿Cómo te va? —dijo la mujer, hablando alto y despacio.

—Muy bien, ¿y tú? —replicó Nell escuetamente.

—Tirando —respondió la mujer, mirando a Nell y a María directamente a los ojos.

Nell se dispuso a seguir adelante, pero Fiona quería más.

—¿Adónde vais? —preguntó.

—A dar una vuelta —explicó Nell, emprendiendo la marcha—. Bueno, Fiona, me alegro de verte. Adiós. —Empezó a caminar, seguida de cerca por María.

Las dos se rieron en cuanto Fiona estuvo a buena distancia.

Nell y María se sentaron en una mesa junto a la chimenea del pub, un lugar íntimo y acogedor. «Del estilo que me gusta», pensó María. Deseó poder ir a sitios parecidos más a menudo con Jordi, pero él siempre prefería quedarse en casa para ver un partido o una película. Y luego, cuando estaba con sus amigos del Opus, sólo hablaban de la última encíclica del papa y, por supuesto, todos estaban de acuerdo. Se reunían mayoritariamente en casas, siempre por la zona alta de la ciudad, y casi nunca salían. María añoraba las noches en Pamplona, yendo espontáneamente de bar en bar.

Le encantaban el suelo de madera oscura del pub, las velas, el fuego de la chimenea, un viejo cubo con flores secas y el sonido de una guitarra de fondo. Empezó a llover tras los cristales, dando al interior un ambiente todavía más cálido.

—Buena elección —comentó María.

Nell sonrió a la camarera, quien llegó con los menús y dos copas de champán.

—¡Hola, Nell! Obsequio de la casa para los amigos, pero sólo durante las Navidades —dijo, dejando las copas sobre la mesa. Nell se levantó y le dio un fugaz beso en los labios.

—Emma, te presento a María —dijo Nell.

María le estrechó la mano. Se sentía cómoda.

Emma se alejó después de coger la comanda y María esbozó una sonrisa de complicidad hacia Nell.

—Gracias por presentarme a tu amiga, aunque no lo hicieras con Fiona. —Tenía curiosidad por saber más acerca de la ex de Nell. «¿Vivían juntas? ¿Todavía la quería? ¿Era Fiona realmente su tipo?».

—Todavía resulta un poco extraño —explicó Nell, tomando un poco de champán—. Pero ya estoy bien.

Hizo una pausa y observó la piel morena de María en contraste con el blanco prístino del mantel.

—La relación tampoco llegó a ser muy profunda —prosiguió—. Ya sabes que se fue con mi mejor amiga del equipo y no sé si siguen juntas, no tengo ni idea, pero tampoco me interesa, la verdad. Sigo echando de menos a mi amiga, pero no a Fiona. Definitivamente no.

María acarició su largo pelo un instante y observó el rostro de Nell a la luz de la vela. Era blanco, brillante y claro, casi como el de una muñeca de porcelana. María era incapaz de apartar la mirada de sus enormes ojos azules, tan parecidos a los de la abuela, con el mismo aire inteligente, penetrante y compasivo. Eran ojos que veían, y ser vista por ellos le hacía sentirse especial.

Mientras esperaban la comida, María habló de Barcelona —del mar, la arquitectura, los patios secretos, sus cafés favoritos.

—No puedo creer que aún no haya estado —comentó Nell—. ¿Te casarás allí?

—¡Ojalá! —dijo María—. Tengo que casarme en Belchite o mi madre me desheredará. —Rió, nerviosa—. En España, las novias se casan donde nacieron o donde viven sus padres, desafortunadamente no pueden escoger el sitio que más les guste, sin más. ¡Ya me gustaría!

—Suena muy tradicional —observó Nell—. ¿Y los detalles, está ya todo listo? —Se echó hacia atrás en la silla mientras la camarera servía los platos.

«Ay, ay, ay, la boda». María empezó a sentir frío cada vez que se abría la puerta, aunque hasta entonces no se había percatado. Bajó la mirada y tragó saliva.

—Sí, todo está más o menos organizado, a ver si llega por fin el día —dijo, sin el menor atisbo de emoción en sus palabras.

Nell levantó la cabeza y contempló a María con interés.

—Y la luna de miel, ¿dónde será?

—Bueno, aún lo estamos decidiendo —respondió María, tomando un poco de su pescado y desviando la mirada hacia el fuego—. Jordi quiere ir a París, es muy clásico. Pero a mí me gustaría irme a un safari a África: son muy caros, así que ésta es la oportunidad.

—Un safari, qué emocionante —dijo Nell—. Deberías convencerlo, para eso eres la novia. Deberías salirte con la tuya —sonrió, aunque el comentario no pareció animar a María.

—Bueno, tampoco es eso —replicó ésta—. Jordi es adorable y muy abierto, pero algunas cosas no son negociables, y me temo que ésta es una. No es muy viajero, así que me parece que acabaremos en París. —María volvió a bajar la mirada.

—¿A ti te gusta viajar? —preguntó Nell.

—Sí, todo lo posible.

—Bueno, París es un destino maravilloso —dijo—. ¿Lo conoces?

—He estado unas cien veces. El año pasado tuve que viajar allí por trabajo casi todas las semanas —informó María, con un poco de aburrimiento.

Nell tomó otro bocado. Se hizo un silencio.

—Estoy segura de que podrás decidir en otros asuntos —dijo.

—Sí, claro —admitió María. Había dejado de comer.

Nell le lanzó una penetrante mirada que María sintió en el corazón. Como la abuela Basilisa, parecía que Nell también pudiera ver a través de ella.

—¿Habéis elegido la casa? —preguntó, vertiendo más vino en las dos copas—. Si es tan tradicional, eso debería corresponderte a ti.

La expresión de María se volvía más seria por momentos. Apartó la mirada.

—Bueno, eso también forma parte de sus decisiones —explicó María mientras el salmón se le enfriaba en el plato—. Viene de una familia conservadora y él también lo es. Siente que debe mantener a los suyos, responsabilizarse de ellos, así que ya ha comprado un piso en un barrio estupendo, pero aún no lo he visto... Bueno, creo que no está terminado, es una sorpresa.

Nell levantó una ceja.

—¿Aún no has visto dónde vas a vivir? Pero si pagas...

—Es su regalo —zanjó María.

—Ah —aceptó Nell, reposando el tenedor en el plato, como quien no quiere hacer ruido ante una delicada situación.

«Se ha dado cuenta de que algo no va bien. Porque es la verdad: no está bien que sea tan conservador y que lo decida todo, como si yo fuese un florero».

María recordó las palabras de la abuela Basilisa —«no hay que ver la vida desde la barrera», le había dicho—. ¿Era eso lo que estaba haciendo? ¿Tenía al toro cogido por los cuernos u observaba la vida desde una distancia cómoda y segura, pero sin participar tanto como debiera?

María se recostó en su asiento, ya no tenía hambre. Pensar en la boda, o en su familia, le encogía el corazón; le entraron ganas de llorar.

«Será el vino, otra vez el dichoso vino de pub».

—Las bodas no son fáciles —dijo finalmente—. Todo el mundo se fija en el vestido, las flores, el menú, pero nadie habla del auténtico significado.

«¿De qué mierda estoy hablando?», pensó, con la esperanza de parecer convincente.

—Por supuesto, lo comprendo, la mayoría de mis amigas hetero dicen lo mismo —afirmó Nell, posando su mano sobre la de María para ayudarle a sentirse mejor. Era suave y delicada. Pero María, asustada, retiró sus manos enseguida y las escondió bajo la mesa, moviendo los dedos nerviosamente.

Nell prosiguió:

—Las bodas, menudo circo. Seguro que preferirías casarte en secreto e irte a vivir a una isla desierta con él, lejos de todo el jaleo.

«Me moriría si tuviese que vivir en una isla desierta con Jordi. Él no es nada sin el Opus, el cava y su fútbol».

María sintió miedo de sus propios pensamientos, mientras las palabras de su abuela volvieron a resonar en su mente: «El amor de verdad no hay que dejarlo escapar, si tienes la fortuna de haberlo encontrado». «¿Es esto amor de verdad? ¿Es esto algo milagroso?».

María empezó a sentir frío y calor a la vez, las manos le empezaron a sudar. La incomodidad hizo que se removiera en la silla. Sólo quería irse a casa y esconderse.

*«Bombillo...».*

Nell había terminado de comer.

—Lo siento, pero empiezo a sentirme cansada —dijo María—. ¿Te importa que pidamos la cuenta y nos vayamos?

—Por supuesto que no —aceptó Nell, mirando a María con sorpresa—. ¿Te encuentras bien?

—Sí, sí, no te preocupes. Ya sabes, las novias siempre se vuelven un poco paranoicas antes de la boda, eso es todo.

Nell avisó a Emma para que les trajese la cuenta.

—A medias, ¿vale?

María asintió y las dos dejaron sus tarjetas sobre la mesa.

Tras un largo silencio, Emma volvió para decir que la tarjeta de Nell había sido rechazada. María accedió a pagarlo todo mientras escuchaba mil disculpas de una Nell avergonzada.

—No te preocupes —dijo María. Ése era el último de sus problemas.

—Lo siento, creo que me he pasado del límite este mes —admitió Nell, bajando la mirada.

—¿Cómo es eso? —María la miró, sorprendida.

Nell desvió la mirada hacia la chimenea.

—Los números y los presupuestos no se me dan muy bien.

María no dejó de mirarla. «Al menos es honesta y no teme admitir los errores».

—Podría ayudarte a crear un sencillo programa para tu contabilidad, si quieres. Me paso la vida haciendo eso.

Aún azorada, Nell dijo:

—Sería muy amable por tu parte.

María se sintió útil.

—Venga, vámonos —dijo, levantándose.

# Capítulo 15

Jordi sentía el espíritu navideño a medida que entraba en Barcelona, con todas las tiendas de la Diagonal decoradas y las luces verdes y rojas que engalanaban los edificios. Era una preciosa y soleada mañana de invierno y Jordi, bien afeitado y vestido con un traje impecable, silbaba dentro de su coche las canciones que ponían en la radio. Estaba a punto de llegar a Belagua, su club.

Se había pasado la semana cerrando las cuentas anuales de la empresa y preparando las del próximo ejercicio; éstas ya incluirían el préstamo de un millón de euros que su padre había acordado con Banca Catalana, y que no tardaría en llegar. Gracias al crédito, Jordi había presupuestado el salario del personal, las pagas de Navidad y también había dejado un margen para imprevistos. Después de todas las tensiones por la caída de las ventas y el boicot a los productos catalanes, Jordi se sentía como si hubiese salvado un *match point* en un partido de tenis. Otra empresa no habría conseguido un préstamo en las mismas circunstancias, pero ésa era la ventaja de tener una buena reputación y de forjar relaciones de confianza.

Jordi subió el volumen cuando sonó su canción favorita, *Happy People*, de REM. Suspiró. Sentía a Dios y la Navidad en su interior. Era una pena que María siguiese en Londres, pensó, de lo contrario le hubiese encantado salir esa noche, pasear por la Rambla Catalunya, escuchar los villancicos callejeros, acercarse a la catedral y rezar por su futuro juntos.

«Bueno, pronto será mi esposa y la veré todos los días. No puedo creer la suerte que tengo».

Jordi aparcó a *Óscar* y entró en Belagua sin más distracciones. El padre Juan Antonio le había llamado la noche anterior y le había preguntado si tenía tiempo para charlar.

«Puede que quiera mejorar un poco las cosas», pensó Jordi. La relación con su director espiritual se había tensado desde noviembre, cuando Jordi no fue invitado a una reunión con los mayores contribuyentes del club. El coste del piso que estaba reformando seguía en aumento, aunque ahora se sentía más seguro con los problemas de la empresa resueltos, al menos, a corto plazo.

—Buenos días, Jordi —dijo el padre Juan Antonio tan pronto entró. Ataviado con la habitual sotana, estaba sentado en un banco al final de la iglesia, como si le estuviera esperando—. ¿Te gustaría confesarte o ya has asistido a misa hoy?

Jordi titubeó un instante.

—Puede que esta noche —dijo—. María está en Londres, así que aprovecharé. Además, ahora tengo que volver a las Cavas relativamente pronto.

El padre Juan Antonio sonrió y ambos se dirigieron hacia su estancia, detrás de la iglesia. El sacerdote se sentó en su habitual sillón de cuero, dejando a Jordi una silla más baja que había delante.

—Ave María Purísima —dijo el padre Juan Antonio, bendiciendo a Jordi.

Ambos inclinaron la cabeza y permanecieron en silencio durante unos segundos; era la práctica habitual del Opus para bendecir las conversaciones.

—¿Qué tal estás, hijo? —preguntó el padre Juan Antonio—. ¿Con ganas de que llegue la Navidad?

Jordi sonrió.

—Muchas, padre. Son mis últimas Navidades de soltero —respondió, entusiasmado.

—El año que viene será triunfal para ti, estoy seguro de ello —dijo el sacerdote, bajando la mirada—. Aunque me temo que mis noticias no son igual de buenas.

Jordi estaba sorprendido.

—¿Qué quiere decir, padre?

El hombre se frotó sus grandes manos y suspiró.

—Sabes que Belagua se encuentra en uno de los emplazamientos más caros de Barcelona, claro —dijo.

Jordi asintió, orgulloso. «Por supuesto».

—Bien, no sé si estás al tanto, pero lo cierto es que no somos propietarios de estas instalaciones, son alquiladas —continuó, pasándose una mano por su amplia cabeza.

Jordi levantó una ceja. «Eso no lo sabía. ¿Por qué pagar precios tan altos sólo por estar aquí? Somos una organización cristiana, no una tienda de lujo».

—También fue una sorpresa para mí —prosiguió el padre Juan Antonio—. Creía que éramos propietarios de todo lo que usamos, pero no es el caso. Las finanzas las llevan desde Madrid, así que nunca estuve al tanto.

Jordi observó con incredulidad a su director espiritual, quien siguió hablando.

—Resulta que nos han duplicado el alquiler. El precio que hemos pagado hasta ahora se acordó en los años ochenta, pero los nuevos propietarios, que compraron el solar el año pasado, han luchado para subirlo —informó el sacerdote—. El departamento financiero llevó el caso a juicio y lo ha perdido, así que ahora no sólo tenemos que pagar el doble en el futuro, sino que también nos cobran el nuevo precio desde que empezó la disputa, hace ya meses.

—Malas noticias —dijo Jordi, aún sin comprender cómo eso le afectaba a él—. ¿Están buscando un nuevo local? —«Está claro que nadie pagaría un precio tan exorbitante sólo por estar aquí».

El sacerdote agitó la cabeza.

—Nunca, Jordi, nunca. No podemos.

—¿Por qué no? —inquirió Jordi, sorprendido. «No podemos obcecarnos tanto en las apariencias, en parecer lo que no somos».

El padre Juan Antonio cruzó las piernas y susurró:

—La esencia del Opus Dei consiste en atraer a los mejores. Recuerda que queremos a gente de primera clase, la élite, porque así hemos conseguido el éxito. No podemos mudarnos a una zona más pobre, porque allí sólo encontraríamos gente mediocre, lo que va en contra de nuestra vocación.

Jordi frunció el ceño.

—Estoy seguro de que podemos encontrar gente buena en cualquier parte.

—No, Jordi, las órdenes vienen de lo más alto. Tenemos que quedarnos aquí y encontrar una forma de pagar.

«Qué tontería. Si no nos lo podemos permitir, ¿por qué no nos vamos a otra parte?». Jordi recordó que al padre Juan Antonio no le gustaba que le llevaran la contraria, y si las órdenes venían de altas instancias, no había más que discutir —la obediencia es un bien muy preciado en el Opus—. Aun así, a Jordi le costaba comulgar con ideas como ésa.

«Jesús escogió a sus doce apóstoles entre humildes pescadores de Galilea. Tenían pocas posesiones, sólo entusiasmo y corazón, pero con ello les bastaba. El Opus Dei es diferente: el fundador escogió a sus primeros discípulos entre señoritos ricos y de apellido rimbombante, y éstos han ido añadiendo miembros a su imagen y semejanza. A veces comprendo a quienes nos acusan de elitistas».

Jordi se dio cuenta de que el padre Juan Antonio le miraba fijamente. Tosió, tratando de llenar el silencio.

—¿Cómo van a pagar? ¿Hay fondos suficientes con las donaciones y las cuotas? —preguntó Jordi.

—Estamos pidiendo contribuciones a los miembros —contestó el sacerdote, sin apartar la mirada de los ojos de Jordi.

«Comprendo. Quiere dinero, pero no es el mejor momento para pedírmelo a mí».

—Ya —dijo Jordi, dubitativo—. ¿Hay alguna cantidad recomendada?

—Estoy hablando con todo el mundo. Obviamente, no puedo revelar nombres, pero todos los miembros de tu grupo están siendo extremadamente comprensivos y generosos.

Jordi empezó a sentirse acalorado, se aflojó el nudo de la corbata; no le gustaba el cariz que estaba tomando la conversación. Ya había aumentado sus contribuciones mensuales después de quedar fuera de la última reunión con la esperanza de que su mentor agradeciera el gesto, en vez de pedir más.

«Sé que la Iglesia católica no es un modelo de democracia, pero pedir dinero así de golpe no es justo. ¿No deberíamos sentarnos todos y discutirlo abiertamente?».

Jordi se removió en la silla mientras el sacerdote seguía hablando.

—En agradecimiento por un gesto tan cristiano y generoso, estoy creando una especie de grupo selecto —dijo—. Organizaremos una audiencia privada con el papa en Roma, excursiones al santuario de Torreciudad o viajes a Madrid para conocer a los líderes de nuestra organización, los miembros de la Obra que han estado en el Gobierno o que ocupan puestos de responsabilidad en la universidad, las finanzas o la prensa. Será interesante y formativo, al más alto nivel, una oportunidad excelente.

Jordi permaneció en silencio.

—Pero ¿qué pasa con la gente que no pueda permitirse donaciones importantes? ¿Se les dejará fuera? —osó preguntar.

—No, Jordi, claro que no —aclaró el padre Juan Antonio—. Tienes un corazón que no te cabe en el pecho, hijo, siempre pensando en los demás, pero recuerda que la justicia implica que todo el mundo reciba lo que se merece, en compensación por lo que aporta.

«Sí, sé perfectamente cómo es el mundo, pero ¿no debería la Iglesia católica luchar por la igualdad, para equilibrar un mundo tan desigual por naturaleza? ¿Qué ha sido de la caridad cristiana? Sé que el Opus Dei ayuda a los necesitados y organiza campañas, pero ¿lo suficiente? ¿Debemos pagar un dinero que no tenemos para mantener nuestra privilegiada sede en vez de ayudar a quienes realmente lo necesitan?».

Jordi siguió en silencio varios segundos más.

—¿Se quiere alcanzar una cantidad específica?

El padre Juan Antonio carraspeó.

—Unos cincuenta mil euros por cabeza —dijo, apartando la mirada.

«Dios Santo».

—Eso es una fortuna —valoró Jordi, tratando de ocultar su desconcierto y decepción—. ¿Cuánto cuesta alquilar este lugar, si se me permite la pregunta?

El padre lo miró como si se tratase de un niño travieso.

—Ya sabes que no revelamos nuestras cifras, Jordi. Estoy seguro de que lo comprenderás. La confidencialidad nos protege.

«Esto no es correcto. No deberíamos gastarnos una fortuna en mantener las apariencias».

Jordi sentía cada vez más calor. Tenía ganas de quitarse la chaqueta, pero no quería parecer incómodo o vulnerable a ojos de su director espiritual, que le miraba fijamente. Debía mantenerse firme, obediente. Trató de desterrar los pensamientos negativos, de mantenerse positivo.

«No debería tener estos pensamientos rebeldes, y espero que Dios no me castigue por ello. Quizá la organización es así porque los numerarios que la dirigen no tienen familia y no están acostumbrados a ahorrar o a recortar gastos. Es cierto que viven alejados del mundo real, pero han levantado una gran organización y quieren lo mejor para ella y para sus miembros. Como tal, yo debería ayudarles».

Tras un largo silencio, Jordi por fin habló.

—Ya quisiera dar todo cuanto tengo, padre, pero ya sabe que me casaré pronto y estoy construyendo una casa. —Jordi hizo una pausa—. Además, ya sabe que el embargo contra los productos catalanes nos está haciendo daño; de hecho, hemos tenido que pedir un préstamo, como medida a corto plazo. —Azorado, Jordi contempló el rostro impasible del padre Juan Antonio. Tosió—. ¿Hay una forma...? ¿Sería posible...? —Se interrumpió—. ¿Aceptan donaciones más pequeñas?

El padre Juan Antonio asintió con la cabeza.

—Claro que sí, Jordi, y estoy profundamente agradecido por tu generosidad —dijo. Pero la sonrisa se le congeló en la cara y su rostro se puso tenso, duro—. En ese caso, me vería obligado a invitarte a que te unieras a otro grupo en otra iglesia más hacia el centro de Barcelona. Si donas menos que los demás, es normal que los otros esperen un cierto grado de exclusividad; en caso contrario, no sería justo para ellos. Además, la situación sería un poco violenta en las reuniones semanales del club, ya que prepararíamos la visita al papa o las demás excursiones, a las que tú lamentablemente no podrías asistir.

El padre Juan Antonio miró directamente a Jordi, como si aguardase una respuesta inmediata, pero éste bajó la mirada; los comentarios le habían sentado como una estocada en el corazón.

«Espero que no tengamos que ir por esos derroteros, padre, pero estoy seguro de que, después de todos estos años, me ayudará ahora que lo necesito».

El padre Juan Antonio desvió la mirada.

—Sé que es difícil, Jordi —dijo—. Sé que estoy pidiendo mucho, pero es por una buena causa. Tenemos que ayudar a la organización. El Opus Dei es nuestra vida, nos lo ha dado todo, ¿cuánto vale la felicidad y la riqueza de espíritu que nos ha regalado la Obra de por vida?

«Comprendo». Jordi cerró los ojos y se tapó la cara con las manos. «No tengo alternativa. Tengo que darles el beneficio de la duda. Seguro que están actuando con la mejor intención. No me imagino fuera del Opus Dei; mi vida sería superficial y vana, como la de mis hermanos o la de mi padre. No quiero ser como ellos, quiero ser un buen cristiano. Pero esto me llega en el peor momento».

Jordi lanzó una mirada hacia el padre Juan Antonio.

—¿Es urgente? ¿Necesita una respuesta ya mismo?

—Lo siento, pero así es —respondió el sacerdote, tocando impacientemente el brazo del sillón con sus dedos—. Tenemos que planificar. Seguro de que lo comprendes.

«No puedo desligarme de mi club, es todo el apoyo que tengo, y más ahora con todos los problemas de las Cavas. ¿Adónde acudiría si tuviese algún problema, si le pasase algo a María, Dios quiera que no? Me acogieron cuando era un adolescente perdido, me enseñaron los valores correctos, y hoy soy el hombre que quería ser gracias a ellos. No quiero ir a otro club. Éstas son las personas que conozco, con las que fui a la escuela, no sería lo mismo en otra iglesia, estaría desprotegido, fuera de mi mundo natural. Pero si doy el dinero que me piden, no me quedará nada para el piso si algo sale mal. Aunque, de momento, todo va según los planes. He de asumir el riesgo, tener confianza, comportarme como un hombre. He disfrutado de este grupo en los buenos tiempos, y ahora toca arrimar el hombro. No puedo salir corriendo como un cobarde a la que se da la vuelta la tortilla».

—Está bien, padre, le mandaré un cheque lo antes posible —dijo Jordi finalmente.

«Que Dios me ayude, que Dios me ayude».

El padre Juan Antonio se levantó con una sonrisa.

—Eres un gran hombre, Jordi. Sabía que podía contar contigo. —Se acercó a él y le dio unas palmadas en el hombro—. Dios estará contigo, sacaremos esto adelante juntos, ya verás. Dios nos recompensará. El sacrificio es bueno.

Jordi no dijo nada y se fue. Las piernas le temblaban.

## Capítulo 16

Conchita contemplaba el débil cuerpecillo de su madre, conectado por varios tubos a unas máquinas junto a la cama, mientras el doctor Jaime intentaba quitarle del cuello la cruz de plata que siempre llevaba.

—¿Es necesario? —susurró Conchita, procurando no despertar a su madre—. Ha llevado ese colgante toda la vida, seguro que le gustaría conservarlo.

Conchita miró al médico con ojos suplicantes y luego por la ventana, viendo los edificios de Zaragoza, la ciudad con el hospital más cercano a Belchite. Tras visitar a la abuela en su casa el día anterior, Jaime recomendó llevarla al hospital, donde pasaba consulta dos veces por semana.

—Su madre está bien, las pruebas son positivas —dijo el médico al cabo de unos segundos, lo que alivió a Conchita. Jaime había tratado a Basilisa desde hacía más de una década—. Sigue bajo los efectos de los medicamentos, pero no tardará en despertarse —continuó—. Se pondrá bien, pero nada de tabaco, bajo ninguna circunstancia, a partir de ahora. Su corazón está delicado, así que los cigarrillos son muy peligrosos. Correrá un enorme riesgo si sigue fumando.

Conchita agradeció a Dios que diera a su madre otra oportunidad.

La abuela Basilisa emitió un leve sonido, moviendo ligeramente sus delgados labios y entreabriendo los ojos. Conchita le cogió de la mano y le habló en el tono más suave que pudo. No había dejado de pensar en la carta a Juan Roso.

—Madre, soy yo, Conchita. Estoy contigo. ¿Puedes oírme?

—Hum —balbuceó la abuela Basilisa, paseando la mirada por la habitación, los ojos aún entornados.

—Estamos en Zaragoza, madre —dijo Conchita suavemente—. El doctor Jaime sugirió que vinieras aquí para hacerte unas pruebas, y dice que han salido bien; estamos en el hospital de las Descalzas, ya lo conoces. Llegamos ayer. —Conchita recordó la semana que pasaron en ese mismo hospital hacía diez años, cuando a la abuela la operaron del corazón después de diagnosticarle arterioesclerosis. Tras la alarma inicial, todo salió bien, como en esta ocasión.

La abuela Basilisa alzó una ceja.

—Ya —aceptó—. Yo ya sabía que estoy bien. —Sonrió, contagiando el gesto a los demás.

—Sobrevivirás —dijo el doctor Jaime—. Una mujer como tú aún tiene muchos años por delante, siempre que dejes de fumar. Tienes que dejarlo ya. No es un consejo, es una orden —añadió serio.

La abuela Basilisa cerró los ojos y suspiró. Estaba claro que había escuchado la misma cantinela muchas veces.

—Muy bien, señoras, tengo que ver a otros pacientes, pero la enfermera pasará dentro de poco. Por cierto —comentó a Conchita desde la puerta—, se puede quedar con esa cruz. Pensé que interferiría con las máquinas, pero no pasa nada. —Guiñó un ojo a Basilisa antes de irse.

Las dos mujeres suspiraron en cuanto el médico salió de la habitación.

—¿Dónde has dormido? —preguntó la abuela—. Espero que volvieras a casa.

Conchita sonrió.

—El sofá cama es muy cómodo.

La abuela meneó la cabeza.

—No sé por qué tanto alboroto. Me encuentro perfectamente —dijo. Lentamente, alzó un brazo para sostener su cruz plateada fuertemente con los dedos—. Menos mal que no me la han quitado.

Conchita la miró. Jamás se había sentido tan cercana a su madre, a solas, lejos de casa, fuera del escondite que suponía la rutina. En sus anteriores visitas al hospital, la abuela había estado más despierta, o era más joven, y también había más gente, como Pilar, María, el padre del doctor Jaime, médico también, y algunos vecinos. Pero ahora se encontraban las dos solas y la abuela estaba más necesitada.

Basilisa miraba su colgante.

—Le pedí que no te lo quitara —explicó Conchita—. Siempre lo llevas; es una cruz preciosa.

Las palabras de Conchita iban cargadas de intención, aunque se había prometido no presionar a su madre para que le hablara de Juan Roso. A su edad, y con el corazón delicado, los médicos habían advertido que era mejor evitar emociones fuertes. Pero Conchita siempre había sentido curiosidad por la cruz, y ahora estaba convencida de que guardaba relación con su padre.

—De todas las cosas, es lo único que me gustaría conservar —dijo la abuela, apretando el colgante con fuerza.

Conchita miró a su madre con máximo interés. «¿Habrá llegado el momento de saber la verdad por fin?». Mantuvo una mirada expectante.

La abuela Basilisa respiró hondo.

—Deberías saber la importancia que tiene, puede que vaya siendo hora —comentó, mirando la cruz, y luego girando la cabeza hacia la ventana—. Le conté a María algunas cosas hace poco. Lo siento, debí decírtelo a ti antes, pero María parecía tan afectada..., como si necesitase un poco de orientación. —Dejó pasar un instante—. Aunque ya sé que yo debería ser la última persona en dar ejemplo.

Conchita permaneció en silencio, dando golpecitos en la silla con los dedos.

«Por fin».

—Te debo muchas explicaciones, hija mía, demasiadas —prosiguió la abuela.

Conchita contuvo el aliento y miró a su madre con los ojos muy abiertos.

Lenta y esforzadamente, su madre le contó la historia de Juan y su apasionado amor. Mientras hablaba, la abuela no dejó de mirar por la ventana, procurando evitar la mirada de su hija. Desconcertada y sin emitir el menor sonido, Conchita escuchó los recuerdos de su madre sobre la muerte de Ana, y sobre cómo Juan robó el colgante de la casa del cura en 1938 antes de escaparse de Belchite. Después de ayudar a Soledad en la plaza, donde un soldado la intentó violar, o la violó, nunca se ha sabido, Juan llevó a Soledad a casa del párroco, compañero de Soledad en la escuela y buen amigo, ya que los soldados franquistas nunca le buscarían allí. A pesar de su ayuda, Juan robó la cruz y se la dio a Soledad para que ésta se la entregara a Basilisa, de su parte, como muestra de su amor. En cartas posteriores, Juan le había confesado que también la robó al pensar que su valor le podría ayudar en los tiempos difíciles que se avecinaban, por si le mataban a él.

Un intenso silencio inundó la habitación cuando la abuela Basilisa terminó el relato. Conchita contuvo la respiración hasta que no pudo más.

—Ave María Purísima —dijo al fin, santiguándose—. Madre.

La abuela Basilisa se quitó la cruz del cuello y la abrió con mucho cuidado, algo que Conchita nunca había visto. Del interior sacó una fotografía, pequeña y en blanco y negro, delicadamente enrollada.

—Éste es Juan, tu padre. —Le temblaban las manos. Miró con intensidad a los ojos de Conchita.

Ésta tragó saliva tres veces antes de coger la foto, vieja y raída. Con manos sudorosas, Conchita sostuvo el diminuto retrato, de un joven de piel morena y nariz alargada, muy parecida a la suya. Sus ojos eran negros y profundos, iguales a los suyos y a los de María. Eran casi lo opuesto a los ojos azules y cristalinos de su madre.

—Santa María, Madre de Dios. —Conchita sólo podía emitir frases religiosas para expresar su desconcierto. Devolvió la foto a su madre y volvió a santiguarse. Nerviosa, se abrochó el último botón de la blusa, como si necesitase protección. Bajó la mirada, fijándola en las baldosas del suelo.

Estaba demasiado confusa, no podía sacarse el rostro de su padre de la cabeza. Era como si acabase de descubrir una nueva parte de sí misma, como si un extraño hubiese invadido su cuerpo. Sintió que el aire de la habitación se enfriaba. Se estremeció.

La abuela Basilisa la miró.

—No hay razón para santiguarse tanto, Conchita, es nuestra vida, es lo que pasó.

—¿Por qué todo este silencio? —consiguió murmurar Conchita al fin, sin despegar la mirada del suelo.

La abuela Basilisa respiró hondo.

—Esos años, Conchita..., no eran como ahora. Era mejor estar callada, podrían haberme matado si hubiesen descubierto mi relación con un rojo, ¿y qué podía hacer? No teníamos a nadie. Soledad se ocultaba en las montañas y yo estaba sola, ¿qué habría pasado si me hubieran encarcelado o asesinado?

Conchita miró a su madre, esforzándose por contener las lágrimas.

«Mi padre, mi propio padre, a quien nunca conocí, ahora lo veo, a mis sesenta y siete años. Dios bendito».

—¿Por qué no volvió después? ¿Por qué no fuiste tú allí? —Conchita no lo comprendía.

—Era peligroso, hija, sobre todo para alguien tan implicado en la política como él, que estaba en todas las listas negras. Y luego, años después, Cuba se convirtió en un país comunista y eso empeoró las cosas —suspiró Basilisa—. Además, el tiempo todo lo borra. Al final, siempre nos acostumbramos a lo que tenemos, por malo que sea. Al final, todo es relativo. La vida no es como es, sino como se vive, hija. Es la verdad.

Educada en una época de profundo respeto hacia los padres —o a cualquier forma de autoridad—, cuando las preguntas directas estaban mal vistas, Conchita no quería empezar a interrogar a su madre. Pero esta conversación era diferente, sin duda la más directa y sincera que nunca habían tenido. Por una vez, Conchita no temía abrir su corazón en busca de respuestas.

—¿No seguisteis en contacto? —preguntó, atreviéndose a mirar a su madre a los ojos.

—Me escribió todos los días, durante años.

—¿Le contestaste? —Conchita quería entender el significado de la carta que encontró.

La abuela Basilisa cerró los ojos.

—No fue fácil, Conchita, debes comprenderlo —dijo, esforzándose—. Le escribí el otro día, después de contárselo a María. Pensé que si la familia sabía algo, él debería estar al corriente. Me hicieron falta muchos borradores, pero al final le escribí.

«Ya entiendo: yo encontré un borrador, pero no puedo decírselo todavía».

Conchita se mordió el labio y respiró hondo.

—¿Sigue vivo?

Basilisa volvió a perder la mirada por la ventana.

—No lo sé —dijo—. Lo dudo. Dejó de escribir hace meses.

Conchita permaneció pensativa durante un instante.

—¿Cómo podía mandarte cartas desde Cuba? ¿No estaban censuradas? ¿No suponía una amenaza para ti?

—Sí, pero en aquella época la gente encontraba soluciones para todo. Uno de sus amigos, Jaime, el padre del médico y doctor en Belchite durante mucho tiempo, escapó a Barcelona con él. De allí, tu padre tomó un barco hacia Cuba, mientras que Jaime se exilió a Francia, estableciéndose en Toulouse. Siguieron en contacto, de modo que Juan le escribía las cartas a Francia y Jaime las entraba en el país mediante algunos contactos que cruzaban los Pirineos con regularidad. A veces recogían las cartas en Andorra, donde Jaime conocía a otro médico de confianza; éste se las pasaba a un doctor de Belchite, que iba a Andorra de vez en cuando a por medicinas —y a por preservativos también—. Un puñado de personas, entre médicos y comunistas clandestinos, debieron de leer esas cartas antes que yo.

Conchita frunció el ceño para recordar.

—Entonces Jaime regresó, de eso me acuerdo —dijo, recordando las imágenes de los exiliados que regresaron a España tras la muerte de Franco.

—Sí, Jaime volvió en 1977 —confirmó la abuela—. Regresó con su hijo, nuestro médico ahora, que ya ejercía en Francia. Siguió trayéndome cartas de Juan, pero dejó de hacerlo hace meses.

—¿Por qué no te escribía directamente?

—Le pedí a Jaime que nunca le diese mi dirección —repuso la abuela—. Supongo que en el fondo tenía miedo al contacto directo. Una no puede mantener dos vidas a la vez, la propia y la que hubiese deseado. Mi vida con Juan se terminó hace muchos, muchos años, así que era mejor seguir con la vida que tenía, que al menos era mía y real, no una fantasía que nunca pudo ser.

Conchita, con el corazón roto por la triste historia de su madre, seguía con la esperanza de que Juan Roso todavía estuviera vivo.

—El padre de Jaime murió hace unos meses, ¿crees que su hijo sabe algo de todo esto?

—No lo sé. En una de sus últimas cartas Juan me dijo que estaba enfermo.

—¿Quieres que te ayude a buscarle? —se atrevió a decir—. Quizá podríamos...

—Ahora no —la interrumpió su madre—. Es demasiado tarde.

«Dios santo. Y yo que pensaba que todo lo que le preocupaba en el mundo era el campo, y resulta que ha sacrificado su vida para mantenerme a mí, a Soledad, la casa, las tierras... Ha dejado de vivir su vida por nosotras. Qué mujer. Y yo convencida de que era más fuerte que ella. Tonta de mí».

—Le fuiste fiel toda la vida —dijo Conchita con admiración.

—Estuve con otro hombre..., una vez... O, más bien, él me tuvo a mí —replicó la abuela. Se ruborizó durante unos segundos y apartó la mirada—. Un falangista del pueblo se enamoró de mí, un brutal inspector de la Falange. Tuve que acceder a ser su amante para que no arrestase a Soledad, sobre quien pesaba una condena a muerte. —Se volvió hacia Conchita—. Funcionó, pero no es algo que me agrade recordar.

«Oh, madre». Conchita sintió ganas de estrechar la mano de su madre con fuerza, pero ni la una ni la otra estaban acostumbradas a gestos de ternura. Agachó la mirada, sosteniendo su cabeza con ambas manos, tapándose la cara.

—Has hecho tanto...

La abuela Basilisa sonrió.

—Tú habrías hecho lo mismo y, de hecho, así ha sido: has convertido nuestro pequeño negocio local en una empresa casi nacional, Conchita. Tu trabajo duro, tu consistencia y determinación me han impresionado.

Conchita sintió una felicidad completa al oír cada una de esas palabras. «Por fin alguien me valora».

—Tú hiciste mucho más, madre —dijo Conchita con modestia.

—Las dos hemos respondido bien, hija. Tú has comprado camiones y máquinas, del mismo modo que yo comerciaba con pollos y ovejas. ¡Pensé que mi primera mula era como un cohete espacial, menuda revolución en el campo!

Las dos rieron, descargando algo de tensión, y entrando en un terreno más familiar. Habían contenido sus emociones durante décadas y ahora sólo podían soportarlas durante un tiempo limitado.

La abuela siguió:

—Me sentí como una millonaria cuando pude cultivar cebollas, tomates, judías... Y ya no te digo cuando por fin pude comprar una cabra, de la que sacamos un queso buenísimo; de hecho, fuiste una de las primeras niñas de Belchite en comer queso después de la guerra —afirmó con orgullo, provocando una sonrisa en su hija.

—Quizá por eso me guste tanto —dijo Conchita, feliz—. Aún hoy, cuando me despierto en mitad de la noche y voy a la cocina, no son las galletas o el chocolate lo que me tienta, ¡sino el queso! —dijo con una sonrisa—. Ay, madre, qué cosas aprende una.

—También tenías unos jerséis preciosos, ríete tú de esos tejidos prefabricados que se llevan ahora —siguió la abuela—. Una noche robé una oveja a un pastor, allá cerca de la era, para quedarme con la lana.

—¿Una oveja robaste, madre? Por Dios —rió Conchita.

—Bueno, fue más bien un préstamo porque al cabo de unos meses se la devolví —se exculpó la abuela—. Ya sé que no está bien, pero tú no pasaste frío de niña ningún día porque tenías unas mantas y unos abrigos de pura lana, en aquellos inviernos polares de antes, ¿te acuerdas?

Conchita ciertamente recordaba las mantas de lana, por lo que protegían del frío, pero sobre todo por lo que picaban. Guardándose el pensamiento para ella, respiró hondo y descansó la espalda en la silla. Más animada, se desabrochó el botón superior de su tupida blusa gris, sintiéndose más abierta a la conversación.

La abuela prosiguió, ahora con sus mejillas más sonrosadas:

—Pues escondí la oveja en el dormitorio, que era también el tuyo, durante meses, para que los inspectores no la vieran. En esos tiempos, todo estaba racionado, pero yo recibía menos que los demás por ser madre soltera. Lo poco que teníamos lo compartíamos con Soledad, que salía de su escondite en el monte de vez en cuando.

—Solía leerme cuentos cuando estabas en el campo —recordó Conchita, sintiendo la tierna voz de Soledad todavía en sus oídos, como si hubiese sido ayer—. ¿Nadie te ayudó?

—Pues no, hija, no —dijo la abuela con resignación—. El régimen condenaba a las madres solteras, así que las mujeres del pueblo cambiaban de acera cuando me las cruzaba por la calle. Los carniceros siempre me daban lo peor del cerdo y los vecinos me miraban de arriba abajo. Por supuesto, nadie me invitaba a nada. Pero, si te soy sincera, entre los campos, la siembra, tú y las inesperadas visitas de Soledad, que arriesgaba su vida y la nuestra, no me daba tiempo a más.

Conchita observó la tranquilidad reflejada en el rostro de su madre, sus ojos cansados, medio cerrados. Por primera vez en muchos, muchos años, sintió el vínculo que una vez las unió. Le vinieron a la memoria imágenes que creía bien enterradas en el pasado.

—¡Escondíamos sacos de harina en plena noche! —exclamó Conchita con el entusiasmo de una chiquilla—. Me mandabas guardar unas botellas de aceite, y esperar en completo silencio hasta que llegaba un hombre al corral y nos las cambiaba por arroz y harina, ¿verdad?

—Qué tiempos aquellos —suspiró la abuela Basilisa, recostándose en la almohada. Cerró los ojos un instante y bostezó.

«Creo que ya ha sido suficiente, no quiero alterarla demasiado». Pero Conchita no podía detener el torrente de recuerdos.

—Entonces me fui a al internado de Zaragoza y allí se acabó la diversión —dijo, entristecida.

La abuela Basilisa, visiblemente cansada, miró a su hija y estiró la mano hacia ella, aunque sin alcanzarla. Conchita movió la suya un poco, dejando una distancia mínima entre su mano y la de su madre.

—Sí, ya sé, hija, que el internado no te gustaba —admitió la abuela con tristeza—, pero no tenía alternativa. ¿Qué futuro o educación habrías tenido en Belchite, criada por una madre condenada al ostracismo? Nadie te habría enseñado nada. Además, por aquella época empecé a verme con el falangista, no habría sido bueno para ti, ya que él quería casi todo mi tiempo y atención. Es triste, pero así sobrevivimos, y Soledad también.

El corazón de Conchita se encogió. «Sacrificaste tu vida por nosotras».

Temblorosa, Conchita tomó la mano de su madre, sosteniéndola con delicadeza. No lograba recordar una escena similar. Se habían cogido de la mano en el pasado, pero nunca habían estado juntas de verdad, como ahora.

La abuela Basilisa cerró los ojos y respiró profundamente bajo la manta.

—Lo sé, Conchita. No he sido una buena madre —dijo muy lentamente, los ojos aún cerrados—. Pero, por favor, créeme cuando te digo que intenté hacerlo lo mejor posible, siempre pensando en tu bien. Quería que disfrutaras de tu vida, que fueras independiente. No quería que perdieses el tren, como yo.

Conchita no podía apartar la vista del rostro de su madre. Ahora, la veía con una perspectiva diferente, como a una persona con identidad propia. Ya no parecía su madre, se había convertido en una heroína con un profundo y noble pasado.

—Hiciste lo que pudiste, y eso es todo lo que importa —afirmó.

La abuela Basilisa volvió a abrir los ojos y sonrió a su hija, quien apartó rápidamente la mirada, tan poco acostumbrada como estaba a la tensión emocional. La abuela se quitó la cruz del cuello y se la tendió a Conchita.

—Quédatela, ahora ya lo sabes, forma parte de ti, lo mereces —dijo—. Has sido una buena hija, nunca me has dado problemas, siempre has hecho lo que se te mandaba y has creado una adorable familia... Algo que yo no pude.

Conchita se sintió reconocida por primera vez en muchos años. Con manos temblorosas tomó la cruz, sosteniéndola como el objeto más delicado del mundo.

—La guardaré siempre, madre.

—Algún día se la entregarás a María... Parece que la necesita.

Conchita iba a preguntarle por María, pero, pensándoselo mejor, se echó atrás para no cargar más el delicado corazón de su madre. «En otro momento, cuando vuelva a casa».

Una delicada llamada a la puerta alertó a Conchita de la llegada de la enfermera, que caminaba en silencio.

Tras observar a las dos mujeres, dijo:

—Es hora de descansar. —Miró a Conchita y añadió—: Se está haciendo tarde y su madre necesita dormir.

Conchita asintió y le dio un beso a su madre en la frente, quizá el beso más dulce que había dado en su vida.

—Volveré dentro de unos minutos —dijo, poniéndose el abrigo.

Cerró la puerta tras de sí, agarrando la cruz con firmeza. Sola, en medio del pasillo del hospital, no sabía adónde ir, qué hacer.

«Quiero a mi madre. Por fin sé quién es mi padre. He sido una buena hija. Después de todos estos años, resulta que he sido una buena hija y que he forjado la familia que ella siempre soñó».

Conchita se apresuró hacia la capilla del hospital, cubriendo con las manos sus incontenibles lágrimas.

## Capítulo
## 17

Jordi respiró profundamente, notando cómo el aire frío llegaba a sus pulmones. Fijó la mirada en el horizonte, donde acaba el mar, ahora con el reflejo rojizo de los atardeceres mediterráneos, su hora favorita. Prefería las playas de Barcelona en invierno, tranquilas y silenciosas, sin cuerpos semidesnudos ni turistas. Con los zapatos en la mano, Jordi se remangó los pantalones, se quitó la corbata y se puso a pasear por la orilla, dejando que el agua acariciara sus pies.

«Menos mal que las obras en el piso van bien», pensó.

Tras su encuentro con el padre Juan Antonio esa misma mañana, Jordi había visitado el piso de Sarrià para comprobar que todo estuviera bien. No dejaba de dar vueltas al acuerdo que había alcanzado con el sacerdote tan sólo hacía unas horas: donar cincuenta mil euros le dejaba sin margen de error. Necesitaba pensar. Después de anular una reunión que tenía por la tarde, Jordi se acercó a Santa María del Mar, su iglesia preferida, para oír misa. Bajo los impresionantes arcos góticos, Jordi escuchó el sermón del sacerdote, ese día sobre la caridad y la donación a los necesitados —lo de siempre antes de Navidad—. Después de la misa, rezó arrodillado durante media hora, y allí decidió enviar el cheque para Belagua, su club. Así lo hizo nada más salir de la iglesia.

Necesitado de aire fresco, Jordi se acercó a la playa de la Barceloneta, muy cerca de Santa María del Mar.

«No sé cómo me las arreglaré si algo sale mal, aunque seguro que si lo necesito, la Obra me ayudará. Hoy por ti, mañana por mí».

Abrió los brazos hacia el mar y respiró hondo. Por fin un poco de paz; hasta que su móvil sonó.

«María, a lo mejor me llama desde Londres. Por fin».

Rebuscó apresuradamente en los bolsillos de su chaqueta, pero se desilusionó al ver que se trataba de Robert, el abogado de la empresa —llevaba dos días intentando contactar con María, quien parecía muy ocupada en Londres.

Cogió la llamada, preguntándose qué habría averiguado su abogado sobre Peñaranda, el idiota que visitó las Cavas el mes anterior, reclamando las tierras.

Durante los pocos minutos que duró la conversación, Jordi permaneció mirando al horizonte, con los ojos muy abiertos; luego, los cerró con fuerza. Al colgar, dejó caer los brazos, teléfono en mano y ceño fruncido. Miró al mar y volvió a cerrar los ojos. Agitó la cabeza varias veces.

«No puede ser verdad».

Jordi se llevó una mano a la boca.

«¿Por qué todo sale mal? ¿Se puede saber qué he hecho?».

Contempló el cielo, implorando a Dios calma y paciencia. Las palabras de su abogado aún retumbaban en su cabeza. Sí, Peñaranda tenía razón. Su familia era la propietaria de las tierras de los Gratallops en el Penedès.

El abogado llamaba desde Salamanca, donde había encontrado pruebas del patrimonio de los Peñaranda en los archivos de la Guerra Civil. También había ratificado la información en el registro de la propiedad de Madrid y Barcelona. Pere Gratallops, el abuelo de Jordi y capataz de las Cavas antes de la guerra, se hizo con las tierras antes de que los nacionales entraran en Cataluña. Tal y como había dicho Peñaranda, la mayoría de su familia había sido asesinada, y no era extraño en esos casos que los capataces se hicieran con la propiedad.

No había vuelta de hoja, dijo el abogado, confesando su desconcierto. Ahora, buscaría estrategias para defender el caso en los tribunales. Quizá podían alegar que la propiedad de tierra había prescrito.

Jordi volvió a suspirar y se puso a caminar sin rumbo, el móvil aún aferrado en la mano.

«Tengo que pensar con claridad. Dios me está poniendo a prueba. Justo ahora que acabo de mandar ese cheque. Vaya idiota, a lo mejor voy a necesitar ese dinero más de lo que creía. Igual este proceso se prolonga. Mierda, mierda».

Jordi estuvo a punto de llamar a su padre, pero pensó en su frágil salud; mejor hablar con él cara a cara. «¿Por qué nos dijo que las tierras habían pertenecido a varias generaciones de Gratallops?».

Cuánto necesitaba a María en ese momento y qué distante había estado últimamente, con todos los viajes a Londres. La llamó una vez más, pero volvió a saltar el contestador.

Irritado, Jordi apretó el móvil con dureza. Casi lo arrojó al mar.

La imagen de Peñaranda le vino a la cabeza una vez más. «Maldita nobleza madrileña recalcitrante, siempre igual. Cabrones».

Contempló el ir y venir de las olas durante unos minutos, dejándose llevar por su sonido tranquilizador, el olor a mar. Miró al cielo, intentando calmarse, sentir el apoyo de Dios, la calma del Mediterráneo.

«A tus manos me encomiendo, Señor —rezó—. Si esto es una prueba, la superaré. Si es necesario para resolver la cuestión de la propiedad para siempre, acepto el reto. Pero no me abandones».

Jordi bajó la cabeza, su mente repleta de preguntas.

«¿Por qué no me lo dijo mi padre? Igual no lo sabe, de lo contrario seguro que me lo hubiese contado. No es capaz de mentirme, ni a mí ni al resto de la familia. Tengo que hablar con él ahora mismo».

Regresó hasta *Óscar*, dejando la playa atrás. Miró hacia los edificios cercanos, el ajetreo de los coches y la gente. Se sentía alejado del mundo, ajeno a él.

«Todo lo bueno está reservado para el paraíso; este mundo es para sufrir. Ahora lo entiendo».

Aproximadamente una hora después, Pere Gratallops estaba recostado en su amplio sillón de cuero y encendía uno de sus habanos favoritos. Había escuchado a Jordi sin interrumpirlo una sola vez, mirándolo directamente a los ojos. Se quitó las gafas y las dejó sobre su amplio escritorio.

—Sí, lo que dices es verdad —dijo, con una serenidad que puso a Jordi al borde de la silla.

—¿Qué? —gritó a su padre, puede que por primera vez en su vida—. ¿Por qué no me dijiste nada? ¿Por qué nos mentiste diciendo que las tierras habían sido nuestras desde hacía generaciones?

Jordi se sentía traicionado. En un solo día, el Opus Dei le había presionado a pagar una cantidad que no tenía, aunque la terminó abonando con parte del presupuesto de la boda y del piso. Y ahora averiguaba que su padre le había engañado. Nunca se había sentido tan solo.

Pere Gratallops se incorporó y se dirigió hacia los amplios ventanales que daban a los viñedos; casi había anochecido. Inhaló el humo de su puro unas cuantas veces mientras Jordi lo observaba con nerviosismo.

—No te mentí, Jordi —dijo el hombre finalmente—. Es verdad que tres generaciones de Gratallops han trabajado estas tierras y han producido vino en estos viñedos.

—Pero no eran los propietarios, sino trabajadores, ¡capataces! —interrumpió Jordi, mordiéndose los labios.

Pere Gratallops se acercó a su escritorio y sacó una vieja carpeta de un cajón. Extrajo varias fotografías antiguas y las extendió sobre el escritorio. Jordi las miró atentamente. Reconoció a su abuelo, también llamado Pere Gratallops. Murió cuando su padre tenía catorce años, o eso le dijeron. Las demás fotos eran demasiado viejas como para reconocer nada.

—Es una larga historia, Jordi. Quizá debí compartirla contigo y con tus hermanos, pero nunca se sabe qué es lo mejor —dijo Pere Gratallops con la mirada triste—. Te debo la verdad, pero lo cierto es que siempre miré más al futuro que al pasado, como padre y cabeza de familia. A veces, lo mejor es pasar página y seguir adelante, hijo. Estoy seguro de que algún día lo comprenderás, si es que no lo has hecho ya.

—Quiero saber la verdad —afirmó Jordi con un tono inusualmente autoritario.

Pere Gratallops tragó saliva y miró las fotos.

—Esto es a finales del siglo XIX —comentó, señalando una foto redonda con un hombre de grandes bigotes y una mujer cubierta por una mantilla negra—. Son mis abuelos, a los que nunca conocí. Vivían en un pueblo de Extremadura, que si ahora es pobre, imagínate entonces. Sus antepasados eran catalanes —de los primeros que partieron hacia Cuba desde Cádiz—, lo que explica nuestro apellido.

Pere Gratallops cogió la foto y la miró detalladamente, fumando un poco más de su puro.

—Mi abuelo era un jornalero que se mataba a trabajar en los campos, pero ahorró lo suficiente para comprarle a mi padre un billete de tren a Barcelona, el único lugar de España donde había industria. Al igual que cientos de otros en el sur, mi padre vino en busca de oportunidades a principios de siglo, atraído por el boom de la Exposición Universal de 1898. Tenía catorce años cuando llegó a Barcelona, en 1907.

Jordi miró a su padre, asombrado. Estaba habituado a verlo correr de un lado a otro, a trabajar sin descanso, sin compartir ninguno de sus pensamientos. El cambio le puso nervioso. Hacía años que Jordi no fumaba, pero cogió un cigarrillo de un paquete que había sobre la mesa. Tosió al inhalar, pero mantuvo el cigarrillo ente los dedos, moviéndolo nerviosamente. Como si no hubiera visto nada, Pere Gratallops volvió a levantarse, caminó lentamente hacia la ventana y perdió la mirada en los viñedos.

—Tu abuelo encontró un trabajo en una fábrica de Barcelona, pero pagaban una miseria y sus sueños de poseer un negocio propio se evaporaron en cuestión de días —dijo—. Las viejas familias industriales catalanas se cerraron en banda ante la nueva ola de inmigrantes, aislando a la nueva clase trabajadora en barrios marginales, los mismos que todavía existen hoy.

«Y yo que creía formar parte de una familia burguesa catalana bien asentada. Ahora resulta que mi abuelo vivió en esos horribles suburbios», pensó Jordi, desconcertado.

—Tu abuelo era un hombre de campo —continuó su padre, de regreso al sillón—. Creció en plena Extremadura y sabía de mulas, aceite y grano; se sintió atrapado en la gran ciudad nada más poner un pie en ella.

—Entonces vino aquí —interrumpió Jordi.

Pere Gratallops asintió.

—Era un hombre de temperamento, fuerte y muy trabajador. Pronto encontró trabajo con los Peñaranda, pero las condiciones laborales eran incluso peores que en la ciudad: un solo día de descanso a la semana, sin vacaciones ni tratamiento médico, poca comida y ninguna educación para los hijos. España era un país casi medieval.

—Pero si ya había empezado el siglo XX —dijo Jordi, sorprendido.

—Por aquel entonces, el país no había evolucionado desde la Inquisición, no lo olvides —replicó su padre.

Jordi nunca había oído a su padre hablar así, y mucho menos mostrar tanta simpatía hacia los trabajadores. De hecho, siempre se oponía cuando Jordi luchaba por subir el sueldo a los empleados. Resultaba extraño ver su aspecto más humano; hablar con él de hombre a hombre.

—Pero tu abuelo era demasiado orgulloso y pronto organizó un sindicato de trabajadores, animado por el fuerte movimiento anarquista y socialista que había en Barcelona en ese momento —continuó Pere Gratallops—. La Semana Trágica le pilló con dieciséis años, lo que le debió de dejar muy impresionado, ya que se pasó el resto de su juventud luchando por los obreros más débiles, siempre en contra de los señores, los Peñaranda, en su caso. No se estableció con su novia, una mujer de Vilafranca, catalana de pura cepa, hasta los treinta años, hasta estar seguro de que la República acabaría triunfando. A partir de entonces, ella le enseñó catalán, le mostró el país y sus costumbres y le ayudó a leer a los clásicos, como Carner y Verdaguer. Abierto como era, se enamoró de la tierra catalana y se hizo devoto de la Virgen de Montserrat. Se casaron en 1930, un año antes de la proclamación de la República. Me tuvieron a mí al año siguiente y a una preciosa niña en 1933.

Jordi abrió los ojos con sorpresa.

—¿Tenías una hermana? No lo sabía. —Se encendió otro cigarrillo.

—¿Ves? —dijo su padre—, no sé si es bueno hablar. A veces es mejor dejar el pasado donde está.

Jordi continuó fumando su cigarrillo sin despegar la mirada de su padre.

—Si tengo una tía, tengo derecho a saberlo —afirmó, desafiante.

Su padre le miró con los ojos cargados de pena, y siguió:

—La pobre murió en la guerra, en un ataque anarquista contra las Cavas —dijo—. Yo tenía seis años; sólo recuerdo que mi padre y otros anarquistas querían hacerse con el control de la tierra. Mataron a algunos de los Peñaranda; capturaron al señor, pero otros miembros de la familia escaparon y tomaron represalias, disparando a los trabajadores rebeldes y a sus familias. Tiraron contra todos nosotros mientras corríamos a refugiarnos. La pequeña Montserrat, tenía cuatro años entonces, estaba en brazos de mi madre cuando una bala la alcanzó.

Con manos temblorosas, Pere Gratallops dejó su puro en el cenicero. Jordi tenía el corazón helado de imaginar a su padre huyendo mientras disparaban a su hermana pequeña.

—La quería mucho —recordó el anciano—. Cuidaba de ella en todo momento, mientras mis padres labraban los campos. Recuerdo enseñarle a dar palmitas, y cuando dijo sus primeras palabras.

Jordi, perplejo, contempló el rostro roto de su padre.

«Padre, has sufrido mucho en esta vida, y te lo has guardado todo para ti».

Por primera vez en muchos años, Jordi sintió admiración por su padre.

—El resto es historia —dijo Pere Gratallops incorporándose en el sillón—. En 1939, mi padre ya se había hecho con el control de la tierra, pero después de la victoria de Franco tuvo que escaparse a Francia, para volver de incógnito en 1940. Nos escondimos todos en casa de mis abuelos maternos, en Vilafranca, donde pasamos unos años muy duros, todo era oscuro, había muy poco para comer. Pero mi padre, al ver que la masía estaba en ruinas y todos los Peñaranda habían desaparecido, decidió volver. Empezó de cero, trabajó la tierra por su cuenta hasta que al cabo de un par de años pudo contratar a dos trabajadores, ex presidiarios del sur. Les ofreció buenas condiciones y les enseñó catalán y canciones locales. Bailaban sardanas incluso cuando estaban prohibidas. Ya sabes lo que vino después. La Guardia Civil le advirtió, pero era demasiado testarudo para cambiar. Al final se lo llevaron y lo fusilaron en Montjuïc, en 1945. Estoy seguro de que quiso morir antes que arrodillarse ante los fascistas. Era así de cabezón. Hay que ser más flexible en esta vida, por uno mismo y por los tuyos. A los catorce años, tuve que hacerme cargo del negocio y de mi madre, que murió un año después, de pena.

Jordi encendió otro cigarrillo y lanzó a su padre una mirada llena de respeto.

«Ya entiendo. Tú no crees en ideales, ni en nada, porque las ideologías rompieron a tu familia, y los perdiste a todos, tan joven. Tu padre, tu madre, tu hermana: todos. Por eso ahora sólo quieres proteger a los tuyos. Ahora lo comprendo».

—¿Por qué nunca me lo dijiste antes? —«Podría haberte comprendido, incluso ayudado».

Visiblemente cansado, Pere Gratallops cogió las fotos, las guardó en la vieja carpeta y miró a su hijo.

—Hay cosas que es mejor dejarlas en el pasado. No hay que remover —dijo con tono solemne.

Dejó pasar unos segundos.

—Te agradecería que esto quedara entre nosotros. Prométemelo, por favor.

Jordi apretó los labios y cerró los ojos. Todavía no le había mencionado las exigencias de Peñaranda, simplemente le había dicho que descubrió el asunto de la propiedad por casualidad, rebuscando entre unos archivos. «No puedo contarle lo de Peñaranda. Es muy delicado. No se lo puedo decir, al menos ahora, tal y como tiene el corazón».

—Prometido —dijo finalmente, apagando su cigarrillo. Su padre le miró con sorpresa, no se había dado cuenta de que había fumado durante toda la conversación.

—No sabía que fumaras —comentó Pere Gratallops.

—No lo hago. Lo siento, padre —se disculpó Jordi, bajando la cabeza.

—No tienes por qué pedir perdón por fumar, hijo. A veces desearía que tuvieras más vicios, pueden ser buenos —dijo, apurando su puro—. La vida no es perfecta, deberías aceptarlo y darte un respiro.

Jordi no respondió.

«Me he pasado la vida huyendo del vicio, pero ahora comprendo que tú cayeras en él para no perder la cordura, porque no tenías donde cogerte. Hasta sospecho que has tenido aventuras con otras mujeres, a veces llegas tarde a casa, cuando sé que no ha pasado nada importante en las Cavas».

—Tengo trabajo pendiente —dijo Pere Gratallops, desviando la mirada a unas carpetas sobre la mesa.

«Toca irse».

Jordi salió del despacho de su padre en silencio.

«Quizá yo también debería caer en el vicio», pensó.

## Capítulo 18

María y Nell salieron de Draper's Arms cabizbajas, sintiendo el viento helado de la noche londinense. Las calles estaban casi vacías, con la excepción de algunos grupos de oficinistas borrachos, enfrascados en alguna fiesta navideña de empresa. La noche había empezado bien para las dos, con la ilusión por negociar la presencia de las Cavas en Islington, y con la agradable expectativa de cenar frente a una cálida chimenea en un pub. Pero las preguntas de Nell sobre la boda habían amargado la noche a María. En el fondo de su corazón, ésta sabía que algo no encajaba —lo veía más claro lejos de Barcelona, con la perspectiva que Londres le daba.

María siguió los pasos de Nell con la vista pegada a los adoquines.

—¿Cuándo volverás a ver a tu gato? —preguntó Nell, agarrando el brazo de María y caminando junto a ella.

«Quiere animarme». Pensar en *Bombillo* le levantó un poco los ánimos.

—Regreso mañana por la tarde, después de algunas reuniones por la mañana —dijo, seria.

De camino al Hilton, el hotel de María, atravesaron Gibson Square.

—Volvemos a estar detrás de la oficina de Correos —advirtió Nell—. Es curioso, todavía no hemos hablado de los requisitos del ayuntamiento.

—Ya. —María no parecía interesada. «La oficina de Correos, la boda, todo son problemas».

—Si no tienes tiempo mañana, podría enseñarte las directrices ahora mismo, en Internet, si tienes un portátil —ofreció Nell—. Nuestra web es un poco complicada, hay que conocerla.

María miró su reloj y luego a Nell. Era tarde, pero necesitaba ver esos detalles antes de regresar, si quería tener alguna opción con el dichoso edificio. María apreciaba la compañía de Nell, especialmente en ese momento, sola, lejos de casa, y confusa como estaba.

—Sí, tengo un portátil en el hotel y hay buena conexión —aceptó—. También podría prepararte un pequeño modelo para tus cuentas, si quieres. No me tienes que dar ninguna cifra, podemos usar números abstractos.

—Si pones todo ceros, seguro que aciertas —dijo Nell, todavía avergonzada después de que su tarjeta fuera rechazada en el pub—. Sí que me vendría bien un programa, gracias.

Al llegar a Upper Street, el viento se hizo más fuerte y María tuvo que recogerse el pelo, que le tapaba toda la cara. Nell se le acercó, buscando la capucha de su anorak. Sin apartar la mirada de sus ojos, Nell le colocó la capucha lentamente, ajustando el nudo con delicadeza. María bajó la mirada, incómoda por la cercanía, y apretó los labios sin saber qué decir.

Las dos caminaron en silencio hacia el hotel, brazo con brazo, escuchando sus propios pasos sobre la acera.

Con una sola silla junto al escritorio, las dos optaron por sentarse en la cama, apoyando la espalda en las almohadas, con la vista fija en el ordenador. Con las mejillas aún sonrosadas por el frío, pidieron un té y un chocolate caliente.

—Este proyecto acaba de conseguir un permiso, les ha llevado dos años y tres diseños —comentó Nell, señalando en la pantalla una foto de un conjunto de viviendas de protección oficial—. Mira, pusieron ventanas que dejan entrar mucha luz, sólo hay tres plantas y no hay nada de aluminio, todo son ladrillos, y éstos los compraron victorianos, de segunda o tercera mano, pues son mucho más clásicos y buenos que los nuevos.

—Ya veo —dijo María, inclinándose ligeramente hacia Nell para ver mejor.

Nell le enseñó la web del ayuntamiento, cómo llegar a las directrices urbanísticas, dónde estaban los formularios y cómo rellenarlos adecuadamente. Le dio algunas pistas sobre qué era exactamente lo que el ayuntamiento quería leer en las solicitudes.

María tomaba notas hasta que, agotada, dejó el cuaderno en la mesilla y respiró hondo.

—Esto es muy difícil, ¿no? —dijo—. Sinceramente ¿crees que tenemos alguna posibilidad?

Nell retiró las manos del teclado y se volvió hacia María.

—Muy pocas, si te soy sincera. Os costará una fortuna construir o remodelar un edificio que el ayuntamiento considere aceptable.

María miró hacia la ventana.

—Mi futuro suegro, el dueño de la empresa, ha dicho que no pondrá ni un euro más. Será muy difícil negociar con él, es muy duro.

—Ya me hago cargo —dijo Nell, pensativa—. Debe de ser difícil mezclar familia y negocios.

María la miró a los ojos.

—Por eso no estoy en casa, en Belchite. —Dejó pasar algunos segundos—. Además, tampoco me llevo demasiado bien con mis padres.

—¿No? —preguntó Nell—. Qué pena. Creía que las familias españolas estaban muy unidas, con muchos hijos, siempre comiendo durante horas alrededor de una mesa.

—Pura imagen —replicó María, triste—. Sí, la gente se sienta a menudo en la misma mesa, pero puede haber mucho odio sin que se note. En España hay mucha apariencia, y si vives en un pueblo, o en un sitio pequeño, hay que fingir. Y más en Belchite, donde algunas disputas familiares vienen de la guerra y todavía no se han resuelto, como en mi familia.

Nell, aún con el portátil sobre las piernas, se giró totalmente hacia María.

—Recuerdo que algo me contaste sobre Soledad, la maestra que salió en la BBC.

María asintió.

—Es un auténtico tesoro, siempre ha vivido con nosotros, pero apenas se habla con mi padre.

—¿Y viven en la misma casa?

—Pues sí. —María se volvió hacia Nell—. Mi padre no es un buen hombre. Aparte de ser un franquista, también engañó a mi madre hace algunos años.

María se detuvo un instante. Se sentía cómoda con Nell, quien sabía escuchar, era de fácil conversación y comprensiva. Hacía mucho que no había hablado con alguien de esta manera, abriendo su corazón, sentada en una cama. No recordaba algo similar desde su amiga del colegio, con la que compartía secretos de adolescente, a veces cogiéndose de la mano. María cerró los ojos y notó paz en su corazón. Le encantaba la compañía de Nell, su amistad, su cercanía.

—Jamás he visto ninguna muestra de afecto entre mis padres —prosiguió.

Nell le acarició la mano brevemente. María sintió un vínculo entre las dos.

—Pero quizá también hay que comprenderlo —siguió María—. Crecieron en los años de Franco, con mucha represión y hambre. Casi todo el mundo sufrió, aunque estuvieran en el lado de los vencedores.

—Nadie gana una guerra, todos pierden —dijo Nell.

—Cierto —convino María—. La generación de mis padres sólo aprendió a sobrevivir; la única forma de prosperar era robando o engañando. Era la España del pillo, del listo, del tramposo, y no del inteligente o del trabajador, eso más bien se penalizaba. No había educación, ni mucho menos justicia.

«Pues como ahora —pensó María al pronunciar las últimas palabras—. Eso me enseñaron a mí también, desgraciadamente. Cada vez que trataba de razonar con mis padres, recibía un bofetón. Era el único idioma que conocían».

María recordó la típica respuesta de su padre: «No, porque no, y no hay más que hablar». Pero se guardó esos pensamientos para sí.

Miró a Nell, quien la contemplaba, paciente, expectante.

—Mi generación fue un poco más afortunada, pero en el colegio se nos exigía memorizar hechos, reyes y reinas; no nos enseñaron a formar ideas, y mucho menos a desafiarlas.

—A mí me parece que tú tienes muy buenas ideas —afirmó Nell, tomando de nuevo la mano de María—. Me gustó lo que dijiste antes sobre los poetas y la necesidad de vestirse como tales. Aunque yo siempre intento ver a través de las personas, ignorando su fachada.

María sonrió.

—Pues pensaste que me gustaban las cadenas de restaurantes sólo porque trabajo en un banco —recordó María con sorna.

—Te estaba picando —dijo Nell, golpeando suavemente el brazo de María con su puño—. Eres inteligente y no cuesta nada hablar contigo, hay pocas personas así.

María se sonrojó.

—Hay miles de personas así.

—Te sorprendería la gente con la que me cruzo. Además, eres una persona tolerante. ¡Si hasta viniste a una fiesta de lesbianas!

María apartó la mirada rápidamente. «La fiesta, espero que no hablemos del beso. O, a lo mejor, es lo que quiere. Por favor, ahora no. Estaba tan a gusto...».

Intentó cambiar de tema.

—La tolerancia es realmente importante —dijo—. Hay que estar abierto a todo, a la vida. Me encantan las casas alegres y luminosas, con gente entrando y saliendo todo el día; todo lo contrario que la casa de mis padres, oscura, llena de puertas cerradas y donde todo son gritos. —Hizo una pausa—. Me gusta Inglaterra, la educación de la gente, el hecho de que no se grite.

Nell rió.

—Sí que se grita, créeme, pero quizá no tanto.

María miró los ojos de Nell, de noche más oscuros, pero todavía muy azules.

—Bueno, al menos la gente es más tranquila y respetuosa. —María hizo una pausa mientras Nell dejaba el portátil sobre la mesilla y acercaba su cuerpo al de María.

—A veces me gustaría que fuésemos un poco más naturales, menos rígidos —dijo Nell—. Siempre me han gustado los países mediterráneos, son más cálidos, y no sólo por el clima, también por la personalidad, ¿no crees? Son países menos racionales, más instintivos, más naturales.

—A veces demasiado instintivos y naturales —sonrió María—. Tiene gracia que digas eso, mi abuela me decía el otro día que la naturaleza siempre acaba ganando.

—Pues tiene mucha razón —dijo.

María se recostó en la almohada, girando su cara hacia la de Nell. Una buena charla, en el anonimato de un hotel londinense, la hacía sentirse especial. Notaba que sus defensas iban poco a poco desapareciendo. Se sentía libre, sin miedos.

—Supongo que al ser lesbiana, al haber dado ese paso, habrás pensado mucho en lo que te resulta natural y lo que no —sugirió, un comentario que semanas atrás ni hubiera soñado realizar.

Sin inmutarse, Nell pensó la respuesta.

—Sí, la naturaleza ciertamente te dice que eres gay, y no puedes hacer mucho al respecto —dijo—. Pero no te dice en qué mujer te tienes que fijar... ¡Éso es lo realmente difícil!

Las dos se rieron.

—¿Te apetece beber algo? —preguntó María. La intimidad la hacía sentirse viva, acompañada, no quería que el momento acabase—. Te puedo preparar un mojito, si te gustan —ofreció—. Hay un poco de ron en el minibar y podría pedir el resto de ingredientes al servicio de habitaciones. ¿Te hace?

—¡Me encantan los mojitos!

Minutos más tarde, Nell admiraba cómo María machacaba diligentemente el hielo, picaba la menta y añadía soda para elaborar dos perfectos mojitos. Brindaron alegremente entre *cheers* y «salud».

—Eres una caja de sorpresas —afirmó Nell.

—¿Sorpresas? Mis conocimientos no terminan en las hojas de cálculo, querida —respondió María, con ademán inglés. Nell levantó una ceja con complicidad—. Por cierto, aún no te he hecho el presupuesto —dijo, cogiendo el portátil y sentándose de nuevo en la cama. Creó una hoja de cálculo en apenas unos minutos, con diferentes colores para cada categoría de gastos, para que fuera más asequible.

—Qué rápida eres —dijo Nell, haciendo sonrojar a María.

Nell se estiró en la cama, reposando la cabeza en su propio brazo y prosiguió:

—Estarás muy ilusionada ahora, a punto de crear tu propio hogar. Tiene que ser muy liberador, sobre todo si en casa de tus padres no estás a gusto.

María bebió un poco de mojito y miró a Nell. Quería abrir su corazón, por fin, a alguien que estuviese dispuesto a escucharla y en quien pudiera confiar. Necesitaba una charla larga y honesta de mujer a mujer; cómo las echaba de menos, con lo terapéuticas que resultaban. Nell le recordaba a su amiga íntima del colegio, pero de eso hacía ya muchos años. Ahora volvía a necesitar esa cercanía, esa intimidad, su corazón se lo pedía a gritos. Había pasado demasiado tiempo encerrada en sí misma.

—Bueno —suspiró María—. Supongo que ya te habrás dado cuenta de que las cosas con mi novio no son perfectas.

Nell asintió y miró a María con interés.

—A lo mejor tengo una crisis prematrimonial, pero es que a veces me siento muy lejos de él —confesó María—. Mientras, te veo a ti con tus amigas, tan natural, incluso a nivel físico, os besáis, os tocáis, se ve que tenéis proximidad, que compartís una vida, un proyecto.

—Claro, el afecto es una de las bases de las relaciones, sobre todo de las más íntimas —dijo Nell, como si no concibiera una relación sin muestras de cariño.

—Desgraciadamente, mi relación con Jordi no es así —siguió María—. Pero igual soy una impaciente. Puede que todo se arregle en cuanto nos casemos, ya te he dicho que es muy católico y que no concibe la intimidad hasta después de la boda. Una auténtica tortura, créeme.

—Ya me hago cargo, aunque se me hace muy difícil de imaginar —admitió Nell, acariciando ligeramente la mano de María—. La verdad es que nunca había oído nada igual.

María volvió a observar las dos manos juntas, la diferencia de color era impactante y atractiva a la vez.

—Echo de menos este tipo de afecto —dijo—. Su carencia hace que mi relación sea fría, como si fuésemos dos niños o, peor, dos robots; no es humana. Necesito que me toquen, que me deseen, que me traten como a una mujer. ¿Sabes lo que quiero decir? —María fijó en Nell sus enormes ojos negros.

—Sí —afirmó Nell—. Lo comprendo perfectamente, lo que no entiendo es cómo él puede evitar la tentación. Eres muy guapa y tienes un pelo increíble, ¿no quiere acariciártelo?

María apoyó la cabeza en la almohada.

«Un pelo increíble. Increíble».

María se sonrojó.

—Bueno, a veces sí, pero intenta evitar el contacto todo lo posible —dijo—. Algunas veces me he puesto falda corta o ropa más sugerente, pero no hay manera. Está hecho de hierro.

Nell sonrió, incrédula.

—Yo no sería capaz. Me pasaría el día acariciando tu pelo —dijo Nell, mirando el cabello negro y brillante de María caído sobre la almohada blanca.

—Lo dices sólo porque en Inglaterra no hay morenas y os fijáis más, pero no tiene nada de especial.

María apartó la mirada y no vio cómo la mano de Nell se acercaba a su cabeza, para acariciarla con suma dulzura. El corazón le dio un brinco. Ninguna de las dos se movió un centímetro, el silencio era sepulcral. María, aún con la mirada apartada, se sentía incapaz de girarse hacia Nell. Durante unos segundos contuvo el aliento mientras la delicada mano de Nell le seguía acariciando el cabello.

—Nunca había visto un pelo tan bonito —comentó Nell, replegando la mano. María respiró—. Es tan largo y negro, y fuerte... Tiene carácter.

María no sabía qué decir.

—Deja que te dé un pequeño masaje en la cabeza —ofreció Nell—. Ya verás cómo te sientes mejor.

María no dijo nada y se volvió sobre su estómago. Se imaginó en una de las cabañas que de pequeña construía en los árboles del jardín de la abuela. Allí, las horas pasaban sin darse cuenta; entonces, el tiempo y el riesgo no existían, o no contaban. Como ahora.

Sintió las fuertes pero delicadas manos de Nell en su cabeza.

Su amiga del colegio había sido la última persona en acariciarla así, con tanta ternura, tendida en una cama, en silencio. Con Jordi a veces había tenido contacto, pero desde luego nunca en un dormitorio, y tampoco era igual. Sus manos masculinas no emanaban el mismo cariño que las de su amiga o las de Nell.

Ésta aminoró las caricias, lentamente. Fue al cuarto de baño y regresó al poco tiempo con una pequeña toalla caliente. Despacio, le levantó ligeramente el jersey y reposó la toalla en la parte inferior de su espalda.

A María se le puso la piel de gallina.

Nell continuó con el masaje, esta vez sus manos ascendiendo por la espalda, hacia el cuello.

—Tus novias son muy afortunadas —dijo María, aún tumbada sobre el estómago, la cabeza enterrada entre los brazos. Se imaginó a Nell con otras mujeres, sintió curiosidad—. Bueno, yo te he contado mis cosas; cuéntame tú ahora, cuántas novias has tenido, cuál es tu tipo...

—Uf, si yo lo supiera —suspiró Nell, con una sonrisa—. Pero en general, me gusta la gente con la que paso un buen rato, a la que no puedo dejar de mirar. No sé, sobre todo creo en lo que funciona. En el fondo, todos sabemos lo que nos conviene, lo que encaja bien, lo que es natural.

«Otra vez la naturaleza».

Las caricias de Nell eran ahora tan lentas y reconfortantes que María sintió ganas de quedarse dormida, tranquilamente junto a ella. Nell se acercó, su cuerpo estaba ahora muy cerca del de ella. María apreció la cercanía, la intimidad. Instintivamente, las dos se acercaron más la una a la otra, la cabeza de María aún escondida entre sus brazos. Entonces se volvió y se recostó sobre el hombro de Nell.

En silencio, la mano de Nell ascendió hasta su frente. Con un dedo, dibujó lentamente los contornos de sus cejas, sus ojos, sus mejillas, sus labios. María cerró los ojos. Nadie la había tratado con tanta delicadeza. Sin darse cuenta, abrió un poco la boca y rozó el dedo de Nell con sus labios, sin llegar a besarlo. Nell se acercó todavía más, hasta que sus labios estuvieron a punto de encontrarse, pero se detuvo cuando el móvil de María empezó a sonar, insistente, irritante.

Las dos se quedaron quietas.

Confusa, María miró el reloj de la mesilla. ¿Quién llamaba pasada la medianoche?

El móvil sonaba una y otra vez. María, siempre responsable, se apresuró hacia el escritorio y vio que era su madre.

«¡Siempre lo fastidia todo! ¿Por qué llama a estas horas?».

—¿Qué pasa? —contestó María, seca, contrariada.

—Soy tu madre, María —dijo Conchita—. Tienes que volver a casa inmediatamente. La abuela se ha muerto.

## Capítulo
# 19

El velo de la mantilla cubría el rostro de Conchita mientras caminaba arrastrando los pies hasta la iglesia de Santa Fátima de los Dolores, en Belchite. Vestida de negro impecable, y acompañada por Soledad, María y Pilar, Conchita subió con esfuerzo los peldaños del edificio. En silencio las seguían Honorato, Jordi y los hijos de Pilar, y un centenar de lugareños, todos rezando juntos, rosario en mano. Los dos ángeles de tamaño humano que custodiaban la entrada a la iglesia contemplaron la llegada de la comitiva fúnebre al pie de las escaleras. Iban a enterrar a la abuela Basilisa en una oscura y nublada tarde de diciembre.

Conchita llegó al rellano de la iglesia con un suspiro y se giró. Todo el mundo se detuvo y contempló su sombría figura, a lo alto de la escalinata, mientras las campanas empezaron a anunciar el funeral. Belchite había hecho una pausa para despedir a una de sus hijas; un ejemplo moral y una terrateniente generosa que luchó contra el aislamiento con sufrimiento y perseverancia, había dicho el sacerdote por el pueblo. También había pedido apoyo para la hija de Basilisa, la inmaculada Conchita, una llamada a la que los habitantes de Belchite habían respondido en masa. La mayoría cerraron sus comercios.

Al entrar en la iglesia, el doblar de las campanas apagó los sollozos de Conchita, María y Pilar. Una vez dentro del templo, atestado hasta lo imposible, los asistentes se arrodillaron unos minutos, bajo un silencio sepulcral.

El obispo de Zaragoza entró en el altar, vestido con una sotana negra y llevando un báculo dorado en una mano y un palio blanco en la otra. Se inclinó frente al altar, lo besó y se volvió hacia la multitud. Invitado por el sacerdote local, había venido desde Zaragoza para oficiar su primer servicio en Belchite.

—*In nomine Patris, et Filii, et Spiritus Sancti* —dijo el obispo, alzando el báculo.

—Amén —replicó todo el mundo.

—*Gratia Domini nostri Iesu Christi, et caritas Dei, et communicatio Sancti Spiritus sit cum omnibus vobis* —continuó el obispo, con los ojos cerrados y las manos alzadas.

—*Et cum spiritu tuo* —repuso la congregación al unísono.

Tras la primera plegaria, el obispo saludó a la familia de la difunta y al resto de asistentes. En cuestión de segundos, Conchita empezó a sentir calor, casi mareos. Le pesaban las piernas en una iglesia tan llena y con la calefacción al máximo. El obispo aún no había ordenado sentarse, pero Conchita no podía más, no había dormido en dos noches y no había dejado de pensar durante horas. Soledad la había obligado a comer lo poco que había tomado desde la muerte de la abuela, hacía dos días. A punto del desmayo, Conchita se sentó, notando de inmediato la mano de Pilar en su hombro. Estaba sentada entre sus dos hijas y cerca de Soledad, las cuatro en primera fila. El resto de la familia estaba detrás. Jordi, como de costumbre, rezaba concentrado, de rodillas y con los ojos cerrados.

Conchita, apretándose la cruz de su madre contra el pecho, siguió con sus oraciones, aunque ya no tenía más que rezar —no había parado en dos días, tratando de compensar la culpa que arrastraba por la muerte de la abuela.

«Si no hubiese sacado un tema tan delicado en el hospital, seguro que seguiría viva», se atormentaba, a pesar del consuelo de Soledad. Conchita le había contado la última conversación con su madre, incapaz de quedársela para sí. Tenía que compartir el dolor —la muerte de la abuela le había partido el corazón en mil pedazos, sobre todo cuando pensaba que ahora, sin secretos, podrían haber disfrutado de los mejores años de sus vidas.

María, incapaz de seguir de pie, se sentó junto a su madre. Las dos apenas habían hablado desde que María llegó de Londres —casi no había dicho palabra desde entonces.

«Aislarse nunca es bueno, pero hay que respetar su reacción. María es como es», pensó Conchita.

Pilar se sentó junto a las demás y entrelazó su brazo con el de su madre, sosteniéndola con fuerza. Conchita agradeció el gesto.

Mientras el obispo hablaba de la abuela Basilisa y de su honorable vida en Belchite, Conchita recordó las palabras de su madre acerca del ostracismo que sufrió. De reojo, observó a varias mujeres de la edad de la abuela sentadas dos filas por detrás, en el otro lado, todas de luto. Sollozaban ostensiblemente y no paraban de rezar. Conchita pensó que quizá fueron ellas quienes cambiaban de acera al ver a su madre por la calle, las que nunca la invitaron a sus fiestas.

«Seré fuerte y defenderé la memoria de mi madre ante lo que sea», pensó Conchita. Vio otras caras, como la del doctor Jaime y la de Pepe, el hombre que venía año tras año a la matanza, aparte de otras personas profundamente afectadas. Conchita no se atrevía a girarse. El imponente silencio de más de cien personas, todas mostrando un profundo respeto por su madre, le resultaba abrumador.

El obispo empezó la absolución de la abuela con la habitual oración en latín:

> *Qui missus es sanare contritos corde: Kyrie eleison.*
> *Qui peccatores vocare venisti: Christe, eleison.*
> *Misereatur nostri omnipotens Deus et, dimissis peccatis nostris, perducat nos ad vitam aeternam.*

Los asistentes respondieron con un sonoro «Amén», si bien, por supuesto, nadie comprendía una sola palabra.

El obispo habló de la vida de Basilisa, llena de sufrimiento y pecado —como la de todos los humanos—, dijo, y sobre cómo ésta ahora había encontrado la redención y la felicidad en el paraíso. Se refirió con condescendencia a los errores pasados, momentos que lamentar, producto de la debilidad de la carne, y que ahora serían perdonados en el cielo. En claras alusiones a la vida de la abuela, dijo que en el fondo era justo que una persona sin familia cristiana, alguien incapaz de dar un padre y una madre a una hija, hubiese sufrido las consecuencias de un acto fuera del sacramento matrimonial. Ese sufrimiento terrenal la ayudaría ahora a atravesar las puertas de la gloria. El obispo también se refirió, como pecadores, a quienes no apoyan a la Iglesia en guerras y conflictos, momento en el que Soledad emitió un gruñido.

Pero la mayor sorpresa no vino del altar, sino de María, que, sentada en la esquina del banco, de repente se levantó y se fue. Conchita volvió la cabeza y vio la espalda de su hija, que recorría el pasillo lateral hacia la puerta. Esperaba que se volviese en algún momento, alegando sentirse mal, pero no fue así. Simplemente abandonaba el funeral de su abuela, pensó Conchita, incapaz de creerlo. Buscó los ojos de Soledad, quien no la miró, y de Pilar, quien le estrechó la mano para consolarla. Conchita se volvió para mirar a Jordi, quien, todavía arrodillado con la cabeza entre las manos, no se había enterado de nada.

«Vaya falta de respeto hacia tu abuela, María. Puede que el obispo se haya pasado en el sermón, pero es el obispo. No te lo puedes tomar así. ¿Qué va a decir la gente?».

Conchita pudo controlar la ira que iba creciendo en su interior. «Ésta es la despedida a mi madre y ni siquiera María me la va a arruinar, pero desde luego que se va a enterar. Pobre Jordi, necesitará toda la paciencia del mundo».

El obispo, cuya mirada también estaba fija en la espalda de María, guardó silencio mientras ésta recorría el pasillo, añadiendo dramatismo a la situación. Toda la congregación, excepto Jordi, se dio cuenta. En cuanto María desapareció tras las puertas, el obispo suspiró con petulancia y continuó:

*Gloria in excelsis Deo.*
*Et in terra pax hominibus bonae voluntatis.*
*Laudamus te, benedicimus te, adoramus te, glorificamus te,*
*gratias agimus tibi propter magnam gloriam tuam.*
*Quoniam tu solus Sanctus,*
*tu solus Dominus, tu solus Altissimus, Iesu Christe,*
*cum Sancto Spiritu: in gloria Dei Patris.*

—Amén.

Un par de horas después, Conchita, Pilar y Soledad encontraron a María sentada, sola, bajo *El Abuelo.*

«Ahí está, enfurruñada como una cría. María, hoy no tengo tiempo para esto».

Sosteniendo la pequeña caja de madera que contenía las cenizas de su madre, Conchita pasó por delante de su hija, sin mirarla. Soledad y Pilar sí se detuvieron, la ayudaron a levantarse y se unieron a Conchita bajo el viejo árbol. Las cuatro figuras negras entrelazaron sus brazos y permanecieron en silencio, cabizbajas, durante unos minutos. El sol ya se ponía, dando a las viejas hojas verdes un aire místico. Soledad, más pálida de lo que Conchita jamás la había visto, tomó la caja en sus manos temblorosas, la abrió y cogió un puñado de cenizas. María y Pilar empezaron a llorar. Conchita alzó la barbilla, miró fijamente al árbol y dijo:

—Símbolo de paz durante siglos, por favor, lleva estas cenizas al cielo.

Lentamente, Soledad avanzó unos pasos, abrió la mano y dejó que la brisa llevara los restos de la abuela hacia el árbol eterno. Con voz muy grave dijo:

—Gracias por esta vida de amistad. —Apenas podía hablar, pero continuó—: Siempre estarás en mi corazón, así como en el de tantas personas que te quisieron. —Con la mirada baja, adelantó un pie, pero era evidente que no podía caminar. Pilar fue la primera en reaccionar y se acercó para ayudarla.

María, inmersa en sus silenciosas lágrimas, cogió algunas cenizas y dejó que el viento las llevara hacia el árbol. No dijo nada. Era incapaz.

Pilar la siguió.

—Te quiero, abuela —dijo—. Siempre estarás con nosotras.

Conchita apretó con fuerza el resto de cenizas en su mano. Miró hacia los olivares y las pequeñas colinas que rodeaban sus campos, respiró hondo y cerró los ojos. Recordó a su madre de joven, hoz en mano, trabajando al sol, y se vio a sí misma, de niña, jugando entre los árboles con su muñeca favorita. «Has sido una buena hija, Conchita». No podía olvidar las últimas palabras de su madre. Frunció el ceño con intensidad. No soportaba la idea de haber perdido a su madre, ahora que sabía toda la verdad. Su rabia se transformó en lágrimas, en más presión en su mano.

Finalmente, con un nudo en la garganta, dijo:

—Dios, por favor, recibe estas cenizas en el cielo, pues nadie lo merece tanto. —Habló con claridad, a pesar de sus lágrimas. Lentamente, abrió la mano y dejó que el viento se llevara las cenizas—. Algún día me uniré a ti, espero que para una vida eterna juntas.

Las cuatro mujeres permanecieron en silencio durante unos minutos, hasta que oyeron el repicar de las campanas de la iglesia, marcando una nueva hora. Conchita alzó la cabeza y miró a Soledad y a sus hijas. Todas tenían la vista clavada en el suelo, los hombros caídos. Empezaba a refrescar y a oscurecer.

«Tengo que reponerme, tengo que ser fuerte. Alguien tiene que hacerlo, y es mi deber».

—Venga, vámonos a casa —ordenó Conchita, y empezó a andar. Las otras la siguieron sin decir nada.

Llevaban un minuto andando cuando una pelota de fútbol salió disparada de entre los árboles. Ignacio corría detrás.

—Ignacio, hijo —dijo Pilar con dulzura—. Hoy no, hoy no puedes jugar al fútbol.

El niño recogió la pelota y se la puso bajo el brazo.

—Lo siento, mamá —se disculpó, cabizbajo.

—No pasa nada —le dijo su madre—. Algún día lo comprenderás.

Soledad cogió a Ignacio de la mano.

—No te preocupes, antes siempre jugábamos al fútbol aquí, a todas horas —comentó.

Ignacio parecía sorprendido.

—¿Jugabas al fútbol, Soledad?

—Claro, era centrocampista —respondió, provocando las primeras risas del grupo en dos días. Disipó algo de tensión.

—Eso habrá que verlo —dijo el niño—. ¿Tú también juegas, abuela? —preguntó Ignacio a Conchita, quien ni siquiera lo miró.

Visto el silencio, Soledad retomó la palabra.

—Jugábamos los chicos y las chicas, igual que lo hacéis hoy, salvo que entonces no teníamos pelotas de colores tan llamativos. En mi tiempo, nosotros mismos fabricábamos los balones cosiendo paños, y funcionaba. Tampoco teníamos campo, así que jugábamos en medio de los cultivos cuando los despejaban antes de la siembra. Como eran redondos, no podíamos sacar córneres, así que nos inventamos una regla, según la cual tres córneres equivalían a un penalti —explicó Soledad con orgullo—. ¿Ves? Sólo hace falta un poco de imaginación.

Las cuatro mujeres, aliviadas por el cambio de tema, regresaron a casa atravesando los olivares, escuchando el ruido de sus propios zapatos sobre la tierra seca.

Conteniendo sus lágrimas, Conchita sostuvo los últimos huevos de las gallinas de la abuela que ésta le había dado, aún estaban frescos. Estaba a punto de preparar un poco de cena para Soledad y sus dos hijas, ahora sentadas en silencio junto a la chimenea de la cocina, calentándose al fuego. Jordi había vuelto a Barcelona poco después del funeral, Honorato se había acostado y los niños estaban con su padre en casa de Pilar. *Khira* también estaba con ellas, tumbada en un rincón, mirando al fuego con ojos melancólicos, las orejas caídas. No había probado bocado en todo el día.

«Los animalitos lo pillan todo», pensó Conchita, observando a la perrita de su madre con lástima.

Seguramente se la acabaría por quedar, pensó, aunque a ella los animales domésticos nunca se le habían dado bien. «Con lo grande que es el campo, ¿para qué retener a los pobres animalitos en casa?», había pensado siempre. Pero *Khira* era especial, su madre la quería tanto...

Conchita miró los huevos antes de romperlos en la sartén, como si no quisiera desprenderse de ellos. Contempló el manojo de ajos que colgaban del techo y la multitud de cacerolas y jarras de cerámica que la abuela había dispuesto en las paredes cuando reconstruyó la casa después de la guerra. Miró a Soledad, recordando cómo ella y su madre le preparaban la cena cuando venían del campo, con huevos y verduras frescas. Conchita también se pasaba el día fuera de casa, jugando, aunque no al fútbol, un deporte que el franquismo robó a las mujeres; en la República, en cambio, las niñas lo practicaban tanto como querían. Más bien, a Conchita le gustaba jugar con la pistola que guardaba su madre, para protegerse. Le quitaba las balas y, con amigos del pueblo, se escondían entre los olivares para jugar a vaqueros y a indios, inspirados por las nuevas películas de Hollywood. A veces, se escondían detrás de las casas de piedra de los jornaleros, en medio de los campos, ya que Conchita solía llevarles algunos sacos extra de pan, carne y arroz, preparados por su madre.

«Me río yo de los niños de hoy y esos ridículos juguetes electrónicos. En mi tiempo se jugaba de verdad. Con la pistola, madre mía».

—Conchita, el aceite se va a quemar —advirtió Soledad suavemente.

Conchita se despertó de sus pensamientos y, como si estuviese a punto de romper una estatua de porcelana, cascó el primer huevo y lo vertió en la sartén, observando cómo se extendía.

—Cuidaba tan bien de sus gallinas... —dijo Conchita mientras los ojos se le humedecían—. Todavía no he visto huevos como éstos en el supermercado. Mira qué grandes y amarillos.

Soledad le quitó la cuchara de madera de las manos para seguir cocinando ella misma.

—Anda, déjame a mí, siéntate —propuso—. ¿Recuerdas cómo solíamos sentarnos aquí las tres a cenar, también junto al fuego?

—Claro —sonrió Conchita, sentándose junto a sus hijas—. Pero éramos cuatro, nosotras tres y la Mariquita Pérez, mi muñeca.

Soledad sonrió, empezando a servir las tortillas, tal cual iban saliendo de la sartén.

—¿Cómo pude olvidarlo? Tu madre te la regaló la noche que te fuiste a Zaragoza, al internado. Te gustaba tanto que siempre la traías durante las vacaciones; las monjas decían que dormías con ella por las noches. Se te debió de romper el corazón cuando la perdiste.

«Nunca la perdí, Soledad; la tengo en el armario, en perfectas condiciones. Jamás me desharía de ella. Fue mi única amiga durante todos esos años en Zaragoza».

—Ese internado no te gustaba mucho —prosiguió Soledad—. Te volvías loca de alegría cuando volvías.

Conchita la miró con los ojos llenos de recuerdos.

—A mí me gustaba el campo, el espacio, la aventura. Recuerdo que saltábamos al tren del carbón, que pasaba muy despacio por Belchite, para robar algunos sacos; los arrojábamos a la salida del pueblo y enseguida saltábamos otra vez, antes de que el tren empezara a acelerar. Luego los vendíamos en el mercado, los domingos.

—Mira qué pronto aprendiste a hacer negocio, madre —dijo Pilar con sorna, apurando su tortilla.

Conchita la miró con condescendencia.

—Nos divertíamos —afirmó—. Y desde luego la vida en el campo me enseñó más que todo lo que aprendí en el colegio. A ver si recuerdo los cursos que nos daban: Cocina, Familia, Conocimientos Prácticos, Unión Nacional, Costura, Floricultura, Ciencia Doméstica, Canto y Economía Doméstica.

Pilar y María rieron.

—Como para formar parte de la mismísima *Intelligentsia* —comentó María, prácticamente las primeras palabras que pronunciaba desde que llegó de Londres. Su plato estaba casi intacto.

—No te burles de tu madre —replicó Conchita con un tono que sonó más duro de lo que pretendía—. Y haz el favor de comer.

Tras un par de bocados a la tortilla, María se levantó y dejó el plato en la pila.

—Buenas noches, estoy muy cansada —dijo, sin más.

—María, quédate con nosotras un poco más, intenta acabarte la cena —invitó Soledad.

—No, gracias, Soledad, me apetece acostarme. —Empezó a caminar—. Buenas noches.

Pilar se echó hacia atrás y suspiró cuando María cerró la puerta tras de sí.

—Iré a hablar con ella —se ofreció, levantándose—. No es bueno que se lo quede todo dentro.

—Gracias, Pilar —dijo Conchita—. Yo también estoy bastante cansada.

—Vámonos —zanjó Soledad—. Mañana será otro día.

Las tres mujeres se incorporaron rápidamente y limpiaron la cocina en silencio.

Sola, en el patio interior de la casa, Conchita contempló el cielo despejado, repleto de estrellas. Encendió las luces, y vio las viejas herramientas agrícolas que su madre había colgado en las paredes. Envuelta en un poncho de lana, tocó con delicadeza una antigua hoz, un arado de los años veinte y unas cuerdas que su madre solía emplear, tirando literalmente de ellas para mover el arado, cuando los burros y las mulas eran un lujo que no se podía permitir.

«La pobre trabajó tan duro..., más que todas nosotras juntas».

Se quedó ensimismada, pero se volvió de repente al escuchar un ruido en la parte alta de las escaleras. María había cerrado la puerta del balcón del piso de arriba y bajaba hacia la cocina.

—Creía que estabas dormida —dijo Conchita.

—Sólo quería hacerme una taza de chocolate caliente —repuso, pasando junto a su madre sin detenerse.

Conchita suspiró.

—Ya te la hago yo —ofreció, siguiendo a su hija.

«Tengo la paciencia de un santo».

—No te molestes, puedo hacerla yo —rechazó María, más para cortar la conversación que por cortesía, pensó Conchita.

«María, todas estamos tristes, no eres la única».

Conchita entró en la cocina y movió algunos potes de sitio, deseando tener realmente algo que hacer. María abrió el tarro del azúcar con desdén mientras la leche se calentaba lentamente en el fogón. Había dejado su teléfono móvil sobre la encimera.

—¿Vas a llamar a Jordi tan tarde? —Conchita adoraba a su futuro yerno—. Es muy bueno contigo.

«Espero que sepas apreciarlo».

María no respondió, aunque al cabo de unos segundos, rompió el silencio:

—¿Quién era ese hombre de pelo blanco y largo que había al fondo de la iglesia, de pie, junto a las puertas? —preguntó con la vista pegada a la leche—. No lo había visto antes.

Conchita se apoyó en la cocina y miró a su hija, sorprendida. Aún no le había perdonado abandonar el funeral.

—¿Quién? —preguntó, aún demasiado desconcertada por la muerte de la abuela y el funeral como para recordar a un solo individuo al fondo de la iglesia.

—Como he dicho, no sé quién es, por eso lo pregunto. —María parecía irritada.

Conchita le lanzó una mirada de desaprobación. «No tengo tiempo para tus tonterías, María».

—No lo sé —dijo Conchita, aunque sentía curiosidad—. ¿Qué aspecto tenía?

María echó la leche en un irregular tazón de arcilla que había hecho en la escuela veinte años atrás.

—No sé... Viejo, alto, con el pelo blanco —respondió, volviéndose hacia la puerta.

Conchita se encogió de hombros.

—A lo mejor alguien de Zaragoza, quizá uno de los contables.

María parecía escéptica.

—Puede ser. —No dijo nada más, salió de la cocina y subió las escaleras del patio hasta su habitación.

Conchita respiró profundamente. Alzó la mirada al cielo y sintió que las lágrimas desbordaban sus ojos.

«Madre, ojalá estuviese contigo en el cielo. Cómo me gustaría».

# Capítulo 20

Una mañana a mediados de enero, el cielo de Londres amaneció claro y despejado. La gente entraba y salía de las tiendas de Upper Street, los niños iban camino a la escuela y los adultos se apresuraban para llegar al trabajo, muchos *latte* en mano.

«Londres tampoco es tan horrible en invierno», pensó Jordi mientras iba del Hilton hacia las oficinas del ayuntamiento de Islington en Upper Street, donde tenía una reunión a las nueve. No había pasado un mes del funeral de la abuela Basilisa y María había dicho que aún no tenía fuerzas para viajar, necesitaba más días de descanso en Belchite. Jordi apenas la había visto desde Navidad, en parte por sus obligaciones diarias en Belagua durante ese periodo, pero también porque María se había encerrado en su mundo desde que murió la abuela, excluyendo a familiares y a amigos, incluso a él. Rara vez cogía las llamadas y, según decía Conchita, lo único que hacía era pasear en silencio por los campos y ver películas en blanco y negro con Soledad.

«Tengo que ser paciente, darle el tiempo y el espacio que necesita».

Jordi se había pasado casi toda la Navidad rezando por ella y por su futuro juntos. Afortunadamente, el piso iba viento en popa, cosa que lo alivió de sobremanera porque, después de la donación a Belagua, sus finanzas no podrían soportar ningún imprevisto.

Tras cruzar la calle mirando al lado equivocado, como todos los turistas en Londres, Jordi saludó amablemente a Patrick, quien ya le esperaba en la puerta del ayuntamiento. Se estrecharon la mano.

—El señor Gratallops, supongo —dijo Patrick, observando el elegante traje azul marino de Jordi.

—Hola, Patrick, encantado de conocerte —repuso Jordi, en un inglés marcado por un fuerte acento catalán—. Gracias por tu ayuda, la hemos apreciado mucho, sobre todo ahora que María está menos disponible.

—Espero que se sienta mejor —dijo el agente.

—Sí, gracias. —Jordi miró a su alrededor—. En su ausencia me corresponde a mí tirar esto hacia delante, así que vamos a por ello. Tenemos muchas cosas de las que hablar y tengo que coger un avión a primera hora de la tarde.

Jordi y Patrick esperaron impacientemente en una oficina funcional y apenas decorada hasta que Nell apareció con sus botas negras, pantalones de pana y jersey ajustado, bajo una larga bufanda naranja. Jordi la miró de arriba abajo. Su pelo corto le confería un aire de rebeldía al que no estaba acostumbrado en reuniones de negocios.

—Encantado de conocerla, señora Easton —saludó, incorporándose.

—Señorita —matizó Nell rápidamente.

Jordi sintió la punzante mirada de Nell; se sentía intimidado.

Los dos hombres se ajustaron la corbata.

—¿Qué tal está María? —preguntó Nell mientras se sentaba y rebuscaba entre algunos papeles sin levantar la mirada.

—Está bien, gracias —dijo Jordi—. Me explicó que usted la ayudó el mes pasado, acompañándola al aeropuerto y ayudándola a cambiar el vuelo para asistir al funeral. No le puedo estar más agradecido.

—No hay de qué —dijo Nell—. Parecía muy afectada por la pérdida.

—Quería mucho a su abuela —afirmó Jordi, bajando la mirada—. Pero ahora por fin descansa en paz y seguro que estará rezando por todos nosotros.

Nell abrió los ojos con sorpresa y miró a Patrick, que tosió nerviosamente y sugirió que se pusieran manos a la obra.

—Gracias por venir aquí, señor Gratallops —comenzó Nell—. El ayuntamiento está encantado con su interés por nuestra zona, pero se han producido algunos malentendidos que debemos aclarar.

—Nos interesa el solar de la oficina de Correos —espetó Jordi sin titubeos.

Nell suspiró.

—Ya veo que sabe lo que quiere.

Jordi se inclinó hacia delante.

—Así es —dijo—. Inglaterra es un mercado excelente para nosotros. A la gente de aquí le gustan nuestros productos, pero sólo conocen los más baratos. Planeamos una gran campaña publicitaria para posicionarnos en lo más alto del mercado del cava. Aparte de anuncios, una tienda en un barrio como Islington nos ayudaría a mejorar la imagen de marca.

Nell le miró a los ojos.

—Comprendo —admitió—. Pero, como seguro que María y Patrick le habrán informado, la oficina de Correos es una zona protegida en la que existen innumerables restricciones. Desgraciadamente, sus planos preliminares ni siquiera se acercan a lo que el ayuntamiento consideraría aceptable.

Jordi se echó hacia atrás.

—Está bien —dijo—. Por eso estamos aquí, para que Patrick y yo comprendamos exactamente cuáles son esos requisitos.

Mientras Nell desplegaba unos planos sobre la mesa, Jordi echó una mirada a las paredes, reparando en un calendario que mostraba a dos mujeres mirándose con extraña intensidad. Observó la foto durante unos segundos, era como si las dos mujeres estuvieran a punto de besarse. Pensó que serían hermanas. Pero en una segunda mirada se le ocurrió que podía haber algo más. Sorprendido, se echó hacia atrás y miró a Nell, quien se había percatado de su incomodidad. Ésta le lanzó una mirada desafiante que le hizo sentirse pequeño. Nell continuó con los mapas y les señaló varios puntos.

—En primer lugar, el edificio debe conservar la fachada —informó con firmeza—. Tampoco se pueden añadir construcciones anexas; si hace falta más espacio, hay un edificio adyacente que se puede alquilar. No obstante, si el interior no es adecuado, el ayuntamiento podría aprobar una reforma, siempre que no se altere el aspecto externo.

Jordi se quedó mirando a Nell, con la imagen de las dos mujeres del calendario aún en la cabeza. Nunca había visto nada parecido. Se fijó en las uñas de Nell, sin arreglar.

«Con ese pelo tan corto, ese aspecto... ¿Será lesbiana? ¿Y nadie le dice nada por tener una foto así en su despacho, en un lugar público, donde la puede ver cualquier niño?».

No es que Jordi fuese homófobo, ya que tampoco había conocido nunca a ningún gay, pero, como miembro del Opus Dei, creía que las relaciones entre personas del mismo sexo eran pecado y, por lo tanto, inaceptables.

Hizo un esfuerzo para concentrarse mientras Nell continuaba:

—Por supuesto, también tenemos restricciones de tráfico, ya que los vecinos se quejarían si acabaran con más ruido del que tienen ahora —añadió, soltando su bolígrafo sobre el mapa con decisión.

—Sólo usaríamos las furgonetas durante las horas de trabajo —repuso Jordi.

—Bien —dijo Nell—. Pero ¿qué me dice de la fachada? Los planos que Patrick y María me enseñaron mostraban unos materiales que no encajan para nada en el corazón histórico de Islington. El aluminio está prohibido en áreas urbanas protegidas, como ésta.

Patrick y Jordi tosieron a la vez.

—Bueno, sólo eran unos planos preliminares para hacernos una idea —dijo Jordi—. Estoy seguro de que se adecuarán más a su idea cuando presentemos la solicitud definitiva.

—También hay que estudiar los costes de mantenimiento de la fachada —intervino Patrick.

Jordi asintió.

—¿Es absolutamente necesario mantenerla? —preguntó.

—Así es —afirmó Nell mirando el reloj de la pared—. Tengo algunas preguntas sobre las finanzas de su empresa. En esta zona, el ayuntamiento exige pruebas de que las cuentas de los inquilinos están saneadas. Estoy segura de que lo comprenderá.

Los dos hombres asintieron.

Nell miró directamente a Jordi.

—Ya hemos revisado los últimos resultados de su empresa, según los encontramos en el registro español. Pero también necesito que lea estos formularios, son bastante escuetos y sencillos —dijo, extrayendo unos documentos de una carpeta—. Sólo queremos que, como representante de la empresa, confirme que estas cuentas oficiales representan, en todos los aspectos, el estado de la misma. Tenemos que garantizar que no existen más deudas o pagos pendientes que los reflejados aquí.

«Mierda, mierda».

Jordi levantó la cabeza y cogió los papeles. Por supuesto, no incluían el préstamo de Banca Catalana, fechado el 2 de enero, a propósito, para que no figurara en las cuentas del año anterior. El plan era devolverlo en los próximos meses, cuando el mercado se recuperara, para que tampoco figurara en las cuentas de este año, ni nunca. Semejante deuda sin duda perjudicaba su historial crediticio y haría que cualquier banco les cobrara mucho más por prestarles dinero. «¿Qué puedo hacer? Es una deuda tan grande que este ayuntamiento no nos tomaría en serio si lo supieran, pero no puedo dar marcha atrás. Necesitamos estas instalaciones y la situación en España sólo empeora, no hay tiempo para buscar otra ciudad y empezar de cero. Si no arrancamos este proyecto, estamos perdidos».

Jordi se volvió de nuevo hacia el calendario. Nell captó su mirada.

—¿Todo bien? —preguntó, esperando la firma de los documentos.

Jordi la miró de manera distante, como si sus pensamientos estuviesen a kilómetros de distancia. «Si lo descubren, siempre podría decir que mi padre pidió el préstamo a título personal sin mi consentimiento, que yo no sabía nada. Pero seguro que lo pagamos en cuanto aumenten las ventas, así que nunca tendrán por qué saberlo; no es más que una medida a corto plazo».

Sacó su Montblanc del bolsillo de la chaqueta.

«Hago esto por el bien de mi padre y de mis empleados. ¿Qué sería de ellos si la empresa se hunde y no tuviésemos dinero para pagarles? Y por María, para que podamos tener un futuro. Aceptaré la penitencia que sea. Lo juro».

Jordi firmó los documentos.

—Gracias —dijo Nell, metiéndolos en un sobre—. Quedo a la espera de ver los nuevos planos, caballeros. —Miró el reloj—. Lo siento, sin ánimo de apresurarles, pero tengo a otra persona esperándome.

Los dos hombres se levantaron inmediatamente.

—Por supuesto —aceptó Jordi—. Y, una vez más, muchas gracias por ayudar a María.

Nell no dijo nada. Jordi y Patrick salieron del despacho.

Jordi respiró hondo cuando el avión aterrizó en Barcelona unas horas después, aliviado por ver relanzado el proyecto londinense. Ahora estaba en manos de Patrick y de los arquitectos, que debían encontrar un diseño barato que cumpliese los dichosos requisitos del ayuntamiento.

Su móvil empezó a sonar en cuanto lo encendió, a la espera de que su maleta saliera por la cinta. Era el encargado del piso de Sarrià diciendo que no tenía buenas noticias. Quería verle lo antes posible.

«El piso no, no me puedo permitir ningún percance», pensó Jordi. Intentó devolverle la llamada, pero estaba comunicando. También intentó contactar con María, quien, como de costumbre, tenía el teléfono apagado.

Jordi, por lo general una persona paciente, se irritó al ver que nadie estaba disponible cuando los necesitaba. Al llegar a *Óscar,* que llevaba toda la noche aparcado en el aeropuerto, le entraron ganas de cerrar de un portazo, pero se contuvo. «He de controlarme, Dios me está poniendo a prueba. Sé paciente. Todo le llega al que sabe esperar». Cerró la puerta del coche tranquilamente y condujo hacia el piso.

El mundo se le vino encima cuando el albañil le dijo que un muro de carga se había derrumbado, probablemente porque el cemento contenía algún tipo de aluminosis. Reparar el desperfecto costaría unos treinta mil euros y un retraso de unos ocho meses.

«Adiós al nido de amor».

Jordi se quitó la corbata y se desabrochó los primeros botones de la camisa. Estaba sudando.

—Lo siento, no había forma de que pudiéramos preverlo —dijo el encargado.

Jordi apartó la mirada.

—Lo sé, no es culpa vuestra.

Paseó la mirada por el dúplex, aún sin pintar, con la escalera a medio construir. Arriba, los tres dormitorios; abajo, un salón con cocina integrada y unas ventanas, del suelo al techo, con vistas a toda Barcelona. Era el hogar que esperaba compartir con su mujer y sus futuros hijos, el espacio íntimo con el que había soñado durante meses, si no años, lejos de la grandeza de la masía, que quería evitar a toda costa. Jordi quería una familia unida, en un mismo espacio, y no un grupo de personas dispersas en múltiples habitaciones, como en casa de sus padres.

Quizá el seguro cubriría los desperfectos, pero la prensa había traído casos similares y siempre eran los propietarios quienes acababan pagando, o cambiándose de piso. La noticia no podía llegar en peor momento, ya que no tenía forma de encontrar treinta mil euros. Había entregado todos sus ahorros al Opus y no podía pedir dinero a su padre; Pere Gratallops ya había inyectado enormes sumas a la empresa para compensar el impacto del boicot en las ventas, ahora ya en caída libre. Jordi tampoco podía recurrir a ningún banco porque sin duda descubrirían el préstamo que les había dejado endeudados hasta el cuello.

Apoyó las manos en la ventana, perdiendo la vista en las luces de Barcelona; el albañil le dio unas palmadas en el hombro.

—Todo tiene solución en esta vida —le consoló el hombretón.

«¿Estás seguro?».

—Por favor, seguid con el trabajo —dijo Jordi. «Encontraré el dinero».

Se sacó el móvil de la chaqueta. «María, María, ¿dónde estás? Te necesito más que nunca». Volvió a llamarla, pero, cómo no, sólo dio con el contestador.

Sólo le quedaba un sitio al que ir.

Mordiéndose las uñas, con el estómago vacío y dando golpecitos en el suelo con los pies, Jordi aguardó la respuesta del padre Juan Antonio. El sacerdote lo miró con fijeza, sentado cómodamente en su sillón. No se había movido en varios minutos, desde que Jordi acabó de contarle lo ocurrido.

El padre Juan Antonio miró por encima de su hombro y se sacudió una mota de polvo de su sotana impecablemente planchada. Suspiró y se recostó un poco más en su sillón.

—Me preocupas, Jordi —dijo finalmente—. ¿Estás seguro de que estás bien?

—Tanto como la situación me lo permite, padre —respondió Jordi, inclinándose hacia delante—. Si pudiera recuperar parte de ese dinero..., que, por supuesto, devolvería en cuanto fuese posible, al menos podría empezar a resolver cosas, avanzar en algo.

Jordi sintió el peso de los ojos del sacerdote y agachó la mirada.

—No me preocupa el dinero, Jordi, sino tus pensamientos. —El sacerdote alzó la voz—: Me preocupa que antepongas tus intereses a los de la institución, que hayas degenerado hasta un estado en el que la Obra pasa a un segundo plano. ¿Qué ha sido de ti y de tu generosidad, Jordi? Además, tampoco te reconozco con este aspecto tan descuidado que llevas, impropio de nuestros miembros.

El padre Juan Antonio fijó la mirada en la camisa arrugada y sudada de Jordi, los botones de arriba desabrochados, la corbata descolgada.

—¿Has pecado, hijo? Recuerda que nunca es tarde para confesarse.

Jordi miró al sacerdote con ira e impaciencia. «No necesito más mierda, hoy no».

—No he pecado, padre —contestó—. Sólo estoy agotado por esta increíble racha de mala suerte y necesito ayuda. No estoy pidiendo ningún regalo, sólo lo que es mío; quiero recuperar parte de mi donativo porque estoy desesperado. Lo necesito de veras.

Jordi miró al padre Juan Antonio con ojos suplicantes.

—La desesperación nunca es buena, hijo —dijo el sacerdote, meneando la cabeza—. Y deja que te recuerde que cuando se da algo con corazón cristiano, como hiciste tú, ya no se puede recuperar, y tampoco sería muy cristiano pretenderlo.

—Pero, padre, lo necesito —suplicó Jordi.

—No puede ser, Jordi, sabes que no puedo. La organización lo necesita y yo estoy aquí para cuidar del club, no de los intereses individuales y egoístas de sus miembros.

Jordi se llevó las manos a la cara.

«No me lo puedo creer».

—Padre, usted siempre me ha apoyado, siempre me ha ayudado. Ahora le necesito más que nunca.

—Lo que necesitas es una seria reconducción espiritual, Jordi, pareces perdido. Pero por supuesto que te ayudaré, te daré el tiempo que necesites para que reconsideres tus pensamientos. Podríamos reunirnos a diario después de la misa de la mañana, te vendría muy bien.

Jordi sintió náuseas y una profunda rabia. Ante la sorpresa del padre Juan Antonio, se levantó y abandonó la estancia, sin más.

Encerrado en su coche, aparcado en una gasolinera entre Barcelona y Vilafranca, Jordi encontró un minuto de paz para comerse un bocadillo, aunque las imágenes del padre Juan Antonio, del albañil y de las dos mujeres del calendario de Nell atormentaban su mente.

«No puedo perder el control. Por favor, Dios, ayúdame».

Su móvil sonó de nuevo y, para su sorpresa e inmensa alegría, era María.

—¡Cariño! ¡Cielo! —dijo desesperadamente, casi tirando el móvil de la excitación—. ¿Dónde has estado? ¡Han pasado muchas cosas!

—Estoy en Belchite. ¿Qué pasa? Pareces nervioso —advirtió María al otro lado de la línea.

—Gracias a Dios que al fin llamas. ¿Cuándo vuelves a casa? ¿Puedo verte? ¿Puedo ir a verte? ¿Ahora?

—No, Jordi, lo siento, aún no me siento bien —le disuadió—. Pero dime qué ocurre, me has llamado mil veces.

—Cariño, lo siento mucho, pero han encontrado aluminosis en nuestro piso, el que estoy construyendo para los dos. Debería ser una sorpresa, pero todo ha salido mal. Lo siento, soy un fracaso.

Pasaron unos segundos.

—Por supuesto que no eres ningún fracaso, Jordi, pero hace mucho que te dije que teníamos que compartir la responsabilidad del piso, no puede recaer todo sobre ti.

—Bueno, ése no es el problema. —Jordi tosió—. Lo peor es que no estará listo para abril, lo más pronto a finales de año. Tienen que reconstruir algunas paredes. —Hizo una pausa para tomar aire—. Me temo que tendremos que irnos de alquiler. Lo siento mucho, ya sé que no es lo que te mereces.

María guardó silencio.

—¿Estás ahí, cariño? —Jordi estaba impaciente.

—Sí, sí —dijo María—. Jordi, quizá deberíamos vernos, pero no tengo fuerzas, te lo prometo. Parece que los problemas se nos amontonan, con mi familia que se descompone, el almacén de Londres, y ahora el piso.

—¿Qué quieres decir? —preguntó Jordi, alarmado.

—Deberíamos hablar. —María parecía titubeante.

—¿Hablar de qué? —exclamó Jordi, cada vez más agresivo. «No quiero posponer la boda, si te refieres a eso, no puedo esperar más».

—Es mejor no hablar por teléfono, Jordi, por favor —dijo María.

Jordi se estaba alterando. ¿Qué más podía salir mal?

—Por favor, no me dejes en suspense —pidió.

María suspiró.

—No, Jordi —dijo—. Sólo digo que me siento débil y que es un momento malísimo para los dos. Pero mejor hablar cuando nos veamos.

Jordi clavó su barbilla en el pecho y apretó un puño, lleno de agonía.

—¿Estás pensando en posponer la boda? —inquirió, al borde del llanto.

—No voy a decidir nada, Jordi —dijo María—. Sólo he dicho que tenemos que hablar.

Se hizo un silencio.

—Jordi, cariño, ¿estás ahí? —dijo María.

—Sí —repuso él—. Todo esto es una pesadilla.

—Lo mismo te digo, por eso tenemos que hablar. Te avisaré cuando esté preparada. Lo siento, pero compréndeme, por favor. Sé que es difícil, seamos pacientes el uno con el otro, por favor.

«Sé fuerte. Sé fuerte. Por favor, Dios, ayúdame a ser un hombre».

Jordi suspiró y levantó la cabeza.

—Está bien, avísame. Te estaré esperando el tiempo que necesites. Sabes cuánto te quiero. Eres mi vida.

María colgó.

«Ayúdame, Dios, te lo ruego. Ahora eres lo único que me queda. Lo único».

El teléfono de Jordi sonó una vez más cuando entraba en su habitación, finalmente al abrigo de la masía.

«¿Qué más puede hundirse?».

—¿Diga? —contestó, como un autómata.

—Hola, Jordi, ¿cómo estás? Soy Borja Peñaranda —dijo el hombre.

«Joder. Joder». Jordi quiso colgar, o tirar el teléfono por la ventana, pero se mantuvo en la línea.

—¿Qué quieres? —preguntó, sorprendiéndose por la rudeza de su propia voz. Nunca había hablado así a nadie.

«Se lo merece».

—Sólo quería hacerte saber que, como no he tenido noticias tuyas, he empezado a moverme. Lo que es mío, es mío, y si no se resuelve por las buenas, se hará por las malas. Es una lástima porque creía que contigo podría alcanzar un pacto de caballeros —dijo—. Quería avisarte de que, junto a otros fondos de inversión, hemos comprado parte del préstamo de Banca Catalana a las Cavas. Seguiremos comprando, a menos que lleguemos a un acuerdo sobre las tierras; te lo digo como un amigo. Quiero ahorrarte problemas.

—Que te jodan —le gritó Jordi—. ¡Que te jodan!

Peñaranda empezó a reírse y colgó.

Capítulo

# 21

Conchita paseaba a solas por la parte de atrás de la casa, pensando que hacía justo un mes que había encontrado a su madre muerta, al volver de la capilla del hospital. El golpe había sido muy duro, sobre todo porque los médicos le habían dicho que Basilisa se recuperaría con facilidad. Pero su débil corazón y los recuerdos revividos durante sus últimos días habían sido demasiado para ella. Había muerto porque ya no quería vivir, dijo el doctor Jaime, convencido de que podría haber vivido un poco más. Preguntó si la abuela había sufrido algún shock o sobresalto emocional reciente.

—Sí —reconoció Conchita con gran culpa. La abuela había muerto minutos después de su última conversación.

Envuelta en su densa chaqueta de lana y con un pañuelo en la cabeza, Conchita salió por el jardín hacia los campos, escuchando el sonido de sus viejas y desgastadas botas sobre la roja tierra de Belchite. Aún vestida de negro, Conchita sacó su rosario y recitó los habituales padrenuestros y avemarías mientras caminaba.

También hacía casi un mes de la marcha de Honorato, pensó Conchita mientras se acercaba al *Abuelo*, ahora con menos hojas, apartado de los otros árboles. Así se sentía ella también: sola, vieja y cansada. Miró hacia los olivares, fríos y secos, y alzó la vista hacia el cielo nublado. Sin darse cuenta, perdió la cuenta de las bolitas de su rosario, ya no sabía cuánto había rezado. Tampoco importaba, volvería a empezar. Desde que su madre murió, no había hecho otra cosa. Ya no le quedaban lágrimas, sus ojos estaban resecos. Los cerró con fuerza y siguió. Al menos podía oler la tierra, sentirla mientras caminaba.

«Esto es todo lo que tengo, nunca me lo podrán quitar. Puede que mi madre se vaya, igual que mi padre y los abuelos que nunca conocí, pero nadie podrá quitarme jamás esta tierra y sus olivos; eso sí que sería una pérdida, mucho mayor que la de Honorato, a decir verdad», pensó tras abrir los ojos de nuevo. Suspiró y guardó el rosario en el bolsillo. Sus largas y fuertes manos estaban tan blancas que era capaz de ver sus venas a través de la piel.

«Lo sabía, en lo más hondo de mi corazón sabía que mi matrimonio no se aguantaba. Pero ¿qué matrimonio funciona verdaderamente? Todos son iguales. ¿Qué pareja sigue enamorada después de tantos años? El matrimonio no es tanto cuestión de amor, sino un compromiso con una idea, con el sacramento, los hijos, la tierra... Aunque él tampoco hizo mucho por ella, o por los hijos, y desde luego, nada por mí».

Conchita apenas se sorprendió cuando Honorato apareció con una maleta apenas una semana después del funeral de la abuela, vestido con su traje y sombrero habituales, mientras ella le preparaba el desayuno, apenas una semana después del funeral de la abuela. María ya había regresado a Barcelona y la gente del pueblo ya no la visitaba tanto como al principio.

—No hace falta seguir fingiendo. —Fue todo lo que le dijo antes de irse. En otras circunstancias, Conchita se habría sentido humillada y dolida, y mortificada ante la perspectiva de convertirse en foco de cotilleo local. Pero tras la muerte de su madre no había tenido tiempo de pensar en habladurías. Un mes después, era evidente que la marcha de Honorato no había sido ninguna gran pérdida.

«Debió de pensar que irse después del funeral sería más fácil porque estaría más vulnerable. Ja. Debí haberle puesto de patitas en la calle hace décadas».

Conchita volvió hacia *El Abuelo* y tocó con delicadeza una de sus ramas, su tronco ancho y retorcido, su milenaria corteza, aún llena de vida. Se apoyó en él, contemplando los campos que había cuidado durante media vida, como su madre.

«Él no hizo nada. Nada. Fui una tonta. Las monjas me educaron para que me casara bien, para cuidar de un hombre, para sonreírle, ser paciente, prepararle la comida y las zapatillas cuando volviese del trabajo, para ser comprensiva... ¿Para qué?».

Conchita tragó saliva y miró al cielo. Se metió la mano en la blusa y, aferrando la cruz de su madre en su pecho, miró fijamente al *Abuelo.*

«Mi madre y mi marido se han ido, pero aún me queda esto», pensó, justo cuando Ignacio apareció con su bicicleta entre los árboles.

—Mira, abuela —gritó—. Puedo montar sin manos. —Quitó las manos del manillar e inmediatamente se estrelló contra un árbol.

Conchita fue corriendo hacia él y comprobó que apenas había sufrido unos rasguños. Normalmente, lo habría reprendido por montar en bici por los campos, pero ahora se sentía agotada.

—Vámonos a casa —dijo—. Es casi la hora de comer.

Los dos anduvieron en silencio de regreso a la casa. Conchita observó a su nieto, feliz con la bici que le habían regalado los Reyes Magos.

«La bici que yo nunca tuve», pensó. Un año, una compañera del internado en Zaragoza volvió después de Navidad con la primera bicicleta que Conchita había visto para una niña de su edad: era preciosa. Tenía grandes ruedas y un cesto delante para el pan, el periódico y las flores. La compartió con todas sus compañeras de clase, excepto con ella, a quien miraban por encima del hombro por tener que trabajar. Desde entonces, Conchita odiaba las bicicletas y rehusó comprarle una a María, quien, de niña, no paraba de pedirla.

«En cualquier caso, es un juguete de chicos».

Tras recitar dos rosarios después de comer, Conchita se sentó en su sillón para hacer ganchillo, preparaba una bufanda para Soledad. La televisión había dicho que el invierno sería largo y frío.

Junto a ella, en el sofá, María y Soledad veían *Rebeca,* la vieja película en blanco y negro, aunque no paraban de hablar, pensó Conchita mientras movía las agujas.

—¿Sabías que las chaquetas de punto se llaman «rebecas» en España por esta película? —le preguntó Soledad a María.

—¿En serio? —dijo ésta, conversando con Soledad, como si su madre no estuviera en el salón.

«Aún tengo que regañarla por irse del funeral, y ni siquiera se pone de luto. No tiene respeto».

Conchita tomó un poco de café. A pesar de los últimos acontecimientos familiares, le encantaban los momentos de tranquilidad después de comer y de limpiar la cocina, cuando se sentaba para disfrutar de un café, del periódico o de la costura. Aunque disfrutara del silencio, Conchita también necesitaba hablar, cosa que le resultaba fácil con Soledad, pero no con María.

Se removió en el sillón, levantó la mirada sobre sus gafas de costura y, con aire de superioridad, contempló a Joan Fontaine paseando por la vieja Manderley.

—Todas las chicas de mi colegio querían a un hombre como Lawrence Olivier —dijo, atrayendo la mirada sorprendida de María y Soledad.

«¿Qué se creen, que en mi época no teníamos secretos ni deseos?».

Conchita siguió con el ganchillo.

—Pero ya sabes que él no es el protagonista real de la película —dijo Soledad con intención.

—¿Qué quieres decir? —preguntó Conchita sin despegar los ojos de sus agujas.

—A la señora Danvers le importa un bledo Lawrence Olivier; es de su primera esposa de quien está enamorada —explicó Soledad, sin reparos.

—Por Dios, qué cosas dices, Soledad —se escandalizó Conchita. Por el rabillo del ojo vio que María miraba a Soledad con una ceja levantada.

—¿Sabías eso, María? —le preguntó Soledad.

—Jamás se me habría ocurrido —repuso María.

—Los traductores de Franco ocultaron todo lo que fuera diferente a lo promulgado por la Iglesia, nos fastidiaban muchas películas —explicó Soledad—. En *Mogambo,* para ocultar el adulterio de Clark Gable con Grace Kelly, no se les ocurrió nada mejor que convertir a ésta y Donald Sinden en ¡hermanos!, en lugar de marido y mujer. Pero no cayeron en que habían creado algo mucho más morboso: un incesto. ¿Puedes creerlo?

—Nooo —exclamó María, boquiabierta—. Es una monstruosidad.

Conchita miró a su hija.

—María, es un tema muy personal, cada uno tiene su opinión, la moralidad cayó tanto en España que era necesario levantarla de alguna manera. —Se subió las gafas, arrugó la nariz y continuó con el ganchillo.

Soledad siguió a lo suyo:

—En el caso de Rebeca, tú que hablas inglés, puedes leer la novela original de Daphne du Maurier y lo verás por ti misma, menuda lesbiana.

Conchita soltó las agujas y levantó la mirada de repente.

—¡Soledad! ¡Por favor! —dijo—. No blasfemes en esta casa.

—Es una realidad, te guste o no —replicó Soledad, volviéndose hacia María, que estaba estupefacta—. ¿Qué te parece, María?

Conchita vio que su hija menor cruzaba las manos sobre las rodillas, moviendo nerviosamente los dedos.

—Oh, es lo más normal hoy en día —respondió—. Tengo una amiga gay en Londres. Trabaja en el ayuntamiento con el que estoy negociando para las Cavas, todo es muy normal.

Soledad se recostó en el sofá, satisfecha, mientras Conchita se quitaba las gafas y clavaba la mirada en su hija. Se había olvidado del ganchillo.

—Ya veo —dijo Conchita—. ¿Es la amiga con la que no paras de hablar? Últimamente se te oye mucho hablando en inglés al teléfono.

María cambió su posición y se reclinó hacia Soledad.

—Bueno, es una buena amiga, pero hablo con más gente en Londres, por trabajo. —María parecía a la defensiva.

«Y a mí me cuesta una fortuna. Este mes se nos ha disparado la factura del teléfono, y todo por esas llamadas a Londres —pensó Conchita—. ¿Qué se le ha perdido en Londres, por qué no puede hablar con la gente de este país?».

—En cualquier caso, tampoco importa —rechazó Conchita, apurando su café—. En España no hay lesbianas. Nunca he visto una ni he oído hablar de ninguna. —Se levantó—. ¿Más café?

Conchita regresó unos minutos después con la cafetera humeante. Rellenó las tazas de Soledad y María.

—Ahora tenemos que pensar en positivo, después de todo lo que nos ha pasado. —Alzó la vista y vio a María, sentada hacia delante con la cabeza entre las manos.

—¿Qué pasa? —preguntó Conchita inmediatamente, alerta.

—Madre, Soledad —dijo María sin atreverse a mirarlas—. He estado pensando. Puede que me equivoque, pero después de todo lo que ha pasado... —Tragó saliva y parpadeó varias veces antes de continuar—. Jordi me dijo la semana pasada que el piso ha sufrido retrasos, que no estará a tiempo. Quizá sería bueno posponer la boda, aunque sea un tiempo.

Soledad se quedó mirando a María. Conchita soltó las agujas de ganchillo en su regazo, se quitó las gafas y miró a su hija prolongadamente.

«Eso es lo último que necesito. No, esto no. Ahora no».

—Ni se te ocurra —zanjó Conchita—. No puedes sucumbir a las circunstancias de esta manera. Tienes que ser fuerte, remar hacia delante sin dejar que nada o nadie te desvíe del camino. Esta boda es lo que quieres, es bueno para ti. Todo irá bien.

—Pero, madre... —empezó María, cuando Conchita se levantó de repente.

—Te he dado todo lo que tenía, he trabajado toda mi vida para que tuvieras las mejores oportunidades, para que fueses a las mejores escuelas y tuvieras una posición —dijo—. Ahora que lo tienes, y encima has encontrado a alguien decente que no te va a dejar, como hizo tu padre, ¿lo quieres tirar todo por la borda?

María y Soledad bajaron la mirada ante la mención de Honorato. Las tres casi no habían hablado del asunto.

Conchita se encaminó hacia la puerta. Al llegar, se volvió y miró directamente a María.

—¿Crees que siempre puedes hacer lo que te dé la gana y que el mundo se adaptará a ti? Te equivocas. Eres tú quien tiene que ir con el mundo; éste no espera. —Hizo una breve pausa antes de continuar—. ¿Crees que puedes largarte del funeral de tu abuela sólo porque no te gusta lo que oyes? Tienes que ser fuerte, persistente, o la tormenta se te llevará por delante. Llevo toda la vida intentando enseñarte esto. Y ahora veo, después de tanto esfuerzo, que no ha servido para nada.

Negó con la cabeza y siguió:

—La boda será el 21 de abril y no se hable más —dijo antes de marcharse, dejando la puerta abierta.

«Ni siquiera tengo fuerza para dar un portazo. Todo ha salido mal, después de toda una vida de esfuerzo».

Volviéndose para ver su casa desde la distancia, bajo el débil sol del atardecer invernal, Conchita sintió el peso de los años. Se encogió de hombros y bajó la mirada antes de tomar aire. Tardó años en reconstruir la casa y el negocio que su madre apenas podía mantener, y todas las horas que dedicó al campo, tanto esfuerzo, para ver cómo al final la familia se desmoronaba: su marido se había ido, su madre había muerto, sus hijas... Si al menos hubiesen sido la mitad de obedientes y responsables que ella, pensó Conchita mientras atravesaba los olivares. Necesitaba estar sola, necesitaba silencio. No podía más.

«Toda la vida trabajando para mis hijas, para darles todo lo que yo no tuve; a Pilar no parece importarle nada, mientras que a María el negocio le trae sin cuidado. Esa niña aún no ha aprendido que, en la vida, hay que aprovechar las oportunidades que se presentan; el tren no pasa dos veces. La boda era lo único que me animaba a seguir adelante en este horrible pueblo. Si hubiese estudiado en Madrid o en Barcelona, si hubiese tenido tantas oportunidades como ellas, seguro que no habría estado atrapada aquí toda la vida, arrastrando a un marido como a una cruz. Les he dado todo y así me lo pagan. Esta hija pequeña que tengo acabará con un hippie o un camionero que la arruinará. Ahora incluso se mezcla con lesbianas en Londres. Ave María Purísima».

Conchita se detuvo y miró al cielo, notando que las lágrimas estaban a punto de aflorar en sus ojos.

«No me lo merezco. Al menos, cuando mi madre estaba viva, podía hablar con ella. Aunque no fuéramos íntimas, al menos me ofrecía apoyo, a su manera. Pero ahora, Soledad y María se han aliado, y Pilar no tiene tiempo para nada. Ni siquiera Honorato está aquí para hablar del tiempo. Estoy sola».

Conchita se desabrochó los botones de su grueso abrigo y tomó de su pecho la cruz plateada de su madre. Asiéndola fuertemente con la mano, empezó a caminar entre los árboles hasta que llegó al *Abuelo*.

Un anciano de largos cabellos blancos y un elegante sombrero de paja estaba apoyado en el árbol, mirándola directamente. Sorprendida y algo asustada, Conchita estiró el cuello. Lo miró de arriba abajo; no parecía un ladrón o un asesino.

—Buenas tardes —dijo Conchita con una ceja levantada y un tono neutro, ni demasiado amable ni demasiado frío.

—Hola —saludó el hombre, sin dejar de mirarla. Su voz era profunda y grave, aunque también titubeante.

—¿Se ha perdido? —preguntó Conchita, acercándose unos pasos. Ahora podía verle la cara morena llena de arrugas, los ojos negros y una larga e imponente nariz.

—No —dijo el hombre, ahora más seguro.

Conchita recordó el comentario de María acerca del hombre de pelo blanco al fondo de la iglesia en el funeral. Volvió a mirarlo. Calzaba unos zapatos de piel pulida, pantalones de pana y un abrigo azul de buen acabado. Avanzó un poco más hasta que le vio la cara en detalle. Su nariz aguileña era exactamente como la de ella; sus ojos eran profundos, negros y brillantes, como los de ella, e increíblemente iguales a los de María —con la misma expresión de fuerza y miedo, a la vez—. El corazón le dio el vuelco más grande de su vida. Estiró el cuello, instintivamente, abriendo mucho los ojos. Se llevó una mano a la boca. Quería gritar, pero no le salía la voz.

—¡No! —Fue la única palabra que pudo articular, mientras negaba con la cabeza y dibujaba el símbolo de la cruz en su pecho con mano temblorosa—. Ave María Purísima.

—Sí —repuso el anciano.

Conchita deseaba girarse y marcharse, pero el shock le impedía moverse.

«Soy una persona madura, soy abuela, por el amor de Dios, puedo lidiar con esto».

Lentamente, el hombre se quitó el sombrero e inclinó la cabeza; se acercó a ella con un paso algo tembloroso. Miró fijamente hacia la cruz que Conchita aún llevaba por encima del abrigo.

—Si abres esa cruz —dijo el hombre señalándola—, encontrarás una foto mía, si es que sigue ahí.

Aturdida, Conchita miró a su padre. Su rostro era exactamente el mismo que el de la pequeña fotografía que había observado a diario, desde que su madre se la enseñara por primera vez en el hospital. Se había conservado bien; era mayor, pero sus ojos parecían lúcidos, todavía vivos. Como los de María, también eran oscuros, misteriosos, intensos y evasivos, pensó.

—Sé quién eres —dijo Conchita al fin.

Juan Roso asintió y agachó la mirada.

«Padre; la palabra prohibida durante tantos años. Y ahora lo tengo justo delante de mí, a mi edad. Dios bendito».

Permanecieron de pie y en silencio durante un largo rato, escuchando cómo el viento movía las ramas de los olivos. Juan Roso los miró.

—Me dejé la espalda trabajando en estos olivares —dijo—. Y mira cómo están. Han crecido bien.

Conchita miró alrededor con orgullo y esbozó media sonrisa.

«Es demasiado tarde. Demasiado tarde».

—¿Por qué no volviste? —preguntó a bocajarro—. ¿Por qué ahora?

Juan Roso suspiró, clavó la mirada en la tierra de Belchite. Luego, miró a Conchita.

—Hice todo lo que pude para contactar con tu madre durante años. Le escribí a diario durante no sé cuánto tiempo, décadas —dijo, mirando hacia los árboles—. No pude volver a España hasta 1976 o 1977, cuando legalizaron los partidos políticos, aún estaba en todas las listas negras. Mataron a muchos de mis amigos, compañeros del partido, en los años cuarenta, los cincuenta e incluso los sesenta. —Interrumpió su frase para limpiarse las lágrimas de sus ojos—. No supe de ti hasta que recibí una carta de tu madre, apenas días antes de morir.

«¡Ah! La envió. La carta que yo encontré debía de ser un borrador».

Conchita le lanzó una mirada llena de dudas. «Alguien debió de hablarte de mí en algún momento».

Él pareció leerle el pensamiento.

—Jaime, mi viejo y buen amigo, el médico, jamás me dijo una sola palabra sobre la vida de Basilisa. Su hijo me explicó que tu madre le hizo prometer que no me daría nunca ninguna información. Pero él, antes de morir hace unos meses, le pidió a su hijo que me avisara si le ocurría algo a él mismo o a Basilisa, y eso hizo. Cuando Jaime murió, dejé de escribir. Imaginé que, después de tantos años, ya no querría saber más de mí.

Juan miró directamente a Conchita, quien, estupefacta, no pudo más que tragar saliva. Prosiguió:

—En cuanto recibí la carta de tu madre, hace varias semanas, empecé a hacer planes para volver. Y, por supuesto, vine inmediatamente cuando el hijo de Jaime me mandó un telegrama con las terribles noticias. —Sus ojos estaban más húmedos y su voz casi rota—. Si tan sólo hubiese podido disfrutar de un último minuto con ella...

De repente el hombre parecía mucho mayor, su cuerpo muy encorvado, como si tuviera más de cien años.

«Es un pobre anciano. Ha pasado mucho tiempo. Soy incluso abuela, no le puedo dar un disgusto. A fin de cuentas, es mi padre».

Conchita sintió que el corazón se le encogía de tristeza.

«Ésta es la familia que nunca tuve, el padre que se marchó, aunque no fue culpa suya». Sintió una ira repentina.

«Maldita política. Maldita política. La odio. La odio con todo mi ser. Una familia rota, dos vidas perdidas, casi tres con la mía, y todo por tener o no unas ideas estúpidas. Qué mundo, Dios, qué mundo...».

Juan alzó la barbilla.

—Lamento no haber estado para ti —dijo, los ojos llenos de dolor y sufrimiento.

Tenía el mismo aspecto que los hombres que veía en los documentales sobre el setenta aniversario de la Guerra Civil. Todavía tenía el miedo, la desconfianza y el hambre escritos en la cara. Juan continuó:

—De haberlo sabido, habría venido, arriesgando mi vida, para llevaros a las dos a Cuba. Lo siento tanto... Sé que nunca podré compensar todos estos años de ausencia —dijo, retorciendo el sombrero con sus manos.

Conchita miró alrededor; tenía tanto que decir..., pero ¿por dónde empezar? ¿Era ése el mejor momento y lugar? Volvió a mirar a su padre, quien aún tenía la mirada clavada en el suelo, estaba casi descompuesto por el dolor.

Conchita sintió lástima, pero ésta era su oportunidad para preguntarle sobre toda una vida sin respuestas. Tenía que hacerlo.

—¿Te casaste? —preguntó, incapaz de mirarle directamente.

—Nunca, Conchita, jamás —contestó, provocándole un escalofrío al oír su nombre en labios de su padre por primera vez en su vida—. Lo que teníamos tu madre y yo era tan valioso que cualquier otra cosa nos hubiese parecido una nimiedad. Tu madre era tan maravillosa..., nunca conocí a nadie como ella. Tuve mis oportunidades en Cuba, pero no les presté atención, tu madre era imposible de reemplazar. No tuve otros hijos. —Hizo una pausa para recuperar el aliento—. Me pasé la vida en Cuba, trabajando los campos allí también, compartiendo los beneficios de mi negocio con mis jornaleros, construyendo una comunidad, escuelas para sus hijos. —Hizo otra pausa y prosiguió—: He trabajado toda mi vida para dar a los más jóvenes lo que yo nunca tuve. Mi propio padre ni vio a un médico cuando estaba enfermo, y murió porque nadie le llevó tan siquiera un poco de penicilina, aunque los señores se apresuraban a llamar al veterinario en cuanto una mula se ponía mala.

«Debe de referirse a mi abuelo», pensó Conchita, avergonzada. Miró a Juan Roso con empatía.

«Es un hombre honesto, vive conforme a sus creencias. Eso le honra, por mucho que sea un comunista. Trabajar para dar lo que uno nunca tuvo... Qué familiar me resulta».

Empezó a lloviznar y Juan se colocó el sombrero de nuevo.

Conchita tenía más preguntas e igual no le volvería a ver más. Aprovechó la oportunidad.

—En el pueblo dicen que te marchaste con la mitad del dinero de la familia. —Conchita sintió un nudo en la garganta.

Juan Roso parecía sorprendido.

—¿Eso es lo que dicen? —Miró hacia los árboles, agitando la cabeza. Luego miró hacia el suelo—. Era justo aquí donde solían esconderlo, bajo *El Abuelo* —dijo, moviendo un pie sobre la tierra—. No robé ningún dinero... Tu madre me dijo que lo podía coger en caso de necesidad. De haberme ido sin nada, lo más probable es que me hubiese muerto a dos kilómetros de Belchite, tras huir. También pensé que ese dinero nos ayudaría a crear nuestro propio hogar, en Francia o donde fuera, lejos de aquí. Nunca imaginé que acabaría en Cuba y, mucho menos, que ella nunca se reuniría conmigo.

«Claro, él no conoce la versión de mi madre, lo que le pasó. O puede que le contara algo en esa carta que le escribió».

—Sé que mi madre te amó hasta el último minuto de su vida —dijo Conchita, viendo a su padre deshecho en lágrimas.

Conchita era incapaz de aguantar tanta tensión y empezó a alejarse.

—Conchita, por favor, espera —pidió su padre con tono de súplica—. Por favor, no te vayas, sé que es difícil. —Bajó la mirada—. También lo es para mí.

Conchita se volvió.

—Lo sé —admitió. No sabía adónde mirar.

«He de ser fuerte».

—Por favor, dame una oportunidad —dijo Juan Roso—. Eres el único legado de Basilisa que tengo. No pude tenerla a ella; por favor, deja al menos que cuide de ti, tanto como me sea posible. Sé que no puedo hacer gran cosa, soy viejo y no tengo dinero o propiedades, pero quizá pueda ayudar en otras cosas. —Miró alrededor y se arrodilló lentamente; cogió un puñado de tierra roja y cerró el puño con fuerza, como si quisiera protegerla—. Estoy seguro de que conoces bien estas tierras, pero quizá pueda echarte una mano —propuso humildemente—. Mi abuelo, mi padre y yo las trabajamos durante décadas. Todo ha cambiado mucho, la tierra no. El olor, el clima y los árboles son los mismos.

Juan Roso abrió la mano y dejó que la tierra se derramara entre sus dedos.

El corazón de Conchita se enterneció al ver el cuidado de su padre por la tierra, lo único que parecía quedarles a los dos.

Poco a poco, se levantó.

—Veo que ha sido un buen invierno; los árboles parecen felices y sanos por la lluvia —comentó, provocando en Conchita su primera sonrisa en mucho tiempo.

—Es verdad —admitió ella—. Han tenido mejor invierno que yo.

—Lo sé —dijo Juan Roso—. Lo siento.

—Si al menos me ayudasen mis hijas... —se lamentó Conchita—. Tengo dos, Pilar, de treinta y dos años, con dos hijos, y María, de veintiséis, quien pronto se casará. —Suspiró—. También tenía un marido, pero se fue, sin más, hace unas semanas.

Juan Roso asintió.

—Lo sé.

Conchita le lanzó una rápida mirada.

—Supongo que el cotilleo local te ha mantenido informado.

—Eso nunca cambia —admitió—. Aunque nadie me ha reconocido después de tantos años, apenas queda gente de mi edad. De todos modos, en la pensión donde me hospedo, la Pensión Ramón, sí que se habla.

—La conozco —dijo Conchita—. El cotilleo es el pasatiempo favorito en los pueblos pequeños. Aquí llevo atrapada toda mi vida.

Juan Roso dio un paso hacia ella, mostrando sus brillantes ojos negros, aún llenos de energía.

—Puede que hoy lo veas todo mal, Conchita —dijo—. No te culpo. Pero mira lo que tienes y lo que has conseguido: he visto a tus hijas desde la distancia. Son buena gente y parecen sanas. Sé que les va bien. Y mira los campos, nunca los había visto así, cómo los has ampliado. En mis tiempos, nos hubiéramos vuelto locos de tener la mitad de tu cosecha. Deberías estar orgullosa. —Hizo una breve pausa—. En cuanto a Honorato —tosió levemente—, nadie parece echarlo de menos.

—Ciertamente —asintió Conchita.

Ambos intercambiaron una mirada de complicidad.

—Puedo quedarme unas semanas, pero tendré que volver a Cuba —advirtió Juan Roso—. Quizá pueda encontrar a alguien que se encargue de las tareas más duras del campo, para que puedas disfrutar de un merecido descanso.

La mirada de Juan Roso penetró hasta el corazón de su hija. Sintió la fuerza de sus ojos, la misma mirada que enamoró a su madre.

—A veces pienso que no he descansado ni un minuto en toda mi vida —dijo.

—Pues ya es hora —repuso Juan Roso.

«Quizá».

—Debes de añorar a tu madre.

«Así es. Jamás imaginé que la echaría tanto de menos, pero sí. Su paz, su tranquilidad, su casita. Ahora, ¿qué me queda? Nada. Nadie. Estoy sola. Completamente sola».

Conchita hizo un esfuerzo para contener las lágrimas. «Por lo que se ve, no soy tan fuerte como pensaba».

—Yo también la echo de menos —dijo Juan Roso.

Lentamente, se acercó hacia Conchita y la abrazó, haciéndole sentir sus viejas, suaves y fuertes manos. Su cuerpo se tensó. ¿Cuándo fue la última vez que se sintió tan cerca de alguien? Ya ni se acordaba. Mientras el viento silbaba entre las ramas, Conchita sintió la lenta, profunda y firme respiración de su padre muy cerca. Cerró los ojos, olió la tierra, sintió las manos descargar energía en su espalda. Lenta y temblorosamente, apoyó la cabeza en su hombro. Él apretó sus brazos un breve instante, que a Conchita le pareció una eternidad. No dijeron más. Conchita no pudo contener las lágrimas, y su padre la consoló, sin preguntas ni condiciones, como nadie había hecho jamás. La calma invadió su corazón.

Como si de repente se despertara de un largo y profundo sueño, Conchita miró su reloj.

—Anda, son casi las seis —dijo—. Le prometí al cura que estaría allí antes de la misa de las siete para ayudarle con algunas cosas.

—Ayudas a mucha gente, Conchita —comentó su padre, orgulloso.

Ella ignoró el cumplido.

—En realidad es mi deber —afirmó—. ¿Te quedas, pues, en la Pensión Ramón? —preguntó, secándose las lágrimas de los ojos.

—Sí, pero no te preocupes, no te molestaré, no tienes que ocuparte de mí —aclaró—. La pensión es maravillosa, llevo un tiempo allí, desde el funeral, pero quería dejarte un poco de tiempo.

«Es un detalle».

—Gracias —dijo Conchita—. Ahora tengo que irme. Podemos volver a vernos, si quieres. —Se sonrojó.

—Nada en el mundo me gustaría más —dijo Juan Roso.

—Mi hija y Soledad están en casa... —Cortó en seco la frase—. ¡Claro, conoces a Soledad!

—¡Ah, Soledad, por supuesto! La vi en el funeral, sí —admitió—. ¿Qué tal está?

—Tirando —respondió Conchita—. Pero ¿por qué no os comunicasteis durante todos estos años?

—Probablemente pensaría que estaba muerto —dijo él. Dejó pasar unos segundos—. Y yo, al principio, no le podía escribir, pues estaba en las montañas, según me contaron. Tengo entendido que nunca se casó.

—Cierto —dijo Conchita—, pero no ha vivido mal, creo. Siempre se muestra positiva y enérgica, al menos eso parece. Pero la tendremos que preparar para esto. Está delicada, y más aún después de la muerte de mi madre, aunque ella nunca lo admitirá.

—Claro —aprobó Juan Roso cortésmente—. Tómate el tiempo que sea necesario, estoy aquí para ayudar, no para molestar.

Se dirigieron hacia la casa.

—No todo son malas noticias —contó Conchita mientras caminaba—. La boda de María nos ayudará a recobrar un poco de alergía. Se casa en abril con un joven de Barcelona, de buena familia. Estoy contenta.

«Espero que la abuela no compartiera sus ideas sobre la boda, como hizo en el borrador que vi».

—Una boda, qué ilusión —dijo él—. ¿Están muy enamorados?

«Oh, no, se lo dijo».

—Bueno, eso creo —respondió Conchita, nerviosa—. Sé que mi madre tenía algunas dudas al respecto, pero no veo la razón. Hacen una pareja perfecta.

Llegaron a la puerta del jardín. Juan Roso miró a Conchita, como quien espera oír más.

Después de una pausa, Conchita añadió:

—Pero no se parece ni de lejos al amor que compartisteis vosotros. —Miró al cielo antes de continuar—. Aunque ese tipo de amor sólo se da en las películas, o está reservado para unos pocos, uno entre un millón.

—¿Eso crees? —preguntó Juan Roso—. A mí me parece accesible a todo el mundo, simplemente hay que seguir lo que es natural, ¿no?

—¿Natural? —dijo Conchita—. No sé qué es natural para mi hija; a veces me asusta pensarlo.

Juan Roso miró a Conchita arqueando una ceja. Conchita prosiguió.

—Siempre ha sido un poco diferente, un poco extraña —aclaró, manifestando su preocupación por María por primera vez, incluso ante sí misma.

—¿Acaso no lo somos todos? —preguntó Juan Roso.

Conchita no respondió.

Los dos se separaron después de una rápida despedida. Juan Roso desapareció tras los árboles que una vez le salvaron la vida, mientras se escapaba de los soldados que lo perseguían.

Conchita se fue a casa.

«¿Natural? Pecados, discusiones y guerras; eso ocurre cuando la gente empieza a ser natural».

## Capítulo 22

María aún sentía el calor del cuerpo de Nell cuando su avión despegó de Barcelona, destino a Heathrow. Era un frío día de febrero, casi dos meses después de que su madre la llamara a Londres para anunciarle la muerte de la abuela. Estar junto a Nell en ese momento fue una bendición —ella la cuidó cuando más lo necesitaba; la ayudó a adelantar el regreso por Internet, y la llevó al aeropuerto a las seis de la mañana.

Aquella noche, después del shock inicial, y después de hablar con su hermana y sus padres por teléfono, María y Nell permanecieron la una junto a la otra, tumbadas en la cama del hotel. Nell la abrazó y le acarició el pelo durante horas, hasta que ya no le quedaron más lágrimas y por fin se quedó dormida.

María se estremeció recordando esos momentos. Se imaginó las largas manos blancas de Nell acariciando lentamente sus brazos morenos, transmitiéndole calidez; todo lo contrario de lo que vivía en Belchite, con su padre huido y su madre sin parar ni un segundo, su mejor arma para no pensar.

La casa de sus padres también se había llenado de señoras mayores que, a pesar de haber aislado a la abuela en su juventud, ahora se atrevían a venir, llorando su pérdida y guardándole luto.

Por las tardes, se sentaban en círculo durante horas, todas vestidas de negro, rezando rosario tras rosario.

Hablar con Nell por las noches había sido el mejor alivio. En Navidad y durante las gélidas noches de enero, las dos quedaban en llamarse a medianoche, cuando la familia de María estaba dormida. Poco a poco, Nell se convirtió en su confidente, la persona con quien hablaba del funeral, de la partida de su padre, de los problemas del piso de Jordi, y de sus propias dudas acerca de la relación. Nell escuchaba con paciencia, sin intentar rellenar los numerosos silencios que María dejaba, tan poco acostumbrada como estaba a expresar sus sentimientos más íntimos.

María también ayudó a Nell, quien decía odiar la Navidad. Sus padres, divorciados, estaban en Lanzarote y Madeira con sus respectivas parejas, y ella tampoco tenía hermanos. Sus amigos siempre la invitaban, pero ella prefería pasar el día de Navidad sola, o con una vecina. Lo mejor de las fiestas, le dijo, eran las charlas nocturnas que habían establecido y, cómo no, el fútbol.

Arropada bajo el edredón, María escuchó a Nell hablar de sus amigos, de los cotilleos de su equipo de fútbol y, por supuesto, se tragó todos los resultados de la Premier League durante la Navidad. Poco se imaginaba que algún día prestaría tanta atención a un empate a cero entre el Manchester y el Bolton.

El fútbol se hacía más llevadero con Nell. A pesar de que seguía odiándolo, escuchar los avatares del Sheffield United le resultaba un poco más exótico que la omnipresente charla sobre el Barcelona. «Barça, Barça y más Barça, siempre igual, pensó».

María sabía que Jordi había conocido a Nell en Londres en enero, en un viaje que ella desestimó por no sentirse todavía con fuerzas. Tras volver al trabajo un par de semanas después de Navidad, María pidió varios días de vacaciones, ya que aún le costaba concentrarse. La abuela Basilisa lo había sido casi todo en su vida, la única persona que la apoyaba incondicionalmente, la que siempre la defendía contra todo y contra todos, incluida su madre.

Su pérdida casi supuso el fin del mundo para María. Se sentía desesperadamente sola, abandonada, como si le hubieran arrancado violentamente la mitad de su corazón, para luego partirlo a pedazos. Se había pasado horas recorriendo los olivares, en Belchite, o acariciando a *Bombillo* en Barcelona, en completo silencio. Era lo único que le traía paz.

«Londres me ayudará a salir de mí misma, a romper con la rutina», se dijo María, observando cómo las alas del avión adoptaban posición de descenso.

Era un miércoles por la mañana. María regresaba a Inglaterra, no por trabajo, sino a título personal, para visitar a Nell, convertida en su mejor amiga después de todas las confidencias compartidas por teléfono.

Nell la había invitado a un homenaje a las Brigadas Internacionales inglesas, el grupo de voluntarios que fueron a España a luchar contra Franco hacía setenta años. María sintió curiosidad por ver la historia de España desde otra perspectiva, pero sobre todo se ilusionó ante la oportunidad de una visita secreta —nadie lo sabría, ni Jordi, ni su madre—. Por fin retomaba el hilo de su pequeña aventura londinense.

Nada más salir a la terminal y encender el móvil, María recibió un mensaje de Jordi, preguntando cómo se encontraba. Su relación se había enfriado desde que, semanas atrás, María le dijo que necesitaba tiempo para pensar. No quería mentirle, y apenas lo había visto desde entonces. Necesitaba espacio.

Sin devolverle la llamada, apagó el móvil y se atusó el pelo antes de atravesar la puerta de llegadas, donde Nell la esperaba discretamente, a un lado.

—Hola. —Nell saludó en castellano, dándole un beso en la mejilla.

—Hola. —María se sentía azorada. Era más fácil hablar por teléfono que cara a cara.

Nell pareció percibir su pensamiento y se apresuró a romper el hielo, preguntándole por el viaje. Se dirigieron hacia el aparcamiento.

—Podemos ir a casa primero, dejar la maleta y coger las bicicletas, ¿qué me dices? —preguntó Nell.

María estaba entusiasmada con los planes de su amiga. Desde pequeña le encantaban las bicis, pero nunca tuvo una porque sus padres le decían que eran sólo para chicos. Aun así, se compró una en la universidad, pero no había montado en ninguna desde entonces.

—Me parece estupendo —dijo María—. ¿Has encontrado una segunda bici?

—Sí, mi vecina nos prestará la suya. Tú puedes usar la mía.

Sonrientes, entraron en el coche de Nell y emprendieron la marcha hacia Hackney.

El barrio de Nell tenía esta vez mejor aspecto que aquella noche de noviembre, después de la fiesta, cuando María sintió hasta un poco de miedo.

«La luz del día ayuda, sin duda —pensó—. Y el estado mental también, supongo».

*Pepa* olisqueó a María en cuanto las dos entraron en el piso. A María le encantaba la gata de Nell; se arrodilló y la acarició hasta que el animal tuvo suficiente y se alejó. Nell le sacó el mismo par de zapatillas que tan a gusto le hicieron sentirse la primera vez. Entró en el salón, contemplando las fotos de la pared, los libros, las plantas y la luz que hacía que todo brillara. El piso rezumaba vida.

—A *Pepa* le encanta el juguete que le regalaste —comentó Nell desde la cocina.

María se sonrojó al recordar la noche que pasó en el sofá, después del beso en el pub, en noviembre, cuando tanto se emborrachó.

Nell le trajo un café.

—Toma —dijo.

—Gracias —aceptó María con una sonrisa. «Menos mal que no es té».

Era como si Nell le leyese los pensamientos.

—Sé que el té no es lo tuyo —dijo, volviendo a la cocina para regresar al poco con una taza de té para ella—. Pero a mí me encanta.

Se sentaron en el sofá.

—Tienes buen aspecto —afirmó Nell—. Parece que las vacaciones te han sentado bien. Me alegro.

María respiró hondo.

—Bueno, no han sido exactamente unas vacaciones.

Nell reposó su mano sobre la de María, sin que ésta apartara la suya.

—Seguro que las cosas mejoran pronto.

—Desde luego, no pueden empeorar —dijo María—. En fin, ¿cómo estás tú? ¿Cómo le va al Sheffield United?

—¡Mi equipo es el Manchester United! —sonrió Nell—. No nos va mal; ganamos el domingo —informó, probando su té—. El trabajo me mantiene ocupada, y el fútbol, sana y sociable. *Pepa* está bien, ¿qué más puedo pedir?

«Me gusta su sencillez. Ojalá pudiese ser como ella, y no este desastre que soy».

Nell miró su reloj.

—Nos tenemos que ir —propuso levantándose—. Espero que te guste el acto de las Brigadas; me acordé de ti en cuanto lo vi anunciado.

—Gracias —dijo María, sacando un regalo de su bolso y entregándoselo a Nell—. Sólo quería agradecerte tu ayuda durante las últimas semanas.

Nell volvió a sentarse. Parecía sorprendida.

—No era necesario.

María se sonrojó.

—Es un detalle muy pequeño, sin importancia.

Nell abrió el paquete, que contenía una botella de aceite de oliva extra virgen. Nell la contempló durante unos instantes, la abrió para oler el contenido y lanzó un profundo suspiro. Se echó unas gotas sobre los dedos y las probó.

—Qué maravilla —exclamó—. ¿Es de tu familia?

—Sí, sí, me llevé una de las mejores botellas, de producción limitada.

Nell le dio un rápido beso en la mejilla; María apartó la mirada.

—Esto hay que aprovecharlo bien... ¿Te apetece cocinar algo esta noche? —preguntó Nell.

—Me encantaría.

«Sabía que Londres me vendría bien. Dos meses en Belchite y Barcelona, y no tengo ganas de nada. Dos horas en Londres y quiero ir en bici y ponerme a cocinar. Nell es una buena amiga».

María disfrutaba en la cocina —excepto en casa de su madre—. Le encantaba cocinar despacio, con cariño y cuidado, como la abuela; justo al contrario que Conchita, quien se encerraba en la cocina para preparar comidas aprisa y corriendo, moviendo cacharros sin ningún amor ni cuidado.

Hacía mucho que María no se sentía tan feliz. Le encantaba pedalear atravesando zonas verdes, sentir la brisa en el rostro, la sensación de libertad. Siguió a Nell por todo Londres, observando las plazas de Islington, el comercio de Exmouth Market, los estudiantes de Bloomsbury, las elegantes tiendas de Marylebone, hasta llegar a la orilla del Támesis. Durante el paseo, Nell le explicó pequeñas historias de la ciudad; no eran aburridas lecciones de historia, sino relatos humanos acerca de personajes que habían cambiando el mundo, como Virginia Wolf o John Maynard Keynes.

—¿Keynes, gay? ¿En serio? —María no se lo podía creer—. ¡Nadie me lo dijo en la universidad, y me leí todos sus libros!

«Claro que en la Universidad de Navarra nunca me habrían dado ese tipo de detalle».

Unas cien personas rodeaban el monumento a los brigadistas ingleses en los Jubilee Gardens, junto al río, cuando Nell y María llegaron. A María se le puso la piel de gallina al ver tantas banderas republicanas, en Londres, con el Parlamento al fondo.

«Ésta debería ser la bandera oficial».

Recorrieron las paradas instaladas para la ocasión, cogiendo panfletos de asociaciones republicanas, de partidos de izquierdas, aunque lo que mas les gustó fue probar un poco de tortilla en un puesto de comida española. María habló con algunos organizadores durante un buen rato, interesada en sus ideas. Al final les dio una modesta donación y prometió enviarles unas botellas de aceite de oliva.

—Eres muy generosa —dijo Nell.

—En este asunto, nada es suficiente —repuso María rápidamente.

De pie sobre un banco para ver mejor, María y Nell escucharon a los brigadistas, ya muy ancianos, compartir sus memorias.

—Yo no dudaría en actuar igual si la situación se diera de nuevo —dijo uno, apenas capaz de mantenerse en pie—. En 1936, tenía dieciocho años y leí en la prensa que el fascismo se expandía en España, por eso fui a combatirlo. Era joven e idealista. Setenta años después, todavía lo soy. Me han llamado ingenuo en el mejor de los casos, y muchas más veces, simplemente tonto. Pero para mí, ser natural y consecuente conmigo mismo ha merecido la pena.

«La naturaleza, otra vez; nadie gana a la naturaleza». María recordó las palabras de su abuela. «¿Por qué me persigue este pensamiento, hasta en Londres?».

El evento culminó cuando un cantante de *folk*, guitarra en mano y sombrero de *cowboy* en la cabeza, cantó la versión de la

Guerra Civil de *El valle del río Rojo,* poniendo a los asistentes la piel de gallina, y dejando a María al borde de las lágrimas. Nell se dio cuenta y le apretó la mano.

—Esto no te está animando precisamente, ¿verdad? —preguntó.

María sonrió.

—No, no es exactamente una comedia.

Nell saltó del banco y ayudó a bajar a María.

—Te enseñaré un sitio que nos ayudará a preparar una buena cena —dijo Nell, dirigiéndose hacia las bicicletas.

María no podía dejar de contemplar los puestos del mercado Borough, por mucho que Nell le hubiese advertido que entre semana era mucho más pequeño que los sábados. Le llamó la atención tanta diversidad de panes, quesos y lo exótico de algunas frutas y verduras. Aquello no venía del huerto de la esquina, sino de continentes muy lejanos, pensó.

—¿Dieciséis libras por un puñado de champiñones? —preguntó María incrédula—. Con eso llenas el cesto de la compra en España.

Compraron ingredientes un poco más modestos para hacer una tortilla y un poco de verdura asada. Con las bolsas en la mano, se sentaron en el café Monmouth Market, que tenía las puertas abiertas, dejando el interior al aire libre, aunque fuera pleno invierno. Bien protegidas en sus anoraks, María y Nell compartieron una tarta de queso mientras observaban el paso de la gente. María disfrutaba de cada segundo. Se recostó en la silla y respiró profundamente.

«Esto es vida. Ojalá pudiese hacer lo mismo con Jordi, pero es tan anticuado que ni se le ocurriría hacer la compra. Realmente, todo es más fácil con una mujer».

María se sentía relajada, podía confiar en Nell, hablar con ella abiertamente. María, que nunca había conocido a una lesbiana, sentía curiosidad por la naturaleza de sus relaciones con otras mujeres. Si no preguntaba, nunca lo sabría, así que se aventuró.

—Supongo que dos mujeres siempre tendrán más en común que un hombre y una mujer, eso hará la relación más fácil —dijo—. ¿No?

Nell parecía sorprendida por la repentina pregunta.

—Mmm —murmuró—, no estoy segura; a mí me parece que las relaciones entre dos personas siempre son complicadas. Todo es cuestión de química, de si existe clic o no, indistintamente del sexo de las personas, ¿no crees?

María miró por la ventana tomando un sorbo de su café.

—Supongo que tienes razón —admitió, mientras se fijaba en una pareja de ancianos vestidos con ropa de ciclista debatiendo qué queso comprar—. Las relaciones en España son muy formales, oficiales, puede que más que aquí. —Se volvió hacia Nell—. En España, no se trata tanto de conectar mentalmente o de compartir aficiones, o ideas, sino de aparentar, de encajar socialmente.

Nell meneó la cabeza.

—Es una pena —dijo—. De hecho, me llamó la atención el otro día, cuando conocí a Jordi, lo bien vestido que iba, con un traje impecable, las formas muy cuidadas. Guarda bien las apariencias.

María observó a Nell; se había preguntado muchas veces qué impresión le habría dado cuando se conocieron hacía algunas semanas, en el viaje que ella no pudo realizar.

—Sí, es muy correcto. Por lo que he oído, la reunión no fue mal —comentó.

Nell la miró en silencio durante unos segundos.

—Sí, fue bien —dijo—. Aunque no dejó de mirar un calendario que tengo en mi despacho, con una foto de dos mujeres mirándose intensamente. Podrían ser lesbianas, pero no necesariamente; sólo es una gran foto, pero pareció asustar a tu novio.

María se rió.

—¿En serio? Eso debió de dejarle fuera de juego.

—Eso parecía —reconoció Nell riéndose, aunque se puso más seria para continuar—: Pero sí, me dio la impresión de ser alguien acostumbrado a obedecer. No rebatió mis argumentos y, básicamente, accedió a todas mis sugerencias. De hecho, no aportó ninguna observación.

María cerró los ojos brevemente y luego miró a Nell.

—No, no es de los que buscan peleas. Él obedece y hace todo lo posible para evitar un conflicto. —«Se ha pasado la vida obedeciendo al Opus Dei»—. Pero es muy bueno en su trabajo, ya sabes, lleva su propia empresa. Además, le dedica muchas horas, y buena parte del fin de semana.

—Pues es una pena, ¿no? —Nell miró hacia el bullicio del mercado—. El trabajo nos da satisfacciones, pero no felicidad, me parece a mí.

María meditó en silencio.

—Nunca lo había visto desde ese punto de vista, pero supongo que es verdad. Aunque es fácil convencerse de lo contrario.

Nell arqueó una ceja.

—Las grandes empresas le lavan a uno el cerebro, haciéndole creer que son esenciales para el negocio —dijo—. Pero es mentira. Uno se marcha de la empresa y ya no es importante, de hecho, a la empresa ni le importa. Y el pobre empleado solamente se da cuenta de que esa adulación es sólo un cuento para exprimirle más cuando es demasiado tarde. De repente se despierta y descubre que ha pasado media vida en la oficina.

—Yo quiero evitar eso a toda costa —afirmó María—. Cada vez que pienso lo corta que es la vida, y los años que ya han pasado... No tenemos tanto tiempo como parece.

Nell asintió y tomó un poco de tarta.

—A veces —prosiguió María—, la gente necesita cosas, como un buen trabajo, una pareja o una gran casa, para ser feliz. —María pensaba en su madre, a quien los campos, su familia y su casa nunca parecían satisfacerla—. Yo creo que la mejor manera de ser feliz es siendo feliz, sin necesitar esto o aquello. Para mí, la felicidad es un estado mental, no material.

—Mmm, no estoy segura —comentó Nell, sonriente, mientras se echaba hacia delante, tenedor en mano—. Esta tarta me está haciendo muy feliz —añadió, cogiendo un trocito.

María la imitó.

—Ojalá fuese así de fácil.

—Cierto —dijo Nell—. Pero muchas veces es bueno pensar menos y sentir más; hay que encontrar los clics de manera natural.

María perdió la mirada por la ventana una vez más.

—En mi familia, más que hacer clic, parece que nos repelemos —comentó, tomando el último bocado de la tarta.

Nell le lanzó una mirada compasiva.

—Bueno, tampoco es tan malo —se corrigió María—. Sí que tenía esa química con mi abuela, nos comprendíamos la una a la otra. Nunca fue a la universidad y apenas terminó la escuela, por la guerra, pero entendía todo lo que le contaba acerca del banco mucho mejor que mi madre, quien dirige una empresa de tamaño respetable. Teníamos un vínculo muy fuerte, no te puedes imaginar. Es la persona a la que más he querido y quien más me ha querido a mí.

—¿Más que a tus padres? —preguntó Nell.

—De lejos —repuso María rápidamente. Contempló los inmensos ojos azules de Nell, que volvieron a recordarle los de la abuela Basilisa. Le daban tranquilidad, la llenaban de confianza—. Es una desgracia que haya muerto. Nunca tendré nada parecido.

—Estoy segura de que sí —corrigió Nell.

«No me imagino a nadie con quien pueda conectar igual».

El corazón de María casi se detuvo cuando un sentimiento le asaltó el corazón. «Excepto tú. Eres la única persona con quien hablo con tanta facilidad como cuando hablaba con ella».

María se sintió las manos frías; estaba casi paralizada por sus propios pensamientos.

—Me apuesto una comida en el mejor restaurante español de Londres a que encontrarás a alguien a quien querrás tanto o más —propuso Nell.

—Trato hecho —convino María—. ¡Una buena comida gratis!

—La única comida gratis que vas a tener será esta noche —dijo Nell levantándose—. Vamos, te enseñaré mi habilidad con la tortilla. He estado practicando.

Mientras escuchaban a Edith Piaf, las dos mujeres preparaban la tortilla y un poco de verdura en la cocina de Nell, rodeadas de especias y plantas. Charlaron e intercambiaron opiniones acerca de la cantidad idónea de huevos, patatas y sal.

—Una buena proporción es la clave de la tortilla —sentenció María.

—¡Y de la vida! —exclamó Nell, provocando una sonrisa en su amiga.

María la miró.

—Tú pareces tener un buen equilibrio —dijo.

Nell miró por la ventana, hacia las nubes que ya tapaban el cielo.

—Igual tengo proporción, pero me falta un poco de sal —repuso—. Aquí la vida se puede volver aburrida y predecible.

María preparó un delicioso *pa amb tomàquet* con el pan de romero y oliva que habían comprado en Borough. Le restregó un diente de ajo, le añadió el jugo del tomate y finalmente el aceite que había traído de Belchite.

—*Voilà* —dijo María—. ¿A que esto no es aburrido ni predecible?

Nell cerró los ojos en cuanto dio el primer bocado.

—Qué delicia —aprobó, acercándose a María. Sus ojos eran imposiblemente atractivos, pensó María. Estaba tan prendada de ellos que sólo reaccionó dos segundos después de que Nell le besara muy brevemente en los labios, apenas un roce.

«¿Qué ha sido eso?».

María siguió picando y tatareando *Non, je ne regrette rien**. Le encantaba Piaf, y también deseaba cantar a toda voz que no lamentaba el beso de Nell en la fiesta de noviembre, o la noche que pasaron la una en los brazos de la otra, nada más enterarse de la muerte de la abuela.

—Me encanta cocinar así. ¿Lo haces a menudo? —preguntó María, meneando alegremente la cabeza al son de la música.

—¡Ojalá! —deseó Nell—. A muchas inglesas no les va lo de picar verdura por diversión; prefieren salir en plan *cool* por Hoxton o el Soho.

—Qué aburrido —dijo María—. Algunos olvidan que no es *cool* querer ser *cool*... Hay mucha gente igual en España, y supongo que en todas partes.

—Es verdad —convino Nell.

—Bueno, salvo en Belchite, donde nadie intenta ser *cool* —apostilló María.

Nell se rió. Puso las patatas en la sartén con el aceite ya caliente.

—A ti desde luego parece no importarte —dijo, lanzándole una mirada.

—Gracias.

—Es verdad —insistió Nell—. No te importa lo que piensen los demás, ¿verdad? En el fondo, tú vas a lo tuyo, sigues tu propio criterio.

María removió las patatas cuidadosamente con un tenedor de madera, como solía hacer su abuela.

—Al menos, eso intento —dijo finalmente. «Igual que tú».

---

* La traducción del título de la canción de Edith Piaf es «No, no lamento nada» *(N. del T.)*.

—Por eso me gustas. —Nell la miró con una sonrisa muy sincera, pensó María.

Con una botella de Priorat a mano y un suave jazz como música de fondo, las dos se sentaron en la mesa, cara a cara. El festín duró más de una hora, en la que conversaron amenamente sobre todo y nada y degustaron lentamente la cena que con tanto cariño habían preparado. María no podía apartar sus ojos de los de Nell.

«Esto debe de ser el "clic"».

—La mejor cena en mucho tiempo —dijo Nell, recostándose en la silla, después del último bocado.

El corazón de María se sentía pleno. Estaba cómoda, tranquila, despreocupada. El vino, la comida, el jazz. Nell. No echaba de menos a nada ni a nadie.

Nell pulsó el mando a distancia para empezar *Todo sobre mi madre*, de Almodóvar, confesando su pasión por el director manchego. María todavía no la había visto porque Jordi siempre se había negado, y ella aún no había encontrado el momento. Jordi, como muchos de sus compañeros del Opus, creía que Almodóvar no era «apropiado».

María se sentó en el sofá, mientras Nell se tumbó cómodamente junto a ella. La cinta empezó.

A María le encantaba Almodóvar —casi se emocionó al ver los magníficos planos de la Sagrada Familia, y estuvo al borde de las lágrimas con la trágica historia de Manuela—. Sólo desvió la mirada para ver el repicar de la lluvia contra las ventanas, y observar la calidez de la tenue luz de la lámpara amarilla del rincón. Se sentía en casa. Se acomodó en el sofá y Nell se recostó sobre sus piernas. Al poco tiempo, y muy lentamente, Nell le empezó a acariciar la mano, provocando un escalofrío por todo su cuerpo.

Sin quitar los ojos de la pantalla, Nell siguió palpando sus dedos, uno a uno, durante varios minutos. Luego dejó su mano posada sobre la de María, quien cerró los ojos.

«No me importa. Nadie lo sabrá. Además, estoy en un intermedio en mi relación. No soy infiel a Jordi, esto es diferente. Nell es mi amiga, tenemos una relación especial».

Ambas siguieron viendo la película cogidas de las manos. Nell miraba hacia el televisor, mientras María a veces apartaba la mirada para contemplar el cuerpo perfecto, largo y proporcionado, de su amiga. Tímida y lentamente, María empezó a acariciar el pelo corto y brillante de Nell, apoyado en su regazo, a lo que Nell respondió apretándole la mano. María observó la cara de Nell, era delicada, blanca, con su gran nariz —siempre una señal de carácter—. Con una mano temblorosa, María dibujó con sus dedos las líneas de las cejas de Nell, el contorno de sus ojos, la frente. El aliento de su amiga se hizo más pesado; su pecho marcaba cada respiro.

«Sigue la naturaleza». Las palabras de su abuela resonaban en su mente.

Nell se giró hacia ella cuando los créditos de la película aparecieron en la pantalla, y la miró prolongadamente; María contuvo la respiración mientras Nell se acercaba y le daba un breve beso en los labios. María cerró los ojos, notando cómo el corazón se le aceleraba. Nell la volvió a besar, ahora más prolongadamente. María finalmente se apartó y miró intensamente a su amiga. Cerró los ojos. Aún podía sentir el beso.

«Es tan diferente a Jordi... Ahora entiendo, no sabía lo que era un beso dulce hasta este momento».

Emocionada, y después de tantos años de represión y freno a sus sentimientos, María por fin se dejó llevar. Se aproximó a Nell y la besó sin titubeos. Nell la abrazó, acariciando su largo cabello.

—Nunca había visto un pelo tan bonito —le susurró Nell, besándolo.

A María le encantaba que le acariciasen el pelo, cosa que Jordi rara vez hacía, casi siempre para evitar tentaciones. En contraste con las manos agrestes de su novio, las caricias de Nell le producían calambres por todo el cuerpo. De manera instintiva, María besó el cuello de Nell, su cara, sus labios, al tiempo que ella deslizó la mano por debajo de su blusa, acariciándole ligeramente la espalda. María sintió cómo todas sus defensas se desplomaron. Cerró los ojos mientras la mano de Nell ascendía por su columna para luego descender de nuevo, suavemente.

«Sabe lo que me gusta, sin decírselo. No me lo puedo creer, pero esto es perfecto. No quiero parar. No puedo».

María siguió besando a Nell más y más apasionadamente. Nell la empujó ligeramente sobre el sofá, contemplando cómo su melena se esparcía sobre los cojines. Ensimismada, miró su cuerpo, plano, moviéndose con cada respiración; le acarició el estómago, el pecho, la blusa sobre el sujetador.

—María —empezó a decir Nell, pero se calló cuando ésta le puso un dedo sobre la boca.

—Shhh —le susurró. «Sigue, por favor, no me despiertes de este sueño. Llevo años esperando esto».

Nell la miró.

—No quiero hacer nada que tú no desees —dijo en voz baja. Acarició el largo pelo de María—. No es que no quiera, ni mucho menos, pero no me gustaría incomodarte o dañar nuestra amistad, lo que tenemos juntas. —La besó fugazmente en los labios—. Estoy tan a gusto contigo...

—Yo también —repuso María, cerrando los ojos. Se sentía más viva que nunca; abierta a Nell, abierta a la vida.

«¿Cómo podría esto perjudicar nuestra amistad? Esto es de lo mejor que hay en la vida, que es corta, y por fin, mi momento ha llegado. No pienso dejarlo escapar».

María atrajo suavemente a Nell hacia ella, besándola, ajustando el cuerpo bajo el suyo, notando de inmediato su calor, sus movimientos en busca de ella. Le acarició la espalda, sintió su aroma.

Recorrió su cuello con sus húmedos labios, siguiendo por detrás de sus orejas. La respiración de Nell se hizo más rápida y pesada.

—No sabes lo que estás haciendo —susurró Nell, provocando que María contuviera su aliento durante unos instantes.

«Al fin alguien me desea como quiero que me deseen. Como yo la deseo a ella».

—Lo mismo digo —dijo María en voz muy baja, la boca entreabierta.

Poco a poco, Nell empezó a desabrocharle la blusa, acariciando y besando la piel que iba apareciendo. Dirigió la mano hacia sus pechos, acariciando su delicado sujetador de seda, que besó durante un largo rato. María abrió mucho los ojos. Aquello era natural, ¿qué mal podría entrañar? Nell giró delicadamente el cuerpo de María y le desabrochó el sujetador. María se tumbó de espaldas, encarándola, desnuda de cintura para arriba; no sentía ningún temor ni vergüenza.

María extendió sus brazos alrededor del cuello de Nell, besándola, dándole pequeños mordiscos. Nell acarició sus pechos una y otra vez, uno después del otro, los dos a la vez, dándole un placer que hasta ahora había desconocido.

«Es como si me leyese la mente. Espero darle lo mismo».

María despojó a Nell de su jersey, le quitó el sujetador delicadamente y se quedó impregnada de su cuerpo suntuoso. Su corazón nunca había latido con tanta fuerza. Las dos mujeres yacían una sobre la otra, sus pechos apretados unos contra otros, empujando sus cuerpos mutuamente en perfecta sincronía. María, que ahora se movía abierta y libremente, jamás se había sentido tan excitada, tan receptiva.

El impulso de ambas era imparable. Sus cuerpos se fundieron. El tacto de Nell era tan delicado que María apenas se dio cuenta cuando uno de sus dedos se deslizó dentro de ella, firme, fuerte, cálido.

Encendida, María era incapaz de dejar de besar a Nell, su cuerpo tembloroso contra el de ella. Jamás había experimentado un deseo similar. Todavía dentro de ella, las caricias de Nell le regalaron por fin un placer hasta entonces desconocido. María jadeó como nunca; todas sus fantasías solitarias habían quedado atrás.

Reclinada en los cojines, María enroscó su cuerpo sudoroso en el de Nell y la besó como si no hubiese un mañana. Yacieron en un silencio únicamente roto por la respiración de María, cada vez más regular.

—No está mal, ¿eh? —dijo Nell, mirando a María con una ceja levantada. El eufemismo le provocó una carcajada.

—No, nada mal para una principiante —acordó María. Las dos rieron.

«Nunca me cansaría de esto».

Nell abrazó a María con ternura y le acarició todo el cuerpo. A medida que María se iba calmando, empezó a devolverle el gesto. No estaba perdida; se sentía como si hubiese vivido esta situación muchas veces. Suavemente, María giró el cuerpo de Nell y le dio un largo masaje en su preciosa espalda alargada. Sus manos siguieron el trazado de la columna de Nell, delicadamente, y luego empezó a besarla, apenas tocándola, del cuello a la cintura, una y otra vez, como Nell le había descrito aquella noche de noviembre.

«Quiero satisfacerte, darte lo mejor de mí».

María acarició todo el cuerpo de Nell, sus hombros, su espalda, sus largas y perfectas piernas, hasta que, instintivamente, supo adónde ir. La besó y acarició sintiendo ella misma el placer que le daba a Nell. Deseaba darle todo cuanto tenía, y así hizo hasta que la encontró con facilidad. María nunca imaginó que pudiera dar tanto a alguien; la cara de Nell relucía de placer y felicidad.

Muchas preguntas encontraron respuesta de una sola vez.

Las dos yacieron juntas y en calma, una junto a la otra, las piernas entrelazadas. Se quedaron dormidas, los cuerpos ajustados en perfecta armonía.

# Capítulo
# 23

Jordi volvió a Londres antes de lo esperado. Apenas un mes después de su visita al ayuntamiento de Islington, regresaba para reunirse con Peñaranda y otros representantes de los fondos especulativos que habían comprado parte de la deuda de Caves Gratallops. Durante las últimas semanas, estos fondos habían comprado la mayor parte del préstamo de un millón de euros que Caves había pedido para compensar la caída de las ventas nacionales. Tras comprar la deuda, los fondos se habían convertido en los principales acreedores de la empresa.

Desde entonces, el boicot contra los productos catalanes sólo había empeorado. El Gobierno central había llegado a un acuerdo con los nacionalistas canarios para aprobar los presupuestos, anulando cualquier necesidad de una alianza con los catalanes. Eso les dejaba sin aliados en Madrid. Las ventas nacionales de Caves Gratallops estaban en caída libre.

La falta de liquidez había impedido a Jordi abonar el primer pago de los intereses del préstamo, con lo que los fondos acreedores empezaron a ejercer presión. Exigían que Jordi volase a Londres cuando a ellos les resultase conveniente. Jordi ya había hablado con Andreu, pero éste le aseguró que no había salida: los fondos eran dueños de la deuda, y si la empresa tenía algún problema con los intereses, era a ellos, los acreedores, a quienes Jordi tenía que responder. Banca Catalana ya no tenía nada que ver con la deuda.

Jordi todavía no entendía cómo Peñaranda y los otros fondos habían convencido a Banca Catalana para que les vendiera el préstamo, pero la crisis financiera había incitado a muchos bancos a desprenderse de todo el riesgo posible. Andreu sólo le había dicho que «la decisión venía de arriba».

«Seguro que podré acordar nuevas condiciones de pago, sobre todo cuando les enseñe los planos para el nuevo almacén —pensó Jordi mientras sobrevolaba el Royal Albert Hall, rumbo al aeropuerto de Heathrow—. Ya verán cuando abran las cajas de cava *vintage* que les llevo; incluso Peñaranda se rendirá ante ellas».

Media hora después, Jordi observó cómo varias ejecutivas, atractivas y elegantes, se acomodaban en el Heathrow Express. Pensó en María. Ése debía de ser su aspecto cada vez que iba a Londres, pensó, al tiempo que le vino a la cabeza la imagen de las dos mujeres que se miraban lascivamente en la foto del calendario de Nell.

«Quizá sean los viajes a Londres, la exposición a este mundo acelerado, consumista e inmoral, lo que la ha distanciado de mí», pensó mientras el tren iniciaba su marcha hacia Paddington.

Desde Navidad, sólo había visto a María un par de veces para comer, de eso hacía más de un mes. Hablaron de la boda y de lo inoportuno de los acontecimientos recientes, aunque no habían alcanzado ninguna conclusión. Ella le pidió tiempo para pensar, sin decir claramente si quería anular o posponer la boda, lo que mantenía vivas sus esperanzas. Por mucho que le doliese, hizo un esfuerzo para ser fuerte, para estar por ella incluso en los tiempos más difíciles.

Jordi había pasado el mes rezando y leyendo novelas para que uno de los meses más desastrosos de su vida pasara lo más rápido posible. Su relación con el padre Juan Antonio se había deteriorado desde que se negó a devolverle parte de su donativo a la Obra, mientras que las obras en el piso avanzaban lentamente; tendría suerte si las terminaban antes de finales de año. Respecto a María, sólo podía rezar y esperar, lo mismo que con las Cavas y el préstamo de Peñaranda.

«Al menos el Barça va bien. Siempre me quedará el Barça».

Algo más delgado que en Navidad, y vestido con su mejor traje para reunirse con los financieros, Jordi observó la oscura y lluviosa tarde de febrero a medida que el tren iba acercándose a Paddington. Miró a los pasajeros que le rodeaban, todos vestidos con trajes impecables, serios, la mayoría pegados a sus BlackBerry. Apenas se oía una conversación.

«En el Penedès al menos hablamos unos con otros».

Mientras esperaba el inicio de la reunión en las oficinas de Premium Capital en Bond Street, Jordi no podía dejar de contemplar, desde una ventana, los Bentley y Aston Martin, aparte de las rubias con bolsos de Hermès que llenaban la calle. No conocía Mayfair en absoluto; sólo había estado, como turista, en el centro de Londres, y por negocios en la City y en Canary Wharf. No sabía que esa exuberante zona comercial, tan céntrica, se hubiese convertido en un centro financiero.

«¿Aquí? ¿Entre las joyerías y las tiendas de Armani?».

Pasaban de las seis en punto cuando las tiendas empezaron a cerrar; ya llevaba quince minutos esperando.

«Esta gente trabaja hasta tarde», pensó, estirándose la manga de la camisa y ajustándose el nudo de la corbata, tratando de presentar una imagen impecable. Se sentó a leer las revistas que había sobre una mesa de la sala de espera. Hojeó *Square Meal*, *Harrod's Property*, *Med Villas* y el *Yacht World*. No había rastro del *Financial Times* o de cualquier otra publicación económica o financiera.

Media hora después, tres hombres jóvenes entraron en la sala, abriendo la puerta sin llamar. Uno de ellos llevaba sandalias y gafas de sol. El siguiente iba con vaqueros, mientras que Peñaranda, de traje negro, cerraba la comitiva. Jordi se esforzó para mantener una expresión neutra.

—Hola, Jordi, ¿cómo te va? —dijo el de las gafas de sol con un fuerte acento americano. Se colocó las gafas en la cabeza—. Me llamo Brian, sí, soy de Premium Capital, disculpa mi aspecto, acabo de volver de las Barbados esta mañana. He tenido que volver para cerrar un negocio y llevo todo el día con él. Siéntate.

Jordi se sentó en la mesa, en el centro de la sala.

—Yo soy Stuart, ¿qué tal? —se presentó el más alto, el de los vaqueros, que parecía inglés. Le tendió su tarjeta—. Llevo el fondo Gama Investments; tenemos la sede en las islas Caimán. Trabajo media semana aquí y la otra media allí.

«Dios mío».

—¿No te cansas de viajar tanto? —preguntó Jordi, aparentando naturalidad.

—Estoy acostumbrado —dijo—. Mi novia vive en San Francisco, lo que sólo empeora las cosas. Pero así gano muchas millas aéreas gratis —rió y se sentó.

Después de aquello, pensó Jordi, Peñaranda resultaba muy familiar.

«No eres más que un madrileño».

—Hola, Jordi, ¿cómo estás? —dijo el duque—. Me alegro de que pudieras venir. Lo siento, pero tendré que dejaros dentro de diez minutos; tengo una cena.

Jordi se levantó y fue hacia las botellas de cava que había traído, perfectamente empaquetadas en cajas de madera.

—Antes de que te vayas, te he traído un poco de cava... —No pudo terminar la frase.

—No hay tiempo para eso —interrumpió Brian, el americano—. Tampoco tengo mucho más de diez minutos. Tengo que estar en Zagreb mañana a las ocho de la mañana y aún tengo que prepararme. Empecemos.

—Claro —aceptó Jordi, dejando las botellas en el rincón y volviendo a su asiento. Contempló a los tres hombres en silencio. No tenían blocs de notas ni papeles de ningún tipo. Jordi se sentía como un escolar, con su libreta y su bolígrafo preparados sobre la mesa. Se echó hacia atrás, se ajustó la corbata y tosió nerviosamente.

Peñaranda fue el primero en hablar:

—Jordi, todos estamos muy ilusionados con las Cavas, qué gran negocio.

«Venga ya, Peñaranda, al grano».

Prosiguió:

—Como sabrás, hemos estado comprando la deuda de las Cavas; ya sé que es difícil saber cuánto tenemos, ya que estas transacciones son privadas, entre vendedor y comprador. Pero sólo para que lo sepas, tenemos aproximadamente un ochenta y cinco por ciento del préstamo, así que, después de haber fallado el primer pago de intereses, ahora tenemos el derecho legal de convocar un concurso de acreedores, a menos, por supuesto, que lleguemos a un acuerdo con la empresa.

Peñaranda sonrió. Jordi estaba desconcertado, pero reaccionó rápidamente.

—Lo siento, pero de acuerdo con la normativa española, hacen falta muchos más retrasos en el pago para convocar un concurso de acreedores —dijo.

—Como acreedores mayoritarios, podemos trasladar el domicilio de la empresa al Reino Unido y, según las leyes británicas, aquí sí que podríamos forzar un proceso de insolvencia. Ya hemos ejecutado esta práctica en el pasado —respondió el inglés.

Jordi había leído en el *Financial Times* que algunos fondos depredadores apuraban hasta el cuello a empresas familiares alemanas que atravesaban problemas. Compraban la deuda, cambiaban el domicilio a la que fallaban un pago y tomaban el control para declararlas insolventes y quedarse con los activos.

«Pero nuestra empresa está saneada; no pueden hacernos esto».

—¿Eso es lo que planeáis? —murmuró—. ¿Estáis intentando llevar las Cavas a la bancarrota?

—En absoluto —contestó Peñaranda—. Al menos todavía no.

«¿Todavía?». Jordi sintió un sudor frío en la frente y se llevó una mano nerviosa a la boca.

—No somos una empresa industrial alemana pasada de moda intentando competir con China —dijo—. Producimos un cava que sólo puede fabricarse en el Penedès y nuestros productos gozan de una demanda fuerte y constante.

—Nos gusta el negocio, no nos malinterpretes —repuso Peñaranda, mirándose las uñas con arrogancia—. Pero hay que mejorar la gestión.

Jordi le lanzó una rápida mirada defensiva.

—La empresa está perfectamente gestionada.

—Puede que no, Jordi —intervino el americano, jugando con el cuello de su camisa con estampados florales, las gafas de sol aún en la cabeza—. La empresa no estaría en esta situación si la gestión fuese adecuada.

—La deuda es sólo una medida a corto plazo que se resolverá en cuanto pongamos en marcha el nuevo proyecto —explicó Jordi, apoyando los codos sobre la mesa con decisión. Ése era el momento—. Y eso, caballeros, es de lo que quería hablarles.

Jordi sacó de su maletín los planos preliminares del almacén de Islington que Patrick había diseñado.

—Miren —dijo, extendiendo los planos sobre la mesa—. Este almacén nos dará acceso al mercado inglés. Tenemos previsto que duplicará nuestras ventas en un plazo de dos años.

Jordi contempló los rostros incrédulos alrededor de la mesa. Stuart parecía el único que prestaba atención, aunque Jordi se dio cuenta de que sus ojos estaban enfocados en la BlackBerry que tenía debajo de la mesa. Los otros dos miraban en otra dirección, maleducadamente, impacientes. Jordi pensó en Dios, respiró hondo y prosiguió:

—Podría pasarles los detalles...

—Demasiado tarde —interrumpió el americano, mirando su reloj. Sonrió, mostrando unos dientes perfectamente blancos—. Somos hombres de negocios, Jordi, no tu abuelo esperándote con una hucha en forma de cerdito. No podemos esperar dos años. Estoy seguro de que conoces el mundo de la banca. En el mundo financiero, dos años son una eternidad.

Jordi le lanzó una mirada de desagrado.

«Dinero rápido, nuevos ricos». Despreciaba ese modelo de riqueza.

—Caves Gratallops lleva funcionando más de cien años —dijo Jordi, mirándoles a los ojos, uno a uno—. Y así seguirá. No es una fábrica de salchichas que dé riqueza instantánea. Es un negocio artesanal que se gestiona con cuidado, y que ha sido propiedad de una misma familia durante generaciones.

Peñaranda se dispuso a decir algo, pero Brian se le anticipó:

—Jordi, me temo que somos nosotros quienes estamos en posición de decidir los plazos. Recuerda que podemos provocar un concurso de acreedores si no se llega a un acuerdo.

—Eso habrá que comprobarlo —dijo Jordi.

—Muy bien, compruébalo —replicó Brian—. Sólo gastarás tiempo y dinero en abogados.

Jordi miró alrededor de la sala.

—¿Qué sugerís?

Peñaranda se echó hacia delante.

—Queremos un cambio en la dirección. Tu familia, aparte de no ser la legítima propietaria de la tierra, también ha arruinado a la empresa con tanta deuda. Es evidente que ni tú ni tu padre podéis desempeñar el trabajo como es debido; de hecho, creo que descargar responsabilidades le aliviará, dado su frágil estado de salud. —Sonrió.

«Te odio, Peñaranda».

—Deja a mi padre fuera de esto —dijo Jordi—. Su salud es estupenda, gracias por preocuparte.

—Me alegra saberlo —respondió Peñaranda, recuperando la seriedad—. El caso es que vamos a cambiar la dirección. Es un hecho. Si no lo asumes de manera civilizada, me temo que tendremos que ir a los tribunales, y eso te saldrá aún más caro, Jordi.

—Estás loco si crees que he venido hasta aquí para cavar mi propia tumba —advirtió Jordi, aferrándose a los brazos de la silla.

El americano intervino:

—No llegaría a esas conclusiones tan deprisa, Jordi. Ahora podrías negociar un mejor trato que si lo dejas para más adelante.

«¿Y qué sabes tú del cava, maldito yanqui?».

—Hemos investigado la empresa a fondo, Jordi —dijo Stuart, el inglés—. Queremos reflotarla, abandonar la gama baja y producir cosechas *vintage* para los mercados estadounidense y del norte de Europa, donde está el dinero. El proceso de conservación de las botellas, no obstante, requeriría una fuerte inversión, que nosotros financiaríamos, pero con nuestras condiciones, claro.

—También revolucionaremos el marketing —completó Brian—. Construiremos un parque temático; hemos explorado posibles localizaciones cerca de las Cavas, y algunas están a la venta. Tenemos prevista la creación de una supertienda para productos gourmet, el mayor establecimiento de venta de comestibles y vinos de toda España —prosiguió, abarcando el aire con los brazos—. Cinco plantas repletas de productos relacionados con el vino y el cava de primera línea. Nuestro modelo está a las afueras de Los Ángeles; sería la primera experiencia en Europa, ¿no es fantástico?

Jordi empezó a sentir cómo se le encogía el estómago.

—Y yo lo dirigiré todo, desde Madrid —añadió Peñaranda, sonriente.

Jordi casi sintió náuseas. «Sobre mi cadáver, Peñaranda, sobre mi cadáver».

—Obtendremos beneficios rápidamente —prosiguió el duque—. La nueva tecnología nos hará más eficientes y no necesitaremos tantos trabajadores. —Peñaranda arrugó la nariz, alzando la mirada—. Calculo que podríamos pasar con la mitad de la mano de obra, ¿imaginas el dinero que nos ahorraríamos? Todo irá a nuestro bolsillo.

«Dios, ayúdame a mantener la serenidad. Ayúdame, por favor».

Jordi vio cómo Brian lanzaba una fugaz mirada a su reloj. No es que lo hubiese estado observando, pero los diamantes que rodeaban la amplia esfera eran tan brillantes que eran difíciles de ignorar.

«Qué asco», pensó Jordi. Recordó el versículo de la Biblia que decía que es más fácil que un camello pase por el ojo de una aguja a que un rico entre en el reino de los cielos. Sintió la tentación de levantarse.

«Me pone enfermo».

—¿Es todo, caballeros? —preguntó Jordi con una ceja arqueada.

Peñaranda sacó varios documentos de un maletín.

—Si accedes, puedes firmar los documentos ahora mismo —ofreció—. De lo contrario, puedes llevártelos a casa, leerlos y devolvérmelos lo antes posible. Sabes que nos gusta actuar rápido.

Brian se sacó un chicle del bolsillo, dejó el envoltorio sobre la mesa y empezó a masticarlo.

—Si actúas con rapidez, puede que haya una cuantiosa compensación para ti —comentó, guiñándole un ojo.

—Te iría bien ahora, que estás a punto de casarte —añadió Peñaranda.

«¿Cómo lo sabrá esa sanguijuela? ¿Con quién ha hablado?».

Stuart y Brian dijeron al unísono:

—Uuuuuh.

Jordi, que odiaba los chicles tanto como a los nuevos ricos, se recostó en el asiento, se cruzó de brazos y observó a sus tres interlocutores con el ceño fruncido.

Pensó en su abuelo, en la vieja foto en blanco y negro de él trabajando la tierra; el hombre que había sido fusilado por preocuparse por sus compañeros y por Cataluña. Pensó en su padre, que había dirigido las Cavas durante tantos años, con sus virtudes y defectos, pero siempre al frente, protegiendo a su familia y a sus empleados. Pensó en María, en los viñedos, en su cambio de color en otoño, en el olor de la tierra después de la lluvia.

«¡Un parque temático! Una supertienda. Por Dios».

Jordi se incorporó, decidido.

—¿Sabes qué puedes hacer con tus papeles, Peñaranda?

Peñaranda lo miró con interés.

—¿Sí, Jordi? —preguntó con displicencia.

—Te los puedes meter por el culo. —Jordi abandonó la sala, dando un portazo tras de sí.

Jordi llamó a Robert desde el taxi que le llevaba de Mayfair a su hotel en Islington. El abogado de la familia había intentado, sin éxito, confirmar que los Gratallops eran propietarios de las tierras donde se asentaban las Cavas, refutando las demandas de Peñaranda. A pesar de semanas de intenso trabajo, no lo había conseguido.

—Mierda, Jordi, nos están acorralando —se lamentó el abogado tras escuchar los últimos acontecimientos.

—No puede ser verdad. —Jordi necesitaba que alguien le diera la razón—. No pueden trasladar el domicilio. ¿Qué harán? ¿Empaquetar la masía y llevársela a Londres?

—Me temo que pueden —advirtió Robert—. He leído sobre casos similares, sobre todo en Alemania. Los pequeños propietarios de empresas familiares están furiosos, estas aves de rapiña compran la deuda de negocios en dificultades, casi siempre para obtener su control; la estrategia se llama *loan to own,* o préstamos para tomar el control. Son especialistas.

—¡Nosotros no somos una empresa en dificultades! —protestó Jordi.

—Odio decir esto, Jordi, pero sí que lo somos —rectificó el abogado—. Sé que el préstamo era necesario, pero puede que no fuera la mejor idea.

—¿Cómo íbamos a saber que, en vez de negociar con Banca Catalana, como hemos hecho durante décadas, acabaríamos enfrentándonos a estos usureros desalmados?

—Buena pregunta —dijo Robert—. Me gustaría saber por qué Banca Catalana vendió nuestra deuda. Igual tienen problemas y necesitan limpiar sus cuentas.

—Pero ¿por qué nosotros? —Jordi seguía sin comprender—. Ellos tienen miles de préstamos, y ¿justo escogieron el nuestro, en una práctica tan poco común en España?

—No lo sé, Jordi. No lo sé.

—¿Qué podemos hacer? —Jordi estaba pensativo—. Supongo que la única salida es encontrar un nuevo inversor o una forma de refinanciación alternativa, ¿no?

—Eso parece —confirmó Robert—. Pero todos pondrán un precio muy alto. Se aprovecharán de nuestra necesidad.

Jordi suspiró y apoyó la cabeza en la mano.

—¿Seguro que no podemos hacer nada con respecto a lo de la propiedad de las tierras? —preguntó, desconsolado.

—Me temo que no —contestó el abogado—. Lamento decir esto, pero se han hecho con el control.

—Para ello tendrán que pelear mucho más conmigo —afirmó Jordi, dándose cuenta de que el taxi estaba a punto de llegar a Angel—. Veré qué puedo hacer.

«Necesito una copa».

Casi se bebió la mitad del primer gin-tonic de un trago. Aliviado, Jordi se aflojó el nudo de la corbata y paseó la mirada por The Green, el primer bar decente que vio nada más bajarse del taxi.

Era más moderno que la mayoría de pubs cercanos, y la comida parecía decente.

«Tendré que hablar de esto con mi padre, no me queda otra. Después de todo, él negoció el préstamo, así que tiene que volver a hablar con Andreu. Pero esos cabrones ¿cómo creen que podrán controlar las Cavas desde Bond Street? No sabrían ni por dónde empezar si les diera un cubo para recoger las uvas».

Se pasó la mano por el pelo varias veces, clavando la mirada en el suelo. Por fin alzó la mirada y le sorprendió ver a tanta gente ignorar la restricción de fumar. No lo dudó. Unos minutos después, estaba sentado con un segundo gin-tonic, fumándose un Marlboro que el barman le había dado con un guiño. Jordi no fumaba desde que habló con su padre sobre la propiedad de las tierras, antes de Navidad. Siempre modélico, apenas había fumado en su vida.

«¿Quién dice que el tabaco es malo?».

Jordi cruzó las piernas, se recostó en su silla y exhaló el humo con superioridad. Comprobó su teléfono móvil, pero no había mensajes. Intentó volver a llamar a María, otra vez sin éxito. Observó el bar distraídamente, notando una inusual cantidad de hombres. Buscó alguna mujer. Había unas pocas, y todas acompañadas de otras mujeres.

«¿Dónde me he metido?».

Sentado al fondo del bar, Jordi detectó una pequeña bandera del arco iris junto a la máquina tragaperras. Era un bar gay. Dos hombres se estaban besando en la mesa del rincón, lo que le provocó una repulsión inmediata. Junto a él, un grupo de jóvenes bebía sin freno; algunos vestían camisetas sin mangas, luciendo grandes tatuajes, que Jordi se quedó mirando abiertamente.

Dos mujeres charlaban en una mesa pasada la barra, junto a una ventana que daba a Upper Street. Jordi reconoció inmediatamente a Nell, la chica del ayuntamiento.

«¡Lo sabía! ¡Sabía que era lesbiana!».

Pidió otro gin-tonic.

Nell llevaba una larga bufanda naranja sobre una camiseta negra, la misma que cuando se conocieron semanas atrás, en enero. Tenía el pelo algo más corto, y sostenía la mano de alguien. Jordi sintió curiosidad y estiró el cuello para ver a su acompañante.

«Dios, Padre y Señor mío».

Jordi se movió hacia delante bruscamente, se sentó en el borde de la silla y puso ambas manos sobre la mesa. Con el corazón hundido y la sangre helada, vio a María, su María, sonriendo felizmente, una mano jugando con su largo pelo y la otra cogiendo la de Nell.

«Ave María Purísima». Jordi se santiguó sin ser consciente de su gesto.

Se frotó los ojos para asegurarse de que no estaba soñando o delirando. Estirando más el cuello, vio que Nell acariciaba la espalda de María y, luego, también la cara. A continuación la besó en los labios durante unos segundos que a él le parecieron una eternidad. María respondió con un escueto beso, también en los labios. Las dos rieron, cogidas de la mano, y siguieron mirando hacia la calle.

Jordi no parpadeó mientras tuvo la mirada fija en María. Parecía relajada; le brillaba la expresión. Su sonrisa era la más amplia que nunca le había visto; su cuerpo estaba girado hacia el de Nell, en una pose abierta y calmada que ella nunca le había dedicado. Le vino a la mente una imagen de María en la universidad, solitaria, con la mirada perdida a través de las ventanas de la biblioteca. Ahora parecía igual de natural, sólo que mucho más feliz.

Jordi se llevó una mano a la boca, como si estuviera a punto de gritar.

«¿Es una broma? ¿Me puede pasar esto a mí? ¿Seguro que son sólo amigas?».

Jordi contempló la posibilidad de que María todavía estuviese en estado de shock tras la muerte de su abuela. Pero no, ya era mayor para saber lo que se hacía, ¿no?

Alguien dio una patada en su silla, provocando que se volviera. Un hombretón vestido con una camiseta muy ajustada le susurró al oído:

—¿Te apetece una copa, cariño?

Jordi saltó de la silla y miró al hombre como si éste fuera un extraterrestre. Luego se dirigió ansiosamente hacia el rincón donde Nell y María estaban sentadas. Sentía ganas de gritar, pero lo único que podía hacer era abrirse paso a empujones entre el gentío que ahora atestaba el bar. Empleó brazos y codos a fondo hasta que llegó a la mesa... vacía.

«Joder, se han ido, ¡se han ido!».

Tras un instante de titubeo —«¿Lo habré soñado?»—, bajó corriendo por las escaleras que daban a la calle y miró alrededor. Habían desaparecido. Jordi recorrió Upper Street de arriba abajo como un desquiciado sin rumbo. Cruzó a la otra acera, mirando en la dirección equivocada, y obligó a un coche a frenar en seco, al tiempo que dos peatones sobresaltados le increpaban. No los oyó. Volvió corriendo a su hotel, prácticamente al lado; lo había escogido porque sabía que María se hospedaba allí cuando iba a Londres. No había reservas a su nombre o al de Nell.

Las había perdido. Volvió a la calle, pasando la mirada por todas partes. No vio nada. Se sintió mareado.

«¿Qué le está pasando a mi vida? ¿Quién me la está robando?».

Miró al cielo. «¿Eres tú, Dios? ¿Me has abandonado? Puede que mi empresa se vaya a pique, mi futuro piso es un desastre y mi prometida es lesbiana. ¿Qué más sorpresas me esperan?».

Inmóvil, en medio de la calle, ignorado por los transeúntes, Jordi pensó en su padre, en cómo cayó en las tentaciones para evitar la cruda realidad. Quizá eso tenía más sentido del que creía. Era estúpido luchar y luchar. ¿Para qué?

«Para nada».

Observó a los hombres a su alrededor: algunos borrachos, otros con atractivas mujeres del brazo. Se sintió un enclenque, un cobarde, un mero idiota.

«¿Acaso soy el único que se preocupa por los demás? Todos parecen pensar en sí mismos primero. Todo el mundo quiere divertirse, ¿a quién le importa el resto? Hasta mi padre va de putas, estoy seguro. ¿Le importa mi madre? ¿Y María? No tiene ningún reparo en dejarme colgado; qué más da que nos vayamos a casar dentro de dos meses. Mientras, los del piso, tranquilos. ¿Para qué las prisas? Incluso el padre Juan Antonio no me deja acceder a mi propio dinero, aunque lo necesite con desesperación. ¿Qué me he perdido? Habré vivido en un mundo de mentira, sólo los idiotas creen en esos cuentos de integridad y honor. Seré imbécil. Sólo importa el aquí y el ahora, ¿no? A nadie le importa el pasado o el futuro. Mi padre es un hombre listo».

Con la mirada perdida, Jordi alzó una mano y detuvo un taxi. Pidió que le llevara a un burdel, a cualquiera. Le dio una buena propina y, una hora después, en algún rincón del sur de Londres, penetró a una mujer por primera vez. Ocurrió en una habitación oscura en la planta superior de un maltrecho edificio. Jordi no dijo nada a la mujer, no le preguntó cuál era su nombre, ni siquiera la miró a los ojos. Tampoco la besó. Sólo la penetró una vez, dos, tres veces, hasta que le dolió, a él, y a ella.

Salió apenas media hora después. Durante más de dos horas, preguntando por Islington a cualquiera que se le cruzase, recorrió las calles de la ciudad de regreso a su hotel, con los ojos llenos de lágrimas. No sabía si tenía el corazón roto, si estaba exhausto o, lo más probable, si se había vuelto loco.

## Capítulo
## 24

Más de un centenar de encapuchados y penitentes avanzaban lentamente por las calles de Belchite, siguiendo el ritmo de un solitario y solemne tambor. Como todos los años, la procesión avanzaba por la calle Mayor, bajo un silencio sepulcral, sólo roto por el resonar de las cadenas que algunos llevaban atadas a los tobillos, desnudos y sangrantes. Era Viernes Santo.

María miró al cielo; era una fría tarde de primavera. Su madre, su hermana y sus sobrinos estaban junto a ella y, como el resto del pueblo, agacharon la cabeza al avance de la procesión.

El sol casi se había puesto. María observó a los penitentes a través de los dos diminutos agujeros en sus capuchas. Vio sus sombríos ojos, que irradiaban miedo y sufrimiento. Unos portaban cruces de madera, algunas más grandes que ellos mismos; otros, con la cabeza al descubierto, llevaban coronas de espino. Las gotas de sudor y sangre se entremezclaban en sus rostros.

Estremecida, María escuchaba su pesada respiración a medida que pasaban ante ella.

La procesión, que había salido de la iglesia dos horas antes, no había alcanzado ni la mitad del recorrido. No se permitían descansos ni para beber agua.

«En Londres pensarían que estamos locos».

Al frente de la comitiva, el sacerdote local sostenía una cruz dorada, con los brazos estirados ante sí. Le seguían miembros del Ejército impecablemente uniformados, el alcalde y sus concejales, todos ellos con sus respectivas medallas de oro, la mirada al suelo y murmurando oraciones a cada paso. Un súbito golpe de tambor más alto que los demás hizo que todo el mundo se detuviera, para arrodillarse y rezar en silencio.

Justo en ese momento, el teléfono de María emitió dos pitidos perfectamente audibles; era un mensaje de texto. Conchita alzó la cabeza y lanzó a su hija una mirada de reproche. María tragó saliva y bajó la mirada.

«Debe de ser Nell. Me pregunto qué estará haciendo hoy. Seguro que nada parecido a esto».

Las dos habían hablado regularmente por teléfono desde el último viaje de María a Londres, hacía apenas dos semanas. Desde entonces, María se había sentido feliz y confusa a la vez. Por mucho que disfrutara hablando con Nell, Jordi le preocupaba. Desde su regreso de Londres, Jordi la había llamado con tanta ansiedad e insistencia que, finalmente, había accedido a verle esa misma noche, en Belchite. Apenas se habían visto un par de veces desde Navidad, cuando le dijo que necesitaba más tiempo. No tenía muchas ganas de verlo, pero sentía que era su deber; después de todo, Jordi seguía siendo su novio. María miró discretamente el reloj, no tardaría en llegar. Había salido de Barcelona hacía unas tres horas.

Un enorme paso de hierro forjado con una estatua a tamaño natural de Jesús con la cruz pasó ante ella. Unos diez hombres la sostenían sobre los hombros, avanzando al mismo paso, al son del persistente tambor.

María se metió las manos en los bolsillos y palpó el móvil antes de agarrarlo con fuerza. Ojalá no estuviera en Belchite. Nunca había soportado la Semana Santa, que siempre le recordaba a las películas de la Edad Media.

Por fin llegó su parte favorita de la procesión. Diez soldados romanos, ataviados con impecables armaduras de bronce y cascos con plumas rojas, lanzas en ristre y espadas en vaina, marchaban tocando la trompeta, dando un poco de ritmo y color a tan lúgubre momento.

«Si al menos sonrieran un poco —pensó, contemplando sus recios semblantes—. Nell disfrutaría con esto».

El silencio inundó las oscuras calles a medida que la procesión se abría paso hacia las afueras de Belchite. Conchita y Pilar la seguían, arrodillándose sobre el frío suelo en cada parada, rezando con el grupo. María tenía el permiso de su madre para volver a casa en cuanto Jordi llegara, ahora ya de un momento a otro.

«Debería contárselo hoy, aunque es muy bruto hacerle venir desde Barcelona, en Viernes Santo, para esto. Menudo desastre. Soy una persona horrible, pero no me queda otro remedio. Que Dios me ayude».

Sentada en el sofá, sola, María se encendió un cigarrillo. Por lo general, era capaz de aguantarse las ganas de fumar, pero no cuando estaba cerca de su madre. El estrés y las ansiedades de Conchita la ponían nerviosa, y más ahora, a sólo un mes para la boda, ya que su madre la acribillaba a preguntas sobre un sinfín de detalles, en los que María no quería ni pensar.

Nerviosa, inhaló el humo como si fuese el último cigarrillo de su vida.

Se había cambiado la ropa negra por un jersey y unos modernos vaqueros. Los acarició con delicadeza; los había comprado en Londres, con Nell.

«Nell».

Cogió su móvil y leyó los mensajes guardados, todos de Nell, deseándole un buen día o las buenas noches o mostrándole imágenes interesantes. Abrió uno en el que *Pepa* salía con el juguete que le había regalado hacía unos meses. Dejó el teléfono en el sofá y recordó el día en que se conocieron, una oscura y tormentosa tarde de noviembre, detrás de King's Cross. Qué lejos quedaba. Entonces, Nell le pareció una burócrata fría y distante, demasiado masculina con su pelo corto y las uñas sin arreglar. Ahora ni siquiera era capaz de recordar su ropa. Cuando pensaba en ella, sólo sentía su presencia cálida, que le daba confianza sobre cualquier problema.

Volvió a coger el móvil y abrió una foto de Nell que había tomado en Londres. Se quedó contemplándola, pensando en el fin de semana que planeaban pasar en Barcelona. Pensó en todo lo que le enseñaría, ya que, de hecho, ella nunca había estado allí.

«No la llevaré a los típicos lugares turísticos; las Ramblas, Ciutat Vella y el Born casi se han convertido en Disneylandia. Le enseñaré el barrio de Gràcia, sus plazas literarias y los mejores bares de tapas. Le encantará».

María suspiró mientras pensaba en las dos juntas, sentadas en su terraza, con *Bombillo,* compartiendo una botella de vino. Quizá ésta era la ocasión para abrir el Gran Murallas de Torres que un cliente le había regalado el año pasado, y que ella había reservado para un momento especial, que, por supuesto, nunca llegó con Jordi.

Ansiaba ver de nuevo su tranquila sonrisa, sus ojos tan azules e inteligentes, tan llenos de interés y ternura. Quería sentarse a tomar un café con ella, en plena calle, leer los periódicos, debatir sus bienintencionadas, pero impracticables ideas socialistas. «En el fondo, me encanta que piense así. Es mucho más honorable que todos los amigos fachas de Jordi».

«Jordi».

María se sentía culpable. «¿Cómo puedo pensar así cuando está a punto de llegar? Pero no puedo evitarlo».

Sonó el teléfono y a María se le iluminó la cara al ver que se trataba de Nell. Le enviaba una foto de la puesta de sol en Primrose Hill. «Pensando en ti —decía el mensaje—. El sol existe en Londres».

María sonrió, recordando sus horribles comentarios sobre el clima en Inglaterra, que Nell siempre rebatía. «Londres tiene la misma cantidad de lluvia por metro cúbico que España», decía. Como si el buen tiempo fuera cuestión de ponerse a calcular estadísticas.

A María le agradó que Nell pensara en ella en ese momento. «¿Pensará que soy su nueva novia?».

María alzó las rodillas y las rodeó con sus brazos, apoyando la cabeza. «No puede ser. ¿Yo, su novia? ¿Lesbiana? Pero si yo no tengo el pelo corto, ni tatuajes. Yo no soy como las lesbianas».

María recordó la noche que pasaron juntas. Se estremeció al pensar que probablemente fue el momento más feliz de su vida. De noche, en silencio, en su piso de Barcelona, María había revivido en su mente casi cada uno de esos instantes.

«Si eso no es ser gay, ¿qué será?».

Pensó en la nueva ley del Gobierno, aprobando el matrimonio homosexual. Habían salido fotos en toda la prensa, logrando que el mundo gay pareciese menos ajeno a los españoles.

«Al menos *El País* apoya la causa gay, siempre están escribiendo sobre ellos. Igual no es tan malo ser lesbiana, ni tan extraño».

María encendió otro cigarrillo.

—Creía que habías dejado de fumar —dijo Soledad de repente, entrando en el salón—. ¿Cómo fue la procesión? ¿Tan lúgubre como todos los años?

María sonrió. «Menos mal que sigues por aquí, Soledad».

—Peor.

La anciana de noventa años sonrió y se sentó en el sillón con el *¡Hola!* en la mano.

—Pareces un poco triste —comentó Soledad, hojeando la revista—. No me sorprende; esas procesiones son para cortarse las venas, ¿no?

—Si te oyera mi madre... —rió María.

—Tu madre no tiene mala intención, no lo olvides.

María no respondió. Se limitó a dar una larga calada al cigarrillo.

—No te había visto fumar antes, ¿te lo ha pegado tu amiga inglesa? —preguntó Soledad sin apartar la mirada de la revista.

—¿Qué amiga inglesa? —El corazón de María dio un brinco. Soledad arqueó una ceja y miró a María.

—Esa con la que no paras de hablar por teléfono, y de la que no dejas de hablar —dijo.

—¿Yo? —«Quizá haya contado alguna que otra cosa de mis viajes a Londres, pero tampoco tanto. ¡Pero si aquí nunca digo nada!».

—Sí, tú, señorita —sonrió Soledad—. El diablo sabe más por viejo que por diablo.

María contempló a Soledad, intrigada. Ésta continuó:

—No te preocupes, es que suelo estar despierta a esas horas, cuando suena el teléfono, una sola vez y siempre a medianoche, y siempre lo coges tú. —Sonrió de nuevo—. Puede que sea vieja, pero aún distingo el inglés del castellano.

María se puso roja. «No hay privacidad en esta casa».

—No hay nada malo en tener una amiga en Londres —continuó—, es maravilloso tener a alguien con quien compartir tus intereses, tus preocupaciones; y si está fuera de este país medieval, mucho mejor.

María sonrió y empezó a dar golpecitos sobre el sofá con la mano. «¿De qué más se habrá dado cuenta?».

—Los amigos son buenos para el corazón —prosiguió Soledad, suspirando. Sonrió a María, reconfortándola. Sin la abuela, Soledad era el único destello de luz que le quedaba a María en Belchite.

—También te he visto leyendo *Rebecca* —añadió Soledad—. ¡Buena elección! Recuerdo que te recomendé ese libro. ¿Lo compraste en Londres?

—Sí, la última vez que estuve —respondió María—. Mi amiga también me lo recomendó.

—Bien. Tu amiga ya me cae bien —dijo Soledad, lanzándole una sonrisa pícara, y siguió con la revista.

«No te puedes haber dado cuenta, Soledad. Eres inteligente, pero a tus noventa años es imposible que sepas lo que realmente está pasando».

—¿Me das un cigarrillo? —pidió Soledad con voz inocente, sus ojos aún centrados en la revista.

—Tú no, no, no puedes. —María irguió la espalda—. Me siento fatal por los cigarrillos que le di a la abuela, así que no pienso darte ninguno.

—María, no fue culpa de nadie —replicó Soledad rápidamente—. Pero si tanto te preocupa el tabaco, tú tampoco deberías fumar.

—Está bien —refunfuñó María, apagando el cigarrillo que tenía a medio consumir. Frunció el ceño.

—¿Seguro que estás bien? —insistió Soledad—. ¿Por qué no te has quedado con los demás?

—Bueno, ya sabes que odio la Semana Santa —dijo, cruzando los brazos—. Y Jordi está a punto de llegar. Viene de Barcelona, en coche.

Soledad dejó la revista y la miró.

—¿En Viernes Santo? ¿Tan tarde? ¿Por qué?

—Me echa de menos, o eso dice.

Soledad, discretamente, devolvió su atención a la lectura.

—Últimamente no hablas mucho de él. Tu madre me estaba diciendo el otro día que no sabía cómo estaban las cosas entre vosotros dos.

María alzó la barbilla.

—¿Es eso lo que mi madre va diciendo por ahí? Ya veo.

—María, sólo me lo ha comentado a mí, y es porque se preocupa por ti, ya lo sabes. —El tono de Soledad era serio—. Por favor, no se lo pongas más difícil; la muerte de la abuela es tan dura para ella como para el resto de nosotros.

María bajó la mirada.

—No quiero entrometerme, pero ¿pasa algo con Jordi como para que venga a estas horas? Tú no pareces morirte de ganas por verlo. —Soledad contempló el rostro pálido de María, su cabello recogido apresuradamente en una coleta.

María suspiró.

—Soledad, por favor, déjame fumar un cigarrillo, estoy un poco nerviosa.

Soledad asintió. Permaneció en silencio.

Pasaron unos segundos, marcados por el tictac del reloj. María contemplaba su cigarrillo, que se consumía lentamente. Soledad la miraba con expectación.

—Sabes que puedes hablar conmigo si lo necesitas, María —dijo—. Todo tiene remedio en esta vida, salvo una cosa, y cuando ésta llega, ya no hay solución que valga porque nos hemos ido. *Finito.*

—Cierto —admitió María—. Pero no es fácil.

Las dos permanecieron en silencio, hasta que alguien tocó súbitamente en el cristal de la ventana.

—¡María! ¡María! ¡Ya estoy aquí! —gritó Jordi desde el exterior, acercando su cara al cristal hasta casi golpearse con él.

María sintió un temblor por todo el cuerpo. Intercambió una mirada de complicidad con Soledad.

—¿Necesitas algo? —preguntó Soledad, levantándose.

—No, Soledad, gracias. Estaré bien, tranquila, siéntate.

María cogió sus llaves y el anorak y se dirigió hacia la puerta.

—María —llamó Soledad. Casi con la puerta en la mano, María se volvió y la miró—. Recuerda una cosa: haz lo que te diga el corazón, lo que sea mejor para ti y para nadie más. Recuerda el precio que esta familia ha pagado por la felicidad, o más bien por su carencia.

María contempló a Soledad con los ojos de una niña, llenos de confianza en sus palabras, y salió de la casa.

Jordi apenas dijo nada en los diez minutos que les llevó alcanzar los olivares en la parte de atrás de la casa. María le preguntó por su viaje, Belagua y el fútbol, pero sólo recibió respuestas monosilábicas. Al llegar al claro que rodeaba al *Abuelo*, bajo una luna luminosa, María observó el rostro de Jordi. Parecía haber envejecido desde la última vez que le vio, hacía más de un mes. Parecía no haberse afeitado en días y las ojeras casi se le comían los ojos. Estaba más delgado y sus mandíbulas marcaban una cara seria, de trazos angulares, lejos de su habitual imagen sana y juvenil.

—Jordi, he estado preocupada por ti —dijo María finalmente.

Jordi se rió ostensiblemente, sorprendiéndola.

—No te preocupes, estoy bien —respondió, las manos en los bolsillos y la vista clavada en el suelo.

María dio un paso hacia él y lo miró compasivamente.

—¿Cómo estás, cariño?

De repente, Jordi sacó las manos de los bolsillos y extendió los brazos en el aire.

—¿Cariño? —dijo al borde del grito.

María, acostumbrada a verle unos modales más delicados, se sorprendió.

—¿Qué quieres decir con «cariño»? A ti te importo un bledo, admítelo —exclamó Jordi, alzando la voz.

María retrocedió un paso.

—Claro que me importas, Jordi. —María se puso a la defensiva—. Lo he pasado mal con lo de la abuela y mis padres.

—Ya... Ya lo veo, muy mal, no me cabe duda —comentó con una sonrisa cínica.

María nunca había visto ni un ápice de cinismo en él. Jordi siguió.

—Estoy aquí porque tenemos que dejar atrás los problemas, ¿no? —dijo, dando vueltas sin rumbo concreto—. También es una temporada algo extraña para mí.

María lo siguió. Se había apoyado en un olivo.

—Lamento mucho lo del piso, Jordi, sé cuánto esfuerzo habías puesto en él.

Jordi apartó la mirada, como si no quisiera mirarla a los ojos. Ella sí lo hizo, tratando de encontrar esa mota de sinceridad que cimentaba su confianza en él. No la encontró.

«A lo mejor está demasiado oscuro para ver bien, pero seguro que sigue ahí. Dios mío, cuánto daño le he hecho».

El corazón de María casi se rompió cuando Jordi la miró como un perro suplicante. «Debí ser más honesta con él, en vez de dejarlo en vilo. Pobre Jordi».

Le dio un abrazo compasivo. Él no respondió. Se quedó inmóvil.

Luego se apartó, mirándola directamente.

—La adversidad me ha hecho fuerte, me ha convertido en un hombre. Estoy seguro de que es lo que esperabas.

María retrocedió.

—¿Qué quieres decir?

Jordi se acercó y le agarró los brazos con fuerza, demasiada fuerza.

—Me haces daño, Jordi —se quejó María, conservando la dulzura en la voz—. Te has vuelto tan vehemente que apenas te reconozco.

Volvió a esbozar una sonrisa cínica. María se sentía incómoda.

—Jordi, creo que deberíamos hablar, aunque quizá éste no sea el mejor momento. ¿Qué me dices? —preguntó.

—Creo que este momento es perfecto —contestó, acariciándole suavemente la cabeza. Ahora sí le ofreció su típica sonrisa, llena de inocencia.

María suspiró. «Gracias a Dios que ha vuelto en sí».

María apoyó la cabeza sobre su hombro, incapaz de contener las lágrimas.

—Lo siento, Jordi. Sé que te he hecho daño. Perdóname, por favor —le rogó.

Sintió que el aliento de Jordi estaba cada vez más cerca; le besó en el pelo, luego la frente.

—No pasa nada, cariño, no pasa nada. Olvidemos esta pesadilla y empecemos desde cero. Me siento un hombre nuevo —dijo con voz tierna.

María se apartó de él.

«Ahora, debo hacerlo, debo hacerlo. No lo soporto más. Duele demasiado. No es lo que quiero. Esto no me hace feliz. ¿A quién intento engañar? No quiero acabar como mi madre o mi abuela. He de ser fuerte».

Le vinieron a la mente las palabras de Soledad: «El precio de la felicidad».

Alzó su mirada para encontrar la de Jordi.

—Tenemos que hablar, Jordi, y sé que no te va a gustar. —Sintió que se le hacía un nudo en la garganta, pero tomó aire para continuar—. No estoy muy segura de que esto sea lo mejor para nosotros.

El corazón le latía a toda prisa. Esperaba una reacción airada inmediata pero, una vez más, sólo obtuvo una cínica sonrisa.

—Pero si todo va muy bien, cariño —respondió, y la volvió a besar.

María retrocedió un poco.

—Por favor, Jordi, déjalo.

Él se aproximó y volvió a agarrarla de los brazos para acercarla a su cuerpo.

—Por favor, Jordi —insistió.

—Verás cómo soy mucho mejor de ahora en adelante —dijo—. Me he convertido en un hombre. Sé que te gustará. —Intentó desabrocharle el anorak.

—¿Qué estás haciendo? —preguntó, echándose atrás.

Jordi se acercó y la rodeó con sus brazos, a pesar de los esfuerzos de María por alejarse.

—Sé que has estado experimentando, ¿no es verdad? —Volvió a sonreír.

María empezó a sentir miedo. Miró a derecha e izquierda; no había nadie.

—¿Experimentar qué? ¿De qué estás hablando?

Jordi puso las dos manos sobre sus pechos, por encima del anorak, con la urgencia y la torpeza de un adolescente inexperto.

—¿Qué demonios estás haciendo? —gritó María, apartando sus brazos de un empujón—. Jordi, ¿has perdido la cabeza? ¿Se puede saber qué te ha pasado?

Él era más alto y fuerte y pudo retenerla. Se acercó más, empujando su entrepierna contra la de ella, una y otra vez. María trató de rechazarlo.

—¡Déjame! —chilló.

—¿No es esto lo que haces con esa tortillera del ayuntamiento de Londres? —exclamó, y le escupió.

María se quedó petrificada mientras Jordi seguía empujando contra su cuerpo.

—¿Quieres follar? Podemos follar si lo necesitas, ¿comprendes? No tienes por qué hacértelo con una lesbiana, yo te puedo dar lo auténtico. ¡Toma! —gritó, empujando su verga, ya erecta, contra ella. Gritó aún más—: ¡Siéntelo!

Aterrada, María reaccionó rápidamente y, con todas sus fuerzas, consiguió apartarle de un empujón. «¿Cómo diablos lo sabe?».

Jordi cayó al suelo. Hundió la cabeza entre las rodillas y se puso a llorar.

—Te vi —dijo, jadeante—. Fui a Londres a una reunión con unos fondos malvados que me tienen cogido por los cojones. Te vi en un bar de maricones de Upper Street.

María, incrédula, recordaba el bar, el único de Upper Street en el que había estado con Nell, el día después de haber pasado la noche con ella. Recordaba que esa tarde estuvieron especialmente cariñosas en público.

María se llevó la mano a la boca. Contuvo el aliento, abriendo mucho los ojos.

«No es posible».

—Quítate esa cara de idiota, María, ¡os vi! —exclamó Jordi sin mirarla.

María sintió un escalofrío por todo el cuerpo. Le temblaban las piernas.

«Aguanta, aguanta. Sé fuerte».

—No se trata de eso —dijo finalmente—. Jordi, lo nuestro acabó hace mucho, he de ser honesta contigo. Lo siento.

—Me das asco —replicó Jordi, aún sentado en el suelo—. No sabes dónde te estás metiendo. Podríamos haber tenido una vida maravillosa juntos. Ahora estás cayendo en el abismo, te pudrirás en el pecado.

«Jordi, todos tenemos que dar una oportunidad a la felicidad. Estoy haciendo lo que es correcto para mí. Todo el mundo me lo aconseja, hay que hacer lo que es bueno para el corazón».

María le ofreció una mano para levantarse.

—Venga, levántate —propuso.

Jordi, sin moverse, hundió la cabeza entre sus manos. Ya no le quedaban lágrimas. Respiró hondo.

—¿Esto es real o estoy soñando?

María se inclinó y le rodeó los hombros con un brazo.

—Lo siento, Jordi, pero no puedo seguir así. Te mereces a alguien que te entregue su corazón, y esa persona no soy yo.

Jordi dejó pasar unos segundos.

—Antes sí lo eras.

María se sentó junto a él, en silencio. Podía escuchar la leve brisa, oler la fragancia de los árboles, sentir la naturaleza. Después de todo, probablemente ése era el momento más íntimo que había compartido con Jordi, mucho más sincero y natural que todas esas reuniones familiares, tan oficiales, a las que tenían que asistir.

«Si hubiésemos tenido más momentos como éste, los dos solos... Pero es demasiado tarde. Nunca habría funcionado».

—Nunca estuve preparada, Jordi —dijo—. Yo también he madurado. Han pasado muchas cosas en mi familia, como ya sabes. Hablé con mi abuela antes de morir. Me dijo que tenía que ser más sincera, empezando conmigo misma. Te estaría mintiendo si continuara esta relación, fingiendo que todo va bien. —Agachó la cabeza—. La verdad es que los sentimientos que tendría que haber no los hay.

Jordi sacudió la cabeza.

María se sintió aliviada.

—¿La quieres? —preguntó sin mirarla. María había cerrado los ojos.

—Por favor, Jordi —rogó ella—. No quiero hablar de ello. Por favor, respétalo. Es doloroso y estoy confusa. Lo que necesito es tiempo para mí misma.

Jordi cogió una pequeña rama del suelo.

—Podríamos posponer la boda, seguir como amigos y ver si podemos intentarlo de nuevo —dijo, suplicante.

María apretó los labios. Sentía mucho cariño hacia Jordi, su amigo más leal desde hacía años. Había cuidado de ella cuando era una persona solitaria y siempre que volvía de Belchite, triste, distante, aislada. Siempre había estado disponible para ella, siempre con una sonrisa, o con una rosa. Se sentía inmensamente culpable.

—Lo siento mucho —dijo María, abrazándolo como nunca había hecho. Lo estrechó con fuerza hasta que él la apartó.

Estaba dibujando algo en el suelo con la rama, para luego arrojarla con desdén. Suspiró.

—¿Estás segura? —preguntó—. Quizá podría perdonarte si fue un desliz o una fase pasajera.

«Tengo que ser fuerte, no puedo mentir, ni a él ni a mí misma». Le miró.

—Sí, estoy segura. —Le cogió de la mano y la estrechó. Estaba fría—. El tiempo lo curará, ya verás.

—A la mierda con el tiempo.

Con suavidad, María le soltó la mano.

«No puedo volver a hacerle esto a nadie, nunca más. Es todo culpa mía».

—Perdóname, te lo ruego.

—Que te jodan.

Se hizo el silencio.

—¿Puedo hacer algo por ti? —preguntó María con voz delicada, casi apagada. Le puso una mano en la espalda, pero Jordi se levantó. Ella hizo lo propio.

Jordi paseó la mirada por los árboles. Realmente había cambiado, era más alto, más fuerte. «¿Habría sido diferente si se hubiese mostrado más determinado desde un principio?». María contempló su rostro masculino, sus grandes manos. De pronto pensó en la delicada cara de Nell, en su charla en Borough Market, el paseo en bici, la cena compartida, la ternura y la dulzura de su cuerpo.

«No».

María bajó la mirada. No tenía más que decir y Jordi parecía comprenderlo.

—Supongo que sólo me queda marcharme dignamente —dijo, alzando la cabeza.

«Tan caballero como siempre».

—Te llamaré para asegurarme de que estás bien.

—No te molestes. —Inició la marcha, seguido por María.

Anduvieron un par de minutos en silencio.

María tosió.

—¿Vas a conducir hasta Barcelona ahora? ¿Seguro que es buena idea? ¿No preferirías quedarte?

—Me iré. Es lo mejor que puedo hacer.

Llegaron a la fachada de la casa, donde Jordi había aparcado a *Óscar.* Miró al coche, luego a María, recordando sus viajes a San Sebastián, desde Pamplona. Los días felices. El corazón de María se encogió al ver la enorme tristeza de su expresión.

—Te llamaré —le prometió.

Jordi dio media vuelta y fue hacia el coche arrastrando los pies. Abrió la puerta.

—Adiós —dijo antes de meterse.

María se estremeció. Los segundos que le costó arrancar y salir con el coche le resultaron eternos. Aguantó el aliento como si pudiese sentir el dolor de Jordi; sabía que ella significaba el mundo para él. Pensó en el piso que estaba construyendo para los dos, que ella ni siquiera había visto. También se imaginó el drama familiar que se organizaría en cuanto anunciara la cancelación de la boda; incluso podía oír los gritos de su madre. Cerró los ojos con fuerza, intentando contener las lágrimas.

«Tengo que ser fuerte. Es lo que me enseñó la abuela. Espero que sea lo correcto. Pero ¿y si no lo es?».

Se quedó en blanco durante un instante. Se sentía asustada, sola.

—¿Qué pasa? —preguntó Conchita, sorprendiéndola.

«Madre, siempre tan inoportuna».

—¿Qué haces aquí sola, por qué se va Jordi en plena noche? —Se acercó a su hija—. ¿Habéis discutido?

María se llevó las manos a la cara y se escondió tras ellas.

—Más o menos. —«Ahora no. Necesito prepararla para la noticia».

—Hombres —murmuró Conchita entre dientes—. Sé que es difícil, María, lo sé.

Ambas permanecieron en silencio un instante.

—Vamos —dijo Conchita finalmente—. Vámonos dentro, es tarde y empieza a refrescar.

Ambas caminaban hacia la casa cuando el teléfono de María se puso a sonar.

—Parece que tu amiga inglesa te echa de menos —comentó Conchita, acelerando el paso y dejando a María atrás.

## Capítulo 25

Conchita y María salieron de la casa por la puerta de la cocina a la mañana siguiente, sábado de Pascua, cubo y delantal en mano, los brazos arremangados. Por una vez, disfrutaban de algo juntas: cada año, escondían huevos de chocolate para los hijos de Pilar y recogían ramas de olivo para bendecirlas al día siguiente, Domingo de Resurrección —una peculiaridad de Belchite, que también bendecía las palmas el Domingo de Ramos.

—Con tanta lluvia, los árboles están estupendos este año —dijo María.

«En el fondo, sí que le importan estas tierras».

—De hecho, es uno de los mejores años que hemos tenido —contestó Conchita. —«Justo el año que se muere mi madre y mi marido me abandona, recibo esta bendición. Debe de ser un pequeño regalo de Dios».

Conchita se disponía a decir que el jardín tendría un aspecto impecable para la boda, pero se contuvo, dada la discusión de la pareja la noche anterior. Miró a su hija; parecía triste y cansada y tenía los ojos hinchados. Había estado especialmente callada durante el desayuno.

«Tengo que ser amable con ella; la pelea debió de ser de las buenas».

María se paró un momento para recoger unas ramas de olivo y hacer con ellas un pequeño ramo.

—Me encanta el olor —dijo con los ojos cerrados, acercándose al ramo.

—Este año tendremos buen aceite, estoy segura de ello —afirmó Conchita mientras dejaba un huevo de Pascua en uno de los árboles más antiguos.

—Si de verdad sale mejor que el de otros años, deberías subir los precios; hace mucho que no lo haces —sugirió María, siguiendo a su madre.

Ésta se volvió y la miró rápidamente.

—¡Banqueros, siempre pensando en dinero! Lo que cuenta es la calidad.

—Por supuesto, madre, pero el negocio tiene que funcionar.

Conchita colocó otro huevo detrás de un árbol cercano al *Abuelo*.

—El negocio va estupendamente.

María miraba con atención unas ramas que acababa de recoger.

—Siempre se puede mejorar —dijo, como quien no quiere la cosa.

Conchita le lanzó una mirada intrigada. «¿Qué sabrás tú, si nunca has mostrado el menor interés?».

—Como la exportación —añadió María, mirando a su madre—. Deberías empezar a exportar. A Londres, por ejemplo, donde les encanta el aceite de oliva. Hace poco le llevé una botella a una amiga... —comenzó a decir.

«Otra vez la amiga».

—Le encantó —continuó María—. Están acostumbrados a un aceite mucho más caro, que los italianos compran en Jaén por nada y menos, lo envasan en Italia con un estilo llamativo, bien diseñado, y lo venden en Londres por una fortuna. *Olio d'oliva d'Italia* —exclamó María con un exagerado acento italiano, levantando los brazos. Hizo una breve pausa—. Créeme, en Inglaterra hay un buen mercado.

Conchita meditó la idea durante un momento.

—Bah, los ingleses cocinan con mantequilla; si es que cocinan —contestó.

María guardó su ramo en el cubo.

—Te equivocas, madre, han cambiado, el aceite y la comida sana están muy de moda —dijo—. Los mercados de productos orgánicos y los programas de cocina son cada vez más populares.

—¿En serio? —se sorprendió Conchita—. Pues cómo ha cambiado el mundo. Tu padre y yo fuimos a Inglaterra en los años setenta y el estómago aún se me revuelve cuando recuerdo la carne con mermelada.

María sonrió.

—Madre, han pasado cuarenta años desde entonces, y por lo que veo, ellos se han adaptado a los tiempos mejor que tú.

Conchita siguió caminando hacia *El Abuelo,* para dejar en una de sus cavidades el mejor huevo de Pascua que tenía.

—Tu amiga... ¿Cómo se llamaba? ¿Tu amiga de Inglaterra cocina con aceite de oliva?

—Sí —dijo María—. A Nell le encanta. De hecho, le llevé una botella de las nuestras. Es la funcionaria del ayuntamiento con el que estoy negociando lo del almacén de las Cavas, así que tengo que tratarla bien. Pues le encantó, no dejaba de untar pan en él, así, a palo seco.

—¿Ni siquiera le puso un poco de jamón? —Conchita no daba crédito.

—Es vegetariana —sonrió María.

Conchita arqueó una ceja.

—Oh no, ¿una de esas personas que no comen carne?

—Allí es normal, es para proteger a los animales.

—Por Dios —dijo Conchita—. Seguro que está pálida y enfermiza, y que pilla todas las enfermedades. Si fuese hija mía, la llevaría al hospital de inmediato. ¿Cómo se puede sobrevivir sin un buen filete? Apuesto a que su madre piensa igual.

—Está la mar de bien, créeme —dijo María—. Madre, deberías publicitar el aceite de oliva hacia los vegetarianos, les encantaría; expande sus posibilidades culinarias, que ya son pocas de por sí.

—En España no hay vegetarianos.

—¡En el extranjero! ¡Hay que salir al extranjero! —exclamó María.

Conchita se rió.

—¡Adónde voy a ir yo a mis años! Ya soy demasiado vieja para ir al extranjero.

«Poco imaginaba yo que tenías tantas ideas para el negocio, María. Bueno, al menos esto sí que son buenas noticias. Un poco de interés por la empresa».

Conchita dejó su cubo junto al *Abuelo,* y siguió buscando un par de escondites para los dos últimos huevos que le quedaban.

María, que había reunido algunas ramas para preparar más ramos, se le acercó. Parecía tensa.

—Si entierras los huevos aquí mismo puede que los niños tengan más suerte de la que esperan... —comenzó—. Pueden encontrar una buena suma de dinero.

«Ya ha salido. Tenía que pasar».

María miró hacia el suelo y luego directamente a su madre.

—Lo siento, madre, debí decírtelo hace tiempo, pero no encontré el momento adecuado. —Tosió levemente—. Además, es un poco extraño. Aunque resulte difícil de creer, una noche, antes de que muriera, vi a la abuela esconder dinero debajo de este árbol. Me pidió que te lo dijera si le pasaba algo.

Conchita cogió aire y suspiró. «Todo es extraño en esta familia».

—Sí, ya lo sabía —admitió Conchita, viendo la expresión de decepción en María—. Me lo contó poco después de hablar contigo.

María volvió a mirar al suelo.

—Quizá no confiaba en mí lo suficiente y te lo quiso decir a ti también.

Conchita posó una mano sobre el brazo de su hija con mucha suavidad.

—Claro que confiaba en ti, ya sabes cuánto te adoraba, pero es mucho dinero y con estas cosas hay que ir con cuidado. —Miró también al suelo—. Será mejor que lo saquemos pronto, quizá por la noche, no quiero dar material de cotilleo a los vecinos. ¿Me echarías una mano esta misma noche, ahora que mucha gente está fuera por Semana Santa?

María levantó una ceja.

—Sí, actuemos como ladronas, en plena noche, en nuestra propia casa y robemos nuestro propio dinero.

—Sé que es ridículo, los ancianos a veces actúan como niños —dijo Conchita—. Pero, bueno, me dijo que el dinero era básicamente para Pilar y para ti y Jordi, así que podréis disfrutarlo mientras seáis jóvenes. Tenéis suerte porque, como decía la abuela, a la mayoría de gente, cuando les llega la paga general ya no les quedan dientes.

Conchita vio que su hija se ponía seria de repente. «Debe de haber sido el recuerdo de la abuela».

—Lo sé, María, lo sé, yo también me acuerdo de ella a cada momento. —Se llevó la mano hacia el colgante de su madre, y lo agarró con fuerza.

—No es eso, madre.

Conchita alzó la mirada hacia su hija, sorprendida.

—¿Qué, entonces? —Notó que subía la guardia, inconscientemente.

María tragó saliva dos veces.

—Venga, María, cuéntamelo. —«Tengo que seguir el consejo de mi padre, cuidar de ellas, querer a mis hijas. Pero con María siempre hay algo que no encaja. Siempre. A ver qué pasa ahora».

—No me voy a casar, madre —dijo, agachando la vista.

Conchita permaneció inmóvil, con los ojos muy abiertos.

—¿Qué?

María bajó la cabeza aún más.

—¿Qué has dicho? —«No, no, no y no. No permitiré esto, de ninguna manera».

—Lo siento, madre, pero no me voy a casar —repitió, avergonzada.

Conchita dio un paso hacia ella.

—¡Mírame!

María levantó la cabeza lentamente, confusa, indefensa.

—¿Se puede saber qué te pasa? —espetó.

María bajó de nuevo la mirada.

—¡Mírame! —gritó Conchita.

A pesar de sus aparentes esfuerzos, María no pudo contener las lágrimas.

—Madre, esto no te va a gustar.

—Ve al grano, María.

—No me quiero casar.

—¿Por qué no?

—Porque no le quiero.

Conchita suspiró. «Pero qué niña».

—¿No podías haberlo pensado antes? Ahora es demasiado tarde.

María la miró con ojos suplicantes.

—No es demasiado tarde, aún queda un mes.

—¡Ya hemos invitado a todo el mundo! ¡Todo está listo! —Dejó pasar unos segundos—. Todas las parejas se pelean antes de la boda, están nerviosas, es una responsabilidad. Todo volverá a la normalidad pronto, esfuérzate un poco. Créeme, lo sé. Aprenderás a quererlo con los años. O, al menos, a aguantarlo.

María dirigió a su madre una mirada llena de escepticismo, que Conchita sintió en lo más hondo de su corazón. «Sé que no soy ningún ejemplo».

—Piensa en todo lo que podrías perder, una vida cómoda y estable. Jordi es un buen chico, siempre te respetará. ¿Sabes lo que muchas mujeres darían por eso?

—Pero no es lo que quiero.

—¿Querer? —casi gritó Conchita—. ¿Acaso crees que siempre se puede tener lo que se quiere? ¿Quién te crees que eres? ¿Crees que puedes tirar por la borda una oportunidad tan buena, así como así? ¿Y qué pasa con el pobre Jordi? Estará destrozado.

María guardó silencio; su madre la observaba, de pie, con los brazos cruzados, mirándola de arriba abajo.

—¿Y qué es lo que quieres, si puede saberse?

María levantó la mirada.

—A Nell.

Conchita dejó caer los huevos de chocolate que aún tenía en las manos. Perpleja, Conchita miró a su hija como si fuese un extraterrestre, pero María la miró con tanta intensidad que se sintió penetrada, invadida.

—Quiero a Nell, soy feliz con ella.

Conchita miró hacia un lado.

—¿La lesbiana? ¿La de Inglaterra? ¡Es una mujer!

—Lo sé.

«Ave María Purísima, ave María Purísima, ave María Purísima», pensó Conchita, santiguándose tres veces seguidas. Miró al cielo y sintió cómo la rabia se apoderaba su cuerpo, hasta encender sus mejillas, toda su cara.

«No, en esta familia, no. El demonio se ha asentado entre nosotros».

Sin pensarlo, levantó una mano y abofeteó a su hija, seca y rápidamente.

María no se movió, ni se asustó, ni lloró.

Conchita se sintió avergonzada inmediatamente. La mirada de odio de María hacia su madre se intensificó hasta el punto de asustarla.

—Es mi vida y haré con ella lo que quiera —espetó María antes de darse la vuelta y alejarse.

Conchita se quedó inmóvil.

«Todo es culpa mía».

—Ten, toma un poco de esto, te sentará bien.

—Soledad, por favor —protestó Conchita—. A tu edad y aún bebiendo, ya sabes que el médico dice que no es bueno para ti.

Sentada en una tumbona del patio, bajo el sol de media tarde, Soledad saboreaba un vaso de Rioja de crianza mientras ojeaba unas revistas.

—Venga, siéntate conmigo, Conchita, parece que lo necesitas.

—Tengo que meterme en la cocina, mañana viene toda la familia a comer y no hay nada preparado. Como siempre, tengo que hacerlo todo yo.

—Conchita, siéntate aquí ahora mismo.

Conchita se volvió. No estaba acostumbrada al tono de mando de Soledad.

—Si no te sientas aquí, puede que mañana no tengas familia a la que alimentar —dijo Soledad—. Hay demasiada fogosidad en esta casa.

«Ya está a favor de María», pensó Conchita mientras se sentaba.

—María no me ha dicho mucho, estaba muy enfadada —continuó Soledad—. Aunque al menos la convencí de que no volviese a Barcelona. Ahora está arriba, en su cuarto.

—Como de costumbre.

Soledad sacudió la cabeza.

—Sois como el perro y el gato —dijo—. Si tan sólo supierais lo que os necesitáis la una a la otra...

«Soledad, por favor, no me sermonees».

—Sé que no soy parte directa de la familia... —prosiguió, pero Conchita la interrumpió.

—No seas tonta, claro que lo eres.

Soledad le sirvió un vaso de vino.

—Toma.

Conchita se bebió la mitad de un trago.

—Pues sí que está bueno.

—Te lo he dicho. Ay, si la gente me escuchara más.

—Yo te escucho, Soledad.

—Ahora no te va a quedar más remedio. Sé que no soy quién para hablar, pero las dos tenéis que poner fin a esta estupidez. Os quiero a las dos y no pienso dejar que os comáis entre vosotras. ¿Me comprendes? Ésta es también mi casa, y quiero paz.

—Lo siento, Soledad, sé que no te mereces esto.

—Tú lo mereces incluso menos, igual que María.

—Hmm.

—Deja a la niña en paz. ¿Por qué no puede vivir su vida?

Conchita respiró hondo.

—Aún no sabes la última.

—Sí que la sé.

—¿Te lo ha dicho? —Conchita no salía de su asombro. «¿Es que soy la última en enterarme de todo?».

—No me ha dicho nada. Salta a la vista.

—¿Qué salta a la vista?

—Pues que le gusta su amiga inglesa. ¿Me equivoco?

—No. —Conchita observó a Soledad y suspiró—. ¿No crees que es lo peor del mundo? Jordi es una oportunidad única para ella. Está tirando su vida a la basura.

—¿Por qué no puede decidir ella lo que es mejor para sí misma?

—¿Cómo va a ser una mujer inglesa mejor que un hombre hecho y derecho con familia, un negocio y una estabilidad?

—Ella es feliz, déjala estar. Y si no le gusta, no te preocupes, que acabará volviendo. —Soledad se recostó en la silla—. Es joven, deja que experimente si quiere.

—Jordi no la va a esperar.

—Estaría con él ahora mismo si quisiera. Pero el caso es que no quiere y hay que respetarlo.

—Pero ¿por qué no le quiere? No lo comprendo. —Conchita no podía ni imaginarse la cancelación de la boda, con todas las invitaciones ya en el correo.

Soledad se volvió hacia Conchita y la miró directamente a los ojos.

—Porque no quiere acabar en un matrimonio infeliz.

Conchita sintió la punzada.

—Ha visto demasiados en la vida, ¿verdad?

Soledad asintió.

—Lo siento, sé que es doloroso para ti, pero tienes que intentar comprenderla, es tu hija. Tienes que ayudarla; eres su madre.

«Quizá mi postura no sea demasiado cristiana».

—Pero es pecado —dijo Conchita.

—No me vengas con cuentos, Conchita —replicó Soledad, muy seria—. Ya eres bastante mayor para tener un criterio propio. No hay nada malo en el amor.

«Es verdad. No hacen daño a nadie. Sólo a mí».

Conchita le dio otro trago al vino.

—Tengo que pensarlo.

—Estoy segura de que si tratas de acercarte a ella, ganarás una hija, puede que dos.

Conchita le lanzó una mirada de disgusto.

—No tiene gracia.

—Lo siento —se disculpó Soledad con una sonrisa atrevida. Bebió más vino y volvió a su revista—. ¡Mira! —Señaló una fotografía—. Almodóvar es gay y aquí está, no puede tener más admiradores y éxito.

—Pues ya podría venir a hacer una película de nuestras vidas. —Conchita se levantó.

—Somos demasiado aburridas para él —dijo Soledad—. Los gays ya no son noticia. —Se puso las gafas de sol, bebió más vino y volvió al *¡Hola!*

Un instante después, volvió a levantar la vista.

—Mmm —murmuró—. Bueno, el hecho de que haya lesbianas en Belchite será la prueba definitiva de que la democracia por fin ha llegado a este país. —Sonrió y siguió leyendo—. Quizá.

Conchita suspiró y se marchó.

Pasaron varios minutos hasta que María abrió la puerta, unas horas después. Ya había pasado la hora de la cena.

—¡Hola! —dijo Conchita cuando tuvo delante a su hija. Parecía desolada. Le ofreció un plato caliente que le había subido—. Te he traído un poco de tortilla; pensé que tendrías hambre.

—No.

Conchita respiró hondo.

—¿Te apetece venir abajo? Soledad y yo hemos encendido la chimenea de la cocina; es una noche fría y sienta bien.

—No.

—Quizá podríamos tomar el fresco, ir juntas a recuperar ese dinero, si te apetece.

—No.

Conchita suspiró.

—María, por favor.

—¿Por favor qué?

Conchita se metió en la habitación de su hija, que aún estaba decorada como cuando era una adolescente. Desde que se fue a la universidad, no había pasado largas temporadas en casa, y no se había esforzado por cambiar su cuarto. «Quizá nunca ha sentido que ésta es su casa». Paseó la mirada por la habitación: había un crucifijo de madera sobre la cama y un viejo póster de los Hombres G. «Quizá no le di toda la atención que necesitaba».

Sobre la mesa, Conchita vio una foto de María y una mujer. Ambas tenían las caras muy juntas, rebosaban felicidad. Temblorosa, la cogió y la miró de cerca.

«Dios, qué inglesa es, así, tan blanca. Jesús». Observó a su hija en la foto; nunca la había visto tan radiante.

Miró a su hija.

—Siento haberte pegado, no pretendía hacerlo. —Conchita nunca se había disculpado con ninguna de sus hijas antes, aunque siempre lamentara sus errores. Se sentía inmensamente avergonzada; no había levantado la mano a su hija desde hacía años.

María, que aún estaba de pie en la puerta, no dijo nada.

Conchita cogió otra vez la foto y volvió a mirarla.

«No hay nada que pueda hacer para detener esto, será mejor aceptarlo».

—Pareces muy feliz en esta foto, ¿de cuándo es?

—Hace pocas semanas —dijo María—. Sí, somos muy felices, gracias.

—Eso está bien, María, me alegro de que seas feliz. —«Espero que Dios me perdone por esto, sólo lo hago por mi hija, por esta familia y por estas tierras».

María miró a su madre. Era como si el enfado se hubiese evaporado.

—Si no necesitas nada más, me gustaría acostarme.

Conchita se le acercó y, con suavidad, le puso una mano en el hombro.

—Pensé que un poco de aire fresco te vendría bien. Llevas aquí metida toda la tarde. ¿Seguro que no quieres venir a sacar el dinero? Hay que hacerlo antes de que todo el mundo vuelva de vacaciones.

María miró por la ventana.

—Necesito que me digas dónde está exactamente —siguió Conchita—. No puedo ir sola y ponerme a excavar como una loca alrededor de un viejo árbol.

María sonrió, alegrando el corazón de su madre. No quería perder a su hija. Su familia y sus tierras eran lo único que le quedaba. No podía perder más cosas, ya había perdido demasiado.

—Está bien —aceptó María. Cogió un poco de tortilla, la envolvió en papel de cocina que había traído su madre y cogió su anorak.

Pico, pala y lámpara de aceite en mano, María y Conchita avanzaron a través de los olivares, ahora densos y oscuros. Llegaron al *Abuelo* al cabo de unos minutos y, sin más distracciones, se pusieron a trabajar a la luz de la lámpara, con el único sonido de los grillos, el viento y sus propias respiraciones.

—Es increíble que cavara este agujero a su edad, sola —dijo Conchita, resoplando—. Es agotador.

María dejó un momento la pala y miró a su madre.

—Deja, ya lo acabaré yo.

Conchita, agotada, aceptó la oferta. La atmósfera entre madre e hija todavía estaba tensa. «Intenta acercarte, ser más amable, preocuparte, y seguro que volverá».

—¿Tu amiga es de buena familia? ¿A qué se dedican sus padres? —preguntó Conchita, intentando mostrar interés.

María siguió trabajando, sin mirar a su madre.

—No sé nada de su familia, tampoco me preocupa.

—Ya veo —dijo Conchita—. Pero ten cuidado, nunca se sabe, Londres es un sitio tan grande...

Conchita sintió la mirada de desaprobación de su hija. «Será mejor que me calle».

—¿Seguro que era aquí? —preguntó Conchita, mirando el hoyo, ya casi de un metro de profundidad.

—Sí, lo recuerdo muy bien.

María siguió cavando con diligencia.

—¡Aquí está! —exclamó unos minutos más tarde. Tras apartar un poco de tierra, María sacó una maleta antigua y la abrió inmediatamente. Estaba llena de billetes de cincuenta euros, cientos de ellos. Madre e hija se quedaron perplejas. La cerraron inmediatamente.

—Puede que haya otra —dijo María, reanudando la excavación.

Efectivamente, sacó un maletín al cabo de un minuto. Lo abrieron, para encontrar, entre todo el dinero, la pequeña muñeca de tela y algodón que Conchita cosió para su madre cuando era una niña, en el colegio. Le había costado semanas terminarla. Conchita palideció. Se llevó las manos a la cara, incapaz de contener las lágrimas.

«Menudo día llevo. Quizá debería enterrarme yo misma en el hoyo».

—¿Qué pasa, madre? —preguntó María, dejando de lado las maletas y la pala. Cogió la muñeca, pero su madre se la quitó de las manos. María la contempló, desconcertada.

«Qué vergüenza, aquí llorando delante de mi hija».

—Lo siento —dijo, sacándose un pañuelo de la manga—. Es que no sabía que la abuela la conservaba, no sabía que significara algo para ella. —Hizo una breve pausa—. Lo siento, no debería molestarte con mis problemas, bastante tienes con los tuyos.

Su hija asintió.

Conchita quería terminar el día bien, después de tanto drama.

—Lamento lo que te dije hoy. Tienes razón, es tu vida y tienes que vivirla como quieras. Seré feliz si tú lo eres.

María sacudió la cabeza.

—¿Por qué no me lo dijiste antes?

Conchita permaneció pensativa durante unos instantes.

—Estas cosas llevan tiempo, María. Yo soy de otra época, pero lo intentaré —dijo, con una sonrisa cargada de sinceridad.

Ambas permanecieron en silencio durante unos instantes.

Conchita cogió una pequeña botella de vino que había traído, y que guardaba bajo su anorak. Bebió un poco y se la ofreció a María. Después de un trago, ésta desenvolvió la tortilla y comió un trozo con apetito.

—Gracias por esto, madre —dijo María—. Demasiada cebolla, como de costumbre.

El comentario, el mismo que tanto la irritaba siempre, ahora le alegró el corazón, por traer familiaridad a un momento tan tenso. Por primera vez en años, Conchita sentía que se había establecido un vínculo con su hija.

—Te deseo más suerte de la que tuve yo —dijo Conchita, ya más relajada.

—¿Por qué? —preguntó María.

Su madre titubeó un momento. Recordó un pasaje de la Biblia: «La verdad os hará libres».

La miró. María ya no era ninguna niña; se merecía una explicación.

—Tu padre tenía pensado dejarnos, llevándose parte del dinero —comenzó al fin—. Me hizo firmar unos documentos un poco extraños; tu abuela también lo vio, las dos enseguida sospechamos. Fui al banco y paré el préstamo que íbamos a pedir para comprar la nueva máquina francesa, y que tu padre quería transferir a su cuenta personal. Tu abuela, a quien nunca le gustó tu padre, no se fió de él y quiso impedir que él fuera partícipe de su herencia. Con el dinero en el banco, por temas legales, eso no hubiera sido posible. Pero si está bajo un árbol, podemos hacer con este dinero lo que queramos, sin dar cuentas a nadie.

Conchita se sintió aliviada. «Al fin y al cabo, es la verdad».

—Ya me había dado cuenta de que la abuela y papá no se llevaban muy bien —comentó María, expresando simpatía hacia su madre.

—Para serte sincera, tampoco le echo mucho de menos —admitió Conchita, tomando un trozo de tortilla.

—Tampoco parecía que él te aportara mucho. Siempre lo hacías todo tú.

Conchita no estaba acostumbrada a recibir el consuelo o apoyo de nadie, y menos de María. Pero sin duda era agradable compartir, al menos un poco, el peso del mundo.

—¿Por qué te casaste con él? —preguntó María, tomando otro trago de vino.

Conchita recordó a Honorato cuando era un joven oficial, fuerte y valiente. «Tonta de mí».

—Era joven y sucumbí a sus constantes atenciones mientras me cortejaba: siempre venía cargado de flores y bombones —explicó—. Soledad ya me lo advirtió antes de casarme: los mejores novios no siempre son los mejores maridos. Qué razón tenía.

María observó a su madre con empatía.

—Lo siento.

Conchita le dedicó una sonrisa.

—No tienes por qué, María. La vida es así —dijo—. Eran otros tiempos, y al menos tenía marido. Después de la guerra, muchos hombres habían muerto y se hicieron caros de tener; yo al menos os pude tener a Pilar y a ti. —Suspiró y se encogió de hombros—. No había mucho donde elegir —continuó, disfrutando de su nueva intimidad con María—. En la escuela, no iba tan pulcra y planchada como mis compañeras; tampoco era una rubia angelical, y mis piernas y brazos no eran delgados y delicados, sino fuertes, ásperos y oscuros de trabajar en los campos. No me invitaban a los bailes de oficiales en Zaragoza, como a las demás. La mayoría de las chicas de mi colegio se casaron con oficiales altos y apuestos con los que yo sólo podía soñar. Ahora son generales que viven en las principales avenidas de Zaragoza, o están repartidos por toda España, todos con muy buena posición.

Hizo una pausa y observó a María, cuyos ojos brillaban, bajo la tenue luz de la lámpara, de una manera que nunca había visto. El hecho de poder atraer el interés de su siempre difícil hija menor la animó a continuar. Le hacía sentirse importante. Le daba un lugar en el mundo. Se sentía su madre.

—Ojalá hubiese atraído a los cadetes de la Real Academia Militar de Zaragoza —prosiguió—. Pero el único que mostró interés por mí fue un suboficial encargado de la prisión del pueblo. Así que me enamoré de él, con bastante facilidad, como un corderito.

María soltó una escueta carcajada.

—¿Tú? ¿Un corderito?

Conchita sonrió con aire cómplice.

—Era muy joven —contestó—. Pero no me puedo quejar. Tengo buena salud, dos hijas, dos nietos y a Soledad, que es un tesoro. —Señaló hacia los campos—. Y tengo esto, la tierra, de la que cuidar. La tierra más bella, con sus viejos olivares. ¿Sabes cuánta gente desearía tener algo así?

Conchita observó la mirada atenta de su hija y continuó:

—Nunca se tiene todo a la vez en esta vida —dijo, perdiendo la mirada en el vacío—. La vida es como un gran jardín; unas veces los naranjos dan su fruto, luego les toca a los limoneros y, después, a los almendros. Pero no florecen todos a la vez. Hay que saber dónde están, acercarse a ellos cuando sea su época, y dejarlos estar cuando se agotan para acudir al que esté a punto de florecer. A veces esperamos un fruto que no está por florecer y olvidamos que, mientras, hay otras alternativas a nuestro alrededor. Siempre florece algo. Siempre, aunque no sea lo que inicialmente queríamos.

María abrió mucho los ojos. Jamás hubiera imaginado que su madre hablaba así. Cómo le habría gustado escuchar sus sabias palabras antes.

Las dos se quedaron en silencio, sintiendo la fría noche. Conchita echó una mirada al vino y la tortilla, casi agotados. Había disfrutado de la unión entre madre e hija, pero le faltaba costumbre. La comodidad le producía incomodidad; como si le picara.

«Tengo que hacer esto en dosis pequeñas».

—Venga, vámonos, que está refrescando —propuso Conchita.

María accedió. Las dos se levantaron y regresaron a casa con la pala, el pico, las maletas llenas de dinero y la pequeña muñeca en las manos.

—Sólo hay una cosa que no alcanzo a comprender, María, por muchas vueltas que le dé —dijo Conchita antes de llegar a la casa.

—¿Qué es, madre?

—Que no coma jamón.

## Capítulo
## 26

Unas semanas después, y procedente del aeropuerto, María entró en Fino, el mejor restaurante español de Londres, en Charlotte Street. Llegaba media hora antes de su cita con Nell. Era un cálido día de abril y las dos mujeres acababan de pasar un fin de semana en Barcelona, que María había revivido mentalmente una y otra vez.

Jugando con el tenedor, María cerró los ojos y recordó a las dos compartiendo una botella de vino y jugando al *backgammon* en su terraza, mientras *Bombillo* correteaba alrededor; o la emoción de Nell ante la arquitectura modernista del Passeig de Gràcia, o el entusiasmo que había puesto en aprender unas palabras de catalán.

—*Salut i força al canut!* —decía a la menor oportunidad, siempre con una carcajada.

De vuelta a la realidad, María miró el reloj por tercera vez en cinco minutos; sólo quedaban veinticinco. Rescató un pequeño espejo del bolso y repasó su peinado y la pintura de labios. Pidió una copa de Albariño y echó una ojeada al menú. Tenían su comida favorita, y también la de Nell, a quien le habían encantado los calamares de los bares de la Barceloneta, sentadas en las terrazas junto al mar.

María recordó las largas tardes después de comer, cuando regresaban al piso para echarse una siesta. Desnudas en la cama, medio tapadas por el edredón, habían charlado de su pasado y presente bajo la luz que se colaba por las persianas, totalmente ajenas al pasar de las horas.

Suspiró y tomó de su pequeña maleta un álbum de fotos que había preparado para Nell; era un regalo. Lo abrió con cuidado para ver, una vez más, las fotos del fin de semana.

«Los mejores momentos de mi vida».

Se detuvo en una imagen de Nell en el mercado de la Boquería, sosteniendo un bacalao por la cola. Se rió cuando vio la cara de asco que tenía al contemplar la cabeza del pobre animal.

Pasó delicadamente las páginas, que también incluían entradas a museos, recibos de restaurantes y pequeños iconos de la ciudad recortados de folletos que había ido acumulando para preparar la visita. Se había pasado horas llamando a la oficina de turismo en busca de relatos y lugares relacionados con la Guerra Civil; quería sorprender a Nell con un tour hecho a medida. Y a Nell le encantó, al igual que el resto de la ciudad, según le dijo. Para su deleite, Nell incluso dijo que, algún día, le gustaría vivir allí.

—¿Qué hago yo en Londres? —se preguntó mientras paseaban por la Plaça del Diamant, en el barrio de Gràcia.

«¿No sería maravilloso vivir juntas en Barcelona?».

Llegó a la última página del álbum, donde había escrito: «Nada mal para una principiante, ¿eh?». También había añadido: *«T'estimo»*. Nunca había pronunciado esas palabras a Nell. Escribir siempre era más fácil.

«Ya va siendo hora de que deje de fingir. Ésta es la verdad y soy consciente. De nada sirve buscar donde no hay; lo de Jordi nunca habría resultado. Era demasiado joven, o demasiado inexperta, no sabía lo que significaba querer. Creía que se trataba de encajar estilos de vida; ahora sé que esto va de clics, de que los corazones, las mentes y cuerpos hagan clic, y que luego encajen bien en la práctica. Pero es el clic, nada que se pueda ver o decidir sobre el papel».

María paseó la mirada por el restaurante. Empezaba a llenarse. Había una pareja de atractivos hombres en la mesa contigua, de aspecto inmaculado, mirándose con intensidad.

«Ahora resulta que todo el mundo es gay».

La gente parecía feliz y armoniosa. De repente, el mundo era un lugar fabuloso.

Volvió a mirar el reloj.

«Un cuarto de hora».

Tenía previsto quedarse dos noches en Londres en casa de Nell, ya que al día siguiente tenía que presentar al ayuntamiento de Islington el proyecto final del almacén. Patrick y los arquitectos de Barcelona habían diseñado una remodelación del edificio de Correos sin alterar su fachada, como Nell había sugerido. Milagrosamente, entraba en el presupuesto.

Mañana sería el gran día. La obtención del permiso sería una victoria para el banco, y para ella —había sido un proceso largo y tedioso, cuestionado por unos compañeros envidiosos que decían que sólo había recibido el encargo porque se casaba con el hijo del dueño—. María había puesto todo su empeño, dedicando horas interminables a la presentación final. Igual esto le abriría las puertas a una promoción.

El acuerdo también podría ayudar a Nell; la inversión de Caves Gratallops en Islington atraería una publicidad favorable por la creación de empleo y el intercambio cultural. Su carrera necesitaba un empujón, e igual el éxito de este proyecto se lo podría proporcionar, le había dicho.

María levantó la vista en cuanto Nell bajó el último peldaño de las escaleras que conducían al restaurante. Excitada, se levantó rápidamente, con torpeza, golpeando la mesa con la rodilla y tirando una copa vacía sobre el mantel.

Nell se acercó con cara de póquer.

«Por favor, sonríe, ya sé que soy torpe».

María volvió a colocar la copa y estiró el cuello para besar a Nell, pero ésta no respondió al gesto. María se sorprendió.

«¿Será porque estamos en un lugar público?».

De todas maneras, María la besó en los labios brevemente, pero su amiga ni se inmutó.

—Hola —dijo María.

Se sentaron. Nell todavía no había dicho una palabra. No parecía enferma. Lucía su habitual ropa negra, una bufanda de seda; todo parecía en orden.

—¿Cómo estás? —sonrió María, intentando romper el hielo. Intentó cogerla de la mano, pero Nell la retiró. María arqueó las dos cejas.

«¿Quién iba a decir que sería a mí a la que no le importaría mostrar afecto en un restaurante?».

María estaba ilusionada. Llevaba dos semanas esperando este momento, desde la última vez que vio a Nell en Barcelona.

—Cómo me alegro de verte. ¿Te apetece una copa? —preguntó amablemente.

—No, gracias —rechazó Nell escuetamente. Observaba a María fijamente.

Ella miró a ambos lados y observó las manos de Nell, bajo la mesa.

—Cariño, te he traído un regalito, mira. —Le puso el álbum de fotos sobre la mesa.

Nell no dijo nada.

—Cielo, son las fotos de Barcelona. —Pasó algunas páginas con delicadeza, pero pronto lo dejó, ya que Nell no mostraba interés alguno—. ¿Estás bien? —María empezó a preocuparse.

—No, tenemos que hablar.

María se echó hacia atrás.

—¿Qué pasa? —Volvió a apoyarse sobre la mesa, pero dio un pequeño bote en su silla cuando Nell, abruptamente, abrió su cartera, sacó un ejemplar del *Financial Times* y lo tiró sobre la mesa.

—¿Qué es esto? —inquirió bruscamente, señalando un artículo con uno de sus largos dedos—. Quiero una explicación.

María no comprendía nada. Desconcertada, miró el periódico y luego a Nell.

—¿A qué te refieres? —preguntó.

—Eso precisamente quiero saber. ¿A qué se refiere esto?

María la miró con incredulidad y cogió el periódico.

«Barcelona/Londres, 27 de abril (Bloomberg). La empresa vinícola catalana Caves Gratallops está siendo acorralada por un grupo de fondos especulativos que ha adquirido el 85% de su deuda. El fabricante de cava, que atraviesa una situación difícil por la caída de sus ventas nacionales, no ha efectuado el primer pago de los intereses de su deuda, lo que le ha puesto a merced de sus acreedores. Éstos podrían empujar a la empresa a la bancarrota para obtener el control, según fuentes relacionadas con el asunto».

María, atónita, soltó el periódico.

—Esto no es verdad —dijo—. No sé de dónde sale esto, pero Caves Gratallops no tiene problemas. Los fondos especulativos nunca se han acercado a la empresa.

Nell mantuvo el ceño fruncido.

—¿Quieren pedir ya, señoritas? —preguntó el camarero al llegar.

—Aún no —repuso Nell rápidamente.

María se echó hacia delante, cogió las manos de Nell, pero ésta volvió a retirarlas.

—Por favor, no te creas ni una palabra de eso. Pidamos algo de comer, tomemos un buen vino y hablémoslo. Será un malentendido.

—El *Financial Times* no miente —afirmó Nell, con tono definitivo.

—Te juro que no es verdad.

Nell le lanzó una mirada de angustia.

—Tengo una reunión con el pleno mañana —dijo—. Son personas poderosas y relevantes a las que he dedicado mucho tiempo y esfuerzo para llevar tu proyecto a buen puerto, convenciéndoles de lo importante que es para la comunidad y para el ayuntamiento. —Miró el periódico—. Hoy, todo el mundo ha visto esto. ¿Qué les vas a explicar mañana?

—Presentaré el caso según tengo planeado, por supuesto —contestó María—. He pasado semanas preparándolo. Quiero que salga bien tanto como tú, o más.

Nell lanzó una carcajada llena de cinismo.

—¿Crees que después de esto tendrás la menor oportunidad de conseguir un permiso? ¿De verdad lo crees?

—Espero que el ayuntamiento decida en función de la verdad, y no de las especulaciones de un periódico. —Hizo una pausa para mirar de nuevo el rotativo—. Además, ¿qué sabrán estos periodistas?

—¡Es el *Financial Times!* —Nell plantó sus manos con autoridad sobre la mesa—. Después de esto, te exigirán un sinfín de pruebas. ¿Cómo piensas que reaccionarán cuando se enteren de que les mentisteis?

—¡Yo no he mentido a nadie! —exclamó María con voz más alta de la cuenta. Paró para tomar aire y siguió con un poco más de tranquilidad—: Por lo que yo sé, Jordi firmó unos documentos que certificaban el estado de las cuentas de la empresa; tienes que creerle. Él jamás firmaría algo que no fuese cierto.

—Seguro que lo sabía. Las ventas no caen así como así —rechazó Nell, lanzándole una mirada amenazadora—. Es un mentiroso.

María estaba estupefacta.

—¿Cómo puedes decir eso? —preguntó—. Por favor.

—No quiero más mierda, María —dijo Nell, muy distante—. No juegues conmigo. Espero que no pienses que por haber pasado un tiempo juntas —muy poco, por cierto— puedes jugármela con algo así.

—Nell, ni siquiera sé a lo que te refieres.

—Eso es incluso peor, ¡vaya banquera tan mala!

María se movió impacientemente en su silla, miró a un lado y a otro.

—Nell, esto es ridículo. ¿Por qué no comemos y lo hablamos con calma?

—Quiero una respuesta. Ya.

María no sabía qué hacer. Ésa no era la Nell que recordaba. Era fría, más parecida a la burócrata que conoció el primer día. ¿Dónde se había metido la persona dulce, atenta y amistosa?

María sacó su BlackBerry del bolso y marcó el número de Jordi.

—Esto lo vamos a aclarar ahora mismo. Estoy llamando a Jordi.

Nell no dijo nada, su mirada, clavada en los ojos de María.

—Hola —fue todo lo que dijo Jordi al coger el teléfono.

—Hola, Jordi. —María se sentía incómoda. Sólo habían hablado un par de veces desde Semana Santa, y únicamente para discutir los detalles de la cancelación de la boda.

—No es un buen momento, María —dijo.

—Es urgente —replicó María, ansiosa.

Jordi hizo una breve pausa. María oyó cómo suspiraba.

—¿Qué pasa? —preguntó.

—Jordi, estoy en Londres, es sobre el almacén. Hay un artículo en el *Financial Times* que dice que las Cavas están con el agua al cuello y que los fondos especulativos os están empujando a la quiebra.

Hubo un silencio.

—¿Jordi? —María miró a Nell, incrédula.

—¿Has presentado el proyecto ya? —preguntó Jordi.

—Es mañana. Creía que lo seguías con más atención. ¿Se puede saber qué pasa?

Jordi guardó silencio.

—Jordi, ¿es verdad lo que pone en el periódico? —insistió María, con voz temblorosa.

—Sí —dijo Jordi en voz baja.

—¡¿Qué?! —gritó María—. ¿Por qué demonios nadie me ha dicho nada? ¿Lo sabe Andreu? ¿Qué ha pasado? —Se tapó la boca con la mano y clavó la mirada en el techo.

—El boicot nos está destrozando, y algún idiota de tu banco vendió nuestra deuda a un fondo especulativo. —Jordi hizo una pausa.

«No puede ser».

—Ahora no puedo hablar —prosiguió Jordi—. ¿Por qué no consigues ese permiso del ayuntamiento y después hablamos? Necesitamos ese almacén desesperadamente.

—Pero, Jordi, sabes perfectamente que no podemos hacer una presentación omitiendo este hecho. —María estaba desconcertada—. ¿Te piensas que puedo presentarme allí como si nada?

—Me da igual, María —dijo Jordi con dureza—. Sólo sé que tengo docenas de empleados a quienes pagar y una situación delicada que resolver. Ese almacén es nuestra única salvación. Por favor, intenta conseguir el permiso, es todo lo que tengo que decir.

Colgó.

María miró a Nell.

—Joder, es verdad.

—Qué buena actriz eres —dijo Nell—. Estoy segura de que tú y tu novio lo teníais todo planeado: la chica mona que flirtee con la funcionaria lesbiana a ver qué descuento nos consigue.

«¿Cómo puede creer eso de mí?», pensó María, horrorizada. Trató de cogerla de la mano, pero Nell la rechazó inmediatamente.

—Por favor —rogó María.

—A ver cómo sales de ésta mañana, ¿eh? —dijo Nell, sonrojada por la ira—. ¿O también tienes un plan? Te lo advierto: si no les dices la verdad, tendré que hacerlo yo, así que gracias por proporcionarme el momento más ridículo de mi carrera. La empresa por la que he estado luchando, la que iba a ayudar a Islington y a sus trabajadores, se va a pique. «Buen trabajo, Nell», me dirán.

—Nell, te juro que yo no sabía nada de esto —aseguró María, sin quitarle la mirada de encima.

—¿A un día de la reunión y no sabes que tu empresa está al borde de la quiebra? Pero ¿qué clase de banquera eres? —Nell la miró fijamente a los ojos—. No me fío de ti, María —añadió—. Tenía que haberme dado cuenta antes. Eres la típica hetero que trae problemas a las lesbianas. Siempre igual. Vienen, se aprovechan y desaparecen, como un juego. —Hizo una pausa—. Aunque tú nunca fuiste más que un rollo de una noche, nada más.

María sintió como si una espada le atravesara el corazón.

«¿Un rollo de una noche?».

María se negó a creer las palabras de Nell. Recordó el fin de semana de Barcelona, sobre todo cuando Nell le dijo que con ella se sentía conectada a la vida, viva. Miró a Nell.

—Por favor, confía en mí —dijo con ojos suplicantes.

—Ya he confiado en ti demasiado.

María movió la cabeza de un lado a otro, desesperada.

El rostro de Nell era impasible, distante, frío. María no veía ningún destello en sus ojos, ninguna manera de conectar con ella.

—No puedo creer que no confíes en mí —afirmó—. Por favor, di que no es verdad. ¿Qué te ha pasado? ¿Dónde está la Nell que conozco? ¿La Nell paciente y comprensiva?

«La Nell a quien más quiero en este mundo. La Nell por la que he cambiado mi vida entera».

No tuvo el valor de pronunciar esas palabras.

—Siempre he confiado demasiado en la gente, y siempre con el mismo resultado —respondió Nell—. Eso es todo. Adiós.

María se llevó las manos a la cara, intentando ocultar las lágrimas que empezaban a llenar sus ojos.

Tras unos segundos, miró a su amiga y, perpleja, la vio levantarse e irse.

La siguió, pero Nell fue más rápida. Cuando María salió a la calle, ya no quedaba rastro de ella.

«Esto no puede ser verdad. Es una pesadilla».

Después de muchos intentos de llamarla, se rindió. Nell había apagado su móvil.

Apenas media hora más tarde, María tuvo suerte de encontrar habitación en el Hilton de Islington. Sin quitarse la chaqueta, llamó rápidamente a Andreu, su jefe.

«No puedo hundirme. Tengo que ser racional, activa. Tengo que resolverlo».

—Andreu, tenemos un problema. ¿Has visto el *Financial Times* hoy? —preguntó directamente.

—Algo he oído, sí.

—¿Y? Tengo entendido que es verdad.

—Sí.

María frunció el ceño, estaba furiosa con su jefe.

—¿Por qué no me dijiste nada? Estoy promocionando esta empresa en Londres y el ayuntamiento evidentemente ha visto la noticia. ¿Se puede saber qué pasa?

—María, hay cosas que tienen que ser confidenciales —respondió Andreu—. Pero no tenemos ningún problema con el ayuntamiento: cuando Jordi firmó los documentos, el préstamo aún no se había materializado. No mintió.

—Tú lo sabrías desde hace algún tiempo —dijo María en voz alta—. Las empresas no quiebran de la noche a la mañana.

—Los hechos se han precipitado, María.

—¿Y qué esperas que haga yo? Mañana tengo que convencer al ayuntamiento de lo saneada que está la empresa y de que nuestro proyecto es excelente.

Andreu se quedó callado un instante.

—Procede según lo planeado, di que el préstamo es una medida a corto plazo que pronto se resolverá.

—¡No puedo mentirles!

—No es una mentira, di que lo solucionaremos; estoy seguro de que así será.

—Esta empresa no puede con su deuda y ha caído en manos de fondos de especulación. No puedo entrar y fingir que todo va bien.

—María, tenemos que cuidar de nuestros clientes y las Cavas necesita este proyecto. Ponte de su lado, para eso se te paga.

La mano que sostenía el móvil casi le temblaba.

—No puedo hacerlo, Andreu.

—Es tu obligación —dijo el banquero—. Si no, me costará justificar que mantengas tu puesto. Hay mucho dinero en juego, hay que ayudar a las Cavas, es nuestro cliente.

—¿Me estás amenazando? —María nunca había visto este lado de su jefe, ni en ninguna otra persona. No sabía que las cosas podían caer tan bajo.

—No tengo más que decir, salvo que cumplas con tu obligación. No se te paga para pensar, sino para ejecutar.

María colgó, estupefacta.

Se acercó a la ventana y encendió un cigarrillo con manos temblorosas. Exhaló el humo, con un fuerte suspiro y la mirada perdida.

«Nell, cuánto lo siento. En qué lío te he metido».

María intentó volver a llamarla, pero fue imposible. Se apoyó en la ventana y siguió fumando.

«Lo sabía. Sabía que familia y negocios juntos es una receta para el fracaso. Mira dónde he acabado».

Respiró profundamente. Nunca le había gustado trabajar con familiares, y se sintió incómoda cuando su jefe le asignó el proyecto de las Cavas. Trabajo y familia son dos relaciones distintas y es difícil mezclarlas, o pasar de la una a la otra, con la misma persona, en cuestión de horas. De hecho, este proyecto sólo había traído estrés, largas horas de trabajo y puede que ahora le costase incluso el empleo.

«Aunque tampoco sería una tragedia».

María había llegado a la banca casi por defecto, ya que era el lugar con más garantías después de estudiar Económicas. A ella siempre le había gustado la combinación de ciencias y humanidades, y trabajar en banca era, a la postre, la opción más natural o, como mínimo, al menos donde estaban los puestos de trabajo. También creía, al menos hasta ahora, que los bancos son el motor de la economía y la sociedad, ya que financian los proyectos de quienes quieren crecer o crear.

«Ahora lo entiendo —pensó—. No se trata de ayudar al cliente por encima de todo, de pensar en la mejor solución para él —pura mierda corporativa de multinacional americana—. Aquí se trata de que el banco cobre la comisión, se lleve su tajada, caiga quien caiga. Las Cavas no pueden sostener ni un euro más de deuda para construir un almacén, pero qué importa: el banco sigue empujando para finalizar el proyecto y así pasar la factura. Aquí la gente sólo piensa en sí misma».

Recordó las palabras de su jefe, su amenaza de despido.

«Después de decirme tantas veces que soy la mejor, y que sin mí el departamento no sería nada, ahora resulta que, si no hago lo que me dicen, me despiden. No hay lealtad en este negocio. Soy tu aliado mientras tú seas el mío, da igual el trabajo en sí; ¿a quién le importa lo que piense? ¿Se dan cuenta de que esto no conviene a la empresa? Seguro que sí. Pero ahora lo veo, eso es secundario. Sólo quieren ganar todo lo que puedan, tan rápido como sea posible, para poder dedicarse a otra cosa. Yo no soy así».

Se encendió otro cigarrillo.

«No soy como ellos. Yo nunca presionaría para tirar hacia delante con el almacén, se los comerán las deudas; es una locura que mi jefe lo haga. No quiero acabar como él: trabaja para ti mismo, a costa de joder al cliente».

Agotada, María se acercó al minibar para prepararse un gintonic, se puso el pijama y se sentó en el sillón, junto a la ventana. Había oscurecido. Observó a los transeúntes.

«Es increíble que me tragara este estúpido cuento corporativo. Qué ingenua. Ahora lo veo todo claro, y no me gusta, no lo quiero».

Recordó su libro, *La profecía Celestina.*

«Si pierdo el trabajo, quizá sea por una razón. Podría venir a Londres, con Nell».

Cerró los ojos.

«Nell. Si tan sólo pudiera hablar con ella. Si tan siquiera quisiera escucharme».

Intentó contactar con ella repetitiva, casi compulsivamente, durante los siguientes minutos, pero su móvil seguía apagado. Necesitaba hablar con su confidente, su mejor amiga; aunque igual ya no lo era.

Se sentía sola. La relación con Nell y todo lo que había aprendido con ella la habían distanciado de Belchite y de su familia, y Barcelona, su segundo hogar, también empezaba a desmoronarse: ya no tenía a Jordi, y pronto puede que tampoco un trabajo. Ya ni siquiera creía en su profesión.

Y ahora, Nell, el centro de sus esperanzas e ilusiones, su mejor amiga y aliada, también había desaparecido. María había perdido todos sus puntos de referencia.

Miró por la ventana y sólo vio el cielo negro. Había empezado a llover y las lágrimas cruzaban sus mejillas. Fue hacia la cama, donde se dejó caer pesadamente. Escondió la cabeza bajo la almohada, tirando de los bordes con fuerza. Aún sollozante y enfadada, golpeó el colchón con un pie, fuerte, una y otra vez. Luego paró y respiró hondo.

«¿Adónde se ha ido mi vida? ¿Qué he hecho para merecer esto?».

Miró su móvil. Ni rastro de Nell. Volvió a intentarlo, pero su suerte no cambió.

Con el teléfono pegado al pecho, lloró y lloró, inconsolable, como el día en que su madre la llamó para decirle que la abuela Basilisa había muerto. De nuevo, su mundo se había desmoronado. Por segunda vez, la persona a la que más quería en el mundo la había abandonado, por una razón u otra.

Vacía de lágrimas, María sintió el silencio a su alrededor, la cama fría, el inmenso vacío en su corazón.

María abrazó la almohada, apoyó la cabeza en ella, deseando que fuese Nell. Recordó su olor, su piel suave, sus cálidas palabras y su mirada intensa y cautivadora. Los recuerdos desencadenaron nuevas lágrimas, incontrolables, hasta que no le quedó una sola por derramar.

«No me queda nada. Nada».

Contempló las vacías paredes de la impersonal habitación de hotel y, como una autómata, se levantó para mirar por la ventana, buscando a Nell entre docenas de personas.

«Quizá haya cambiado de opinión y venga aquí. Se figurará que estoy en este hotel».

No la vio.

Volvió a comprobar el móvil, pero no había llamadas ni mensajes. Intentó llamar otra vez, con el mismo resultado. Insistió, obsesivamente.

«Tengo que hablar con ella. Ahora. Lo necesito».

Tras varios intentos, las líneas comenzaron a sobrecargarse y cada vez resultaba más difícil llamar. Además, el móvil sonó, indicando que quedaba poca batería.

María frunció el ceño y asió el aparato con fuerza, casi aplastándolo.

«Maldita baratija de plástico».

Quiso arrojarlo por la ventana, pero no encontró la manera de abrirla.

«Odio estos edificios artificiales. Es como una jodida prisión de lujo».

Tiró el móvil al suelo, pero el golpe debió de dejar alguna tecla enganchada, porque el aparato no dejó de pitar, reiterada y estridentemente.

Furiosa, María lo recogió para salir casi corriendo hacia el baño, donde, con decisión, lo arrojó al inodoro, y tiró de la cadena. Se quedó mirando cómo su BlackBerry de cuatrocientos euros se iba directamente al sistema de alcantarillado de Londres.

«A la mierda el teléfono. A la mierda Nell. A la mierda el mundo».

Se sentó sobre la taza del baño, derrotada. Movió la cabeza y se miró al espejo: estaba pálida como un muerto, tenía los ojos muy rojos y el maquillaje esparcido por toda la cara. Parecía que no se hubiera peinado en una semana.

Se apoyó en el lavabo y se quedó inmóvil durante casi un cuarto de hora, con la mente casi en blanco. Respiró hondo varias veces.

«Tengo que hacer algo, tengo que luchar, eso es lo que me habría dicho la abuela. Me habría llamado "tontica" si me hubiese visto así».

María volvió a la habitación arrastrando los pies y se metió en la cama, la mirada fija en el techo.

«Quizá debería llamar a mi madre. Ella ha luchado sola toda su vida. Es una mujer valiente, no como yo, que soy un desastre».

Unos minutos después, un poco más calmada, María marcó el número de su madre desde el teléfono de la habitación. «¿Quién iba a decir que alguna vez necesitaría a mi madre? Supongo que, a pesar de todo, uno siempre necesita a su madre».

Conchita contestó, después de varios tonos, con su habitual voz de mando:

—¿Sí?

—Madre, soy yo, María.

—¿María? —Conchita parecía sorprendida. Nunca llamaba tan tarde, las pocas veces que llamaba. Eran casi las once en España—. ¿Todo bien?

—Estoy en Londres —respondió María. Por un instante, reconsideró su decisión. «¿Es ella la persona adecuada?». Se imaginó a su madre de joven, arando los campos en verano, y trabajando después de las clases en el internado de Zaragoza para poder pagar el colegio. «Sí que lo es»—. Madre, ha pasado algo —dijo finalmente.

Conchita aguardó al otro lado de la línea.

—Dime —pidió, segura.

María explicó a su madre las conversaciones con Nell, Jordi y Andreu con todo el detalle posible.

—Básicamente —resumió María— o pierdo el trabajo o a la persona que quiero. Y mientras, mi jefe me presiona para mentir al ayuntamiento, asegurando que los fondos especulativos son corderitos inofensivos y que todo saldrá bien.

—Me cuesta creer que la familia de Jordi se haya metido en una situación así —dijo Conchita—. Si esos buitres se acercan a mis olivos, me aseguraré de enterrarlos bajo la tierra como hizo tu abuela con el dinero.

—Madre, por favor.

—Qué mundo este —siguió Conchita—. María, ya te había advertido muchas veces que esos tiburones no tienen valores cristianos.

—Madre —rogó María, impaciente. «Razón no te falta, pero éste no es el momento»—. Supongo que la elección es entre Nell o el trabajo —reiteró María, ansiosa por escuchar un consejo, pero temiendo que su madre le saliera con lo de que primero es la obligación que la devoción, que tantas veces había escuchado durante su infancia.

—¿Estás segura? —preguntó Conchita—. No sé si es cuestión de elegir entre lo que te gusta más y lo que creas más correcto, ¿no crees?

María se quedó callada y Conchita prosiguió:

—María, sé todo lo sincera que puedas. ¿Cuál crees que es la acción más correcta?

María se quedó pensando.

—Decir la verdad.

—¿Entonces —preguntó Conchita— por qué dudas?

—Por las consecuencias —repuso María de inmediato—. Me pagan para ayudar a la empresa. El hecho de que ya no me case con Jordi tampoco quiere decir que le desee ningún mal. Si no consiguen el permiso para ese almacén, puede que el negocio no sobreviva. Aunque les suponga más deudas, son más vulnerables sin él.

—Entonces, ¿el fin justifica los medios? —preguntó Conchita—. ¿Mentir está bien?

María no dijo nada.

—También te pagan para que uses la cabeza, que para eso te la ha dado Dios —añadió Conchita—. ¿Quién resolvería un problema de deuda aumentando la deuda? Tampoco es física nuclear, ¿no?

A María no le gustaba que su madre la sermoneara sobre los bancos, pero en el fondo sabía que tenía razón.

—¿Se lo dirías al ayuntamiento? ¿Harías eso? —María necesitaba la seguridad de una respuesta clara.

—Haría lo que considerase correcto, como todo en la vida.

María cerró los ojos.

—Está bien —dijo finalmente.

—Llámame para decir cómo ha ido —pidió Conchita—. Y si pierdes el trabajo, sabes que siempre puedes volver aquí, yo soy demasiado vieja para encargarme del negocio, y Pilar tiene muchas cosas.

«Genial —pensó María—. De las finanzas internacionales a recorrer olivares, cubo en mano. Menuda promoción».

María dio las gracias a su madre y colgó.

Sabía de sobra qué era lo correcto, pero ¿sería otra ingenuidad? ¿Cómo podía sacrificar su trabajo por alguien que ni siquiera confiaba en ella?

Intentó llamar a Nell de nuevo, sin suerte. Sacudió la cabeza, encendió un cigarrillo y se fue a la ventana para contemplar las luces de la ciudad, que se extendían hasta donde alcanzaba la mirada.

«¿Será una estupidez perder el trabajo por ella? ¿Tan importante es? ¿Es realmente la persona de mi vida?».

Se frotó ligeramente las sienes con las manos. Estaba muy cansada. «Tengo que pensar con claridad».

Se sentó en el sillón, con una botella de agua, y volvió a mirar el álbum de fotos, que había preparado en dos tardes. Disfrutó sentándose en su mesa, con la radio puesta, recortando fotos de folletos y haciendo el *collage* con todas las imágenes entremezcladas. Pasó las páginas con delicadeza, incapaz de apartar la mirada de Nell.

«Nunca he sido tan feliz».

Ensimismada, contempló a Nell, con la mochila al hombro, sonriente, recorriendo Barcelona con su mente abierta y exploradora.

María tragó saliva.

«Sólo quiero estar cerca de ella, ahora y siempre. Quiero sentir su cuerpo cerca del mío, sentir que sólo estamos las dos en el mundo, que no necesitamos nada más».

Se tapó la cara con las manos. Recordó la piel tan suave y delicada de Nell. Añoraba su mirada, sus ojos increíblemente atractivos.

«Nell, ¿dónde estás? Por favor, ven. Te echo tanto de menos...».

Se estremeció al recordar las noches que pasaron juntas en Londres y Barcelona. La pasión, la forma en que sus cuerpos se buscaban y encajaban, la manera en que se abrazaban mientras dormían. Sencillamente, funcionaba.

Con Nell, María se sentía completa, equilibrada. Por fin había conseguido la cuadratura del círculo; ahora, le rompía el corazón perderlo todo.

«Ahora que he encontrado la felicidad, no puedo dejarla escapar. No puedo. Si lo hago, ¿para qué vivir entonces?».

# Capítulo 27

—Hostia puta! —espetó Pere Gratallops soltando *La Vanguardia* sobre la mesa—. ¿Qué coño es esto? —Miró a Jordi. Padre e hijo compartían desayuno en el porche de la masía bajo un temprano sol primaveral, acababan de dar las siete. Ambos siempre eran los primeros de la familia en despertarse y salir hacia el trabajo.

Sorprendido, Jordi dejó lentamente el *pa amb tomàquet* que se iba a comer en ese preciso instante y observó a su padre.

—¿Qué pasa?

Pere Gratallops, móvil ya en mano, volvió a coger nerviosamente el periódico. Respiró hondo y leyó en voz alta la versión española de la noticia de Bloomberg, publicada en el *Financial Times* ese mismo día.

Al terminar su padre, a Jordi le dio un vuelco el corazón. Bajó la mirada, escondiendo su cara entre las manos.

«¿Cómo diablos se han enterado? Los periodistas son tan buitres como los fondos especulativos».

Jordi miró a su padre, cuyo rostro se enrojecía más a cada segundo que pasaba; sólo deseaba esconderse; si tan sólo tuviese dónde hacerlo...

—¿Sabes algo de esto, Jordi? —preguntó el hombre, con tono amenazador.

Jordi tenía miedo. Su padre no gozaba de buena salud, tenía el corazón débil, y no podía prever su reacción. ¿Debería decir que no sabía nada? ¿Decir la verdad?

«La verdad os hará libres», Jordi recordó el pasaje de la Biblia.

Osó mirar a su padre un segundo; Pere Gratallops aún tenía los ojos clavados en él. Jordi nunca se había sentido demasiado cómodo ante la imponente presencia de su padre, y mucho menos tras el anuncio de la anulación de la boda. Pere Gratallops había intentado acercarse a él, pero Jordi había preferido no dar detalles, aislándose de todo el mundo. Al final, sus padres, y en especial su padre, habían dejado de preguntarle. Su relación era distante, fría, profesional.

—¿Y bien? —insistió Pere Gratallops con impaciencia.

Jordi tosió nerviosamente.

«La verdad siempre es la mejor salida», pensó Jordi.

—Padre —volvió a toser, mirando hacia abajo—, es cierto que los especuladores han comprado la deuda.

Pere Gratallops miró a su hijo, atónito.

—¿Cómo lo sabes? —preguntó, quitándose las gafas. Apoyó torpemente el codo sobre la mesa, golpeando accidentalmente el plato con las tostadas, dos de las cuales salieron volando, para aterrizar en el mantel.

Jordi las estaba colocando de nuevo en su plato parsimoniosamente cuando su padre, ahora deliberadamente, dio un sonoro puñetazo sobre la mesa, mandando por los aires las tostadas otra vez. Esta vez, Jordi no se movió, la mirada fija en el suelo.

—¡Dime algo! —gritó Pere Gratallops—. Desde la anulación de la boda pareces un zombi, estás fuera de este mundo. ¿Puedo saber, de una vez por todas, qué coño está pasando con mi empresa?

Jordi tragó saliva.

—Está bien —dijo en voz baja.

—¡Más alto! —gritó su padre—. No te oigo.

Jordi se irguió y, sin mirarle, le explicó la reunión con Peñaranda en las Cavas, en noviembre, su reclamación de las tierras, y su fugaz encuentro en el campo del Barça.

—Así te enteraste de lo de la propiedad, ahora comprendo —dijo Pere Gratallops.

Jordi sintió la mirada agresiva de su padre, la misma que había temido toda la vida. Era una mirada que veía a través de unos ojos cortantes y penetrantes, que le hacía sentirse demasiado expuesto y vulnerable. Pero ahora tenía que enfrentarse a ellos. No le quedaba alternativa.

—Así es —reconoció al fin Jordi—. Hablé con Robert y él se puso inmediatamente a investigar el asunto. Pero no hay más vuelta de hoja; las tierras son suyas.

Pere Gratallops cerró brevemente los ojos y frunció el ceño.

—¿Qué más?

Jordi le contó la reunión con los especuladores en Londres, sus exigencias, sus planes para cambiar la dirección y la respuesta que les dio: que se metiesen los documentos por donde les cupieran.

—Es lo único bueno que he escuchado hoy —dijo Pere Gratallops. Volvió a fruncir el ceño—. ¿Por qué demonios no me lo has contado? ¡Es mi empresa! —exclamó, visiblemente enfadado.

Jordi apartó la mirada un instante. «No puedo decirle que es por su salud».

—¡Respóndeme, Jordi! —le ordenó su padre.

—Porque pensé que podría resolverlo solo —contestó tras una pausa—. Sé que has estado enfermo y no quería darte sobresaltos o empeorar tu salud. Es un asunto delicado.

Pere Gratallops volvió a descargar un puño sobre la mesa, esta vez incluso más fuerte, derramando el zumo de naranja y haciendo resonar los cubiertos.

—Nadie decide por mí, ¿me comprendes? —gritó—. Además, me encuentro en plena forma.

—Sí, padre —dijo Jordi, cabizbajo.

Se hizo un silencio, sólo roto por la aparición de la madre de Jordi por la puerta de la cocina.

—¿Qué son esos gritos tan temprano? —preguntó.

—Déjanos solos, es un asunto de hombres —ordenó Pere Gratallops.

La señora lanzó a Jordi una mirada de estupor antes de regresar a la cocina.

Uno de sus hermanos apareció unos instantes después.

—¿Qué ha pasado con el zumo de naranja? —preguntó al ver el desastre en la mesa.

Pere Gratallops se levantó.

—Jordi, a mi despacho, ahora.

Pasaban unos minutos de las ocho. Jordi y su padre miraban cómo llegaban a las Cavas los primeros trabajadores, mientras las furgonetas salían para el reparto. Pere Gratallops acababa de colgar el teléfono después de hablar con Robert, su abogado, y Andreu, su banquero. Estaba sentado en silencio, dando nerviosos golpecitos sobre la mesa con la tarjeta de visita de Peñaranda, que Jordi había dejado sobre el amplio escritorio de roble.

—Voy a llamar a ese cabrón y le voy a ofrecer dinero, es el único idioma que conocen esos buitres —dijo.

Jordi se sentía diminuto, solo. Si al menos tuviese a María... ¿Cómo decirle a su padre todo por lo que estaba atravesando? Ahora, desde luego, no era el momento.

Pere Gratallops marcó el número y dejó que el sonido se oyera por toda la habitación.

—*Hello!* —saltó la voz de Peñaranda, con un marcadísimo acento español.

—Hola, soy Pere Gratallops, propietario de Caves Gratallops. ¿Hablo con Borja Peñaranda?

Hubo un silencio.

—Así es —dijo, haciendo una breve pausa—. Espero que se encuentre mejor.

Pere Gratallops lanzó a Jordi una mirada felina.

—Estoy estupendamente, gracias —afirmó.

Peñaranda permaneció en silencio.

—Estoy al corriente de los acontecimientos y llamo para negociar —prosiguió Gratallops—. Pero, antes que nada, necesito saber quién le vendió el préstamo.

—¿Quiere decir qué banco? —preguntó Peñaranda. Parecía sorprendido.

—Sí.

—Los acreedores, por supuesto, Banca Catalana, ¿quién si no?

Padre e hijo asintieron.

—Bien, eso ya lo sabíamos —aceptó Pere—. Pero ¿cómo supo que existía ese préstamo? Es una información privada y confidencial.

Peñaranda rió cínicamente.

—Como bien sabrá, señor Gratallops, no puedo revelar mi fuente.

«Cabrón».

Jordi se echó hacia delante, acercándose al teléfono.

—Hola, soy Jordi.

—Hola, Jordi, ¿cómo estás? —saludó Peñaranda con alegría—. ¿Has firmado ya esos documentos?

Pere Gratallops se le adelantó:

—Jordi ya le dijo lo que usted y sus amigos pueden hacer con esos papeles, y lo suscribo plenamente.

Peñaranda volvió a reír.

—Ah, me encantan los viejos bastiones catalanes; lástima que vuestra era de gloria ya se haya pasado. Qué grandes sois, qué lástima de decadencia.

Pere Gratallops abrió los ojos, rojo de furia. Jordi lo miró. «¿Me entiendes ahora, padre? Éste es el tipo con quien me las he tenido que ver. Pero hay que mirar adelante, no caigamos en provocaciones».

—También sabías que estaba a punto de casarme. ¿Quién te lo dijo? Es evidente que has hablado con alguien que ambos conocemos.

—Otra vez —respondió Peñaranda—. No pienso decir nada; todos tenemos nuestros contactos.

—No habrá tratos si no nos lo dice —terció Pere Gratallops—. Y recuerde, yo también tengo muy buenos contactos en los bancos de aquí. Si llegamos a un acuerdo, éste podría tener condiciones ventajosas.

Peñaranda guardó silencio un instante.

—Está bien —aceptó finalmente—. Jordi, piensa en tu club.

Jordi arqueó las cejas al tiempo que su padre le lanzaba una mirada llena de sorpresa, encogiéndose de hombros. Jordi se llevó un dedo a la boca, pidiendo a su padre que guardara silencio.

—¿Qué club, Peñaranda?

—Ya lo sabes, Jordi, tu club, creo que el encargado se llama Juan Antonio.

«No, no, no... No puede ser cierto».

—¿Cómo supiste que le conocía?

—Vi un folleto de Belagua en tu escritorio el día que te visité en las Cavas —dijo Peñaranda—. Conozco ese nombre; yo mismo pertenecí al club Belagua de Madrid durante años.

«Dios mío». Jordi trató de recordar la visita. Era verdad que solía tener folletos y panfletos de Belagua en su despacho.

—¿Y el padre Juan Antonio te dijo que me iba a casar y que la empresa había pedido un préstamo? —Jordi estaba horrorizado.

—Sí —repuso Peñaranda—. Tenemos el deber de ayudarnos mutuamente, ¿no es así?

«Cabrones hijos de puta. ¡Los dos!».

Jordi palideció y empezó a sentirse mareado. Durante unos instantes, apenas veía nada a su alrededor. Su mundo volvía a derrumbarse. Hundió la barbilla en el pecho y se ocultó entre sus brazos. Su padre lo miró, perplejo.

—Bueno, ¿qué hay del trato? —insistió Peñaranda al teléfono.

Pere Gratallops, aún estupefacto, miró a su hijo, que seguía escondido entre sus brazos como un niño.

—Luego le llamo, Peñaranda —dijo.

Colgó el teléfono, se levantó y se dirigió hacia Jordi, quien, al sentir la presencia de su padre cerca, apartó lentamente las manos de su cara y la levantó. Parecía un cachorro asustado.

—¿De qué club habláis? —preguntó Pere Gratallops con una mirada intimidadora.

Jordi se hundió en la silla.

—¿A qué se dedica ese club? —volvió a preguntar su padre con voz más alta, aún pegado a él.

«La verdad os hará libres. Puede que haya llegado el momento de ser honesto. De hecho, hace tiempo que no paso por allí y ya había pensado en dejarlo».

Jordi cerró los ojos y cogió aire.

—Es un club del Opus Dei en Barcelona.

Pere Gratallops retrocedió varios pasos, estiró el cuello hacia su hijo y se llevó las manos a la cabeza.

—¿Qué? —Parecía a punto de estallar de ira.

Jordi guardó silencio, sin atreverse a abrir los ojos.

—¿Qué has dicho? —restalló su padre, volviendo a acercarse.

Por fin Jordi encontró el valor de mirar a su padre.

—Hace tiempo que soy miembro del Opus Dei, padre, aunque...

No pudo continuar. La bofetada que le dio su padre lo golpeó como un relámpago antes de poder finalizar la frase.

—¿Tú? ¿En el Opus? —Su cara se había encendido de ira—. ¿Mi propio hijo en manos de esas sanguijuelas que lavan el cerebro a los niños? ¿Esos criminales de la mente?

Jordi se tapó la cara con las manos para proteger el golpe, que todavía dolía.

—Estaba a punto de dejarlo, padre —murmuró con una voz tan baja que apenas podía oírsele.

Su padre pareció calmarse un poco, se puso una mano sobre el pecho y regresó a su sillón. Tras un par de minutos de tenso silencio, Pere Gratallops volvió a hablar:

—Háblame de ello —dijo—. Quiero saberlo todo de principio a fin. Hazlo, no te pegaré. Pero es importante, he de saberlo. Esas personas son peligrosas. Soy tu padre, estoy de tu lado, te ayudaré.

Jordi sintió que las lágrimas le llenaban los ojos, pero hizo un gran esfuerzo para contenerlas.

«No puedo llorar aquí. Pensará que soy un débil. Este momento tenía que llegar; quizá sea lo mejor».

Pere Gratallops cogió uno de sus habanos, lo encendió lentamente y le dio una primera calada. El hombre se reclinó en su sillón, observando a Jordi, expectante.

Con manos temblorosas, Jordi cogió un cigarrillo de la caja del escritorio y lo encendió después de juguetear con él nerviosamente. Con la mirada fija en los viñedos del exterior, empezó a hablar. Le contó a su desconcertado padre que se unió al Opus Dei cuando era un adolescente, cómo iba a sus encuentros y cómo lo ayudaron cuando lo necesitó.

Tras una pausa, Jordi también mencionó la donación de cincuenta mil euros al club y su pelea con el padre Juan Antonio cuando rehusó devolverle el dinero. Dijo que no había vuelto a Belagua desde entonces.

Perplejo, Pere Gratallops permaneció en silencio durante varios minutos; hizo girar su puro entre los dedos una y otra vez.

Suspiró mientras dejaba volar la mirada hacia los viñedos.

—Jordi, eso me entristece más que todo el dinero que podamos perder en las Cavas, incluso más que si perdiésemos toda la empresa —dijo finalmente—. Eso no me importaría tanto como perder un hijo a manos del Opus Dei.

Jordi observó cómo a su padre se le humedecían los ojos, y cómo las lágrimas empezaron a recorrer sus viejas y arrugadas mejillas. Se quedó paralizado; Jordi nunca había visto llorar a su padre.

Contuvo la respiración durante unos instantes.

—No me has perdido —afirmó—. Estoy aquí, no he vuelto allí desde la pelea, y pensaba dejarlo, te lo prometo.

Pere Gratallops asintió.

—Pudiste haber acudido a mí, Jordi. Soy tu padre, siempre te hubiese ayudado.

«Cómo decirle que, de hecho, él no me ha ayudado, porque nunca ha estado por mí, siempre ha sido un padre ausente, siempre en el trabajo, siempre interesado en la escuela, pero nunca en mi persona. Me cargó de responsabilidades, sólo para tratarme como un fracasado si algo salía mal. Mientras, en el club encontraba sosiego y comprensión, no me presionaban. Pero no puedo decirle eso; es mayor y está cansado. Es lo que menos necesita ahora».

—Lo siento, padre —dijo Jordi—. Sé que debí hacerlo, pero ya se ha terminado.

Pere Gratallops arqueó una ceja.

—No del todo, hijo, no del todo. —Dejó el puro sobre el cenicero de plata—. Vamos a resolver esto. Hay que actuar con rapidez.

Padre e hijo llegaron a Belagua casi una hora después, ambos de impecable traje oscuro. Pere Gratallops entró primero, con su alta e imponente figura. No estrechó la mano que el padre Juan Antonio le había tendido.

—Es un placer conocerle, señor Gratallops —saludó el sacerdote, esta vez sin la sotana por tratarse de una visita inesperada—. Qué alegría verte de nuevo, Jordi. Por favor, pasad.

El padre Juan Antonio se dirigió hacia su despacho, seguido por los Gratallops.

Jordi paseó la mirada por la estancia, notando cuán diferente parecía ahora. Era un lugar triste, con crucifijos por todas partes, sin plantas o cualquier otra señal de vida terrenal; sólo rezumaba reclusión y represión, pensó Jordi. El padre Juan Antonio también parecía mayor, más pequeño, menos amenazador sin su sombría sotana.

«Cuántos años perdidos. Cuántos años aquí, metido en la oscuridad, cuando debía haber campeado el ánimo libre, en el campo, en la calle, como hace todo el mundo». Jordi maldecía ahora su pasado en el Opus, culpando a la organización de la vil manera en la que abrió sus sentidos, esa noche, en Londres, cuando pagó a cambio de placer.

«Soy una calamidad, y encima, necesito que papá venga a sacarme las castañas del fuego».

—No tenemos mucho tiempo —declaró Pere Gratallops. Jordi estaba cabizbajo—. Iré al grano.

El padre Juan Antonio se recostó en su sillón.

—Espero que sean buenas noticias. He oído mucho y todo bueno de usted y de su generosidad, señor Gratallops —dijo, con una sonrisa muy intencionada—. Ya sabe que aquí somos muy agradecidos, y Dios siempre tiene muy en cuenta las buenas acciones.

Sin aviso ni preámbulo, Pere Gratallops alzó rápidamente la mano y golpeó la mesa con tanta fuerza que tiró una pequeña figura de arcilla de la Virgen de Montserrat. El padre Juan Antonio, con los ojos bien abiertos pero sin decir nada, la levantó y la puso en su sitio de nuevo. Cuando iba a hablar, Pere Gratallops, siempre un lince, se le adelantó.

—Escuche, señor cura —comenzó—. Sabemos que le dijo a un tal Peñaranda, de Madrid, que las Cavas han pedido un préstamo y que Jordi estaba a punto de casarse. ¿Es eso verdad? No esperamos que un cura mienta.

El padre Juan Antonio desvió la mirada hacia la ventana.

—¿Por qué quiere saberlo? —preguntó—. Las conversaciones son privadas.

—Se trata de un asunto de vida o muerte para nuestra empresa —respondió Pere Gratallops. Jordi asintió.

—Sí, así fue —admitió el sacerdote, inconsciente de la importancia del asunto.

—¿Por qué? —preguntó Jordi, furioso.

El padre Juan Antonio lo miró, estupefacto.

—Cálmate, Jordi —dijo—. Peñaranda es un miembro de Madrid y sólo mostraba amabilidad y preocupación por su comunidad. Nos hizo una pequeña donación, así que mantuvimos una breve charla sobre las actividades de nuestros asociados.

«Ya veo, ahora das información a cambio de donaciones. Me repugna».

Pere Gratallops asió con fuerza los brazos de la silla, tratando de contener su ira.

—Y, durante esa charla, ¿le dijo también algo sobre Banca Catalana? —inquirió.

Jordi tenía un nudo en la garganta. «¿Cómo pudo, cómo pudo hacerlo?».

—Bueno, creo recordar que le hablé de uno de nuestros miembros, un directivo de esa institución, sí —reconoció el padre Juan Antonio, mirando a Jordi y a su padre, como si el asunto no fuera con él.

—Ese miembro debe de ser el hijo de puta «de arriba» que ordenó a Andreu a vender la deuda, después de reunirse con Peñaranda —afirmó Jordi—. Y el cabrón tuvo toda la suerte del mundo, ya que nuestro préstamo es con Banca Catalana y no con otro banco, así que tampoco tuvo que buscar más.

Jordi no cesaba de negar con la cabeza, sin dar crédito a lo ocurrido.

—¿Puedo preguntar de qué va todo esto? —dijo el padre Juan Antonio.

Pere Gratallops golpeó el brazo de la silla y se levantó. Apoyó sus grandes manos sobre la mesa, mirando muy de cerca al sacerdote.

—Esa sanguijuela a la que ha ayudado fue al banco, compró nuestra deuda y, como no hemos cumplido los plazos, ahora controla la maldita empresa. ¿Comprende lo que le digo, maldito cura? —gritó Pere Gratallops.

Al sacerdote, inmóvil, le empezaron a sudar las manos y la frente, observó Jordi.

«Esto es lo que mereces», pensó Jordi, mirando a su anterior director espiritual directamente a los ojos.

—No sé de qué me está hablando —negó el sacerdote, visiblemente asustado.

—¿Y qué me dice de los cincuenta mil euros que le robó a mi hijo, tampoco sabe de qué se trata? —volvió a gritar el padre de Jordi, inclinado sobre el escritorio para agarrar al sacerdote por la camisa durante unos segundos, antes de soltarlo.

El sacerdote se echó atrás en su sillón, respirando pesadamente.

—Voy a llamar a la policía —advirtió, aterrado—. No podéis irrumpir de esta manera, esto es una iglesia, por Dios. Jordi, ¿qué le pasa a tu padre?

Jordi permaneció en silencio, al tiempo que su padre puso una mano sobre el teléfono.

—No va a llamar a nadie —lo amenazó—. Usted y yo vamos a resolver esto, aquí y ahora; de lo contrario, el que va a empezar a hacer llamadas seré yo: a la prensa, a la policía y al mismísimo Espíritu Santo, para decirles cómo lava la mente de niños inocentes, les roba el dinero y se apodera de su tiempo y de sus vidas sin decir una palabra a sus padres. ¿Le ha quedado claro?

El padre Juan Antonio retiró la mano que casi había llegado al aparato.

—Haré varias llamadas y crearé un magnífico escándalo —insistió Pere Gratallops con la mirada encendida de odio.

—No hemos robado nada. Fue una donación.

—¡Pero no se lo devolvió cuando vino a pedírselo, cuando más lo necesitaba, cuando incluso le dijo que estaba dispuesto a devolverlo en cuanto pudiese! —gritó su padre—. ¿Qué especie de crueldad es ésta? ¡Ladrón!

Se hizo un silencio.

«Todo es culpa mía. No habría pasado nada de haber sido más listo. Debí hacer como mis hermanos, hubiera sido mucho más feliz y probablemente ahora seguiría con María».

—¿Qué quiere exactamente? —preguntó al fin el padre Juan Antonio.

Pere Gratallops sonrió cínicamente.

—Me alegro de que esté abierto a la negociación —dijo—. Quiero que devuelva ahora mismo la donación, íntegra. Y quiero que salga de la vida de mi hijo y que no vuelva a acercarse a él nunca más. De lo contrario, le demandaré y le dejaré sin nada, no pararé hasta arruinarle. ¿Comprende?

El padre Juan Antonio tragó varias veces y miró a Jordi, que le mantuvo la mirada.

—Está bien —aceptó el sacerdote—. En cuanto sea posible...

—¡Ahora! —gritó Pere Gratallops, interrumpiéndolo.

El sacerdote abrió un cajón, sacó un talonario y firmó un cheque. Se lo tendió al empresario, quien se lo arrebató con fuerza.

Padre e hijo se levantaron y se marcharon sin decir palabra.

—Vayan con Dios —dijo el sacerdote a sus espaldas, cuando estaban a punto de cerrar la puerta tras de sí.

«Y tú vete al infierno», pensó Jordi. Se sintió limpio, vivo, nuevo, en cuanto cruzó las puertas de Belagua por última vez.

Tardaron dos horas en llegar a Cala Montjoi, en la Costa Brava, puntuales a la comida que habían organizado en El Bulli con el director del Banco de Girona. Pere Gratallops sólo necesitó un par de llamadas desde su Jaguar, justo a la salida de Belagua, para disponer el próximo paso de su plan.

Sentados frente al mar, los tres comensales disfrutaban de una sopa transparente de jamón cuando sonó el teléfono de Jordi. Era María, con quien apenas había hablado desde la cancelación de la boda. Más por caballerosidad que por albergar ninguna esperanza de reconciliación, Jordi se excusó y atendió la llamada.

«Dios, si supiera lo que está pasando».

Lo sabía demasiado bien. El mismo artículo de Bloomberg en *La Vanguardia* había aparecido ese mismo día también en el *Financial Times*.

En una escueta conversación, Jordi, incapaz de mentir a María, no tuvo más remedio que confirmarle la veracidad de la noticia. También la urgió a que siguiera adelante con la presentación al ayuntamiento el día siguiente, convencido de que el problema del préstamo estaba a punto de solucionarse.

De vuelta a la mesa, y con el sonido de fondo de las olas rompiendo en las rocas, los tres hombres llegaron a un acuerdo.

—Nosotros podemos comprar la deuda, a cambio de un tercio de las acciones de la empresa. El suyo es un negocio muy interesante, y el mundo por fin empieza a apreciar los vinos y cavas de calidad, como los Gratallops —aseguró el director del Banco de Girona—. Además, ahora es un buen momento, disponemos de suficiente capital, ya que nos salimos a tiempo del mercado inmobiliario.

—Me alegra oírlo —celebró Pere Gratallops, observando la espuma de su tortilla, el sorbete de barbacoa y la gelatina caliente de algas que le acababan de traer—. Nosotros estamos de acuerdo, siempre y cuando tengamos garantías de que esas acciones no cambiarán de manos, y de que tendremos una opción de recompra en el futuro.

—No creo que eso sea ningún problema —señaló el banquero, satisfecho.

—Todo mejorará en cuanto el almacén de Londres entre en funcionamiento —afirmó Jordi, quien tenía una fe ciega en el mercado inglés, a pesar de María y de Nell.

Pere Gratallops se acomodó en la silla.

—Pero si, por alguna razón, la expansión inglesa no funcionara, también podríamos salir a bolsa y levantar fondos para atacar otros mercados; sobre todo pienso en Asia —dijo—. En ese caso, ustedes podrían encargarse de la operación, llevándose todas las comisiones —añadió al sonriente banquero.

—Tenemos que hablar mucho de Asia —aceptó el director, frotándose las manos, y luego pinchando la espuma de la tortilla con el tenedor, pero sin acertar a darle a la escurridiza sustancia. Lo volvió a intentar una y otra vez, hasta conseguirlo.

Los tres hombres rieron y continuaron la comida, como si nada.

Pocas horas después, Jordi y su padre estaban sentados en la terraza principal de la masía, recostados en cómodas sillas de mimbre, contemplando la puesta de sol tras los viñedos.

—Vamos, hijo —dijo Pere Gratallops—. Todavía nos queda una cosa.

Jordi miró a su padre. Admiraba su energía. Él hubiese dejado la llamada a Peñaranda para el día siguiente, pero su padre no. «A grandes males, grandes remedios. ¿Para qué esperar?».

—Vamos —aceptó Jordi, cansado.

Pere Gratallops llamó a Peñaranda desde su móvil, activando el «manos libres» para que Jordi pudiera participar en la conversación.

—Hola, Peñaranda, Gratallops al habla —saludó.

—Hola.

«De hecho, estos dos no se llevarían nada mal, todo lo arreglarían con monosílabos».

—Tengo un trato que proponerle —dijo su padre.

—Adelante —repuso Peñaranda sin perder tiempo.

—Le pagaré la deuda a noventa y cinco céntimos por euro y usted retira la demanda judicial de las tierras. ¿Acepta?

—No —dijo Peñaranda al cabo de unos segundos—. Sólo aceptaríamos el cien por cien.

—Usted adquirió esa deuda con un descuento significativo y va a ganar mucho dinero con este trato, dejémoslo en noventa y ocho.

Peñaranda permaneció un momento en silencio.

—¿Al contado?

—Por supuesto.

—Bien, trato hecho. Mi asistente le llamará para concretar los detalles —aceptó Peñaranda con tono eficaz.

—Perfecto, deseo que cerremos el trato lo antes posible —propuso Pere Gratallops, dando por finalizada la conversación.

«Tantos años estudiando finanzas en la universidad, aprendiendo modelos basados en matemática compleja, y mira a qué se reducen las cosas. A fin de cuentas, la vida tampoco es tan compleja».

—Ya hemos alimentado a los buitres, podemos descansar —dijo Pere Gratallops, provocando una amplia sonrisa en Jordi. Lentamente, el viejo empresario se levantó y se dirigió hacia el pequeño bar al final de la terraza, regresando con dos copas de un whisky de malta añejo.

—Toma, hijo —ofreció, entregando uno a Jordi—. Esto sienta bien después de un día movido en la oficina.

Animado por el humor de su padre, Jordi tomó la copa y la alzó para brindar.

—Por las Cavas.

—Por tu futuro en ellas —repuso su padre, sentándose de nuevo.

Jordi sintió como si una llama le atravesara la garganta. Ante la mirada indulgente de su padre, Jordi tosió, estiró el cuello y se aflojó el nudo de la corbata. Con más calma, se recostó en la silla como su padre; los dos observaron los últimos rayos de sol sobre los viñedos.

Después de un buen suspiro —y bebiendo el whisky a sorbos más pequeños— Jordi recordó cómo correteaba por los viñedos de niño, y cómo su madre le enseñó a recoger la uva, pacientemente, racimo a racimo. Le encantaba pasar con su padre, año tras año, justo antes de la siembra, tocando la tierra, sintiéndola. Le fascinaba ver crecer las viñas hasta dar su fruto; era el ciclo de la vida; de su vida también.

«Éste es mi lugar, adonde pertenezco, y no el Opus. Es mi casa, mi hábitat, y es un milagro que lo hayamos podido conservar hoy».

Miró a su padre, lleno de admiración. «A su edad, y todavía en pie de guerra. Los hombres grandes luchan para defenderse».

Jordi se volvió hacia su padre, que ahora fumaba uno de sus puros.

—Gracias por tu ayuda hoy —le dijo desde lo más profundo de su corazón.

Pere Gratallops miró su puro, después a los viñedos y suspiró.

—Para eso están los padres, Jordi —respondió, sin mirarle—. Estas tierras serán tuyas para siempre, y nadie nos las quitará de las manos.

Volvió a levantarse y se acercó al balcón, apoyando su pesado cuerpo en la barandilla de piedra. Sin quitar la vista de los viñedos, respiró hondo y fumó un poco más de su puro.

—Era sólo un adolescente cuando vi cómo se llevaban a mi padre —comentó, apuntando hacia el cobertizo que había a la entrada de las viñas—. Justo allí.

Hizo una pausa para fumar un poco más. Jordi contuvo el aliento, empatizando con su padre.

—Mi madre estaba en la cocina cuando la Guardia Civil irrumpió en la masía gritando su nombre —continuó el anciano—. Mi padre no se resistió. Le instaron a que dejara de enseñar catalán a sus trabajadores, a que disolviese el sindicato que les había permitido crear, pero él se negó. Conocía a los civiles. Habían venido muchas veces, siempre con amenazas. Pero esa última vez eran cinco, en vez de los dos habituales a cargo de la zona, así que enseguida supo que sería diferente. Yo me escondí tras la puerta del cobertizo y vi cómo lo esposaban. Mi madre salió de la cocina y se quedó en silencio. No nos dejaron despedirnos de él.

Pere Gratallops no dejaba de fumar, la mirada fija en el cobertizo.

—«Cuida de la familia y de la tierra», eso fue lo único que me dijo antes de que se lo llevaran. Me dijo que la tierra era mía y que siempre lo sería. «Hazlo por mí».

Se volvió hacia Jordi, quien le miraba, entregado, desde la silla.

—Y eso es lo que he hecho, todos y cada uno de los días de mi vida —afirmó—. Y eso mismo te voy a pedir a ti, Jordi, cuida de esta tierra como si fuese tu propio corazón.

Jordi miró a los ojos de su padre y luego a los viñedos.

«Ya es mi corazón».

—Lo haré, padre. Prometo que lo haré.

# Capítulo 28

Al día siguiente María salió de su hotel en Islington dispuesta a dar un paseo por Hampstead Heath. Antes paró en una tienda de Vodafone para comprarse un móvil nuevo y restablecer su número. Estaba cansada, apenas había dormido un par de horas, pensando una y otra vez en cómo explicaría al ayuntamiento de Islington la situación de las Cavas y, sobre todo, pensando en Nell.

En principio, hoy era el gran día; después de meses de trabajo, hoy se suponía que iba a conseguir los permisos necesarios para el nuevo almacén de las Cavas en Londres.

*La vida te da sorpresas, sorpresas te da la vida, ay Dios...*, tarareó María en su mente. Era una de las canciones favoritas de la abuela, ahora entendía por qué.

Con sus vaqueros y unas Camper, María detuvo un taxi para llegar pronto al parque; allí llevaría a cabo su plan, rodeada de naturaleza, paz y tranquilidad.

Antes, le daría a Andreu una última oportunidad. Desde el taxi, María llamó a su jefe, proponiendo una solución conciliadora: retrasar la construcción del almacén hasta solucionar el tema de la deuda o, como mínimo, hasta alcanzar un acuerdo con los acreedores. Pero Andreu respondió con un rotundo «No»; las

Cavas estaban en una situación muy crítica y había que cerrar el asunto lo antes posible. Nada se podía quedar en el limbo.

María miró por la ventanilla mientras el taxi recorría las calles de Londres; las tiendas, las casas y la gente pasaban tan deprisa como su propia vida durante los últimos meses.

Se sentó en un banco en lo alto de Parliament Hill y encendió un cigarrillo; no hacía mucho, Nell le había dicho que ése era su lugar favorito de la ciudad. Con Londres a sus pies, bajo un sol primaveral, María recordó a la abuela, a Jordi y, sobre todo, a Nell. Parecía que había pasado una eternidad desde que la conoció aquella oscura y lluviosa tarde en una triste calle de King's Cross; o desde que Jordi la recibiera en el aeropuerto con una rosa, cuando ella intentaba convencerse de que él era el hombre de su vida. Sólo habían pasado unos meses, pero para María habían sido como años. Sentía el peso de la experiencia sobre los hombros; había ganado confianza para enfrentarse a cualquier persona o problema.

Por fin, tenía una sensación de control sobre su vida.

«No tengo por qué vivir en España, ni por qué trabajar en un banco, ni tampoco hay nada malo en ser gay. Puedo hacer lo que quiera, es mi vida, diga lo que diga mi madre, o lo que hubieran dicho mis profesores en Pamplona —Dios, si me vieran ahora».

Obervó el cigarrillo, dio una calada y expulsó el humo lentamente, mirando la ciudad al fondo.

«Esto me gusta. Me gusta Londres. ¿Y qué pasa si pierdo el trabajo? Tengo bastantes ahorros y podría vivir aquí, con o sin Nell, pero libre. Tengo que hacer esto, no por Nell ni por las Cavas, sino por mí. Porque es lo correcto, porque yo, y sólo yo, controlo mi futuro. Nadie puede decirme qué hacer, estoy hasta las narices de obedecer, de decir que sí a todo. Ahora mando yo».

María no tenía miedo a su plan, sabía lo que tenía que hacer y había llegado el momento de actuar.

Llamó al ayuntamiento de Islington y pidió a la recepcionista que le pusiera con el presidente del comité que llevaba el caso de las Cavas.

Bastaron dos minutos para destrozar el trabajo de meses. Clara y llanamente, explicó que las Cavas no estaban en posición de financiar nuevos riesgos y juró que, muy a su pesar, desconocía la situación hasta el día anterior. Con un tono frío y profesional, pero desde el fondo de su corazón, María se disculpó por no haber sido consciente de la magnitud del problema y remarcó que Nell tampoco estaba al tanto; era exclusivamente culpa suya, y sentía enormemente no haber estado a la altura como representante de la empresa. Se disculpó por cualquier pérdida de tiempo ocasionada y retiró formalmente la solicitud.

Igualmente correcto y profesional, el presidente le agradeció su honestidad y dijo que Islington seguiría abierto a nuevas ofertas en el futuro, una vez solucionados los problemas de la empresa.

María suspiró, aliviada, y colgó.

«Hecho». Sintió cómo se relajaban sus hombros, mientras que la tensión en su rostro desaparecía lentamente.

Contempló los rascacielos de la City e imaginó a banqueros, abogados y contables yendo de un lado para otro a toda prisa, estresados, luchando para obtener los mejores resultados. Todo siempre ahora, más, mejor y más rápido.

«No merece la pena. No la merece».

Encendió otro cigarrillo. Lo más complicado todavía estaba por resolver.

«Intentaré llamar a Nell una vez más. Si después de esto no reacciona, habré perdido. Pero tengo que intentarlo, no quiero decir en el futuro que nunca lo intenté, que nunca luché por lo que realmente quería, como le pasó a la abuela. Ahora o nunca».

Con un leve temblor de manos, María escribió un SMS a Nell: «Acabo de retirar el proyecto, he hablado con el presidente e insistí en que tú no sabías nada. Estoy en Parliament Hill. Si vienes, tendrás tortillas de patata gratis toda la vida. M.».

Eran las diez de la mañana, tenía todo el día por delante.

«A lo mejor está reunida, o puede que no lea el mensaje hasta dentro de un buen rato. No pasa nada, esperaré. Lo bueno nunca llega rápido; seguro que vendrá. Todo lo que dijo en Barcelona, sobre la naturalidad de nuestra relación, sobre la energía y la vida que le aporto, lo dijo de verdad, uno no deja de querer a alguien así como así».

María miró a su alrededor; la mayoría de las personas llegaban jadeantes a lo alto de la colina, para quedarse enseguida boquiabiertas ante las magníficas vistas a la ciudad. Entre ellas, una mujer que parecía la mismísima Miss Marple, pensó María. Bajita, sonrosada, la mirada inteligente y sencilla, ataviada con un enorme sombrero. *British* total. Su amplia sonrisa, pacífica y tranquila, y sus ojos azul claro, destellando ilusión tras el esfuerzo, le recordaron a Nell, a la abuela.

«Me juego lo que sea a que Nell será así en sesenta años —pensó María—. Cómo me gustaría, a esa edad, estar todavía con ella, haber compartido una vida juntas».

María observó a la clase ociosa, los que tenían tiempo de ir al Heath en un día laborable, mientras los demás, como ella había hecho año tras año, tenían que trabajar.

Y qué secreto se lo tenían —calladitos y tranquilos, todos en el parque, paseando a sus perros de raza, haciendo deporte para tener el cuerpo bien cuidado, empujando el cochecito del niño, compartiendo una mañana con la pareja, ancianos leyendo el periódico...—, pensó, sintiéndose cada vez más celosa de su estilo de vida.

«Está claro, éstos viven, mientras los demás, incluida yo, curramos».

El tiempo pasaba lentamente, y María no se había llevado nada para leer. Miró el reloj. Había pasado casi una hora. El día era cálido, pero estar sentada tanto tiempo le daba frío.

Se sintió triste de repente. ¿Cuánto tiempo podía esperar a alguien con quien no había quedado y que, la noche anterior, le había dicho que su relación no fue más que un rollo de una noche?

«¿Cuántas películas he visto? ¿Acaso sueño que aparezca con los brazos abiertos? Y yo que creía tener experiencia. Puede que lo de Barcelona no fuese más que un romance vacacional. Soy tonta, una tonta encima con frío».

Tras meditar durante diez minutos si salir corriendo a por un café, María se decidió finalmente a hacerlo. Apenas unos minutos de ausencia en una espera de horas —si se daba la casualidad de que llegara en ese preciso instante, seguro que también la llamaría.

Ante la sorpresa de Miss Marple y de algunos perros, que se pusieron a ladrar, María salió corriendo colina abajo hacia la cafetería del parque. Regresó unos minutos después, sudada por el esfuerzo. Todavía jadeando, volvió a sentarse y dejó pasar un minuto antes de dar el primer sorbo.

Los relojes de los chapiteles de la ciudad marcaron las once, y las doce. De repente, el teléfono se puso a sonar, provocando que diera un respingo en el banco.

«¡Por fin! Es ella, tiene que ser ella. Gracias a Dios, ya era hora».

Llena de entusiasmo, María cogió el teléfono, que mostraba la llamada de un número desconocido.

«Debe de llamar desde la oficina; debe de acabar de salir de una reunión».

—¿Hola? —saludó María con un brillo en los ojos.

—Me avergüenzas. —A María se le encogió el corazón al escuchar la voz de su jefe. No era el tono dulce de Nell que esperaba.

—¿Andreu? —fue todo lo que pudo decir en voz alta.

—Patrick acaba de llamarme para darme la noticia. Fue al ayuntamiento para llevarles los últimos detalles y le dijeron que habías llamado para retirar la solicitud... ¿Estás loca o qué? —Casi estaba gritando.

María respiró hondo.

—Era lo correcto, Andreu, esta empresa no puede permitirse eso ahora mismo —respondió.

Andreu prácticamente no le dejó terminar la frase.

—Está claro que no tienes lo que requiere esta profesión: la confianza para seguir adelante, o la fe en nuestros clientes y en nuestros recursos. Sabía que un hombre estaría mejor capacitado para esta labor; salta a la vista que te faltan huevos.

«Hijo de puta».

—Sea hombre o mujer, Andreu, no hay nada que podamos hacer, sabes perfectamente que esos especuladores son los dueños de facto de la empresa.

—No has entendido nada, María —le reprochó Andreu—. Eres demasiado joven e inexperta, no puedes tomar ese tipo de decisiones. Teníamos otras opciones, podríamos haber sindicado un préstamo para comprar la deuda.

—¿Y terminar con una empresa con medio millón de beneficios y dos millones de deuda? —repuso María. Sabía que no tenía nada que perder—. Eso va en contra del código ético que me enseñaron en la universidad.

—Que les den a los códigos éticos y a las universidades; eso es porque fuiste a una del Opus y te lavaron el cerebro —gritó Andreu—. Ojalá tuvieras menos cosas del Opus y más experiencia.

«Si tuviera que salvar algo del Opus, sería su formación ética».

—Hice lo que debía, Andreu —sentenció María, con decisión.

—Ya sabes lo que eso significa, ¿verdad? —la amenazó.

«Por supuesto. También sé que si siguiera comprometida con el hijo de tu querido cliente, no me tratarías de esta manera».

Andreu siguió hablando:

—No tienes autoridad para tomar ese tipo de decisiones por tu cuenta, y en este caso has tomado la más equivocada. Por ello, mi deber es informarte de que has incurrido en una negligencia. Tu contrato queda rescindido con efectos inmediatos; no es necesario que vuelvas a la oficina. Empaquetarán tus cosas y te las mandarán a casa.

Con una mano algo temblorosa, aún aferrada al móvil, María se acomodó en el banco y contempló la gran ciudad.

«Lo sabía. Lo sabía. Pero no tengo miedo de pagar el precio, escojo la libertad».

—Está bien —le dijo a Andreu, y colgó sin añadir nada más.

Sorprendida por su propia tranquilidad, María observó a un pájaro posarse en la rama de un árbol cercano, cantando mientras miraba en derredor.

«La vida no es tan complicada, los pájaros lo saben bien».

Se encendió otro cigarrillo y pensó en su jefe y sus colegas del banco.

«Que se devoren entre ellos».

El optimismo se fue evaporando poco a poco, a medida que el sol alcanzaba su cénit e iniciaba su descenso hacia el oeste de Londres.

«¿Por qué? ¿Por qué? ¿Por qué no llama?».

Los ojos de María se humedecieron cuando los relojes marcaron las dos, y luego las tres.

«Quizá debería dejarlo ya, hacer borrón y cuenta nueva e irme. Fue maravilloso mientras duró. No soy más que una soñadora tonta. Estoy segura de que mi madre diría que es una lección bien merecida, por idiota. Qué ingenua soy».

Observó cómo las manillas de su reloj iban devorando los segundos; las había mirado tantas veces y durante tanto tiempo que ya no las distinguía con claridad.

«Tiempo, tiempo es todo lo que tenemos. Mejor marcharse y empezar de nuevo. Eso es lo que la abuela y Soledad harían. Sin lágrimas: levántate y vete. Empieza de nuevo».

Justo cuando aplastaba el vaso de cartón del café que le había hecho compañía durante casi todo el día, María oyó una voz familiar:

—¿Es aquí donde dan tortillas gratis?

El corazón de María dio un vuelco. Se giró y sus pupilas se dilataron más que nunca al ver la alta y delgada figura de Nell subiendo por el camino, acercándose a ella.

En puro estado de shock, María no pudo responder.

—¿Entonces nada de tortilla? —insistió Nell.

María sonrió.

—Veré lo que puedo hacer.

Nell se sentó junto a ella en el banco. No dijeron nada durante al menos un par de minutos. María jugueteó nerviosamente con el teléfono en la mano.

—¿Es nuevo? —preguntó Nell, señalándolo.

—Sí.

—¿Perdiste el otro?

—No, lo tiré por el váter.

—Ya...

Las dos rompieron a reír espontáneamente y volvieron a mirarse, con el mismo entusiasmo de antes, como si no hubiese pasado nada. Ambas suspiraron.

—Traté de llamarte un millón de veces anoche, pero me cansé y tiré el móvil —dijo María.

—¿Lo dices en serio?

—Sí, y lo recomiendo —sonrió—. Ayuda a desahogarse.

Nell bajó la mirada y luego volvió a los ojos de María.

—He venido a disculparme por lo de ayer. Lo siento. Al menos debí concederte el beneficio de la duda. Lo siento de verdad.

Volvió a bajar la mirada.

María sintió que el alivio se extendía por todo su cuerpo. Miró a Nell. Por fin había vuelto la persona con la que había soñado, día y noche, durante meses.

—¿Por qué no confiaste en mí?

Nell guardó silencio.

—Nada es posible sin confianza. —María sintió que su corazón se abría en la misma medida que se fortalecía.

—Lo sé —dijo Nell al cabo de una pausa—. Perdóname... Bueno, no es una excusa, pero ya me han hecho daño antes por confiar demasiado en las personas, o por darles confianza demasiado pronto. Pensé que esto era más de lo mismo, otra vez.

María puso su mano sobre la de Nell y se la apretó.

—Tienes las manos frías —comentó Nell.

María arqueó una ceja.

—Llevo aquí un buen rato.

Nell rodeó las manos de María con las suyas.

—Lamento haber tardado tanto. He estado en el ayuntamiento, tratando de arreglar lo de la cancelación, llamando a los concejales.

—No pasa nada. —«Te habría esperado media vida».

—También fui a ver a mi ex —añadió Nell, bajando la mirada.

—¿Tu ex? —María estaba sorprendida. Aparte de la vez que se toparon con Fiona de camino al pub, allá por diciembre, no había vuelto a saber nada más de ella—. ¿Por qué?

—Bueno, ahora casi no nos vemos, pero me conoce bien. Habíamos sido buenas amigas antes de empezar a salir, y luego fueron varios años juntas. —Nell hizo una pausa mientras María aguardaba a que siguiera—. Me sentía un poco confusa —empezó a decir, y volvió a detenerse—. Bueno, probablemente más asustada que confusa.

—¿Asustada por qué?

Nell dejó pasar unos segundos.

—A veces es fácil esconderse en un caparazón, en la rutina o en los lugares que nos dan más seguridad. —Hizo una pausa—. Ser valiente es mucho más difícil.

—Eso mismo me dijo mi abuela. —María recordó lo que la abuela lamentaba no haberse ido a Cuba—. Sí, hace falta valor.

Nell asintió, miró al frente, hacia donde la ciudad desaparecía en el horizonte.

—Fiona siempre me decía que soy bastante negativa, una pesimista, y que nunca lucho por las cosas; me decía que siempre espero que las cosas vengan o se resuelvan solas. Supongo que tiene razón.

María contempló a Nell, llena de interés.

—¿Sabes por qué?

Nell refunfuñó.

—Bueno, ya sabes, la típica mierda familiar —respondió.

María aguardó unos segundos, no quería presionarla.

—Siempre es lo mismo, y para todos, ¿no? —comentó al fin.

Nell asintió.

—Pero no es momento de hablar de eso —dijo—. Y tampoco quiero usarlo como excusa; al fin y al cabo, nosotros, y sólo nosotros mismos, somos responsables de nuestras acciones.

—Es verdad —convino María. Era una lección que había aprendido durante los últimos meses, en parte gracias a Nell—. El pasado, pasado está, y el futuro, quién sabe. Sólo nos queda el presente, que al menos es completamente nuestro, y hay que aprovecharlo.

Nell sonrió.

—Eres una optimista —dijo Nell, mirando hacia el cielo durante unos segundos—. Al menos hoy no te ha llovido —añadió.

María ya conocía a Nell lo suficiente para saber que aquella situación, o conversación, quizá fuese demasiado emocional para ella. Los *British*, siempre tan reservados.

Le cogió las manos y las dos permanecieron en silencio, contemplando la ciudad, que se extendía hasta donde les llegaba la vista.

—Me encanta Parliament Hill —dijo Nell—. Me gusta ver las cosas desde arriba; te da perspectiva.

María asintió.

—A mí también; de hecho, podría quedarme aquí un tiempo. —Hizo una pausa—. Me he quedado sin trabajo.

Nell se irguió.
—¿En serio?
—¡Despedida!
—¿Ya?
—¡Los bancos son muy rápidos!
Nell cogió la mano de María.
—Cuánto lo siento.
—No tienes por qué —dijo—. Para ser sincera, el trabajo no me gustaba tanto. Simplemente hice lo que debía.
Se quedaron en silencio.
—¿No temes el futuro? —preguntó Nell. Parecía preocupada.
—En absoluto —afirmó María, segura.
Nell la miró a los ojos hasta que María se inclinó hacia ella y, muy lentamente, le dio un prolongado beso.
María cerró los ojos mientras volvía a saborear la dulzura del beso. Al cabo de unos segundos, se apartó y miró a Nell. Nunca se había sentido tan feliz, limpia y llena de vida. No tenía ni frío ni calor, no tenía hambre, ni siquiera sabía qué hora era o qué pasaría a continuación. Nada importaba; tenía todo lo que necesitaba.
—¿Por qué iba a temerlo? ¿Miedo de qué?
Nell acarició con suavidad el pelo de María y se lo colocó delicadamente tras la oreja.
—Ésta es tu verdadera personalidad, ¿no? Tú no eres una banquera debajo de un traje.
María asintió.
—Ahora que te conozco bien, ahora sé que te quiero.
María contuvo el aliento durante unos segundos; sintió como si un rayo de absoluta felicidad le hubiera atravesado todo el cuerpo.
—*T'estimo* —dijo, sus ojos fijos en los de Nell. Jamás se había sentido tan abierta hacia alguien, con un corazón lleno que ofrecer, sin nada que ocultar.

# Capítulo 29

Conchita salió de casa con el chubasquero y sus botas Wellington, a pesar de ser un soleado día de mediados de mayo. Las granizadas, que habían sacudido los campos de trigo y los olivares durante una semana, al fin habían cesado. El sol había salido para delatar con crudeza los irreparables daños.

Caminó entre los olivares. El corazón se le encogía con cada paso: cientos de ramas habían sido arrancadas, miles de olivas yacían esparcidas por el suelo, incluso algunos de los árboles más jóvenes habían sido arrancados de cuajo. Era como si un ejército de tractores hubiese removido la tierra, las piedras asomaban por doquier. Nada parecía haber sobrevivido a las tormentas y vientos huracanados más fuertes de los últimos cincuenta años, según decía la radio. La cosecha había quedado totalmente arruinada.

Conchita sintió cómo se le humedecían los ojos; nunca había visto sus campos en semejante estado. Los árboles, azotados, estaban tristes, como si se encontraran en medio de un invierno nevado, en vez de bajo el tibio calor de la primavera, mientras que miles de pedruscos y ramas rotas no dejaban ver ni un ápice de la tierra rojiza de Belchite. Todo era barro, medio seco, medio húmedo.

«Iba a ser nuestra mejor cosecha. ¿Por qué todo siempre tiene que salir mal?».

Se agachó para recoger algunas ramas y trató de apilarlas. Miró hacia un lado y otro, el panorama era desolador; nunca podría acabar. Se detuvo.

«No puedo hacerlo yo sola, es demasiado. Hay que limpiar esto, pero llevará semanas, puede que meses. Estos árboles van a necesitar muchos cuidados, uno a uno. Yo ya soy demasiado vieja para reconstruir esto sola».

Cogió un puñado de tierra y lo miró: en vez de una tierra suave y fértil, lo que tenía ahora en la mano no era más que polvo y piedras. «¿Cuánto llevará arreglar esto?».

Conchita se incorporó y se encaminó hacia *El Abuelo.* Avivó el paso ante el miedo de que su árbol más antiguo no hubiese sobrevivido a la tormenta; no lo podría soportar, también sería su fin.

«No puedo con todo yo sola. Ha llegado el momento de que se encargue otro. Ya he hecho suficiente, no puedo más».

Suspiró, aliviada, cuando la majestuosa silueta del *Abuelo* apareció entre los demás árboles, esgrimiendo aún sus fuertes y retorcidas ramas y sus brillantes hojas verdes. Conchita se acercó un poco más y comprobó que algunas olivas habían sobrevivido a la tormenta.

«Eres fuerte, *Abuelo,* eres el más fuerte de todos —pensó, orgullosa—. Una vez más, sobrevivirás a todo y a todos. Contigo no han podido ni guerras, ni tormentas, ni nada».

Conchita acarició con delicadeza el tronco milenario; le encantaban sus franjas grises, su corteza, suave y vulnerable por fuera, fuerte por dentro.

«Justo al revés que yo, ése ha sido mi gran error».

Suspiró y se volvió cuando oyó la voz de su padre.

—Nada podrá con *El Abuelo,* nunca —dijo Juan Roso mientras se acercaba a ella.

Lucía el mismo sombrero de paja y la misma chaqueta azul que la primera vez que lo vio, junto al *Abuelo,* en enero, cinco meses atrás.

—Hola, padre —saludó Conchita, animada por verle en aquel triste y solitario día.

Ambos se habían visto un par de veces por semana, siempre en los olivares, siempre en secreto. Tras muchas cavilaciones, Conchita había decidido no compartir su presencia con Soledad, ahora demasiado anciana para semejantes sobresaltos; así se lo había aconsejado el doctor Jaime, a quien había consultado al respecto. Juan Roso no insistió, añadiendo que quizá era mejor no remover el pasado.

Su presencia había sido un gran consuelo después de la anulación de la boda de María, ya que éste le ofreció apoyo y compañía para afrontar el chaparrón de chismorreos que siguió a la noticia. Los dos disfrutaban de sus paseos al atardecer, antes de cenar, hablando de María y de Pilar, de los niños, del campo. No hablaban de política, dinero, religión o cualquier otro asunto controvertido; Juan Roso siempre buscaba el ángulo más positivo y humano, lo que sin duda facilitaba su relación. Poco a poco, el anciano se convirtió en el mejor amigo de Conchita.

«Lo bueno nunca dura», pensó Conchita mientras observaba a su padre, maleta en mano, dispuesto para volver a Cuba ese mismo día, al menos durante un tiempo, según le había dicho.

—¿Ya estás listo? —le preguntó.

—Es una lástima tener que irme ahora, justo cuando más me necesitas aquí —dijo Juan Roso, contemplando los árboles caídos. Miró a Conchita y luego al *Abuelo*—. Pero si él ha sobrevivido, estoy seguro de que los demás olivos también lo harán.

Conchita sonrió

—No son tan viejos, sabios y fuertes como él.

—Eso es verdad —reconoció Juan Roso—. Pero lo serán, llegado el momento.

—No estaré aquí para verlo —dijo Conchita, desalentada—. Soy demasiado vieja para esto.

—¿Y qué hay de María? —preguntó Juan—. ¿Por qué no acudes a ella?

Conchita meditó durante un instante.

—Sería maravilloso que tomase parte en esto, se le daría muy bien, pero nunca ha mostrado ningún interés en la empresa. Aunque igual ahora, sin trabajo y con su nueva pareja, no sé, puede que sí le interese, ¿quién sabe?

—Estoy seguro de que le gustaría que se lo pidieras —afirmó Juan Roso.

—Sí —convino Conchita—. Aunque no sé muy bien cómo se integrarían en Belchite.

—Seguro que bien, Conchita —le dijo su padre—. Los tiempos avanzan con mayor rapidez de la que pensamos.

«Uhm, no estoy segura».

Juan Roso recogió su maleta.

—Por favor, mantenme informado de cómo van las cosas —pidió—. Esperaré tus noticias con ilusión, aunque no tardaré en volver, si es lo que deseas, por supuesto. —Juan Roso bajó la mirada, igual que Conchita.

—Claro que sí —afirmó ella, sin despegar la mirada del suelo.

—Soy viejo, pero, mientras me queden fuerzas, siempre volveré —prometió.

Conchita le sonrió. Le gustaba la atención, el interés de su padre por su vida, por sus olivos, por su familia. Le encantaba compartir cuanto tenía y deseaba haberlo hecho antes. Con sumo cuidado, arrancó una pequeña rama del *Abuelo* y se la entregó.

—Toma —dijo—. Quizá te guste quedártela. Es el símbolo de la paz, a fin de cuentas.

Conchita pensó en la guerra, en su madre, en sus abuelos asesinados; pensó en Honorato y en las numerosas discusiones que había tenido con María.

«Si tan sólo hubiese tenido un poco de paz». Suspiró.

Juan Roso dejó la maleta en el suelo y, con manos temblorosas, cogió la rama.

—Nada me haría más feliz. —La miró y la acarició con delicadeza—. Me recordará a ti, Conchita, tú eres tan fuerte como él, como Basilisa. Al igual que ella, eres el centro de esta tierra, de estos olivares: los guardas con silencio y trabajo, resistiendo a todo, desde guerras o granizadas hasta tragedias familiares. Todo lo aguantas.

—No sé, no sé si puedo puedo sobrevivir a ésta—dudó Conchita, moviendo la cabeza de un lado a otro—. Ya soy demasiado vieja.

—María podría sorprenderte —dijo Juan Roso.

El anciano avanzó un paso hacia Conchita y le dio un fuerte y prolongado abrazo. Tras un breve beso en la frente, volvió a recoger su equipaje y se giró para marcharse. Conchita contempló cómo la figura de su padre atravesaba los olivares, hasta desaparecer entre los árboles. Pensó en su madre; puede que ella también le hubiera visto desaparecer entre los árboles, para no verle nunca más. ¿Regresaría esta vez?

Conchita se giró hacia *El Abuelo.*

«Ha llegado el momento de pasar el relevo a otros; llamaré a María y haré como *El Abuelo,* me quedaré quieta, observando, disfrutando. Por fin, tiempo para mí».

* * *

A seis mil kilómetros de distancia, María y Nell se tomaban un mojito en la terraza del Hotel Nacional, disfrutando del sonido de una banda de salsa, contemplando el azul turquesa del Caribe. Con el dinero de la rescisión de su contrato, María había invitado a Nell a pasar unos días en el hotel más famoso de La Habana.

—¿Para mí? —dijo María, sorprendida, cuando un camarero llegó con una pequeña mesa de ruedas y un teléfono encima, diciendo que era una llamada urgente.

—Sí, es su madre.

María y Nell intercambiaron miradas.

—¿Mi madre? —repitió María, recordando esa noche en Londres, cuando Conchita la llamó para anunciarle la muerte de la abuela. «Nada puede ser tan malo como eso».

El camarero dejó la pequeña mesa junto a ella, con un viejo teléfono de marcador de disco listo para hablar.

—¿Madre? —saludó María enseguida.

—Hola, María, ¿sigues de vacaciones?

—Sí, madre, Cuba es maravillosa y la comida está muy buena —respondió, oyendo una especie de tos nerviosa al otro lado de la línea—. ¿Estás bien, madre?

Conchita se quedó en silencio un instante y luego preguntó:

—María, ¿has visto las noticias?

María se irguió y dejó el mojito en la mesa.

—¿Qué noticias? —preguntó, alarmada.

—Las peores granizadas desde Dios sabe cuándo han destruido cientos de hectáreas en Zaragoza; nuestros olivares parecen un campo de batalla, hay ramas por todas partes, algunos de los árboles más jóvenes han volado y el viento los ha arrastrado por los suelos. —Hizo una pausa—. Es terrible. Jamás había visto nada igual.

—¡Qué horror! ¿Cuándo ha sido eso? —María imaginó la desoladora escena. «Pobres arbolitos». En el fondo, aunque no hubiese cuidado nunca de ellos, María quería mucho a esos olivos, siempre estaban presentes en los momentos más felices de su infancia, cuando correteaba entre los claros o se escondía entre sus ramas, construyendo pequeñas cabañas donde pasaba horas con sus amigas del colegio, de día o, mejor todavía, de noche.

—Fue la semana pasada, María. Aún estamos en estado de shock —dijo su madre—. El viento soplaba tan fuerte que creí que también se llevaría la casa, pero, afortunadamente, no hay que lamentar ninguna pérdida humana.

María suspiró, aliviada.

—Es terrible, madre. ¿Ha quedado algo de la cosecha?

—No, no, María, todo se ha perdido —contestó—. Sólo *El Abuelo* ha conservado algunas olivas, porque es viejo y fuerte, pero el resto se ha perdido.

María no recordaba un año tan malo. Desde que era pequeña, los olivares siempre habían dado frutos que vender, incluso después de inviernos muy tormentosos.

—Dios mío —se lamentó María, calculando si la empresa contaba con bastante dinero para afrontar un año en blanco—. Pero el seguro nos cubrirá, ¿no?

—Ay, ay, ay. —Conchita suspiró de nuevo—. Eso espero, pero no estoy segura. Los números no se me dan bien, de eso se encargaba tu padre, ya sabes. Además, ahora también tenemos el préstamo de la máquina francesa, así que imagino que tendremos bastantes deudas.

«Oh, no, no. No puedo pensar en más préstamos de empresas familiares. No».

—María —Conchita tosió nerviosamente antes de continuar—, te llamo porque te necesito aquí, no digo indefinidamente, pero al menos sí durante un tiempo —añadió sin más preámbulos.

María había aprendido a apreciar la franqueza de su madre.

—Como sabes —continuó Conchita—, las finanzas se me dan fatal, y tu hermana está demasiado ocupada con los niños. Ahora nos vendrán muchos gastos, para arreglarlo todo, además de toda la organización que será necesaria al no haber cosecha este año; los contratos que habrá que cancelar, el asunto de los empleados que no tendrán nada que hacer y Dios sabe qué más.

«Lo veo venir. Belchite. Ni hablar. No... Pero... ¿por qué no? A Nell quizá le guste».

—María, no te lo pediría si no lo necesitase, pero no puedo dejar de pensar en la gran ayuda que me supondría tenerte aquí, al menos un tiempo. —Hizo una pausa—. No puedo con esto yo sola, estoy vieja y cansada, ha sido un año muy largo.

«Comprendo». A pesar de tener un océano de por medio, María se sintió más cerca que nunca de su madre. Por fin la podía entender, ahora que era sincera, que le hablaba al mismo nivel, que ya no intentaba hacerse la fuerte e invulnerable. Le gustaba ver su auténtico ser, su aspecto más humano. Su corazón.

Pero María no sabía qué decir.

Conchita prosiguió:

—Por supuesto, serías muy bienvenida junto a Nell —dijo. Perpleja, María escuchó la respiración acelerada de su madre; notaba su nerviosismo—. He pensado que podríais venir las dos; esta casa es demasiado grande para mí. Yo podría mudarme a casa de la abuela y dejaros la grande a vosotras. Tenéis energía y años por delante para adecuarla a vuestro estilo, si queréis.

María abrió mucho los ojos. No se había imaginado viviendo en la casa grande con Nell, ni a su madre recibiéndola con los brazos abiertos, ayudándola a que se instalara con otra mujer.

Guardó silencio durante unos segundos, su mirada fija en el mar.

«Esto no es mala idea, en absoluto. Una vida alejada de los bancos, de hombres reprimidos y trajeados, disfrutando del aire libre. A Nell le encantaría España y yo estaría encantada de enseñársela, cruzando el país juntas. Y qué potencial en el negocio, podríamos empezar a exportar. Nell podría abrir mercados en Inglaterra, y puede que en Estados Unidos. Haríamos campaña para que la gente comiese más sano, incluso podríamos abrir un museo del aceite de oliva y enseñar las viejas herramientas de la abuela, el arado del siglo pasado, las prensas de piedra. Y la casa, el patio; podríamos arreglarla, estoy segura de que Nell la dejaría muy acogedora, como su piso, con suelos de madera, velas por todas partes, la chimenea encendida en invierno, sin todos esos crucifijos. Podría ser nuestro hogar, el hogar con el que siempre he soñado; soleado, cálido, feliz, rodeado de naturaleza y espacios abiertos».

María estaba cada vez más entusiasmada con la idea.

«Podríamos vivir algunos meses en Belchite y el resto en Londres. Veamos qué piensa Nell».

—Madre, suena interesante —dijo María—, pero tengo que hablar con Nell. ¿Puedo darte la respuesta dentro de un par de días? ¿Te importa?

—Claro que no, María, claro que no. Tómate tu tiempo —aceptó Conchita.

Colgaron.

María aún estaba sorprendida por lo paciente y comprensiva que se había vuelto su madre. «Ha cambiado mucho desde la muerte de la abuela y desde que papá se fue. Quizá hayamos cambiado todos».

María sintió la cálida brisa caribeña en el pecho, a través de la blusa veraniega, y recordó un dicho que siempre le había intrigado: «La cabra siempre tira al monte».

Sonrió y miró a Nell, quien, aún sentada junto a ella, aguardaba, expectante, las noticias.

—Tenemos que hablar —dijo María, tomando un sorbo del mojito. Se sentía feliz, con toda la vida por delante.

—Cariño, dijiste que íbamos a ser empresarias y financieras, ¡pero no campesinas! —dijo Nell, delantal en mano, toda arremangada, mientras recogía docenas de ramas y las apilaba en medio de los olivares de Belchite—. Este sol me está matando —se quejó, apretándose el pañuelo que llevaba atado a la cabeza.

María, con pantalones cortos y camiseta, y sin sombrero, miró la cara fuertemente enrojecida de Nell, aún embadurnada de crema para proteger su pálida y delicada piel del intenso sol de julio.

«Pobre. Realmente, a los nórdicos les da un ratito el sol y parece que explotan, pobres».

Conteniendo una sonrisa irónica, María pensó que era buen momento para un descanso.

—Mejorará, cariño, ya lo verás. Esto quedará limpio dentro de nada y nos pondremos con proyectos más interesantes; vamos a descansar un poco.